ELLIE PALMER

Four Weekends and a Funeral

atb aufbau taschenbuch

ELLIE PALMER

Four Weekends and a Funeral

Roman

WENN DER ABSOLUT RICHTIGE
ZUR GANZ FALSCHEN ZEIT KOMMT

AUS DEM AMERIKANISCHEN
VON ANNA JULIA UND CHRISTINE STRÜH

atb aufbau taschenbuch

Die Originalausgabe unter dem Titel
Four Weekends and a Funeral
erschien 2024 bei Penguin Publishing Group, New York.

FSC
www.fsc.org
MIX
Papier | Fördert gute Waldnutzung
FSC® C083411

ISBN 978-3-7466-4179-9

Aufbau Taschenbuch ist eine Marke der Aufbau Verlage GmbH & Co. KG

1. Auflage 2025

www.aufbau-verlage.de
10969 Berlin, Prinzenstraße 85

Bei Fragen zur Sicherheit unserer Produkte wenden Sie sich bitte an produktsicherheit@aufbau-verlage.de.
Satz Greiner & Reichel, Köln
Druck und Binden CPI books GmbH, Leck, Germany

Printed in Germany

Für Chris:

Du hast immer daran geglaubt,
dass das hier möglich ist,
und das ist nur eines von den Millionen Dingen,
die ich an dir liebe.

- KAPITEL 1 -

Wir beginnen mit der Beerdigung

Als ich erfahre, dass ich Sam Lewis immer noch date, bin ich auf seiner Beerdigung.

Zwanzig Minuten zu früh betreten Mara und ich die St. Ignatius Catholic Church.

»Du schmatzt«, flüstert mir Mara unauffällig zu.

»Pfütze auf dem Parkplatz.« Das Schmatzgeräusch von Fuß auf feuchter Sohle unterstreicht meine Antwort.

An der Kirchenschwelle packe ich Mara am Ellbogen, als würde ich sie zu den mir vage bekannt erscheinenden Freunden und Angehörigen meines Exfreundes führen. Doch eigentlich ist sie es, die mich aufrecht hält. Das ist auch ihre Pflicht als meine beste Freundin, obwohl ihre aparten, kantigen Gesichtszüge und ihre klassisch-wohlgeformte Figur sie zu einer kaum weniger auffallenden Begleitung machen, als hätte ich einen Emotionalen-Unterstützungs-Dackel dabei.

Heute sind wir eine wahre Studie von Gegensätzen. Mara ist groß und bewegt sich stabil auf ihren High Heels, ich bin klein und in meinen durchnässten, maschinenwaschbaren Ballerinas ziemlich ungelenk. Maras rotbraune Haare sind akkurat zu einem French Twist hochgesteckt, während meine langen, braunen Locken sich wild um mein Gesicht kräuseln, weil ich mit meinen dreißig Jahren immer noch nicht gelernt habe, einem YouTube-Tutorial für Haarstyling zu folgen.

Mara schüttelt meinen Würgegriff ab, um ihren Mantel aufzuknöpfen, und enthüllt einen tiefschwarzen Pullover, der für jedes Feinwaschmittel Werbung machen könnte, über einer lässig-eleganten Wide-leg-Hose. Als chronisch unbekümmerte Wäscherin dunkler Wollsachen hatte ich leider nichts passend Tiefschwarzes für die Beerdigung des Mannes, der in einem Ruderboot mit mir Schluss gemacht hatte, und so war meine Entscheidung auf ein verblasstes dunkelgraues Kleid und eine Jacke gefallen, die irgendwo zwischen Erbsengrün und der Farbe von totem Spätherbstgras rangiert. Hoffentlich schneit es bald. Ich bin den Herbst jetzt schon leid. Den heutigen Tag ebenfalls.

Hinter uns fallen die Türen mit einem dumpfen Krachen ins Schloss und tun unsere Ankunft kund. Vermutlich ist es nicht üblich, zu einem solchen Anlass mit einem Plus Eins zu erscheinen, aber das Begräbnis meines neuesten Ex ist auch kein übliches Ereignis.

Ich blicke mich um und suche die Eingangshalle nach jemandem ab, den ich kenne. Das heißt, genau genommen hoffe ich, *keine* bekannten Gesichter zu entdecken, denn damit hätte ich die Bestätigung, dass ich hier falsch bin.

Nein, nein. Es geht nicht um deinen Sam Lewis, könnte irgendein Unbekannter mir sagen. *Das ist ein anderer Sam Lewis.* Obwohl er schon seit sechs Wochen nicht mehr *mein* Sam Lewis ist – wenn er das überhaupt jemals war.

Leider erkenne ich im nächsten Moment seinen Freund Russell, und eine Mischung aus Erleichterung und Enttäuschung überrollt mich wie eine Flutwelle. Der heutige Tag ist real. Das alles ist kein Versehen.

Wir schlängeln uns zu Russells Gruppe durch, und er stellt sich Mara mit einer viel zu innigen Umarmung vor. Ich sehe, wie sie gegen ihren angeborenen Impuls ankämpft, ihn abzuschütteln. Russell Rossi ist stets auf Abenteuersuche, ein schamloser

Charmeur und so attraktiv, dass es schon fast unattraktiv wirkt. Obendrein ist er ein selbst ernannter »Umarmer«.

Da Mara einmal ein High Five von ihrem Steuerberater als »plump-vertraulich« beschrieben hat, gehe ich dazwischen und umarme Russell lieber selbst. Er presst sich mit dem ganzen Körper an mich, und die Umarmung dauert mindestens drei Sekunden zu lang. Als er mich endlich loslässt, stellt er mich der Gruppe als »Alison Mullally, Sams Freundin« vor.

»Ehemalige Freundin«, korrigiere ich ihn.

»Na ja, offensichtlich, Babe.« Russell wischt mein Geständnis einfach vom Tisch und unterhält sich dann weiter mit seinen Leuten.

Die Bemerkung trifft mich wie ein Schlag, und ich stehe völlig verdattert da, während die Gruppe um mich herum über Menschen redet, die ich nicht kenne, und Erinnerungen austauscht, die ich nicht habe. Die Worte *Er hat vor sechs Wochen mit mir Schluss gemacht* liegen mir auf der Zunge.

Mein Mund öffnet und schließt sich einmal, zweimal, dreimal. Mit jeder Sekunde, die verstreicht, mutiert die Richtigstellung mehr zu einer unangenehmen, aus dem Zusammenhang gerissenen Feststellung in einem Gespräch, in dem es nicht um mich geht. Meine Erklärung schmilzt in meinem Mund wie saure Zuckerwatte.

Sams Mom schließt sich unserem kleinen Kreis an und begrüßt uns alle mit einer kühlen, steifen Umarmung. Ich kann sie kaum ansehen, als sie mich an sich drückt und so leise, dass ich die Ohren spitzen muss, in meine grässlichgrüne Jacke murmelt: »Ich bin so froh, dass er dich gefunden hat, bevor …«

In diesem Moment wird mir meine Rolle in dieser Tragödie endlich bewusst.

Auf Beerdigungen sind wir in unserem Bezug auf die Verstorbenen alle im ewigen Präsens. Judy Lewis *ist* Sams Mutter.

Rachel *ist* seine Schwester. Und ich werde immer wieder als seine Freundin vorgestellt. *Das ist Alison, Sams Freundin.* Allein Sam gehört der Vergangenheit an.

Für die Trauergäste *bin* ich Sams hingebungsvolle Freundin. Niemand hinterfragt, wie ernst unsere Beziehung war, niemand möchte feststellen, wie viel Trauer man mir zugestehen sollte. Wir hätten zwei Wochen oder zehn Jahre zusammen sein können – obwohl seine Follower auf Instagram natürlich wissen, dass ich irgendwann im Juni aufgetaucht bin. Auf seinen TikTok-Account hab ich es nie geschafft. *Eine feste Beziehung würde nicht zur »Nomaden«-Ästhetik passen*, lautete Sams Begründung.

Kaltes Grausen erfasst mich, als ich bei den lauwarmen Kaffeekannen herumstehe und durch die floralen Trauergestecke alternative Versionen meines Liebeslebens an mein Ohr dringen. Bei der jährlichen Labor-Day-Party der Familie Lewis weichen die meisten Zeitleisten allerdings stark voneinander ab.

In meiner eigenen Version der Ereignisse bin ich dort nicht aufgetaucht, weil Sam mich drei Tage vorher abserviert hatte. Mrs. Lewis hingegen war traurig, von meiner Lebensmittelvergiftung zu hören. Russell ist immer noch enttäuscht, dass ich verreist war und sein phänomenales Freudenfeuer verpasst habe – das Größte, das es je gab! Einige der Anwesenden sind sich dagegen ganz sicher, mich bei der Party gesehen zu haben.

Außer meiner eigenen stimmen jedoch alle Geschichten darin überein, dass ich am Labor Day noch mit Sam zusammen war, und dass ich ihn auch noch gedatet habe, als er letzten Dienstag bei einer spontanen Klettertour in Sedona mit seinem Leihwagen einen tödlichen Unfall hatte. Deshalb bin ich bei seiner Beerdigung noch immer seine Freundin – und bleibe es womöglich bis in alle Ewigkeit.

Ein Teil von mir fragt sich, ob Sams Lüge bedeutet, dass

ihm doch mehr an mir lag, als er mir gegenüber je zu erkennen gab, aber ich verwerfe den Gedanken sofort wieder, denn es ist wesentlich wahrscheinlicher, dass unsere Trennung es schlicht nicht wert war, publik gemacht zu werden. Beim nächsten großen Event hätte sich meine Abwesenheit ganz von selbst damit erklärt, dass Sam mit einer neuen Freundin aufgetaucht wäre. Nur ist das nächste große Event eben leider heute, und er kann nicht daran teilnehmen.

Als immer mehr Leute in die Kirche strömen, ziehe ich Mara durch eine Reihe schwerer Flügeltüren in die entgegengesetzte Richtung, und wir landen in der Gemeindeschule auf einem Korridor, der geschmückt ist mit farbenfrohen Zeichnungen von Jesus am Kreuz, die allerdings stark variierende künstlerische Fähigkeiten aufweisen.

Mara stolpert über ihre Füße. »Alison, was zur …?«

»Warum denken die alle …« Ich finde einfach nicht die richtigen Worte – meine Kehle ist wie zugeschnürt, mir ist speiübel.

»Warum hast du keinem von denen die Wahrheit gesagt?«, fragt Mara und lehnt sich an die Korridorwand mit den beigefarbenen Regalfächern.

»Ich hab es ja versucht!« Sie quittiert meine Behauptung mit einem kaum wahrnehmbaren Augenrollen. »Was hätte ich deiner Meinung nach denn sagen sollen? ›Nein, Mrs. Lewis, Sie haben heute sicher noch nicht genug um die Ohren, deshalb möchte ich gern diejenige sein, die Ihnen mitteilt, dass Ihr Sohn und ich uns vor sechs Wochen getrennt haben‹?«

Mara lässt ihr vibrierendes Handy mit einem Stirnrunzeln abblitzen. »Wenigstens war *er* derjenige, der *dich* abserviert hat. Du bist weniger schuldig.«

Ich kaue auf der Unterlippe. »Ich finde, das macht es noch schlimmer.«

Maras Handy vibriert erneut, diesmal heftiger, und Mara

untermalt ihre nächste Frage mit fieberhaftem Daumentippen. »Warum wolltest du dann überhaupt herkommen?«

Unruhig und noch immer begleitet von den Schmatzgeräuschen meiner Schuhe, wandere ich an der schmalen Klassenzimmertür von Ms. Dubicki auf und ab. »Seine Mom wollte, dass ich komme ... was jetzt plötzlich ein bisschen mehr Sinn ergibt. Aber Sam und ich wollen Freunde bleiben. *Wollten*, meine ich natürlich«, korrigiere ich mich schnell – ein einziger Buchstabe macht den Unterschied zwischen Leben und Tod. »Wem schreibst du eigentlich, während ich hier die Krise kriege?«

»Diesem Typen«, murmelt Mara. Sie managt den Wahlkampf für einen potenziellen Bürgermeisterkandidaten, den sie immer nur »diesen Typ« nennt. Ihre ganze Haltung – steife Schultern, gerümpfte Nase – zeigt, wie frustriert sie von ihm ist. »Aber da wir das hier offensichtlich machen, hab ich Chelsea ein Update geschickt, um uns alle auf den neuesten Stand zu bringen. Sie hat *Ideen*.«

»Was machen wir offensichtlich? Was ist ...?« Ich ziehe mein Handy aus der Manteltasche und stöhne, als ich die verpassten Mitteilungen von Chelsea Olsen sehe, der Dritten unseres Trios. »Du kannst doch nicht einfach ohne jeglichen Kontext ›Alison datet Sam noch‹ in unseren Gruppenchat posten. Chelsea fragt, ob es so eine Art *Casper*-Szenario ist.«

Während Mara eine klassische alte Seele ist – mit dem Selbstbewusstsein und der leicht zynischen Sichtweise, die man entwickelt, wenn man alles schon mal erlebt und gesehen hat –, ist Chelseas Seele frisch und jung. In ihrer Welt gibt es immer endlose Möglichkeiten, und daher ist ihr erster Gedanke, wenn Mara ihr eine kryptische Nachricht über meine Alptraumsituation schickt, dass ich eine paranormale Romanze mit einem Geist habe.

»Antworte nicht drauf«, befiehlt Mara streng. »Bleib einfach bei der offiziellen Version. Im Moment steht im Skript, dass du Sam noch datest.«

»Ich brauche kein Skript, ich muss die Sache richtigstellen.« Ich atme tief durch und lasse mich neben Mara an die Regalfächer sinken. »Aber wie soll ich das machen?«

»Die Notes-App-Apology auf Insta ist immer ein willkommener Klassiker. Aber ich glaube, du kannst seiner Mom sagen, dass es ein Missverständnis gegeben hat.«

»Ja. Ja, klar.« Das mulmige Gefühl in meiner Magengrube nimmt zu. »Aber ich brauche einen Moment.«

Mein Blick wandert zur leuchtenden Beschilderung des Notausgangs. Darunter steht ACHTUNG! AKUSTISCHES ALARMSIGNAL!

Bevor ich mir einen passenden Fluchtweg überlegt habe, platzt durch die Korridortür eine wunderschöne blonde Frau herein. »Ist eine von euch Alison?«, fragt die Fremde. »Russell hat behauptet, Sams Freundin sei in diese Richtung gegangen.« Mit einem Ruck bleibt sie stehen, perfekt positioniert im einzigen Sonnenstrahl, der in den dunklen, fast fensterlosen Korridor fällt, mit dem Effekt, dass sie wie ein Todesengel in Licht getaucht ist, Doch dann fällt ihr wilder Blick auf mich, und sie erkennt mich sofort. Verdammt nochmal, Russell. »Alison? Ich bin Rachel, Sams Schwester.«

Sobald sie ihren Namen sagt, sehe ich es auch. Rachel Lewis sieht ihrem Bruder sehr ähnlich – dieselben ozeanblauen Augen, dieselben sandblonden Locken. Selbst ohne das kleinste Bisschen Make-up funkelt sie in ihrem schlichten schwarzen Baumwollkleid, und ich kann nur mit Mühe den unpassenden Drang unterdrücken, sie nach ihrer Skin-care Routine zu fragen.

Die Worte »*Sams Freundin*« dröhnen noch in meinen Ohren wie Alarmglocken. Das ist die Konfrontation, auf die ich gewartet habe, jetzt muss ich mich der Tatsache stellen, dass ich von dem Mann, um den wir heute alle trauern, abserviert wurde. Mein Körper bereitet sich auf den Schlag vor. »Rachel, es gab da ein Missverständnis«, erkläre ich im um Ruhe bemühten Ton eines echten Politikers. Mara kann stolz auf mich sein. »Ich bin Sams *Ex*freundin. Ich bin mir nicht sicher, wie es passiert ist, aber …«

Sie unterbricht mich mit einer ungeduldigen Handbewegung. »Ich weiß. Wem hast *du* es erzählt?«

Ich höre auf, jede ihrer unheimlich Sam-ähnlichen Eigenschaften zu analysieren, und nehme endlich Rachels Verhalten zur Kenntnis. Sie tritt nervös von einem Fuß auf den anderen und blickt hinter sich, als wäre sie eine kühne Reporterin, die sich mit einem zunehmend unberechenbaren Informanten in einem dunklen Parkhaus trifft.

Ich kneife die Augen zusammen und blinzle Rachel verwirrt an. »Was erzählt?«

»Dass ihr euch getrennt habt. Bitte sag mir, dass du es niemandem verraten hast.« Sie sieht mich flehend an.

Bevor ich antworte, schaue ich zu Mara. »Bei Russell habe ich es versucht, aber es ging über seinen Horizont.«

»Sorry, warte mal. Du weißt Bescheid?«, fragt Mara und wird vor unseren Augen zu »Arbeits-Mara«.

»Er hat mich gebeten, Alisons Namen vom Flugticket nach Chile streichen zu lassen. Klar weiß ich Bescheid«, erklärt Rachel, beugt sich zu uns und fügt leise hinzu: »Aber ich bin die Einzige.«

Als ich noch mit Sam zusammen war und so tat, als wäre ich total spontan und impulsiv, hat er mir versprochen, sich um den Flug und um die Unterbringung zu »kümmern«, wenn ich bereit wäre, mit ihm nach Chile zu kommen. *Sag einfach Ja. Der Rest ergibt sich von selbst*, hat er mir versichert. Ich dachte, es sei so eine Art Mantra, im Stil von »das Universum wird es schon richten«, aber offenbar war »das Universum« seine Schwester Rachel, die als Flugbegleiterin arbeitet.

Mara dreht sich ruckartig zu mir um. »Flugticket?«

»Sam hat mich im Januar nach Patagonien eingeladen«, antworte ich und werde unter dem argwöhnischen Blick meiner Freundin ganz steif.

»Und du hast zugestimmt?«, fragt Mara. »Freiwillig?«

Aber Rachel wedelt die Arme und unterbricht unseren lautlosen Austausch von bedeutungsvollen Blicken und Achselzucken. »Wir haben nicht viel Zeit«, erklärt sie, und ihre Stimme vibriert vor panischer Energie. »In ein paar Minuten werde ich die Trauerrede halten, und ich muss sicher sein, dass ihr bei der Sache mitzieht.«

»Was meinst du denn mit ›mitziehen‹?« Mara verschränkt die Arme vor der Brust.

Rachel zerrt mich näher zu sich und umklammert meinen Unterarm dabei so fest, dass mir der scharfe Schmerz bis in die Fingerspitzen schießt. »Sam wollte nicht, dass Mom erfährt, dass er mit dir Schluss gemacht hat. Sie lag ihm ständig in den Ohren, dass er sich doch endlich ›was Festes‹ suchen und sich häuslich einrichten solle, und sie mag dich. Du bist vom Typ her stabil.« Sie meint *langweilig*. »Trotz all seiner Erfolge zählt für meine Eltern momentan nur noch, dass Sam sich kurz vor seinem Tod endlich entschlossen hat, eine Langzeitbeziehung mit einem netten Mädchen einzugehen.« Ihr Ton setzt das *nette Mädchen* in Anführungszeichen. Ob sie etwas gegen nette Mädchen im Allgemeinen hat oder ob sie bezweifelt, dass der Begriff auf *mich* zutrifft, wird nicht klar, aber niemand hakt nach.

Ich gebe mir alle Mühe, diese bizarre Wendung der Dinge zu verdauen, und lege den Kopf schief. »Du willst also, dass ich … so tue, als ob?«

Rachel nickt, als müsse sie sich selbst noch von der Idee überzeugen. »Nur für diesen einen Tag. Ihr wart nur kurz zusammen, und wenn der Trauernebel sich lichtet, werden sie dich sowieso vergessen. Ich – das heißt, wir brauchen dich nur heute als ›Sams Freundin‹. Bitte.« Sie verschluckt das letzte Wort, aber ich höre es trotzdem. Tränen sammeln sich in ihren Augenwinkeln, und sie blinzelt sie hastig weg. Beim Anblick ihres gequälten, verzweifelten Gesichts krampft sich mein Herz zusammen, und ich muss mir auf die Wange beißen, um nicht ebenfalls in Tränen auszubrechen.

Der Gedanke, dass Sam sich Sorgen gemacht hat, sein kühnes, unerschrockenes Leben könnte nicht genug sein, trifft mich auf eine Art, die ich nicht erklären kann. Ich möchte ihm sagen, dass ich seine freie Lebensart bewundert habe, aber das kann ich nicht. Ich kann ihm nie wieder irgendetwas sagen, und seine verzweifelte Schwester genauso wenig.

Aber ich *kann* so tun, als ob.

Ich nehme Rachels Hand von meinem Arm und schenke ihr ein Lächeln, das hoffentlich ermutigend wirkt. »Natürlich. Wenn ihr mich als Sams Freundin braucht …«

Für eine Beerdigung ist die Veranstaltung erstaunlich energiegeladen. Die Kirche ist so voll wie nur am Ostersonntag, an Weihnachten und bei Beerdigungen junger Leute. Mara und ich werden zu einer Bank ziemlich weit vorne geführt, und ich erkenne leider zu spät, dass uns damit Ehrenplätze erster Güte zugewiesen werden.

Wir sitzen in der zweiten Reihe, direkt hinter den engsten Angehörigen, zusammen mit Cousins und lebenslangen Familienfreunden. Als abservierte Sommeraffäre habe ich nicht nur Verstärkung mitgebracht, sondern ich bin auch für die hinterste Bank gekleidet, wo ich mich bei ehemaligen Arbeitskollegen und Highschool-Bekanntschaften verstecken wollte. Stattdessen werde ich nun als Sam Lewis' *AKTUELLE FREUNDIN* ganz vorne ausgestellt.

Rachel hält die Trauerrede. Sie fängt mit Geschichten aus Sams Kindheit an, wie er auf Bäume geklettert ist und sich dabei den Arm gebrochen hat. Dann erzählt sie von seiner frühen Wanderlust und seinem unstillbaren Abenteuerdurst. Von seinem Hang zu spontanen Fernreisen oder Wildniserkundungen, ohne vorher irgendjemandem Bescheid zu sagen. Im Tod klingt eine im Leben frustrierende Eigenschaft so charmant. Ich erkenne zwar den Mann, den Rachel als Sam beschreibt, aber irgendwie hat sie ihn geglättet – eine makellose Sammlung netter Geschichten und lustiger Anekdoten.

Ich dachte immer, Sam würde genau das *richtige* Leben führen. Er war so lebenslustig und spontan, ständig darauf aus, etwas Neues zu entdecken, immer unterwegs zu irgendeinem aufregenden Trip. In jedem Aspekt des Lebens im Handumdrehen von null auf hundert. Er war impulsiv und tat sogar Dinge, die ihm Angst machten, »damit ich später davon erzählen kann«. Wenn man von irgendeinem Menschen behaupten kann, dass er wirklich lebte, dann war es Sam. Nach lediglich zwei Dates stellte er mich seinen Eltern vor und lud mich zu einer zweiwöchigen Rucksacktour durch die Patagonischen Anden ein, als wäre das die normalste Art der Welt, an eine Beziehung heranzugehen.

Ich hatte gehofft, seine Nähe würde auch mich abenteuerlustig machen, ich würde mich, wie sich ein Bergsteiger an dünne Luft gewöhnt, irgendwann an seine Lebensweise anpassen, aber es wurde nur immer anstrengender und schwieriger zu atmen. Bis er mich schließlich abservierte.

Manchmal habe ich das Gefühl, du magst Wandern und Parasailing und so weiter eigentlich überhaupt nicht, sagte er, als er mit mir Schluss machte. *Es ist, als würdest du so tun, als wärst du jemand anderes.*

Ich fühle alle Blicke auf mir ruhen, als die Trauer in meine Knochen einsickert, aber meine Trauer ist anders, als sie aussieht. Ich vermisse Sam als Freund, als den Typen, der so warm und hell war wie die Sonne und alle unwiderstehlich in seinen Bann zog.

Nach dem Song »On Eagle's Wings« wird der nächste Redner eingeführt. Ich horche auf und muss mir ein unangemessenes Grinsen verkneifen, als der Pastor »Adam Berg, Sams Freund« ankündigt. Sams ältester Freund und Zimmergenosse auf dem College, der sagenumwobene Adam Berg, ist mir – und nun nur noch mir *allein* – als der »Nordküstengriesgram« bekannt.

Adam, ein wichtiger Charakter in vielen von Sams Geschichten, lebt zwei Autostunden entfernt in Duluth, und obwohl ich schon in zahllosen Gruppenchats mit ihm war – Last-Minute-Einladungen zu Events und spontanen Wochenendausflügen – sind wir uns noch nie persönlich begegnet. Adam hat auf freundliche Nachrichten stets mit einem schroffen »Kann nicht« oder schlicht mit »Nope« geantwortet. (Meine Antworten waren auch oft Absagen, aber mit deutlich mehr Bedauern und wesentlich langatmiger.) Wie bei Big Foot oder dem Ungeheuer von Loch Ness erschien es mir immer zweifelhaft, dass ich Sams »engsten Freund« im wahren Leben jemals zu Gesicht bekommen würde.

Als er sich der Kanzel nähert, bin ich überrascht. Er sieht überhaupt nicht aus wie die ehrgeizigen Wildnis-Influencer, mit denen Sam sich so gern umgeben hat. Nicht, dass Adam unattraktiv wäre, nein, aber er gehört eher zu der Sorte »gut aussehender Typ, der nicht so auf sein Äußeres achtet«.

Während Sam die lockere, windzerzauste Attraktivität eines Mannes besaß, der von einem Jetski steigt, sieht Adam aus, als hätte er seit Tagen nicht geschlafen und wäre gerade eben erst aus dem Bett gestiegen. Seine wuscheligen dunkelbraunen Haare und sein grau melierter Bart sind ein bisschen verwildert, so, als hätte er einen oder vielleicht auch drei Friseurtermine verpasst. Auf der Hälfte von Philipper 4 Vers 8 kämpft er verzweifelt mit dem steifen Hemdkragen unter seinem schlecht sitzenden schwarzen Anzug, der bestimmt entweder geliehen ist oder seit einer Hochzeitseinladung vor vielen Jahren ganz unten in seinem Kleiderschrank lag.

Beim letzten Satz späht er über die Trauergäste in der gut gefüllten Kirche hinweg zu mir, sein Blick trifft mich wie ein Betäubungspfeil und jagt mir ein Kribbeln und Prickeln über den Rücken. Doch ehe ich vollständig gelähmt bin, macht Adams Gesicht eine krasse Transformation durch, und es erscheint darauf eine mysteriöse Kombination von Wiedererkennen und Verlegenheit, die mich an den Ausdruck von jemandem erinnert, der einem Wildfremden den Parkplatz geklaut hat und ihm fünf Minuten später im Aufzug wieder begegnet.

Mein Magen krampft, aber noch bevor ich aus Adam Bergs Gesichtsausdruck richtig schlau werde, fängt mein Telefon, das ich mit hundertprozentiger Sicherheit auf lautlos gestellt habe, in meiner Manteltasche an zu piepsen. In der Millisekunde, die ich brauche, um meine Aufmerksamkeit wieder nach vorn zu richten, sieht er weg und steigt von der Kanzel, ohne mich eines weiteren Blickes zu würdigen.

Ich wende mich Mara zu, um mit ihr ein paar telepathische Blicke auszutauschen: *Hast du das gesehen?*, und: *Also echt, was ist denn sein Problem?* Doch sie blättert in ihrem Gesangbuch, völlig unbeeindruckt vom seltsamen Verhalten des ungreifbaren Adam Berg.

Ich nutze die unbehagliche Flaute der Zeremonie und wecke mein Telefon. Der Alarm, der den Ruhemodus durchbrochen hat, glotzt mir entgegen:

Nachricht aus der Zukunft:
Geh dieses Wochenende wandern mit Sam!!
Chile ist genauso toll, wie du es dir vorgestellt hast,
aber nur, weil du das Training letzten Oktober
mitgemacht hast!

Ein dunkler Laut dringt aus meiner Kehle und hallt durch die Kirche. Sofort fühle ich wieder das Gewicht aller Blicke auf mir ruhen.

»Das ist die Freundin«, erklärt jemand im mitfühlenden Stimmengemurmel.

Denn jetzt *bin* ich »die Freundin«. Sam Lewis bleibt auf mir sitzen – selbst im Jenseits.

– KAPITEL 2 –

Der Lunch

Als wir zusammen waren, hat Sam gern Erinnerungen in meinem Kalender hinterlassen. Er nannte sie »Nachrichten aus der Zukunft«. Das gehörte zu der Lebensphilosophie, die er auf seiner motivationalen Instagram-Plattform propagierte – die inspirierenden Botschaften, mit denen er gern die Fotos seiner kantigen Kieferpartie beim Bewundern von Sonnenuntergängen am Kilimandscharo versah.

Wenn ich beiläufig erwähnte, dass ich etwas wollte, wurde daraus eine Botschaft. Er schrieb sie aus der Sicht meines zukünftigen Selbst, das Dinge sagte wie beispielsweise: »Du hast heute angefangen, für den Marathon zu trainieren, und jetzt startest du so richtig durch!« oder »Ich bin so dankbar, dass du heute ein Ticket nach Kroatien gekauft hast, denn jetzt bist du dort, und es ist atemberaubend.«

Mit Sam konnte man nie Tagträumen nachhängen. Alles war machbar. Alles war innerhalb der vorhandenen Möglichkeiten. Geld, Zeit und frühere Verpflichtungen waren nie eine Entschuldigung, nicht das Beste aus dem eigenen Leben zu machen. Er verstand nie, warum ich diese Botschaften nicht mochte. Für ihn war jede Nachricht aus der Zukunft eine Bekundung des eigenen Potenzials. Für mich waren es Erinnerungen daran, dass ich die in mich gesetzten Erwartungen nicht erfüllte.

Er muss schon eine ganze Menge Countdowns für die Patagonien-Reise eingespielt haben, als ich mich bereit erklärte mitzukommen. Nach der Trennung bekam ich noch eine »100-Tage«-Erinnerung, aber sie war nicht ansatzweise so alarmierend, denn im Gegensatz zu dieser schaurig getimten Nachtod-Nachricht handelte es sich dabei nur um die Anmerkung eines Mannes, der mich in die Friendzone manövriert hatte.

»Sorry wegen des Gurtpolsters«, sagt Mara, die am Steuer ihres Jeeps sitzt, und deutet dabei mit dem Kinn auf meinen schlichten, schmucklosen Gurt. »Als das Auto in der Werkstatt war, haben die es entsorgt.«

Ich starre aus dem Fenster auf den Bootsclub-Parkplatz, die Stirn an die Scheibe gepresst. »Schon okay.« Wirklich gebraucht habe ich das Polster nur in der Zeit meiner Mastektomie und der Brustrekonstruktion. Danach war das Ding dann einfach zu gemütlich, um es wegzuschmeißen.

Vor sechs Jahren, als bei meiner Mutter Brustkrebs im Stadium 2 festgestellt wurde, ließ sich meine gesamte Familie auf die BRCA1-Genmutation testen. Bei meiner Schwester Emma war das Ergebnis negativ. Nur ich hatte die Arschkarte.

Mit meinen Erbanlagen habe ich eine fünfundachtzigprozentige Wahrscheinlichkeit, irgendwann in meinem Leben Brustkrebs zu bekommen. Es ist eine unverbindliche »*sehr-wahrscheinlich-irgendwann*«-Diagnose. Die restlichen fünfzehn Prozent sind wie eine Oase in der Wüste – es gibt Grund zur Hoffnung, aber wahrscheinlich wirst du irgendwann kurz vor dem Verdursten Sand fressen müssen. Meine Ärztin konnte nichts anderes mit Sicherheit sagen, als dass ich *wahrscheinlich irgendwann* dem Untergang geweiht bin. Beziehungsweise war.

Vor etwa anderthalb Jahren bin ich nämlich über meinen Schatten gesprungen und habe eine vorbeugende beidseitige Mastektomie vornehmen lassen, bei der mein Brustgewebe, beide Nippel, und damit auch jedes Gefühl in der Brust, entfernt wurden – das volle Programm eben. Sechs Monate danach unterzog ich mich einer Brustrekonstruktion, und jetzt ist die Wahrscheinlichkeit, dass ich Brustkrebs bekomme, geringer als bei Frauen ohne die Mutation.

Nach einer Reihe unangenehmer One-Night-Stands und misslungener erster Dates lernte ich dann Sam kennen. Er hatte für mich von Anfang an weniger von einem festen Freund und mehr von einer höheren Existenzebene, nach der ich streben wollte – ein Mensch, der mich durch seine Nähe – und mit gelegentlichen motivationalen Kalendermitteilungen – in eine Person verwandeln sollte, die es wert war, dem von meinen kaputten Genen verursachten *sehr-wahrscheinlich-irgendwann-*Todesurteil entflohen zu sein. Eine Person, die des Cheatcodes, den ich benutzt hatte, würdig war.

Mara tätschelt meinen Arm. »Es ist nur ein einziger Nachmittag, Alison. Und der ist auch schon fast vorbei. Danach kannst du diese ganzen Gefühle in Ruhe bei deiner Therapeutin abladen«, erklärt sie mir, weil sie anscheinend denkt, dass ich wegen meines aktuellen Täuschungsmanövers so in Gedanken versunken bin.

Ich wische ihren Vorschlag mit einer matten Handbewegung vom Tisch, weil ich schon seit Monaten nicht mehr zu Denise gehe. »Danke, dass du mich fährst.«

»Weniger deinetwegen als nicht der Sicherheit des Twin-Cities-Ballungsraums zuliebe. Ich kann mich nicht erinnern, wann du zuletzt selbst am Steuer gesessen hast.« Sie späht über den Rand ihrer schnittigen Sonnenbrille, die entweder wirklich ein teures Designermodell ist oder nur teuer aussieht, weil Mara Montgomery-Kline über genau diese Superkraft verfügt. »Ich bin nicht sicher, ob du überhaupt noch Autofahren kannst.«

Das ist eine glatte Lüge. Nicht der Teil, dass ich mein Leben nach Fußläufigkeit und der Verfügbarkeit öffentlicher Verkehrsmittel ausrichte, um so wenig wie möglich in meinem verbeulten Subaru durch die Stadt jagen zu müssen, sondern der Teil, dass Maras Hilfsbereitschaft nicht meinem, sondern dem Wohl anderer dient. Da es Mara zutiefst unangenehm ist, zugeben zu müssen, dass sie Gefühle besitzt, die jenseits von »gnadenlos ehrgeizig« und »hungrig« angesiedelt sind, sehe ich über ihre Bemerkung hinweg.

Stattdessen klappe ich den Blendschutz runter und wische mir mit dem Ringfinger die verschmierte Mascara ab. »Okay. Aber mach die Musik an, bevor wir reingehen. Als kleine Aufmunterung.«

»Ich glaube, wenn wir bei der Trauerfeier für deinen Freund auf dem Parkplatz laut die Charts mitsingen, würde das die falsche Botschaft vermitteln.« Sie wendet sich mir zu und nimmt meine Hände. »Du kommst damit klar. Zusammen kommen wir damit klar. Also, auf geht's!«

Doch wir kommen überhaupt nicht klar, und im Handumdrehen geht beim Lunch alles den Bach runter.

Als wir den Saal betreten – Holzvertäfelung und seemännisches Streifenmuster, so weit das Auge reicht –, befindet sich das Event bereits in einer kleineren Krise. Da der Caterer die glutenfreien Brunch-Optionen nicht entsprechend gekennzeichnet hat, melde ich mich freiwillig, diese allesamt für Mrs. Lewis zu identifizieren und zu etikettieren, in der Hoffnung, mich so gleichzeitig in der Küche verstecken zu können und obendrein beschäftigt zu sein.

Leider bestärkt diese Geste nur meinen Status als »trauernde Partnerin«, statt mich meinem eigentlichen Ziel näher zu bringen, nämlich, mich in Luft aufzulösen. Selbst in der riesigen Küche wirft das Personal mir immer wieder mitfühlende Blicke zu, und die Barkeeperin leitet mich persönlich zu einer kurzen Heilmeditation an, bei der beide Hände zwischen die Brüste gelegt werden sollen. Ich mache mit, weil ich hoffe, die Interaktion so schneller beenden zu können. Doch leider irre ich mich da gründlich.

Sams Familie und Freunde entdecken mein Versteck, und schon bald bildet sich in dem beengten Raum eine Schlange von Leuten, die mir zwischen den Edelstahl-Kochinseln ihr Beileid aussprechen. Die Trauergäste lassen sich in zwei Kategorien einteilen: zum einen völlig Fremde, bei denen ich mir absolut sicher bin, dass ich ihnen noch nie begegnet bin, obwohl sie steif und fest behaupten, sie könnten sich genau an mich erinnern. Zum anderen Leute, die mir vage bekannt vorkommen, die ich aber nicht zuordnen kann, ganz gleich, wie lange ich sie anstarre.

»Das ist … wirklich fürchterlich«, flüstert Mara, als wir endlich allein sind. Ihre schnörkelige Handschrift auf den »glutenfrei«-Kärtchen ist absolut makellos, und das macht mich nur noch wütender.

»Ich weiß«, fauche ich und drücke viel zu fest mit dem Füller auf, so dass das f für *frei* quer über das ganze Kärtchen verläuft. »Aber wenn ich noch eine Sekunde länger mit Sams Angehörigen draußen rumstehen muss, wird meine leblose Hülle die Häppchen servieren müssen, weil ich den Geist ausgehaucht haben werde.«

Mara rümpft die Nase. »Eine verstörende Vorstellung.«

Wir blicken beide auf, als das Quietschen der Metalltür verkündet, dass noch jemand zu uns hereinkommt.

Eine junge, drei Kaffeekannen jonglierende Kellnerin beugt sich in die Küche. »Wir brauchen dringend eine Ladung glutenfreien French Toast. Die Zöliakie-Gäste werden unruhig.« Sie deutet mit dem Kopf in Richtung des überfüllten Raums, in dem es anscheinend eine schockierend hohe Zahl von Trauernden mit Glutenunverträglichkeit gibt. Irgendetwas an der Art, wie sie uns behandelt – nicht wie Figuren in einer tragischen Romanze, sondern wie zwei Frauen, die zwischen ihr und einem fetten Trinkgeld stehen –, beruhigt mich etwas. Jetzt lässt sie ungeduldig die zuschlagende Tür von ihrer Hüfte abprallen.

Mara packt sich ein Blech mit zuckergepuderten French-Toast-Scheiben. »Ich kümmere mich darum. Du kannst dich weiter hinter den Wärmeplatten verstecken.«

»Ich bevorzuge den Ausdruck *strategische Vermeidung*«, rufe ich ihr nach. Unsere Servierfreundin hält die Tür für Mara mit ihrem Körper auf, aber ehe auch sie zum Speiseraum zurückkehren kann, bemerken wir beide, dass sich meinem Schutzraum aus Edelstahl und gut gefüllten Abfalleimern ein Eindringling nähert.

»Alison!« Ihre Stimme eilt Mrs. Lewis voraus, und einen Moment lang erwarte ich, die Frau zu sehen, die ich bei der Party am 4. Juli kennengelernt habe. Lebhaft und spritzig, in einem rosa-türkisfarbenen Kaftan, servierte sie einen Cocktail, den sie eigens zum Nationalfeiertag kreiert hatte.

Heute erkenne ich sie kaum wieder. Ihre Augen sind genauso blau wie die von Sam, aber ausdruckslos und vom Weinen rot gerändert. Ihr Gesicht dagegen hat jede Farbe verloren, sie sieht erschöpft aus, kraftlos, als seien ihre Knochen zu schwer für sie. Sie zieht einen Mann hinter sich her durch die Küchentür.

»Da sind Sie ja. Ich habe überall nach Ihnen gesucht. Haben Sie schon Sams besten Freund Adam kennengelernt? Adam, das ist Sams Freundin Alison«, erklärt sie dem Mann, dessen Blick jedoch starr auf den Boden gerichtet bleibt.

Adams seltsamer Ausdruck während der Trauerrede blitzt vor meinem geistigen Auge auf, und ich denke ernsthaft darüber nach, ob ich weglaufen kann, bevor unsere Blicke sich treffen. Aber es ist zu spät.

Als er endlich aufsieht, bin ich überrascht. Weniger darüber, dass der Nordküstengriesgram groß und breit ist, wie es sich für ein nordisches Mythenwesen gehört, aber dazu hatte ich mir ein

Gesicht vorgestellt, das zu seiner faden, schroffen Persönlichkeit passt: ein Mann so abschreckend wie seine Textnachrichten-Persona.

Was ich mir *nicht* vorgestellt hatte? Dass Adam Berg diese besondere Art von anziehender Attraktivität hatte, die einen mit jedem Blinzeln und Halblächeln dazu einlud, sich näher zu lehnen. Wenn sein markant schönes Gesicht nicht in einer grimmigen Griesgram-Miene erstarrt gewesen wäre.

Trotzdem schlummert eine unbestreitbare Sanftheit in seinen dunkelbraunen Augen, selbst jetzt, wo sie genauso wenig fokussiert sind wie die von Mrs. Lewis.

Einen Augenblick fühle ich mich sicher, aber dann flackert etwas in seinem Gesicht auf, und die scheinbar harmlosen Augen durchbohren mich mit einem Blick, der mich völlig aus dem Konzept bringt. Um ein Haar rufe ich laut, dass ich *natürlich Sams aktuelle Freundin* bin – wie die schlechteste Geheimagentin der Welt.

»Nein«, antworte ich endlich auf Mrs. Lewis' Frage. »Wir haben uns noch nicht kennengelernt. Ich bin Alison.« Dankbar, dass mein Hirn die richtigen Worte in der korrekten Reihenfolge produziert hat, strecke ich Adam die Hand entgegen.

Er zuckt zusammen, als hätte er kurz vergessen, was ein Händedruck soll, und ergreift dann meine Hand. Zum ersten Mal in meinem Leben verstehe ich, warum Hände manchmal als Pranken bezeichnet werden. Seine sind nicht besonders haarig, aber rau und mindestens doppelt so groß wie meine. Als er mir denselben seltsamen Blick zuwirft wie vorhin in der Kirche, mache ich mich aufs Schlimmste gefasst.

»Ich habe Bilder von dir und Sam gesehen«, sagt er jedoch ganz schlicht, und innerlich stoße ich einen Seufzer der Erleichterung aus. Sein Ton legt nichts nahe außer einer gewissen Verlegenheit, mich von einem Instagram-Foto im wahren Leben sofort wiedererkannt zu haben. Obwohl eine Aversion gegen Social Media ein krasser Gegensatz zu Sams Vorlieben wäre – der einmal das gemeinsame Zubereiten eines Abendessens als »Collab« bezeichnet hat –, halte ich mich an dieser alternativen Erklärung für Adams merkwürdigen Blick fest, als wäre sie eine Boje in stürmischen Gewässern.

Trotzdem werde ich die Anspannung nicht los, die sich, als er mich in der Kirche so angesehen hat, in meinen Nacken gesetzt hat. Dieser *Blick*. Seither weiß ich: Wenn jemand diese ganze Farce durchschaut, dann ist es Adam Berg.

»Ich hab viel über dich gehört, als er seinen Besuch zum Oktoberfest geplant hat«, sage ich, um das Schweigen zu durchbrechen. Ich kann niemanden in unbehaglicher Stille baumeln lassen, da ich den Drang meiner Mutter geerbt habe, dafür zu sorgen, dass andere Menschen sich wohlfühlen.

»Ich dachte, er sei tatsächlich zum Oktoberfest gefahren«, wirft Mrs. Lewis ein. Adam hält meine Hand noch fester und mustert mich weiter mit scharfem Blick.

Ich ziehe meine Hand weg. »Ja, natürlich.«

Ein Muskel in Adams Kiefer zuckt, während meine beiden Gesprächspartner auf meine Erklärung warten. Weniger als eine Stunde, nachdem ich mich bereit erklärt habe, »Sams Freundin« zu spielen, bin ich offensichtlich schon in ein Minenfeld gelaufen.

In diesem Augenblick stürmt Mara herein. »Wir brauchen noch mal zwei Bleche, und ich vertrete Taylor, damit sie ihre Pause machen kann.« Als sie uns sieht, stutzt sie.

»Hab es schon.« Eine junge Kellnerin mit kurzen Haaren kreist dienstbeflissen um sie herum und greift sich ein Tablett French Toast.

»Der Service war übrigens großartig«, sagt Adam zu Mara und reicht ihr das zweite Gericht von der Arbeitsplatte.

O Gott. Er denkt, sie arbeitet hier, was ja keine absurde Annahme ist, da wir uns ja schließlich beim Küchenpersonal verkrochen haben.

Mara hält kurz inne und überlegt, sagt: »Danke.« Dann sieht sie mich fragend an, aber als ich dezent den Kopf schüttle, flieht sie verräterischerweise zurück durch die quietschende Tür.

Adams und Mrs. Lewis' Blicke schnellen wieder zu mir und ich räuspere mich.

Warum habe ich Mara nur entkommen lassen? Ich hätte uns bis zum bitteren Ende mit Küchenzwirn an den Knöcheln zusammenbinden und mir somit ihre Unterstützung beim Gehen, Sprechen oder anderen grundlegenden menschlichen Verhaltensweisen sichern sollen, dic von einer untröstlichen Freundin erwartet werden.

Als die Metalltür erneut quietscht, bin ich kurz erleichtert, doch wer da zielstrebig über den Fliesenboden trottet, ist nur Sams Vater und nicht die heilige Mara oder auch nur ein gut getimtes Nagetier, das den Raum durchs Über-die-Füße-Laufen leert.

»Walter sagt, wenn wir vor Januar verkaufen, können wir weitere Steuerprobleme vermeiden«, erklärt Dr. Richard Lewis seiner Frau, sein leuchtendes Handy fest in der Hand.

»Du hast *jetzt* mit Walter telefoniert? Während unserer ...« Mrs. Lewis lässt den Satz unvollendet, der Gedanke ist zu schmerzhaft, um ihn ganz auszusprechen. Doch ihre Stimme ist kurz vorm Überkochen.

Unbeirrt fährt Mr. Lewis fort: »Einer von Sams Freunden ist Immobilienmakler, und er sagt, wenn wir die Wohnung bis zum 1. Dezember auf den Markt bringen, haben wir bis zur Cookie Party möglicherweise schon alles geregelt.«

»Cookie Party?«, wiederholt seine Frau, und es klingt, als habe sie weder von Cookies noch von Partys jemals etwas gehört.

Gedankenverloren streicht sie ihr schwarzes Kleid glatt, das teuer aussieht, aber nicht perfekt geschnitten ist. Wahrscheinlich hat sie es eigens für den heutigen Anlass gekauft. Die Vorstellung, wie sie mit langsamen Schritten und leeren blauen Augen das Ridgedale Center Nordstrom durchwandert, zerschneidet mich wie eine Glasscherbe im Bauch.

Doch dann erholt sie sich und trällert mit einem aufgesetzten Lächeln: »Darüber diskutieren wir jetzt nicht, Richard.«

»Judy, wir müssen darüber sprechen. Du weigerst dich, das Apartment zu betreten, und ich kann zwar einen Termin mit den Möbelpackern vereinbaren, aber wenn sie Sams Sachen zusammenpacken sollen …«

»Kein *Fremder* wird die Sachen unseres Sohns anfassen«, fällt sie ihm scharf ins Wort. Darauf scheint ihr Ehemann nicht gefasst zu sein, denn er zuckt minimal zusammen, setzt vorsichtig seine runde Hornbrille ab und putzt sie mit dem Saum seines Anzugsjacketts.

Mit vernebelten Augen starrt er dann verloren auf die Brille hinunter. »Entschuldige, Juju«, sagt er schließlich, und ich bin auf einmal wieder auf ihrer Terrasse und halte Sams Hand, während Dr. Lewis über den Grill hinweg nach seiner Frau ruft. Dem traurigen, liebevollen Blick in ihren Augen nach zu urteilen, ist Mrs. Lewis ebenfalls dort. »Ich weiß, dass du es nicht willst, aber es gehört zu den Dingen, denen wir uns stellen müssen«, fügt ihr Mann noch hinzu, aber der Klang des Pronomens *wir* hat in meinen Ohren erschreckend viel Ähnlichkeit mit *ich*.

Adam steckt die Hände in die Hosentaschen, und auf einmal schiebt sich unsere direkte Umgebung wieder in den Vordergrund, Küchenlärm umgibt uns von allen Seiten. Auf unterschiedliche Weise ist der plötzliche Tod ihres Sohnes für beide Eltern unerträglich. Während Mrs. Lewis unter der erdrückenden Last fast zusammenbricht, hofft Dr. Lewis, der Trauer bis in alle Ewigkeit entkommen zu können, wenn er Listen abhakt und Steuerberater anruft.

Mein Magen krampft sich zusammen, wenn ich mir vorstelle, wie sich dieser bodenlose Verlust anfühlt. Wenn man zurückbleibt mit nichts anderem als dem Geschäft des Todes – Beerdigung, Wohnungsverkauf und alles andere, was notwendig ist, um den eigenen Sohn aus dieser Welt verschwinden zu lassen.

Ich blicke in ihre müden blauen Augen. Sams Augen. Wie muss es sein, in den Spiegel zu schauen und dort die Augen eines Sohnes zu erblicken, den man nie wiedersehen wird? Es ist einfach nicht natürlich, um das eigene Kind trauern zu müssen. Es ist so unfair, dass es mir einen Moment den Atem verschlägt.

Doch als ich den Mund öffne, um nach Luft zu schnappen, höre ich mich sagen – bevor ich auch nur eine Sekunde darüber nachgedacht habe, was für eine grauenhafte Idee es ist: »Ich kann das machen.«

»Sie wollen Sams Dinge für uns durchgehen?« Ein winziger Hoffnungsschimmer erscheint auf Mrs. Lewis' Gesicht. »Seine Sachen packen und die Wohnung für den Verkauf freiräumen?« Ihr hoffnungsvoller Ton drückt auf die Stelle in meinem Gehirn, die unweigerlich dann aufleuchtet, wenn ich etwas richtig mache, obwohl es ein bisschen wehtut.

»Natürlich.« Ich ziehe die Silben so weit wie möglich in die Länge, wie um Zeit zu schinden, damit ein Außenstehender mich womöglich noch vor diesem Wahnsinn bewahrt. »Was auch immer Sie beide von mir brauchen. Ich helfe gern.«

Mrs. Lewis klatscht in die Hände. »Das wäre wunderbar, Alison. Ich bin Ihnen von Herzen dankbar, ich habe Ihre Zuverlässigkeit schon immer geschätzt. Ständig sage ich Sam, wie perfekt Sie für ihn sind.« Unversehens rutscht sie wieder ins Präsens. Aber ich kann sie nicht korrigieren. Statt etwas zu sagen, starre ich auf den mysteriösen Fleck an der Wand hinter ihrem Kopf.

Adam räuspert sich. »Sie muss das nicht machen … ich kann das auch übernehmen, Judy, kein Problem.«

Ich werfe ihm einen Seitenblick zu. »Wohnst du nicht zwei Autostunden entfernt von hier?«

»Es gibt auch Wochenenden.« Er schafft es tatsächlich, nicht wie ein absolutes Arschloch zu klingen, als er mir unsere kalendarische Zeitrechnung erklärt – eine ganz schön reife Leistung. »Und ich bin sicher, dass es kleinere Handwerksarbeiten zu erledigen gibt, wenn die Wohnung bis Jahresende verkauft sein soll. Das willst du bestimmt nicht machen«, fährt er fort, theoretisch an mich gewandt, aber ohne dass sein Blick länger als eine Sekunde von den Lewises abschweift.

Immer mal wieder habe ich ihn bei verstohlenen Blicken in meine Richtung erwischt, ungefähr so, als wäre ich ein Speiserest, der jemandem zwischen den Zähnen hängt. Immerhin starrt er mich nicht an, doch anscheinend kann er vor lauter Anspannung meine Bewegungen nicht ganz aus den Augen lassen. Seine subtile Aufmerksamkeit gruselt mich ein bisschen.

Mir ist die Vorstellung, die Wohnung meines Exfreunds auszuräumen, absolut unangenehm, aber die Idee, die Sache dem Nordküstengriesgram zu überlassen, gefällt mir noch weniger.

»Ich mag kleine Hausprojekte«, verkünde ich und kneife die Augen zusammen. Dass das ganz offensichtlich eine Lüge ist, tut nichts zur Sache. »So was ist genau mein Ding.«

»Adam, ich dachte, du hättest zu viel zu tun, um noch irgendwelche Nebentätigkeiten zu übernehmen«, schaltet sich Dr. Lewis wieder ins Gespräch ein.

Jetzt ist Adam empört. »Das ist für mich keine *Nebentätigkeit*. Ich werde mir Zeit für Sam nehmen.«

Es gefällt mir nicht, wie wir über Sam sprechen, als wäre er einfach im Nebenzimmer und nicht für immer in unsere Erinnerungen verbannt.

Mrs. Lewis zwirbelt ihre Silberkette zwischen den Fingern. »Das sollte wirklich Alison machen, Adam. Sie weiß, was uns am Herzen liegt.«

Sie schaut mich an, damit ich ihre Annahme bestätige, und mein Magen krampft sich zusammen.

»Wir könnten es doch zusammen erledigen«, stoße ich hervor.

Mrs. Lewis strahlt, ihr Ehemann nickt – ein Punkt weniger auf seiner To-do-Liste –, und Adam massiert sich die Nasenwurzel, als hätte ich ihn soeben dazu verdonnert, ein Wochenende in einem Lastenaufzug festzusitzen.

Warum bin ich so?

Weil Sam fort ist und weil seine Familie möchte, dass ihr Sohn eine Freundin hat, die bereit ist, einen kleinen Teil ihrer erdrückenden Last zu übernehmen.

Die Frau zu sein, die diese Leute jetzt brauchen, ist doch das Mindeste, was ich tun kann. Es wird den Verlust ihres Sohnes natürlich nicht aufwiegen können, aber vielleicht diese Zeit ein bisschen erträglicher machen. Ich kann diese Familie nicht enttäuschen, und das auch noch an diesem Tag.

Und ob Adam es glaubt oder nicht, ich kann ihm tatsächlich helfen.

»Adam und ich werden uns um alles kümmern.«

- KAPITEL 3 -

Ein etwas gereifterer Ford

14:17 ALISON:

Hi Adam! Alison hier! Soll ich am Samstag zu einer bestimmten Zeit kommen? Irgendwas mitbringen?

In Minnesota kommt der Winter meistens plötzlich. Am einen Tag genießt du noch in einer leichten Jeansjacke das schöne Herbstwetter, am nächsten durchsuchst du die Tiefen deines Kleiderschranks nach einem dick gefütterten Parka, weil du dein Auto aus dem Schnee ausgraben musst. Manchmal schneit es auch schon Mitte Oktober.

Aber nicht dieses Jahr. Am Tag nach Sams Beerdigung sind es über zehn Grad und es ist warm genug, um meine beiden besten Freundinnen zu der Wanderung zu zwingen, die mein toter Exfreund zwischen Trauerrede und Abendmahl vorgeschlagen hat.

Mit dem Auto zu einem von Menschenhand angelegten Naturlehrpfad zu fahren, fühlt sich nicht angemessen an, aber es ist das Beste, was ich mit meinem von Sams Notizen aus dem Jenseits heimgesuchten Handy auf die Schnelle finde. Der Pfad ist viel zu sauber und gepflegt, und ich kann in der Ferne immer noch den Highway hören – diese Wanderung wird mich wohl kaum in Einklang mit der Natur bringen. Für Sam würde die Unternehmung nicht mal als Wanderung durchgehen, sondern eher als unproduktiver Bummel im Nirgendwo.

»Ich hab dich grade mal zehn Minuten alleingelassen.« Ein

Zweig knackt unter Maras blendend weißen Sneakern, die noch nie die Welt außerhalb eines Fitnessstudios gesehen haben. Sich so weit vom Handynetz zu entfernen, macht sie immer ein bisschen nervös, denn: »Man weiß ja nie, wo man gerade ist, wenn der Typ – du weißt schon – aus Versehen ein Reel seines Schwanzes zur Musik von ›Unholy‹ postet.«

Die Spezifik dieses »hypothetischen« Ereignisses mit ihrem Klienten aka »dem Typ« verfolgt mich bis heute.

»Du hast in meiner Zeit der Not verlassen.«

Sie schlägt nach etwas in der Luft und der Reflexstreifen auf ihrer Lululemon-Jacke fängt kurz die Sonne ein. »Ich hab angenommen, du hättest dich selbst wenigstens so weit unter Kontrolle, dass du dich nicht freiwillig meldest, die Wohnung deines Exfreunds auszuräumen. Du hörst doch selbst, wie irre das klingt, oder?«

»Nein, Al. Ich liebe es, wie pflichtschuldig du ihren Sohn fake-datest. Echt, sehr süß.« Kokosduftende blonde Strähnen peitschen mir in den Mund, als Chelsea sich in Richtung irgendeiner auf einen nahen Baum einhämmernden Kreatur dreht. »Oooh, ein rotbauchiger Carolina-Specht!«

Chelsea war schon immer Tierliebhaberin, aber die lange Zeit als Lehrerin in Naturkunde für Viertklässler haben ihr flüchtiges Interesse für die Fauna Minnesotas in eine milde Form von Besessenheit verwandelt. Das Einzige, was sie daran hindert, immer mehr ehemals streunende Katzen bei sich unterzubringen, ist ihr Vermieter Joel. Sein striktes Haustierverbot hat sie gezwungen, für Colonel Corduray, die einäugige Kalikokatze, die sie auf dem Messegelände gefunden hat, ein neues Zuhause zu finden.

»Das ist kein Fake-Dating …« Ich setze zu einem halbherzigen Protest an, muss jedoch einsehen, dass ich auf verlorenem Posten stehe, und widme mich lieber der Stechmücke, die mein

Gesicht attackiert. Die meisten Sommerinsekten sind tot oder haben sich in Innenräume verzogen; nur die hartnäckigsten kleinen Vampire halten noch durch. Die Biester fühlen die kühle Brise des Winters nahen und werden tollkühn, weil sie wissen, dass sie nichts mehr zu verlieren haben.

»Fake-Dating erfordert ein gewisses Maß an Beteiligung von Sams Seite, worauf Al sich aber nicht verlassen kann.« Mara stelzt über einen Schwarm Erdwespen hinweg, die im Gras herumwimmeln. Wenn ich die Augen schließe, könnte ich schwören, dass ich spüre, wie sie an meinen Wanderstiefeln hochkrabbeln, und muss gegen die Gänsehaut ankämpfen, die mir den Rücken hochkriecht.

Chelsea reißt sich vom Anblick der majestätischen Natur los. »Das kommt aber nicht dem Ferienkonzert meiner Schüler in die Quere, oder? Die Hälfte der Eltern sind weg auf Hockey-Reise, und wir brauchen Zuschauer. Wenn ihr abspringt, dann schickt bitte jemand anderen. Einer raus, einer rein.«

»Keine Sorge«, versuche ich sie zu beruhigen, »Ich werde da sein, mit Glöckchen um.«

»Ich bin neunzigprozentig sicher, dass du Witze machst, aber tu's bitte nicht. Wenn alle Glocken dabeihaben, kommt das Rihanna-Cover des Handglockenchors garantiert durcheinander, und Kaylee und Hunter kommen jetzt schon kaum damit zurecht.«

Ich ziehe eine Wasserflasche aus meiner Gürteltasche. »Hast du den Kindern Glocken in die Hände gedrückt?«

»Du brauchst gar nicht so zu tun, als würde dich eine Glockenversion von ›Umbrella‹ nicht interessieren.« Chelsea steckt die Hände in die Tasche ihres leuchtend pinken Hoodies und runzelt die Stirn.

»Wir haben doch gesagt, dass wir kommen. Bitte hör endlich auf, uns davon zu erzählen«, bettelt Mara.

Chelsea verdreht die Augen. »Wenn ich gewusst hätte, dass ihr euch bei der Trauerfeier aufführt wie zwei Undercoveragentinnen in einem Spionagefilm, hätte ich die Probe verschoben und wäre mitgekommen. Oh, ich hätte sogar mit falschem Akzent sprechen können! Ich binge gerade *Bachelor in Paradise: Australia*, und mein australischer Akzent ist dabei, richtig gut zu werden.« Chelsea sagt »richtig gut« mit einem Akzent, den man garantiert in keiner Region des Commonwealth verstehen würde.

Mara hält ihr Telefon über den Kopf, als könnte das Handynetz ihren Arm treffen wie ein Blitzableiter im Gewitter. »Du hältst dich bei ›*Real Housewives*‹ auch auf dem Laufenden, ja? *Housewives*-Trivia gibt es immer.«

Zusammen mit Chelseas Freund und Kollegen Patrick sind Chelsea und ich Mitglieder eines Bar-Quizteams, das Mara viel zu ernst nimmt. An Neujahr gibt es immer einen Meisterschaftswettbewerb, aber wir haben es noch nie übers Viertelfinale hinausgeschafft. Die schwache Leistung schürt Maras Kampfgeist fürs nächste Jahr.

»Keine Sorge, Mara. Ich bin genauso engagiert wie immer.« Chelsea wendet sich wieder mir zu. »Weißt du eigentlich, warum Sam niemandem erzählt hat, dass ihr euch getrennt habt?« Die Millionen-Dollar-Frage.

»Rachel meint, seine Eltern haben sich so gewünscht, dass er endlich ein bisschen sesshafter wird, und da wollte er sie nicht damit konfrontieren, ehe er in einer neuen Beziehung war. Sie sind ziemlich krass bei diesem Thema. Vor allem seine Mom.« Dabei fällt mir ein, wie Mrs. Lewis sich bei der Party am Nationalfeiertag nach ein paar Bud Light Limes mehrmals nach dem Zustand meiner Gebärmutter erkundigt hat, und ich verziehe unwillkürlich das Gesicht. Mir war klar, dass sie mit ihren alles andere als subtilen Fragen vorhatte, ein Gespräch über Babys,

Familie und meine Fähigkeit, Kinder zu bekommen, anfangen wollte, aber ich war nicht in der Stimmung, auf einem Pontonboot mit der Mutter meines neuen Freunds über eventuell durch die BRCA-Diagnose hervorgerufenen Komplikationen zu diskutieren, während im Hintergrund *Party in the U. S. A.* aus den Lautsprechern dröhnte. »Aber ›Sams Freundin‹ zu sein, ist das Mindeste, was ich tun kann. Ich muss doch nur ein paar Sachen ausräumen. Und sein Freund Adam wird mir dabei helfen. Das dauert bestimmt nur einen Tag. Höchstens zwei. Dann sind wir fertig.«

»Ach, es gibt einen Freund? Wie ist der denn so? Ist er heiß?«, fragt Chelsea gedankenverloren, und kickt ein bisschen Dreck vom Weg.

Ich stolpere auf dem unebenen Boden. »Was? Nein!«, rufe ich viel zu hoch und zu schnell, während Mara schreit: »Ja! Es ist ein echtes Desaster!«

»Oooh. Welch überraschende Wendung.« Chelsea reibt sich die Hände, begierig auf Klatsch.

»Er ist genau Alisons Typ«, meint Mara, und hält mit wachsender Verzweiflung ihr Telefon jetzt in Richtung Boden.

»Ich habe überhaupt keinen Typ«, erwidere ich, aber meine Stimme klingt schrill und defensiv.

»Also so etwas wie … ein bärtiger Indiana Jones?«, fragt Chelsea. Mara nickt heftig, aber ohne von ihrem Handy aufzublicken.

»Ich glaube, es wäre mir schon aufgefallen, wenn er aussehen würde wie ein junger Harrison Ford.« Ich stolpere über einen Stein und schaffe es nicht, mein ungeschicktes Manöver zu einem natürlichen menschlichen Bewegungsablauf umzumünzen.

Klar, Adam sieht gut aus, aber das tun Sams Freunde allesamt. Wenn man sie in einem Raum versammeln würde, könnte man den Eindruck bekommen, sie seien zum Casting für den North-Face-Katalog angerückt. Aber wenn an Adam irgendetwas speziell für mich attraktiv war, habe ich es nicht bemerkt. Alles an diesem Tag fühlte sich falsch an. Als wären wir alle Opfer eines makabren Witzes, der aus dem Ruder gelaufen war.

Mara verdreht die Augen. »Oh, er ist dir sehr wohl aufgefallen. Und das Interesse war gegenseitig.«

Ich fingere an meinem Ärmel herum. »Du hast uns gerade mal eine Sekunde miteinander reden sehen.«

Sie mustert mich mit einem Blick, der sagt, dass diese eine Sekunde absolut gereicht hat.

Wirklich? Ich bekomme eine Gänsehaut bei der Vorstellung, ich könnte bei der Trauerfeier für meinen Freund unbewusst Gäste begafft haben. Eigentlich bei der Trauerfeier für meinen Exfreund, aber das weiß ja sonst niemand.

In Chelseas Augen blitzt der Schalk. »Es ist eher eine bestimmte Ausstrahlung, auf die du es abgesehen hast – griesgrämiger Intellektueller, der gerade verpennt aus seiner Höhle kommt und keine Zeit hat für deine Dummheiten.«

Mara nickt und legt noch einen drauf: »Oder ein Typ mit Dreitagebart in Räuberzivil, der sich mit dir zankt, während er deinen Fernseher einbaut.«

»Das ist überhaupt nicht mein Typ! Sam war nicht so.«

Chelsea legt den Kopf schräg und überlegt ernsthaft eine Weile. »Nein, er war eher wie Greg Kinnear in *Sabrina*, aber jedem mit Augen im Kopf war klar, dass sie letztlich mit Harrison Ford zusammenkommen würde. Trotzdem war Sam einer aus dem erweiterten Harrison-Ford-Universum. Ich würde mir einen etwas gereifteren Ford für dich wünschen. So einen wie in *Der einzige Zeuge* oder *Die Waffen der Frauen*.«

»Er war doch so ein Arschloch in *Die Waffen der Frauen*«, sage ich, aber niemand hört mir zu.

Chelsea hebt eine Handvoll Tannennadeln vom Waldboden auf, schnuppert daran und um ihre Augen bilden sich kleine Freudenfältchen. Neid macht sich in mir breit. Seit meiner Mastektomie habe ich mir fest vorgenommen, jede Woche eine Wanderung zu machen, in der Hoffnung, dass ich diese regelmäßige Meditation mit der Natur und meinem Körper irgendwann lieben lerne. Bisher hat es nicht geklappt. Gebt mir einen Berg, einen Strand, eine Wiese, und ich entscheide mich jedes Mal für Antwort D: Nichts davon. Wir haben die nötige Technik, immer für eine angenehme Temperaturen zu sorgen! Warum sollten wir zu einer überkommenen Lebensweise zurückkehren?

Mit jeder Wochenendwanderung, jeder Biographie, die ich verschlinge, weil es darin um persönliches Wachstum geht, mit jeder Kanufahrt den Fluss hinunter hoffe ich, die Person zu werden, die sich genötigt fühlt, nur der schlichten Freude wegen an einem Zweig zu schnuppern.

Aber ich bin immer noch ich selbst, und ich rieche lieber an einem Cookie.

Es ist, als würdest du so tun, als wärst du jemand anderes.

»Ja! Herr im Himmel, ich hab einen Strich!« Mara wippt auf einem Felsbrocken, schwenkt das Handy durch die Luft und beansprucht jeden Muskel in ihrem Körper, um das Gleichgewicht zu halten.

Hinter der bedenklichen Yoga-Pose meiner Freundin kann ich in der Ferne gerade noch kristallblaues Wasser ausmachen. Üppige Kiefern umrahmen den kleinen See, ihre Spiegelbilder tanzen im glitzernden Licht auf der Oberfläche. Die letzten Reste des Herbstlaubs auf den benachbarten Bäumen sprenkeln das Bild mit orangenen und roten Details wie ein unfertiges Aquarell.

Sogar ich muss zugeben, dass es etwas Hoffnungsvolles hat, die Jahreszeiten zu beobachten, die Art und Weise, in der sogar die Luft dazu fähig ist, sich radikal zu verändern. Das Schuldgefühl in meiner Brust löst sich – ein kleines bisschen – und ich belohne die Veränderung in mir mit einer Verschnaufpause auf einem benachbarten Felsen.

Mara und Chelsea tippen bereits auf ihren Bildschirmen herum, also hole auch ich mein Telefon heraus. Auf der Fahrt habe ich einen Nachrichtenaustausch mit dem Nordküstengriesgram begonnen und bin aus unverständlichen Gründen nervös wie am ersten Schultag.

Weil er nicht gleich antwortete, versteckte ich mein Handy erst unter meiner Wasserflasche auf dem Rücksitz von Maras Jeep, dann holte ich es wieder hervor und öffnete meinen Chat mit Sam. Seit seinem Tod habe ich wie mit der Zunge an einem schmerzenden Zahn damit herumgespielt.

Ich sollte erleichtert sein, dass alle unsere Unterhaltungen vor der Trennung furchtbar höflich, sogar freundlich waren. Keine Bitterkeit. Keine verletzenden Bemerkungen. Keine bedauernswerten, volltrunkenen Voicemails. Absolut nichts mit Substanz. Es ist fast, als hätten wir uns nie wirklich etwas bedeutet.

9. SEPTEMBER:

14:30 SAM:

Ist meine grüne Jacke bei dir?

15:12 ALISON:

Ja. Du kannst sie gern nach fünf abholen.

16:36 SAM:

Dann komme ich so gegen sechs vorbei. 😊

30. SEPTEMBER:

8:42 SAM:

Alles Gute zum Geburtstag!!

9:03 ALISON:

Danke! :)

9. OKTOBER:

10:19 ALISON:

Ich bin froh, dass wir dir gestern Abend bei unserer Quiz-Night begegnet sind. Danke für deine Hilfe bei den Sportfragen!

12:37 SAM:

Ich konnte sehen, wie sehr sich Mara gefreut hat,
dass ihr endlich mal gewonnen habt.

12:39 SAM:

Das sollten wir bald noch mal machen. Ich bringe einen Profi mit 😉

16. OKTOBER:

20:47 ALISON:

Sag mir, dass das nur ein Witz ist.

Danach nichts mehr.

Ich rutsche auf dem feuchten Stein herum und klicke auf die Nachricht von Adam, die ich verpasst habe.

15:19 ADAM:

Nein.

Nein? Nein wozu? Ob ich am Samstag etwas mitbringen soll? Oder ist das Adams Art, mir mitzuteilen, dass ich lieber überhaupt nicht vorbeikommen soll? Nie? Er hat nicht mal irgendwelche Satzzeichen oder Emojis hinzugefügt, die mir einen Hinweis geben könnten. Was soll ich mit einer einsilbigen Antwort auf eine mehrsilbige Frage anfangen?

Ich stopfe mein Telefon in die Tasche meiner Fleecejacke. Ein paar Minuten verstreichen, dann verschränkt Mara die Hände und verkündet: »Ich denke, wir können das als bescheidenen Erfolg werten und innehalten, während wir in Führung sind. Die Zustände hier draußen erinnern mich zunehmend an *True Detective*, und ich habe heute keine Zeit, einen Mord aufzuklären.«

Chelsea zieht ihren Fuß in einen Quad Stretch im Stehen. »Ja, ich muss auch bald los. Ritter möchte, dass ich über Nacht bleibe.«

Chelsea hat wenigstens den Anstand, schuldbewusst auszusehen, weil sie unseren gemeinsamen Nachmittag abbricht. Aber dass sie sich mit ihrem neuen Freund Ritter – einem Crypto-Unternehmer – entschuldigt, macht das Ganze noch schlimmer. Ich mag ihn noch weniger als Maras neueste Exfreundin, die »aus politischen Gründen« geklaut hat und einmal mit einem ganzen Grillhähnchen im Kino aufgetaucht ist.

Resigniert lasse ich den Kopf in den Nacken fallen. »Na gut. Ihr seid beide entlassen. Danke, dass ihr mich zu diesem zukünftigen Tatort begleitet habt.«

Ich habe ihnen nichts von dem Kalenderalarm erzählt, mit dem Sam mich heimgesucht hat, auch nichts davon, warum mein Bedürfnis, auf einem Naturpfad, egal auf welchem, entlangzugehen, keinen Aufschub duldete. Ich war mir nicht sicher, ob sie es verstehen würden. Ich bin nicht mal sicher, ob ich es selbst verstehe.

Wir folgen Chelsea, die uns im doppelten Tempo bergab führt. »Ich habe beschlossen, diese ganze ›Fake-Freundin-Geschichte‹ als etwas Positives zu betrachten«, erklärt sie. »Ordnung in Sams Habseligkeiten zu bringen, wird dir helfen, deine Gefühle zu sortieren. Du kannst alles in reale und metaphorische Kisten einordnen.«

»Das sind doch Plattitüden, Chels.« Mein Fuß rutscht auf einem halb vermoderten Holzapfel unter mir weg, aber Mara packt von hinten meinen Arm, ehe ich ganz zu Boden gehe.

»Vielleicht hat Chelsea recht.« Maras Ton ist freundlich, wenn auch nicht ganz überzeugend. »Es könnte dir helfen, deine Trauer zu verarbeiten. Die Situation ist ein emotionales Minenfeld, und es war ohnehin schon ein schwieriges Jahr für dich.«

Sie fasst alles, was passiert ist, mit diesen zwei Worten zusammen: *schwieriges Jahr*.

Ich dachte eigentlich, ich hätte die BRCA-Diagnose vor sechs Jahren, als ich positiv auf die Genmutation getestet wurde, ganz gut verarbeitet. Zwar war meine Mutter immer noch krank, und vielleicht machte ich mir auch etwas vor, aber ich dachte, ich hätte alles unter Kontrolle. Ich hatte einen Plan. Ich hatte eine Heftmappe mit Informationen. Verdammt nochmal, ich hatte sogar ein Dankbarkeitstagebuch. Doch als ich die Mastektomie endlich hinter mir hatte, setzte sich etwas anderes in meiner Brust fest.

Mein Brustgewebe herausschneiden, die Nippel entfernen und Gewebeexpander einsetzen zu lassen, war schmerzhafter, als ich es erwartet hatte, aber immerhin war es etwas, das alle um mich herum verstehen konnten. Jeder kennt körperliche Schmerzen. Als Krebsüberlebende konnte meine Mutter die Trauer darüber, Teile meines Körpers zu verlieren, die so eng mit meiner Weiblichkeit und meiner Sexualität verbunden waren, nachvollziehen. Sie wusste aus eigener Erfahrung, wie fremd und taub sich diese Plastikdinger nun anfühlten, durch die sie ersetzt worden waren.

Aber da ich niemanden kannte, der eine prophylaktische Mastektomie hatte vornehmen lassen, niemanden, der den Krebs so ausgetrickst hatte, fühlte ich mich allein mit den Schuldgefühlen, die sich unter meinen Silikonimplantaten festsetzten. Ich fühlte mich schuldig, weil ich, nachdem mir eine zweite Chance in den Schoß gefallen war, einfach wieder mein altes, stinknormales Ich wurde.

Ich machte es mir zur Aufgabe, *mehr* zu sein. Ich begann zu wandern, auf Berge zu klettern, Wasserski zu fahren und versuchte alles Mögliche andere, was mir irgendwie ein Abenteuer zu sein schien. Doch dann starb Sam – der wilde, wundervolle Sam –, und es fühlte sich an, als hätte jemand den Knoten in meinem Brustkorb von beiden Seiten gepackt und auseinandergerissen.

Vor uns taucht der Parkplatz auf, und ich zaubere mit Mühe ein Lächeln auf meine Lippen. »Ja, das Räumen wird mir guttun.«

Mit zwei Strichen Empfang setze ich eine Nachricht an den Nordküstengriesgram ab.

15:59 ALISON:

Dann komme ich morgen früh um 10 Uhr. Bis dann!

Dazu schicke ich ihm noch eine Horde fröhlicher Emojis. Nur, um ihm so richtig auf die Nerven zu gehen.

– KAPITEL 4 –

Eine halb leere Flasche Männer-Dove

Ich fand es immer toll, dass Sam an der Green Line wohnte. In den Twin Cities gibt es nur zwei Bahnlinien, und die Green Line startet vor meinem Apartment in Saint Paul und führt an Sams Wohnung in Minneapolis vorbei.

Ich habe öffentliche Verkehrsmittel schon immer geliebt, vor allem Züge. Zu meinen frühsten Kindheitserinnerungen gehört, wie ich an Weihnachten die Modelleisenbahn zwischen den Geschenken aufgebaut habe. Im Teenie-Alter, als ich erkannte, dass die beliebten Leute von Lokomotiven nicht so fasziniert waren wie ich, verfiel meine Begeisterung in den Winterschlaf. Nur an Weihnachten durfte sich meine innere Zugenthusiastin voll entfalten.

Am Samstagvormittag bleibt die Bahn mit einem Ruck stehen und setzt mich in Sams Nachbarschaft ab, die aus betont cool umgebauten Lagerhäusern am Flussufer besteht. Allerdings befindet sich Sams Eigentumswohnung nicht in einem dieser unbezahlbar schicken Gebäude, sondern in einem neuen Apartmentkomplex über einem teuren Bioladen, einer »grünen« Textilreinigung und einem Floristen – ein völlig überflüssiges Leuchtfeuer der Gentrifizierung.

An der Haustür überkommt mich eine Woge von Trauer und Scham. Meine Finger greifen wie von selbst nach meinem Handy, um Sam zu schreiben, dass er mich bitte reinlassen soll. Mein Magen krampft sich zusammen, Übelkeit steigt in mir auf, und ich habe plötzlich den Geschmack von Säure und Cheerios im Mund.

Als ich ausatme, zieht sich das Gefühl zurück wie der Gezeitenstrom und lässt lediglich die Scham als Zeugen dafür zurück, dass es je existiert hat. Ein nasses Stück Sand nach der Flut, bloßgelegt in meiner Brust.

Beim Einatmen frage ich mich, wie zum Teufel ich ins Apartment eines toten Mannes gelangen soll. Ich überlege gerade, ob ich die Fassade in Lederstiefeln mit Absatz erklimmen könnte, als eine Frau mit einem winzigen weißen, für Halloween als Sushirolle verkleideten Hund herauskommt. Und schon bin ich drin.

»Hallo?«, rufe ich vor Sams unverschlossener Wohnungstür, gehe langsam hinein, ziehe meinen Wollmantel aus und hänge ihn an die Teakholzgarderobe neben eine dicke Jeansjacke mit robustem braunem Futter.

Ich war seit zwei Monaten nicht mehr in diesem Apartment, und alles Sam-Typische ist noch genauso wie damals, einschließlich des Korbs mit dreckiger Wäsche auf der Waschmaschine.

»Ich fange im Badezimmer an!« Adams Stimme schallt durch die offene Tür in den Flur.

Als Sam mich zum ersten Mal in seine Wohnung eingeladen hat, die so hell ist, dass es fast bedrückend wirkt, habe ich sie als das Zuhause meines neuen Freunds gesehen, mit all dem berauschenden Potenzial, das damit einherging. In der Anfangszeit habe ich mir oft ausgemalt, wie ich mit ihm an all die Orte reisen würde, in denen er seine gewebten Wandteppiche gekauft hatte. Auf dem braunen Ledersofa würden wir uns ausruhen und nach einem langen Flug die Füße auf die Vintage-Truhe legen, die davor stand. An der Küchentheke würde er für uns Kaffee kochen, nachdem wir eng umschlungen in seinem Bett aufgewacht waren.

Als er mit mir Schluss gemacht hat, verloren die Räume ihre magischen Möglichkeiten. Denn ich war von meinen neuen Brüsten so verunsichert, dass ich immer neue Ausreden fand, um nicht bei ihm zu übernachten. Wir sind auch nie zusammen verreist, und inzwischen weiß ich auch, dass die Kunst an den Wänden größtenteils aus einem Möbelgeschäft in der Nähe stammt.

Jetzt, da er fort ist, versuche ich, die Wohnung nur noch als Immobilie zu sehen. Eine ziemlich unordentliche Immobilie.

Ich dringe ins Badezimmer vor und überfalle Adam dort mit einem fröhlichen »Happy Halloween!«.

»Auf dem Tisch liegt ein Ersatzschlüssel. Da ich nichts von dir hier habe herumliegen sehen, bin ich davon ausgegangen, dass du keinen Schlüssel hast«, antwortet er.

Ich überhöre die Bemerkung über meinen fehlenden Wohnungsschlüssel und bemerke stattdessen: »Du fängst gleich mit dem Bad an. Sehr mutig.«

Leider ist auf der mir zugewandten Seite seines Gesichts keinerlei Reaktion auf meinen Versuch zu erkennen, die Situation möglichst locker zu nehmen.

Ich öffne die Badezimmertür weit, und das Geräusch, mit dem der metallene Abfalleimer über den Boden kratzt, hallt von jeder Keramikfliese des modernen Raums wider. Mein Auftritt ist so laut und so unelegant, dass ich fest davon ausgehe, dass er ihn absichtlich ignoriert.

Er sitzt auf dem Rand der schicken Badewanne, also muss ich wohl oder übel mit dem Klodeckel vorliebnehmen. Adams Nacken strahlt Gereiztheit aus, aber irgendwie merke ich trotzdem, dass er gut riecht – Duftnoten von Feuerholz, heißem Kaffee und Seife, aber letzteres könnte ebenso von den ungefähr elf so gut wie leeren Shampoo- und Duschgelflaschen stammen, die neben ihm auf den weißen Kacheln liegen. Ein paar sind normal groß, aber die meisten haben Reisegröße – offenbar hat Sam sie aus irgendwelchen Hotels stibitzt.

Angeekelt betrachtet Adam die dunkelgraue Duschgelflasche, an der Reste einer zu einem harten Tropfen erstarrten cremig-hellblauen Flüssigkeit kleben. »Als Erstes werfe ich alles Verderbliche oder schon Verschimmelte weg. Den Kühlschrank hab ich direkt nach der Beerdigung ausgeräumt, das ist also schon erledigt.«

»Du bist ganz schön schnell.« Ich strecke die Hand nach dem Duschgel aus.

»Wolltest du irgendwas aus dem Kühlschrank?«, fragt er in leicht vorwurfsvollem Ton.

»Nein. Alles gut. Schnell ist gut. Super«, versichere ich ihm und wedle dabei ausladend mit den Armen. Zum Glück ist der Duschvorhang in dieser Position zwischen uns, und er kann mich nicht sehen.

»Ich wäre noch schneller gewesen, aber Judy meinte, ich soll lieber auf dich warten.«

Es ist nur eine Andeutung, aber wenn ich genau hinhöre, merke ich, wie sehr es ihn ärgert, mich überhaupt miteinbeziehen zu müssen.

»Für den Fall, dass ich seine so gut wie leere Flasche Männer-Dove behalten will?« Ich halte die Flasche hoch wie eine schleimige Trophäe, dann stelle ich sie zu den anderen Duschgels auf den Boden.

Adam schnaubt leise und wendet sich ab.

Ich habe Sams Schwester versprochen, dass ich mitspiele, rufe ich mir ins Gedächtnis. *Für Sam und seine Familie. Sam. Sam. Sam.*

»Tut mir leid. Es war nett von dir, dass du gefragt hast.« Ich zögere und frage mich, ob Sams Aktuelle Freundin sich so leicht von seinen Sachen trennen könnte.

»Ich hatte nie viel dafür übrig, die Erinnerung an einen Menschen lebendig zu halten, indem man seine Sachen aufhebt, aber ich helfe gern dabei, alles zu sortieren, vor allem für seine Familie«, sage ich, um ihm ins Gedächtnis zu rufen, warum wir hier sind.

Mit ausdruckslosem Gesicht zeigt Adam auf den Mülleimer. Ich öffne eine Dose Haarpomade und atme den Geruch noch ein letztes Mal ein, bevor ich die Dose wegwerfe. Keine Ahnung, warum ich das tue – oder warum ich auch mit allen anderen Haarprodukten so verfahre, bevor ich sie entsorge. Es ruft kein Gefühl und auch keine bestimmte Erinnerung in mir wach, sondern einfach nur Sams Geruch. Ein kleiner, fester Bestandteil von ihm, an den ich mich kaum erinnern kann. Mit einem Schwamm wische ich getrocknete Zahnpasta vom Spiegelschrank über dem Waschbecken, während Adam einen hartnäckigen Fleck, den Sam hinter einem Bild versteckt hat, mit Scheuermittel bearbeitet. Hin und wieder starte ich einen neuen Konversationsversuch. Adam erstickt meine Bemühungen jedes Mal im Keim.

»Adam.«

Er antwortet nicht.

Er hat seinen besten Freund verloren, rufe ich mir ins Gedächtnis.

»Adam«, sage ich noch einmal, und lege die Hand auf seinen Unterarm. Sein Blick huscht zu meinen Fingern und dann hinauf zu meinen Augen. Eigentlich habe ich nur ein beruhigendes, kameradschaftliches Tätscheln beabsichtigt – eine *»du und ich, Kumpel, wir stehen das zusammen durch«*-Geste. Was dabei herauskommt, ist aber eher eine zögerliche pubertäre Berührung beim schulischen Tanzvergnügen.

Mein Selbsterhaltungstrieb schreit mich an, die böse Hand wegzuziehen und demütig die Flucht zu ergreifen, aber ich bringe es nicht über mich.

Zum ersten Mal seit dem Lunch gestern schaue ich Adam richtig an, und jetzt, da wir nicht auf einer Beerdigung sind, sieht er vollkommen anders aus. Seine Augen sind noch genauso braun, aber heute haben sie eine Wärme in sich wie heiße Schokolade, die so dekadent und üppig ist, dass sie im Coffeeshop »Trinkschokolade« heißen müsste.

Seine braunen Haare sind seltsam verwuschelt als fahre er sich nervös mit der Hand hinein. Im Licht der Badezimmerlampe sehe ich graue Haare in seinem Bart und frage mich, ob mir dieses silbrige Detail gefallen könnte, wenn ich mir erlauben würde, meine Reaktion darauf zu analysieren. Was ich natürlich nicht tun werde.

Das ganze »verwilderte Mann aus dem Wald«-Ding wirkt in entspannter Haltung und mit normalen Klamotten – Jeans, naturweißes Henley-Shirt und Lederstiefel, die offensichtlich schon einiges mitgemacht haben –, viel ansprechender. Die Ärmel sind bis zum Ellbogen hochgekrempelt und wirken den sexuellen Zauber, den Henleys auf Männerkörper ausüben, indem sie an Brust und Schultern anliegen und beides optimal zur Geltung bringen.

Er ist nicht so durchtrainiert wie Sam, dessen Körperformen regelmäßiges, zielgerichtetes Workout erforderten. Adam ist stabil und muskulös auf die Art, die Männer entwickeln, wenn sie im Wald Bäume fällen.

Und schon stelle ich mir vor, wie Adam im Wald Holz hackt.

Und er lässt meine Begutachtung keineswegs passiv über sich ergehen. Er schaut mich ebenfalls an, und sein Blick ist schwer auf meiner Haut wie Fingerspitzen, die über meinen errötenden Nacken streichen, über meine Wangen, meine Ohren. Beim Gedanken, was er an mir wahrnimmt, läuft mir eine Gänsehaut über den Rücken.

In diesem Moment bricht eine Erkenntnis über mich herein.

Mara hatte recht. Adam ist wirklich genau mein Typ, was mir bei der Beerdigung überhaupt nicht aufgefallen ist, aber jetzt, da ich auf dem Toilettendeckel im Bad meines toten Exfreunds sitze, erkenne ich es definitiv. Weder der Ort dieser Erkenntnis noch die damit einhergehende Hitze, die sich in meinem Körper ausbreitet, ist ideal.

Seine Mundwinkel bewegen sich nach unten, während die Zeit abläuft, die zum Anschauen eines anderen Menschen normal gewesen wäre. Jetzt kann ich mir entweder eingestehen, dass ich ihn anstarre, und einen Witz machen, oder ich muss ihm sofort meine Hand entreißen und mich schamvoll wegducken.

Ich entscheide mich für letzteres, lasse den Arm sinken und frage: »Die Kühltruhe hast du noch nicht ausgeräumt, oder?« Noch ehe Adams Mund eine Antwort formen kann, habe ich das Badezimmer auch schon verlassen und durchquere das Wohnzimmer auf dem Weg zur Küche.

Von der Badewanne aus ruft er mir hinterher: »Das meiste, aber da ist noch …«

»Volltreffer!« Lächelnd blicke ich in die Kühltruhe und lasse mir von ihrer Kälte die Wangen kühlen.

»Die Thin Mints oder das zuckerfreie Eis?«, schallt seine barsche Stimme durch den Flur.

Ich hole die grüne Schachtel heraus. »Die Thin Mints natürlich.«

»Keine Ahnung, warum die überhaupt hier sind. Er hat Zucker gemieden, wo er nur konnte, und ich weiß auch nicht, wann ich das letzte Mal Girlscouts beim Cookieverkauf gesehen habe.«

»Vermutlich im April.« Allerdings klingt die Zeitangabe mehr wie »Vemmrill«, weil ich mir schon Kekse in den Mund gestopft habe. »Und Sam hat sie in seiner Gefriertruhe, weil ich sie hiergelassen habe.« Nach unserer Trennung habe ich überlegt, ihm zu schreiben und einen Übergabetermin dafür zu verabreden, aber das kam mir dann doch zu sehr vor wie Thin-Mint-Junkie-Verhalten. Von April bis Januar einen Vorrat an Thin Mints in der Kühltruhe zu horten, ist nur was für überzeugte Hardliner. »Gefroren schmecken sie am besten. Willst du einen?«

»Ich versuche, mit Cookies mindestens bis Mittag zu warten.« Adam klingt nur milde angewidert von meiner Zuckersucht.

»Dein Pech. Besonders toll schmecken sie zum Kaffee. Apropos Kaffee ...« Ich ziehe das Wort in die Länge und durchsuche die Küchenschränke.

»Im Kühlschrank«, ruft Adam mir aus dem Bad zu.

Seine Stimme hallt noch immer aus dem Badezimmer. Ich hole eine große, schlanke Dose kalten Kaffee aus dem Kühlschrank, aber als Adam wieder spricht, traue ich mich nicht von der Kücheninsel weg. Durchs Haus zu schreien, hat mir die bisher längste Unterhaltung mit ihm beschert. Außerdem hindert mich diese Position daran, mehr von seinen körperlichen Attributen zu bemerken – ein zusätzlicher Bonus. »Ich hab vom Supermarkt im Erdgeschoss einen Sixpack kalten Kaffee geholt, weil ich zwar Kaffeebohnen im Schrank gefunden habe, Sam aber keine Kaffeemaschine besitzt.«

»Ja, er ist aktives Mitglied der Filterkaffee-Sekte und trinkt nur den.« Ich öffne meine Dose Eiskaffee und bewundere den bunten Mix von Tassen in Sams Regal – Andenken vergangener Urlaube und Reisen in alle Welt.

»Wir reden über ihn, als wäre er noch hier. Er *besitzt* keine Kaffeemaschine. Er *hat* Kekse in der Kühltruhe. Das passiert mir ständig.« Seine Stimme klingt traurig und ein bisschen frustriert.

Ich gehe zurück ins Bad und sehe, dass Adam noch immer auf dem Badewannenrand sitzt. Jetzt knibbelt er das Etikett von einer Shampooflasche, wirft es in den Müll, holt dann mit einer flüssigen Bewegung die Mülltüte heraus und bindet sie zu.

»Ich bringe das schnell runter.«

Es dauert den Rest des Tages, die Küchenschränke auszuräumen und sauber zu machen. Sam hatte es nicht so mit Tiefenreinigung, deshalb verbringe ich ziemlich viel Zeit damit, mysteriöse harte Klumpen abzukratzen.

Die restlichen Interaktionen zwischen Adam und mir lassen sich am besten als steif beschreiben.

Wenn Adam überhaupt mit mir redet, fragt er mich nach einem Maßband, nach Stiften oder ähnlichen Gebrauchsgegenständen. Leider bin ich offenbar nicht so vertraut mit Sams Wohnung, wie er annimmt, und einige der Schubladen haben gute Chancen, den Hauptpreis für den Titel »Einzig wahre Ramschschublade« zu gewinnen. Also muss ich mit witzigen Anekdoten Zeit schinden, bis ich zufällig auf die Dinge stoße, um die er mich gebeten hat, und das macht ihn nur noch nervöser.

»Du redest viel«, bemerkt er lakonisch. Sein Ton ist nicht wertend, aber es gibt eigentlich keine andere Möglichkeit, den Satz anders zu verstehen als *bitte quatsch nicht so viel* – als wäre ich ein altkluges Kind oder ein besonders schwatzhafter Papagei.

Doch ich schlucke den Köder nicht. Stattdessen arbeiten wir ungefähr eine Stunde in völliger Stille, und ich nehme jede Sekunde als solche wahr.

In einer weiteren Kramschublade finde ich mehrere Schachteln Cocktailschirmchen. Sam hat sie für eine Party im Juni gekauft, als wir gerade anfingen, zu daten.

Damals beneidete ich ihn um seine mühelose soziale Kompetenz. Er stellte mich einer kleinen Gruppe von Leuten vor, die über ein Indoor-Fußballturnier plauderten, und ehe ich wusste, wie mir geschah, war er schon weitergegangen, um bei einer Runde Beerpong das nächste Grüppchen zu bezaubern. So sehr ich versuchte, mich einzubringen, fiel mir einfach nichts ein, was ich den Klagen einer seiner Freundinnen über ihre Infrarot-

Sauna hätte hinzufügen können. Binnen kürzester Zeit fand ich mich allein an der Küchentheke wieder, wo ich mit den Papierschirmchen herumspielte und so tat, als hätte ich dringende Nachrichten zu schreiben.

Eins der Schirmchen zwischen den Fingern zwirbelnd, schlendere ich jetzt ins Wohnzimmer. »Hab ich dich eigentlich beim Sommer-Kick-Off kennengelernt?«, frage ich Adam.

Er ist im Flur, hängt Bilder ab und verpackt sie in Blisterfolie. Ohne Sichtkontakt kann ich mir den verwunderten Ausdruck in seinem Gesicht nur vorstellen, als er fragt: »Ist das eine Parade?«

»Nein. So hat Sam seine Party letzten Juni genannt. Ich kannte dort niemanden, deshalb könnten wir uns dort begegnet sein, ohne es zu merken.« Obwohl mir das schon in dem Augenblick, als ich es ausspreche, höchst unwahrscheinlich vorkommt. Adam wäre auf der Party aufgefallen wie ein bunter Hund. Wahrscheinlich hätte er sich neben mir am Büfett versteckt.

»Dieses Jahr hab ich es nicht geschafft, zu kommen«, sagt er, macht jedoch keine Anstalten, die Umstände näher auszuführen, so dass mein Versuch, ein Gespräch anzufangen, sich wieder wie ein Fisch an Land zu Tode zappelt.

In diesem Moment fallen mir die schwarzen Markierungen an der Wand ins Auge. Neugierig ziehe ich den Beistelltisch neben dem Sofa zur Seite und lege eine drei Jahre alte, mit Filzstift an die Wand geschriebene Liste aller Beerpong-Scores frei. Ich fluche laut. »Das Scoreboard hatte ich ganz vergessen.«

Ich erinnere mich, wie ich die Leute auf der Party ihre Punktzahl an die Wand habe kritzeln sehen, und dachte: *Ich wünschte, ich könnte so sein* – die Sorte Mensch, die sich erst beim Auszug Sorgen um den Zustand ihrer Wände macht. Jetzt wird Sam das nie müssen.

»Ich wusste gar nicht, dass er das immer noch gemacht hat«, reißt mich Adams Stimme aus meinen Gedanken. Ohne Vorwarnung steht er plötzlich kaum einen Meter entfernt neben mir und starrt mit gerunzelter Stirn auf das Gekritzel. »Ich glaube, seine Familie weiß nicht, in welchem Zustand diese Wohnung ist. In den seltenen Fällen, wenn er überhaupt mal hier war, hat Sam sich bestenfalls so um sie gekümmert, als wäre er in einer Studentenverbindung. Wenn ich nur an den Wochenenden herkomme, brauche ich den Rest des Monats, um alles einigermaßen sauber zu kriegen.«

Ich schenke ihm ein strahlendes Lächeln. »Ich bin hier, um zu helfen.« Meine Stimme klingt, als bettle ich verzweifelt um Zuspruch.

Er knurrt nur, geht in den Flur zurück und macht sich wieder an die Arbeit.

»Brauchst du noch irgendwas, bevor ich gehe?«

»Nein, ich brauche von dir nichts mehr«, antwortet er leise, und obwohl sein Ton nicht direkt eine Beleidigung impliziert, kann ich es auch nicht ganz ausschließen.

»Okay. Wann bist du denn das nächste Mal hier?«

»Morgen, den ganzen Tag. Ich übernachte heute bei meiner Schwester.«

»Das leuchtet ein – wäre ja kaum sinnvoll, heute Abend noch nach Duluth zurückzufahren.«

Endlich dreht er sich zu mir um. In der einen Hand immer noch die Blisterfolie haltend, verschränkt er herausfordernd die Arme vor der Brust und taxiert mich von oben bis unten – klinisch, unpersönlich, wie ein MRT-Gerät, das nach Anomalien sucht – und wendet den Blick dann zu dem massengefertigten Kunstdruck an der Wand. »Ich bin froh, dass du meine Entscheidung billigst.«

Irgendwie habe ich das Gefühl, dass unser Gespräch ein Spiel ist, das ich nur verlieren kann, aber ich verdopple meine Freundlichkeit. Ich kann einfach nicht anders. »Dann sehen wir uns morgen, ja?« Ich hasse den fröhlich-eifrigen Ton in meiner Stimme.

Er seufzt abgrundtief, erschöpft von einem einzigen Tag in meiner Gesellschaft. »Ich werde hier sein.«

Dann werde ich das wohl auch. Bedauerlicherweise.

*

Es ist Halloween, verkleidete Menschen schlendern die Gehwege entlang und genießen ihre Gruselleidenschaft. Obwohl die Wetter-Apps für heute Nacht den ersten Schneefall voraussagen, ist es so mild, dass die Gesichtsbemalungen – egal, ob fratzenhaft oder sexy – bereits ziemlich verlaufen sind. Als ich in die Bahn zurück nach Saint Paul steige, streitet sich ein Steampunk-Zombie mit einem Frank N. Furter, laut, schwerfällig und reichlich betrunken.

»Anscheinend … anscheinend ist es dir vollkommen egal! Es ist dir einfach egal!«, schreit der Zombie, worauf Frank zurücklallt: »Du hast mich nicht mal gefragt! Das machst du ja nie!«

Weil immer mehr kostümierte Twenty-Somethings in die Bahn strömen, steige ich ein paar Stationen früher aus. Die milde Brise ist angenehm, da laufe ich lieber fünf Minuten extra und kann dadurch einer besoffenen Addams Family entgehen.

Als ich dreißig geworden bin, war es, als hätte jemand einen Schalter umgelegt, und die Feiertage, die sich früher verlockend und grenzenlos frei anfühlten, erscheinen mir jetzt nur noch verschwitzt und klaustrophobisch. Den ganzen Weg zu meinem Apartment muss ich gegen die Menschenmassen mit Gesichtsbemalung und Latexmasken ankämpfen – von denen letztere garantiert spätestens eine Stunde nach Mitternacht, wenn auch dem Gutgläubigsten klar geworden ist, dass nichts davon atmungsaktiv ist, auf der Straße landen. Als ich mich zu Hause bescheiden kostümiert habe, stürze ich mich wieder in den Tumult.

»Bitte sag mir, dass wir einen Tisch haben!«, sage ich zu den blonden Milchmädchenzöpfen, von denen ich inständig hoffe, dass sie Chelsea gehören. Die Pizzeria, in der heute ein halloweenthematisches Pub-Quiz stattfindet, ist total überfüllt.

Chelsea wirbelt auf ihrem Barhocker herum und wirft mir ein entzücktes, leicht irres Grinsen zu. »Ahh! Du bist doch gekommen!« Sie umarmt mich so überschwänglich, dass ich gegen den rot laminierten Tresen falle. Meine Stirn stößt gegen ihre Katzenohren und bringt sie in Schieflage, während sie mich aufgeregt schüttelt und abwechselnd durch den Raum brüllt oder mir, um den dröhnenden Alternative Rock zu übertönen, laut ins Ohr flüstert: »MarsBars! Al ist HIER! Al ist hier! Ich hab mir solche Sorgen gemacht.«

Als sie mich endlich loslässt, erspähe ich Patrick Finley – unser zuverlässiges viertes Quizteammitglied – der sich in einem marineblauen, mit einem riesigen goldenen R verzierten Pullunder neben ihr herumdrückt.

»Archie zu Halloween? Schon wieder?« Damit meine ich seine roten Haare und seine insgesamt mangelhafte Kreativität.

Chelsea lehnt sich schwankend an seine Brust. »Ich hab ihm gesagt, nächstes Jahr muss er *Riverdale*-Archie sein. Die jungen Leute von heute kennen den Comic nicht mehr. Oooh! Hat Mara etwa Käsestangen bestellt?« Chelsea eilt zu dem Tisch, den Mara bewacht wie ein territoriales Rudeltier.

Ich lasse mich auf den verlassenen Barhocker neben Patrick fallen, und das von kleinen Rissen durchzogene Vinyl scheuert an meiner Hose. »Chelsea ist also … betrunken.«

Er verzieht das Gesicht. »Es hat sich langsam angebahnt und ist dann plötzlich gekippt. Aber gutes Essen, viel Wasser und Mara müssten eigentlich reichen, um sie zu kurieren.« Patrick sieht zu, wie Chelsea mit ihrem Strohhalm kämpft. »Ich hole noch eine Karaffe Wasser, nur für den Fall. Kannst du so lange auf sie aufpassen?« Ich nicke und bahne mir dann einen Weg durch die Menschenmenge.

Mara, in einem blau gestreiften Hemd mit Krawatte und Hosenträgern, mustert mich von Kopf bis Fuß, als ich auf die Bank in unserer Sitznische rutsche. »Was ist das? Ich hab dir doch gesagt, dass wir alle Kostüme tragen müssen, um einen Punkt extra zu kriegen.«

Ich deute auf meine Wanderschuhe und die olivgrüne Cargohose. »Ich bin Cheryl Strayed. Sie hat *Wild* geschrieben. Im gleichnamigen Film hat Reese Witherspoon die Hauptrolle gespielt.«

»Ich weiß, wer Cheryl Strayed ist. Aber ich weiß nicht, in welcher Welt eine Anspielung auf Memoiren aus den frühen 2010ern ein angemessenes Halloween-Kostüm ist.«

»Sie stammt aus Minnesota.«

»Beleidige mich nicht, indem du so tust, als hättest du dir damit auch nur die geringste Mühe gegeben.« Mara hält ihren Stift über den Quizbogen. »Ich gebe Laura Dern aus *Jurassic Park* an. Irgendwelche Einwände?«

»Gegen Laura Dern würde ich niemals Einwände erheben. Und wer sollst du sein?«

»Tss. Gordon Gekko natürlich«, antwortet sie, sichtlich enttäuscht, dass ich überhaupt fragen muss.

Ich nicke. Ihr Outfit und ihr rotbrauner, zurückgegelter langer Bob erinnern wirklich an eine aufgemotzte Version des berühmten Michael-Douglas-Looks.

»Siehst du? Du hast es gleich verstanden, ohne dass ich die Handlung eines Sachbuchs resümieren musste, das vor über zehn Jahren erschienen ist.«

»Ja, schon kapiert. Jetzt gib mir die Seite mit den Bildern.

Laura Dern muss schon mal ein bisschen raten, bevor der Moderator die Live-Fragen stellt.« Ich nehme Mara den Quizbogen ab und suche die ikonischen Horrorbösewichte nach Hinweisen ab.

»Ich zahle ihn aus!« Ein sexy Minion mit fleckigem Gesicht eilt auf unseren Tisch zu. Ich nehme an, dass sie sich verlaufen hat, aber dann zeigt sie Chelsea ihr Handy. »Ich hab die Mail geschrieben und alles.«

Chelsea nimmt die Fremde an der Hand. »Sadie, du tust das Richtige. Wenn er dich als Freundin nicht respektiert hat, wird er dich ganz sicher nicht als Geschäftspartnerin in deiner CBD-Wasser-Firma respektieren. Aber vielleicht solltest du die Mail heute Abend noch in deinen Entwürfen lassen«, rät sie ihr augenzwinkernd.

Wenn Chelsea betrunken ist, führt sie gern tiefgründige Gespräche auf der Damentoilette. Aber auch in nüchternem Zustand laufen ihr überall verlorene Seelen zu.

Als die Fremde weg ist, massiert Mara Chelseas Schultern, als wäre sie die Trainerin eines Boxchampions. »Okay, Chelsea. Iss ein Stück Pizza und werde schnell wieder nüchtern, bitte. Wir brauchen dich, du musst fit sein, wenn es mit den Fragen losgeht.«

Chelsea ist für Geowissenschaften, Mathe und Reality-TV zuständig, ich für allgemeine Popkultur, Film, Fernsehen und Geographie. Patrick ist unser wissenschaftlicher Experte, Mara trägt die Verantwortung für Politik, Musik und eigentlich alles andere. Sport ist eindeutig die Achillesferse unseres Teams.

Während viele Bars eigene Quizabende veranstalten, halten wir uns meist an die offiziellen Events der Twin Cities Trivia League. In den teilnehmenden Bars bekommt jedes Team am Anfang einen leeren Quizbogen mit zum Thema passenden Bildern auf der Rückseite. Der Abend endet mit einer Musik-

Fragerunde, Handys sind verboten und die Entscheidungen der Moderatorin immer endgültig.

Die besten Teams qualifizieren sich für ein jährliches Turnier an Neujahr. Maras größter Wunsch – neben dem Glück ihrer Freundinnen und ihrem eigenen Karriereerfolg – ist es, das Neujahrsturnier zu gewinnen.

Bis zur Halbzeit ist Chelsea wieder fast sie selbst, nur ihre Lautstärkeregelung klappt noch nicht ganz, weshalb jeder ihrer Antworten unweigerlich eine laute Ermahnung von Mara und Patrick folgt, leiser zu reden. Als sie in der dritten Runde »*Scream 2*!« brüllt, hält ihr Patrick lachend den Mund zu. »Chelsea, du spielst unsere Trümpfe viel zu früh aus!«

In der letzten Runde identifiziert Mara die meisten Songs auf Anhieb, nur einen summt sie vor sich hin in der Hoffnung, dass ihr der letzte Titel auch noch einfallen wird, bevor der Moderator die Quizbögen einsammelt. Über ihr Summen hinweg fragt Patrick: »Was macht die Eisenbahn, Al?«

Patrick fragt mich oft nach meiner Arbeit, und ich vermute, er möchte hauptsächlich herausfinden, was ich eigentlich mache. Würde man ihn zur Rede stellen, käme wahrscheinlich heraus, dass er mich für eine Eisenbahn-Magnatin des Goldenen Zeitalters hält, die im Büro ein Monokel trägt. In Wirklichkeit bin ich in eine auf öffentliche Transitsysteme spezialisierte Transportberaterin, aber seine Vision von mir als Monopoly-Charakter gefällt mir so gut, dass ich ihm meine Tätigkeit noch nie richtig erklärt habe.

»Sie boomt«, antworte ich und zwirble meinen imaginären Schnurrbart. »Aber wir sind etwas besorgt über den Aufstieg der Zeppeline.«

Sein Gesicht verzieht sich zu einem Lächeln, wird dann jedoch unbehaglich ernst. »Es tat mir so leid, von Sam zu hören. Ich mag mir gar nicht vorstellen, was du durchmachst.«

Ich neige den Kopf zur Seite, als könnte ich so meine Gedanken sortieren. »Ja, es fällt mir immer noch schwer zu glauben, was ihm passiert ist.«

»Er war ein guter Kerl. Chelsea hat erzählt, dass du heute in seiner Wohnung warst.«

»Sein Freund und ich machen das Apartment zum Verkauf fertig«, erkläre ich ihm zwischen zwei Bissen Pizza.

»Warum?«

»Sie ist wieder Sams Freundin!«, verkündet Chelsea in voller Lautstärke.

»Eine Situation wie in *Ghost* mit Patrick Swayze?«, fragt er.

Mit der Begeisterung eines aufgeregten Kleinkinds klatscht Chelsea in die Hände. »Genau das habe ich auch gefragt. Nur dachte ich an Devon Sawa in *Casper*.«

Er wendet sich mit einem breiten Grinsen an Chelsea. »Ein Klassiker. Könnte auch Bruce Willis in *The Sixth Sense* sein.«

»Oder *Casper trifft Wendy*.«

»Jetzt betest du aber nur noch die Casper-Filme runter.«

»Du hast mir leider den einzigen anderen Geisterfilm weggeschnappt, den ich kenne.« Chelsea packt seinen Arm und strahlt ihn an.

Doch dann klingelt sein Handy, und er reißt den Blick von ihr los. »Scheiße. Mara, kannst du den Auswertungsbogen abgeben? Ich muss telefonieren. Josie hat mir ungefähr zehn Nachrichten hinterlassen.«

Sofort verblasst Chelseas Lächeln. Mara grummelt vor sich hin, fängt den Moderator jedoch erfolgreich auf dem Weg nach vorne ab. Patrick gibt die Nummer schon ein, ehe er Chelseas Hand abgeschüttelt hat.

Mara gestikuliert zwischen Chelsea und dem davongehenden Patrick hin und her. »Diese Gedankenübertragung, die ihr zwei am Laufen habt, ist echt süß, aber das hilft nicht bei der Situation mit Josie.«

»Ach, wir sind doch nur Freunde. Er datet Josie schon eine halbe Ewigkeit, und ich habe mehrere Profile von Haustiervermittlern auf meinem Browser gespeichert. Es gibt da eine etwas ältere Russisch-blau-Katze, die wirklich alle meine Kriterien erfüllt.« Chelsea schnüffelt an einer Peperoni und legt sie, ein bisschen grün um die Nase, schnell wieder weg.

Ich greife vom Platz gegenüber nach ihrer Hand. »Was ist denn aus Ritter geworden?«

»Wir haben uns getrennt.« Chelsea tut meine Fürsorgliche-Freundin-Attacke mit einer lässigen Handbewegung ab, und bei der etwas zu heftigen Bewegung löst sich eine Strähne aus ihrer Zopfkrone. »Es ist besser so. Ich hab ihm gesagt, dass meine Love Language aus Geschenken und Hilfsbereitschaft besteht, da hat er für mich ein NFT – digitales Kunstwerk, ihr wisst schon – von einem Meme gekauft, das er mir erklären musste.«

Mara verzieht das Gesicht. »Ach du Scheiße.«

»Es kann nur noch aufwärtsgehen! Entweder lege ich jetzt eine Männerpause ein, oder ich bewerbe mich für *The Bachelor*.«

»*Bachelor*.« Meine Wahl ist klar.

»Keins von beidem«, sagt Mara.

»Ich bin sowieso zu alt für *The Bachelor*. Ab dreißig kommt man nur in die Verrückt-und-verzweifelt-Version«, verkündet Chelsea, führt dabei einen aussichtslosen Kampf gegen ihre lose Haarsträhne und verzieht sich schließlich mit einem frustrierten Schnauben in Richtung Toilette.

Mara hebt die Augenbrauen. »Das kann doch nur in einem Desaster enden.«

»Da wir gerade von Desastern reden«, sage ich. »Es besteht die Möglichkeit, dass Sams bester Freund mich hasst. Ist sogar sehr wahrscheinlich.«

Sie kneift argwöhnisch die Augen zusammen. »Was hast du denn getan?«

»Nichts! Ich bin perfekt!«

»Weiß er, dass Sam dich abserviert hat?«

Ich wedle ihre Negativität mit der freien Hand weg. »Okay – es war ja beinahe einvernehmlich – aber nein, Adam hat nichts dergleichen erwähnt, und ich hatte auch nicht vor, es ihm zu erzählen. Er hat den ganzen Tag nur ungefähr sieben Worte mit mir gewechselt. Ist das Grund genug, Sams Familie im Stich zu lassen und ihnen bis in alle Ewigkeit aus dem Weg zu gehen?«

»Für mich wäre es das. Ja. Aber du bist diejenige, die damit leben muss, einer trauernden Familie mitzuteilen, dass sie keine Lust hat, ein bisschen Geschirr in Kisten zu packen.«

Ich vergrabe mein Gesicht in den Händen.

»Fährst du immer noch auf ›den Freund‹ ab? Adam heißt er, richtig?«, fragt Mara.

»Auf ›den Freund‹ bin ich nie abgefahren!«

Chelsea setzt sich mit ihrer aufgefrischten, nun perfekt imperfekten Frisur wieder zu uns. »Oh, Gott sei Dank! Ich hatte schon Sorge, dass ihr über mich redet. Al ist also in Sams Freund verknallt. Schießt los.«

Der Vorwurf lässt mich erblassen, und ich drehe mich im selben Moment um, als Patrick den ausgefüllten Auswertungsbogen in Maras gierige Hände gibt. »Das ist ja völlig verrückt«, sagt er. »Ungefähr so, als würde Demi Moore Patrick Swayze verlassen und stattdessen mit Whoopi Goldberg zusammenkommen.«

Chelsea schlägt die Zähne in ein übrig gebliebenes Stück Pizzakruste. »Das wäre doch mal ein richtig ein guter Film!«

Ich runzle irritiert die Stirn. »Nein, wir sind nicht … Er redet ja nicht mal mit mir. Wir müssen einfach nur diesen Job zusammen erledigen, danach werden wir nie wieder etwas miteinander zu tun haben. Dann bin ich auch nicht mehr Demi Moore. Und auch nicht Whoopi Goldberg. Ich hab den Überblick über Patricks Analogien verloren.«

Chelsea zwinkert mir zu. »Oh, Al. Du bist die perfekte Demi.«

Mein Ächzen geht in der Verkündung unseres knappen Sieges unter. Während Mara in völlig losgelöster Euphorie jauchzt und jubelt, leitet Chelsea unsere Sieges-Pizza weiter zu einer Gruppe weinender Harley Quinns, die sie mehr zu brauchen scheinen als wir.

Als ich mich nach Hause schleppe und mich innerlich auf einen weiteren Tag in Adams Gesellschaft vorbereite, sind die Straßen immer noch brechend voll.

– KAPITEL 5 –

Aber es hat doch gar nicht geschneit

Sobald ich am nächsten Morgen aus der Stadtbahn steige, beißt mir die frostige Kälte von Minneapolis ins Gesicht. Der Herbst hat seinen Höhepunkt längst überschritten, und die meisten Bäume sind nur noch kahle Gerippe, an denen sich die letzten Blätter festklammern.

Diese Jahreszeit mag ich am wenigsten. Der richtige Herbst ist einfach zu schnell vorbei. In meiner Erinnerung ist er leuchtend bunt und lebhaft, und ich habe eine Tasse Pumpkin-Coffee in der Hand, um mich ein bisschen aufzuwärmen. Aber in Wirklichkeit hält diese Phantasiejahreszeit höchstens zehn Tage an. Der Rest ist kalt, leblos und grau.

Das einzig Gute ist, dass heute der 1. November ist – laut der amtierenden ungekrönten Weihnachtskönigin Mariah Carey der offizielle Start der Vorweihnachtszeit. Überall in der Stadt werden die Leute jetzt anfangen, ihre Bäume zu schmücken, Lichterketten am Dachfirst aufzuhängen und die Wohnung festlich zu dekorieren.

Heute Abend werde ich eine 3-Docht-Kerze mit Fichtennadelduft anzünden (je mehr Dochte, desto besser), meinen kleinen künstlichen Baum aufstellen und einen Weihnachtsfilm einlegen. Doch bis dahin werde ich Teller und Tassen mit dem Nordküstengriesgram stapeln.

Als ich eintreffe, ist die Tür nicht abgeschlossen. Ich gebe meine Ankunft bekannt, indem ich Adam sage, dass ich Kaffee mache, und fasse sein Schweigen als müde Zustimmung auf. Mein sinnfreies Geplapper füllt die Stille, während ich die Kaffeepackung öffne und das herrliche Aroma mir in die Nase steigt.

Ich bin so sicher, dass Adam im Schlafzimmer herumwerkelt, dass ich, als er wie ein verdammter Teleporter zur Wohnungstür hereinmarschiert, vor Schreck einen Meter in die Luft springe. Kaffeebohnen regnen auf die Arbeitsplatte, landen prasselnd auf dem Holzfußboden und knirschen unter meinen Füßen, als ich an der Kücheninsel Halt suche. Seelenruhig betrachtet Adam die Bescherung.

Langsam verstummt das Klackern der letzten Bohnen, und ich komme wieder zu Atem. »Du hast mich zu Tode erschreckt. Ich hab die ganze Zeit mit dir geredet, weil ich dachte, du wärst im Zimmer nebenan.«

»Hab ich etwa geantwortet?« Sein Grinsen deutet an, dass ihm noch nie jemand derart Absurdes begegnet ist.

Ich schaufle den verlorenen Kaffee vom Boden und in den Müll.

»Was hast du draußen gemacht?«

»Ich hab Sams Auto gesucht. Hast du es gestern Abend umgeparkt?« Seine Frage klingt wie ein Vorwurf.

»Ich hab keinen Schlüssel. Das Auto müsste auf seinem Parkplatz in der Tiefgarage stehen.«

»Ich hab es an die Straße gestellt, damit du einen Platz zum Parken hast.« Er wirkt genervt, weil er so viel mit mir reden muss, um dieses Rätsel zu lösen.

»Ich komme mit der Bahn.«

»Mit welcher Bahn denn? Meinst du die Straßenbahn? Gibt es echt Leute, die damit fahren? Die hält doch an jeder Ecke«, sagt er, offensichtlich von dieser Tatsache noch verwirrter als von dem verschwundenen Auto.

»Eher eine Tram, aber ja. Hast du das Auto gestern Abend

wieder in die Tiefgarage zurückgestellt?«, frage ich und hole auch schon mein Handy heraus, um nach Warnmeldungen zu sehen. »Jepp. Es gab eine Schneewarnung.«

Er starrt mich verständnislos an.

»Wenn es eine Schneewarnung gibt, kann man nicht an der Straße parken. Die Stadt schleppt in dem Fall das Auto ab, und du musst rund dreihundert Dollar Strafe zahlen.«

»Ich weiß, was eine Schneewarnung ist. Aber … es hat doch gar nicht geschneit«, argumentiert er, entweder mit mir oder mit der City of Minneapolis. Vielleicht auch mit dem Wetter als solchem.

»Es sollte schneien, also wurde eine Schneewarnung ausgegeben. Wahrscheinlich wurde das Auto abgeschleppt.« Ich zeige ihm die Warnmeldungen auf meinem Handy.

»Aber es hat doch gar nicht geschneit.« Seine Stirn legt sich in Falten, und der Frust macht seine Schultern steif.

»Ich sehe nach, auf welchen Abschlepphof es gebracht worden ist.«

»Aber es hat doch gar nicht geschneit!«, knurrt er.

Wir beide greifen nach Sams Schlüssel, der auf der Kücheninsel liegt, und Adams Hand streicht über meine. Das kleine Flattern in meinem Bauch bei dieser hautnahen Berührung überrascht mich.

»Willkommen in der harten, erbarmungslosen Welt des Nachtparkens an den Straßen von Minneapolis«, sage ich und stecke mein Handy wieder in die Tasche.

*

Wir sind nicht die Einzigen, denen das wechselhafte Wetter in Minnesota übel mitgespielt hat. Adam teilt sein Leid mit mindestens einem Dutzend weiterer Pechvögel. »Aber es hat doch nicht mal geschneit!«, rufen sie immer und immer wieder in der kalten Echokammer des temporären Abschlepphofs.

Die Twin Cities sind so wachsam, wenn es darum geht, die Straßen für den Schneepflug freizuhalten, dass das Abschleppen praktisch zum Initiationsritus geworden ist. Wenn Adam Sinn für Humor hätte, würde ich ihm ein Cupcake kaufen, um das Ereignis zu feiern.

Aber alle Zeichen deuten darauf hin, dass Adam *keinen* Humor besitzt, am allerwenigstens im Fall unseres aktuellen Dilemmas.

Statt zu einem normalem Abschlepphof mit echten Gebäuden und einem funktionierenden Heizungssystem gebracht zu werden, hat man Sams Auto zu einem eigens für den Winter eingerichteten Ausweichplatz gebracht, was bedeutet, dass wir auf einem offenen Feld stehen, auf dem die Stadt im Sommer Kirmesveranstaltungen und andere Feste ausrichtet. Wenn die Temperaturen unter den Gefrierpunkt sinken, verwandelt sich das Gelände in den siebenten Kreis der Hölle – wenn die Hölle erbärmlich kalt wäre.

Der eisige Regen gestern Abend hat den Dreck vor dem mit einer Markise überdachten Tresen in glitschigen Schlamm verwandelt. Schweigend und im Schneckentempo bewegen wir uns mit dem Rest der verdrossenen Gruppe vorwärts, und das einzige Zeichen unseres Fortschritts ist, dass wir uns unweigerlich dem Propangas-Heizkörper nähern, der trockene, lauwarme Luftstöße in unsere Richtung bläst.

»Alles in Ordnung mit deinen Füßen?«, fragt Adam.

Die Frage trifft mich völlig unvorbereitet. »Was?«

»Kommen deine Schuhe mit dem Schlamm zurecht? Ist dir nicht kalt?« Er starrt meine Schuhe an, als suche er sie nach Mängeln ab.

Adams schwere Arbeitsstiefel sind für diese Wetterbedingungen gemacht. Meine – schon jetzt schlammverkrusteten – Stiefeletten schaffen es mit Müh und Not, meine Zehen trocken zu halten.

»Alles gut bei mir. Aber danke.«

»Gut.« Er gönnt mir ein knappes Nicken. Falls er mit seinen Worten Mitgefühl ausdrücken wollte, hat niemand sein Gesicht darüber informiert.

Als wir endlich das Ende der Schlange erreichen, baut sich Adam direkt vor dem Aufseher auf. Ein Power Move. *Lass mich das mal regeln*, sagt seine Haltung. »Ich bin hier, um ein Auto abzuholen. Einen SUV.«

»Ach ja?« Der große Mann ihm gegenüber ruckelt sich auf seinem Hocker zurecht. Sein Gesicht gehört zu denen, die immer müde aussehen, als wäre der tägliche Trott so anstrengend, dass er gar keine Chance hat, den Schlafmangel je aufzuholen. Die müden Augen lösen sich nicht von seinem Klemmbrett, auf das er kritzelt.

»Ein SUV.« Adam zeigt ihm den Schlüssel als Beweisstück A, aber der Mann blinzelt nicht mal. »Er ist … äh … schwarz oder vielleicht dunkelblau.«

Ich schiebe ihn zur Seite. »Es ist ein marineblauer Acura. Kennzeichen sechs sieben zwei YKX. Und es ist eins dieser besonderen State-Park-Nummernschilder.« Ich halte ihm mein Handy mit dem Foto, auf dem das Kennzeichen zu sehen ist, unter die Nase, doch der Mann zeigt immer noch keine Reaktion. »Falls Ihnen das hilft, den Wagen zu finden.«

Adam holt eine Geldklammer aus der Jackentasche und knallt Sams Führerschein auf den Tisch. »Oder das hier.«

Tatsächlich blättert der müde Mann die Seiten auf seinem Klemmbrett durch und geht davon.

»Du hast ein Foto von seinem Kennzeichen auf dem Handy?«, fragt Adam. Wieder wirkt seine Körperhaltung vorwurfsvoll.

Aber was um Himmels willen wirft er mir vor? Ich habe nicht die leiseste Ahnung.

»Ich hab es meiner Vermieterin geschickt, damit sie Sams Auto nicht abschleppen lässt. Woher hast du seinen Führerschein?«, entgegne ich – ebenfalls vorwurfsvoll.

»Der war bei seiner persönlichen Habe.«

Die kalte Formalität des Begriffs *persönliche Habe* lässt mich abrupt innehalten. »Du meinst, aus der Leichenhalle?«, flüstere ich aufgebracht. Hat er mich etwa zu seiner ahnungslosen Komplizin gemacht?

»Natürlich nicht! Wie kommst du denn auf die Idee? Sein Portemonnaie war in seinem Gepäck in dem Leihwagen. Seine Eltern haben alles an seine Adresse schicken lassen.«

»Dann sag doch einfach, dass der Führerschein in seiner Wohnung war. ›Persönliche Habe‹ klingt gruselig.«

Der müde Mann kommt mit einer gelben Quittung zurück. »Das macht dann dreihundertzweiundzwanzig Dollar und sechsundfünfzig Cent. Sie können bar oder mit Scheck bezahlen. Sobald wir die Zahlung erhalten haben, können wir das Auto dem registrierten Besitzer übergeben …« Er blickt auf die Quittung hinunter. »Samuel Lewis.«

Wie ein alter Mann, der für seinen Einkauf bezahlt, holt Adam ein abgeschabtes Scheckbuch hervor, füllt einen Scheck in kaum lesbarer Krakelschrift aus und reicht ihn dem Mann. Der studiert den Scheck. Dann uns beide. Schließlich den Führerschein. »Keiner von Ihnen ist Samuel Lewis«, stellt er fest.

»Aber das ist der Ausweis von Samuel Lewis.« Adam zeigt auf die Karte, die der Mann in der Hand hält.

»Aber es ist nicht Ihr Ausweis. Sie sind nicht Samuel Lewis. Dem Scheck nach sind Sie vermutlich Adam Berg. Aber ich kann das Auto nur an Sam Lewis aushändigen.«

Adam reibt sich den Nacken und greift dann entschlossen

in seine Tasche. »Sie haben das Geld. Wir haben den korrekten Ausweis. Wie wäre es, wenn Sie uns zu dem Auto führen und wegen der Namen ein Auge zudrücken?« Adam schiebt dem Mann einen Geldschein zu, meisterhaft geschmeidig. Als er seine große Hand zurückzieht, enthüllt sie einen Zehndollarschein.

Der müde Mann schnaubt und deutet auf ein Schild, das unter dem Vordach hängt. »Mit jedem Tag, an dem Samuel Lewis sein Auto hier stehen lässt, erhöht sich das Bußgeld um fünfzig Dollar.«

»Das ist doch lächerlich«, erwidert Adam und fährt sich aufgebracht durch seine wuscheligen braunen Haare. »Es hat doch nicht mal geschneit!«

»Für das Wetter bin ich nicht zuständig, junger Mann. Ich schleppe nur Autos ab.«

In meinem Gehirn taucht eine echt idiotische Idee auf, und ich platze auch gleich damit heraus: »Kann ich das Auto abholen, wenn ich Samuels Frau bin?«

Der Mann legt den Kopf schief und schaut mich an. »Sind Sie Samuels Frau?«

»Ja.« Auf meinen eingefrorenen Füßen stolpere ich näher an die Theke. »Aber ich habe meinen Nachnamen behalten«, füge ich hinzu, für den Fall, dass er meinen Ausweis sehen will.

»Haben Sie die Heiratsurkunde dabei?«

Ich fasse in meine Umhängetasche, als könnte wie durch ein von den Abschleppgöttern vollbrachtes Wunder darin eine Heiratsurkunde für mich und meinen Freund materialisieren. »Tragen verheiratete Leute ihre Heiratsurkunde immer bei sich?«

»Verheiratete Leute stellen diese Frage nicht.« Mit einem triumphierenden Ausdruck in den Augen sieht er kurz zu mir auf und wendet sich dann wieder seinem Klemmbrett zu.

Er schiebt den Scheck, den Führerschein und das läppische Bestechungsgeld zu uns zurück und will uns wegscheuchen.

»Geben Sie uns bitte noch eine Sekunde?«, frage ich und ziehe Adam außer Hörweite.

Adam beugt sich so dicht zu meinem Ohr herunter, dass sein warmer Atem durch meine Haare streicht, und flüstert: »Jetzt bist du also Witwe? Mein Beileid.«

Ich ignoriere seine gehässige Bemerkung und entgegne leise: »Wir sollten ihm sagen, dass Sam tot ist.«

Er macht ein Geräusch, das sich wie ›harrumpf‹ anhört und ich sonst nur von Winnie Puuh kenne. »Die werden den SUV eines Toten nicht an zwei dahergelaufene Leute aushändigen.«

»Vielleicht hat er Mitleid mit uns«, sage ich. Wir gehen zurück zu dem kleinlichen, müden Mann, der jetzt Sonnenblumenkerne kaut, während eine Frau vor Verzweiflung an seiner Theke in Tränen ausbricht. Er zeigt keinerlei Reaktion auf den Gefühlsausbruch, und die Frau reiht sich resigniert wieder ein.

Ich reibe mir die Hände warm und denke dabei angestrengt nach. »Was ist mit Sams Eltern?«

»Sie überwintern in Florida. Sie waren nur hier wegen …« Er unterbricht sich abrupt und zupft betreten seine Jacke zurecht.

»Verstehe. Sorry.« Die schreckliche Gewissheit, dass Sam tot ist, scheint Adam erneut mit voller Wucht zu treffen.

Auf einmal habe ich einen Geistesblitz. »Sir?« Ich erobere mir wieder die Aufmerksamkeit des müden Mannes. »Letzten Monat wurde das Auto meiner Freundin abgeschleppt, aber mit einer schriftlichen Erklärung konnte es eine andere Person abholen. Wäre das auch eine Option für Sam?«

Der Aufseher seufzt abgrundtief. »Wenn Sie eine signierte und notariell beglaubigte Erlaubnis vorlegen, dürfen Sie das Auto mitnehmen.«

»Danke!« Triumphierend schlage ich mit der flachen Hand auf die Theke, mache auf dem Absatz kehrt und laufe, in der Überzeugung, dass Adam mir folgt, zurück zum Parkplatz.

Als wir bei seinem Truck ankommen, ziehe ich an der Türklinke, aber das Auto bleibt verschlossen. Ich zerre noch zweimal an ihr, dann entriegelt Adam das Auto per Knopfdruck, und sein selbstzufriedenes Grinsen ist wie ein Schlag ins Gesicht.

»Ich weiß nicht, was dich so siegessicher macht. Tote können kein Erlaubnisschreiben verfassen, Alison.« Sein schroffes, arrogantes Gehabe erinnert mich so sehr an Harrison Ford in *Die Waffen der Frauen*, dass ich Chelsea und Mara anschreien möchte, weil sie mir dieses Bild in den Kopf gesetzt haben.

»Wir brauchen Sam nicht«, erkläre ich, als wir im Truck sitzen. »Wir brauchen nur einen Notar.«

*

Der einzige Notar, den ich persönlich kenne, ist Russell Rossi. Er macht irgendetwas mit Immobilien, das für mich stark nach Immobilienmakler klingt, aber ihm zufolge etwas ganz anderes ist. Sam hat ihn vor ein paar Jahren beim Campen in der Nähe der Boundery Waters kennengelernt, und seither ist Russell fester Bestandteil seines Freundeskreises. Seit der Trauerfeier habe ich ihn nicht mehr gesehen. Wenn meine Korrektur hinsichtlich meiner Rolle in Sams Leben nicht so komplett an ihm vorübergegangen wäre, hätte ich diesen ganzen Abschlepp-Alptraum vielleicht vermeiden können.

Er öffnet uns die Tür seiner Maisonette-Wohnung in Lyndale mit nacktem Oberkörper, obwohl ich ihm Bescheid gegeben habe, dass wir unterwegs zu ihm sind.

»Alison, Babe. Komm rein.« Er umarmt mich, und ich tätschle unbehaglich seinen nackten, verschwitzten Rücken. Die beiden Männer nicken einander sehr männlich zu. »Adam, lange nicht gesehen. Na ja, nicht mehr seit …«

Kurz gerät Russells Gelassenheit ins Wanken, aber dann lehnt er sich zurück, klatscht versonnen auf seine harten Bauchmuskeln und erholt sich schnell wieder. »Ich war gerade beim Trainieren, aber für dich hab ich immer Zeit«, erklärt er und zwinkert mir zu.

Obwohl ich mich überhaupt nicht zu ihm hingezogen fühle, kichere ich brav, stöhne allerdings innerlich so laut über mich selbst, dass ich es fast schon hören kann.

Genau genommen höre ich das Stöhnen tatsächlich, drehe mich um und finde den Ursprung des Geräuschs in Adams genervtem Gesichtsausdruck. Russell zwinkert zur Sicherheit noch einmal und verschwindet in seinem Arbeitszimmer.

»Stimmt was nicht?«, zische ich Adam irritiert zu.

»Ich könnte genauso gut gar nicht hier sein. Soll ich jemand anderes suchen, der das Auto deines Freundes nach Hause fährt? Ihr beide scheint euch ja …«

»Sei still. Er tut uns schließlich einen Gefallen.«

»Wofür brauchst du denn einen Stempel, Babe?« In der Hand einen kleinen Beutel, kommt Russell zu uns zurück. »Normalerweise arbeite ich am Wochenende nicht. Du wirst es wiedergutmachen müssen.« Seine Stimme klingt, als wolle er etwas von mir, aber ich weiß, dass er es nicht wirklich ernst meint. Schließlich begegne ich Russell nicht zum ersten Mal. Er hat ein Gedächtnis wie ein Goldfisch und wird ungefähr drei Sekunden, nachdem ich weg bin, nicht mehr wissen, dass er mich faszinierend fand.

Ich lehne mich an die Küchentheke, auf der er sich alles zurechtlegt, was er braucht, um meiner Bitte nachzukommen. »Sams Auto ist heute Morgen abgeschleppt worden, und ich brauche eine offizielle Genehmigung, damit ich es abholen kann.«

Russell zieht ein verwirrtes Gesicht und lässt die Casanova-Fassade fallen. »Eine Genehmigung von Sam? Ich kann nicht wissentlich ein gefälschtes Dokument beglaubigen. Ich habe einen Eid abgelegt.«

»Einen Eid?«, wiederholt Adam höhnisch.

»Ja, Mann, einen Eid. Der ganze Sinn meines Jobs besteht darin, die Identität eines Unterzeichners zu verifizieren und damit einen Scheiß wie diesen zu verhindern. Warum habt ihr das Auto nach der Schneewarnung nicht anderweitig geparkt?«, will Russell wissen.

»Es hat doch gar nicht …« Adam holt tief Luft, anstatt seine übliche Tirade loszulassen. »Wir sollten gehen.«

Russell zuckt die Achseln und reibt sich ausführlich den linken Brustmuskel.

»Warte«, rufe ich, denn nachdem ich eine feuchte Umarmung von diesem Mann habe über mich ergehen lassen, weigere ich mich, mit leeren Händen wieder abzuziehen. »Du verifizierst doch nicht die Vollstreckbarkeit des Schreibens, sondern nur die Identität der Unterzeichner, richtig?« In meinem Kopf entsteht eine schlechte Idee, aber es ist die Beste, die wir haben. Ich nehme den Notizblock, der vor mir auf der Theke liegt, und schreibe: *Alison Mullally ist hiermit berechtigt, den auf Samuel Lewis registrierten Acura MDX #672 YKX abzuholen.*

Ich reiche Russell meinen Ausweis und bedeute Adam, das Gleiche zu tun. »Wir unterschreiben mit unseren richtigen Namen.«

»Hat Adam die Befugnis …«

»Um die Vollstreckbarkeit kümmern wir uns, aber wie du sehen kannst, tut hier niemand so, als wäre er jemand anderes«, sage ich.

Russell runzelt die Stirn, ich ändere für einen kurzen Moment meine Taktik und schenke ihm mein nettestes, verführerischstes Lächeln. »Kannst du bitte unsere Unterschriften beglaubigen, Russell? Damit würdest du mir echt einen großen Gefallen tun.«

Ich ziehe sogar einen Schmollmund. Chelsea setzt diesen Move zwar oft mit größtem Erfolg ein, aber ich habe ihn noch nicht genug geübt, um zu wissen, ob ich unwiderstehlich sexy aussehe, oder eher, als hätte ich schlimme Verstopfung – aber ohne Risiko keine Belohnung.

Russell bleckt seine strahlend weißen Zähne, und ich weiß, jetzt habe ich ihn in der Tasche. Willig holt er seinen Stempel und das Stempelkissen aus dem kleinen Beutel, und ich unterzeichne mit einem absichtlich unlesbaren Schnörkel. Adam macht es mir nach, andererseits schreibt er vielleicht immer wie ein Kleinkind.

»Viel Glück«, sagt Russell mit einem Schnaub-Lachen, während er das Schreiben mit seinem Stempel beglaubigt.

»Danke.« Das Wort bereitet Adam offenbar Schmerzen.

Russell packt den Stempel wieder in sein Notarbeutelchen. »Alison, du bist doch diejenige, die regelt, wer Sams Sachen bekommt, richtig?«

»Eigentlich nicht, nein. Ich helfe Adam nur, alles zusammenzupacken, damit die Eigentumswohnung verkauft werden kann. Für die Verteilung von Sams Sachen sind wir nicht zuständig.« Ich sehe Adam fragend an, aber seine Augen sind zusammengekniffen und starr auf Russell gerichtet.

»Sam hat mir Kletterausrüstung für den Tripp nach Patagonien im Januar versprochen. Als ich bei der Trauerfeier seine Mutter darauf angesprochen habe, meinte sie, ich soll mit dir besprechen, wann ich sie abholen kann.«

Adam wirft ihm einen wütenden Blick zu. »Unser zweiunddreißigjähriger Freund hat dir versprochen, dass du ›Ausrüstung‹ von ihm bekommst, falls er tödlich verunglückt? Und du hast seine Mutter auf der Trauerfeier für ihren Sohn danach gefragt?«

»Er wollte mir die Sachen für die Klettertour geben. Was ist denn dein Problem?« Russell lässt seine Muskeln spielen und verschränkt wie zur Verteidigung die Arme vor der Brust.

»Alles gut, Russell.« Ich nehme das Schreiben vom Tisch und trete zwischen die beiden Männer, bevor das Machogehabe außer Kontrolle gerät. »Schreib mir, wonach ich suchen soll, wir finden schon eine Lösung.«

Russell grinst siegessicher in meine Richtung, fixiert dann aber wieder Adam und lauert auf plötzliche Bewegungen. »Gut. Und danach können wir was trinken gehen. Du kommst doch im Januar mit nach Patagonien, ja? Sam würde nicht wollen, dass du diese Reise verpasst.« Er wartet meine Antwort nicht ab. »Wird dir bestimmt guttun. Die Rückkehr zur Natur ist für mich immer ein perfekter Neuanfang. Eine Wiedergeburt.«

Ich erinnere mich, wie Sam mich zu dieser Reise eingeladen hat. Wir hatten uns erst ein paarmal getroffen. Für mich klang das alles sowieso unglaublich – mit nichts als dem Rucksack auf dem Rücken durch die Berge zu wandern, jede Nacht unter den Sternen zu schlafen … Er hat mich eingeladen, als wäre gar nichts dabei – als sei eine solche Erfahrung für eine Stubenhockerin wie mich tatsächlich denkbar.

Ich sagte zu, und es war ein berauschendes Gefühl. Ich liebte es, die Art Frau zu sein, die einfach Ja sagt, wenn ein gut aussehender Fremder sie fragt, ob sie zwei Wochen mit ihm nach Patagonien fahren will. Mir war auch klar, dass Sam *dieses* Mädchen lieber mochte als mein wirkliches Selbst. Aber je mehr Zeit wir zusammen verbrachten, desto offensichtlicher wurde, dass das abenteuerlustige Mädchen für mich immer noch ein Ideal war, das ich anstrebte. Aber er hatte das Gefühl, dass ich ihm etwas vormachte.

Adam zieht eine Grimasse, was nur dazu führt, dass Russell noch breiter grinst und noch mehr blitzende Zähne zeigt. Russell ist so aalglatt und so unbestreitbar gut aussehend wie ein Kandidat bei einer Datingshow, während sogar Adams sauerster Gesichtsausdruck echt und irgendwie vertrauenswürdig wirkt. Ich glaube, es liegt an seinen Augen. Sie sind zuverlässig und ehrlich.

»Ihr beiden könntet Sams Zeug doch sicher auch irgendwann anders unter euch aufteilen.«

Ich werfe Adam bitterböse Blicke zu und wende mich dann mit einem gezwungenen Lächeln an Russell. »Wir müssen gehen. Danke für deine Hilfe, Russell.« Ich schiebe Adam aus der Tür.

»Ich schreibe dir«, ruft Russell mir nach, als wir in den Truck steigen.

Adams Truck ist beige und beeindruckend sauber – kein Staub und keine McDonald's-Verpackung weit und breit.

Adam richtet die Spiegel von der Fahrerseite der Sitzbank. »Wenn du lieber bei ihm bleiben willst, überlege ich mir, wie ich Sams Auto allein zurückbringe.«

»Warum sollte ich hierbleiben wollen?«

»Alison, Babe, lass uns was trinken gehen, nur wir beide«, äfft er Russell nach.

Ich klimpere mit den Wimpern. »Da ist aber jemand eifersüchtig. Ich bin sicher, er hätte dich auch eingeladen, wenn du ihn nicht die ganze Zeit so böse angestarrt hättest.«

»Ich hab ihn nicht böse angestarrt.«

»Dann ist also die tiefe Furche, die sich zwischen deinen Augenbrauen bildet, einfach dein normales Gesicht? Mein Fehler. Aber so oder so wirst du mich noch nicht los. Auf dem Schreiben steht mein Name.«

»Lass dich nicht davon abbringen, dein Glück mit Russell zu versuchen. Er ist schon halb nackt, und er kommt mir nicht wie ein großzügiger Liebhaber vor. Ich kann warten.« Er dreht die Heizung hoch und knöpft die beiden oberen Knöpfe seiner khakifarbenen Jacke auf.

Mein Blick bleibt am Jeansfutter seiner Jacke hängen, in dem ich die Außenseite der Jacke erkenne, die er gestern anhatte. Besitzt Adam etwa nur eine einzige warme Jacke? »Sei nicht eklig. Russell ist dein Freund.«

»Äh, nein. Er war Sams Freund. Und anscheinend auch *dein* Freund.« Adam schnallt sich an, und das Klicken seines Sicherheitsgurts unterstreicht das Wort »Freund«. »Obwohl ich mich normalerweise nicht total verschwitzt an meine Freunde ranschmeiße.«

»Freunde umarmen sich.«

»Das war aber keine Umarmung unter Freunden«, schnaubt er. »Das war eine Ganzkörperbelästigung. Das war Vorspiel.«

»Er war nur nett.«

»Ja, sehr nett. Der netteste Kerl überhaupt. Aber sag mir mal: Erheben nette Leute bei der Trauerfeier für ihren Freund Anspruch auf dessen Sachen? Ich versuche, ein Gefühl dafür zu entwickeln, wie wir das Wort ›nett‹ hier definieren wollen.« Adam gestikuliert zwischen uns hin und her, und auf seinem Gesicht breitet sich dieses vertrackte Grinsen aus, bei dem sich kleine Fältchen um seine Augen bilden.

»Er möchte die Ausrüstung für seine Reise. Weiter nichts.« Ich ziehe so aggressiv an meinem Sicherheitsgurt, dass er blockiert. Dreimal zerre ich noch sinnlos daran herum – unfreiwillig gefangen in einer Slapstickkomödie der 20er Jahre –, bevor ich den Gurt endlich so weit zurückgleiten lasse, dass ich ihn wieder vorziehen und einklicken kann. Erschöpft atme ich aus und nehme all meinen Mut zusammen, um Adam wieder in die Augen sehen zu können.

Er schüttelt den Kopf, den Mund an einer Seite hochgezogen, was – bei jedem anderen Menschen – ein entspannt hübsches Lächeln wäre. »Das war … wow.«

»Bitte fahr einfach zurück zum Abschlepphof, damit wir es hinter uns bringen können«, sage ich mit der schwelenden Wut, die man eigentlich nur empfindet, nachdem man moderat in Verlegenheit gebracht wurde. »Wir müssen das Schreiben aushändigen, bevor sie zumachen.«

Er dreht sich in meine Richtung und legt einen Arm auf die Lehne, um aus Russells Ausfahrt zurückzusetzen. Dabei streifen seine Finger meine Haare, und er zuckt zurück, als hätte er sich verbrannt. Auf einmal ist mir sehr bewusst, wie klein dieser Truck ist. Würde ich mich zwei, drei Zentimeter zurücklehnen, würde seine Hand auf meinem Nacken liegen. Allein bei der Vorstellung wird mir heiß, denn mein schadhaftes Nervenkostüm kann die Nuancen dieser Dynamik nicht dechiffrieren.

Auch er scheint die Fast-Berührung zu bemerken, beugt den Ellbogen und lässt seine geballte Faust hinter die Sitzbank sinken. »Dieses Schreiben ist ein Verbrechen«, sagt er, als wäre nicht soeben ein elektrischer Funke zwischen uns aufgeflackert.

»Bist du seit Neuestem Anwalt?«

»Nein. Ich bin Zimmermann.«

»Wie Jesus?«

Er seufzt irritiert. »Nein, wie maßgefertigtes nordisches Mobiliar.«

»Du machst Witze.«

Adam sieht kurz zu mir, bevor er den Blick wieder auf die Straße richtet. »Warum sollte ich?«

Ich gehe mit dem größten Vergnügen auf ihn los. »Ich dachte nicht, dass außerhalb von Hallmark-Weihnachtsfilmen tatsächlich nordische Möbel getischlert werden. Hast du etwa eine arbeitssüchtige Frau die wahre Bedeutung von Weihnachten gelehrt oder war das ein anderer griesgrämiger Zimmermann?«

»Ich hab mich noch nie so darüber gefreut, keine Ahnung zu haben, wovon mein Gegenüber redet.«

»Das war ein echtes Kompliment. Du arbeitest in einem sehr romantischen Gewerbe. Nur wenige Jobs bieten sich für romantische Liebesbekundungen in Form zweier zusammenpassender Schaukelstühle an.«

»Das ist ein ganz gewöhnlicher Beruf. Auf der Welt gibt es viele Möbeltischler.«

»Es gibt bestimmt auch sexy Spielwarenladenbesitzer, aber ich bin nie einem begegnet.« Ich erröte, zutiefst beschämt, dass ich Adam soeben indirekt als sexy bezeichnet habe, obwohl ich ihn eigentlich beleidigen wollte. War Harrison Ford nicht auch Zimmermann, als er von George Lucas entdeckt wurde? Der unerwünschte Vergleich jagt mir einen Schauer über den Rücken.

»Diese Unterhaltung ist lächerlich.« Er starrt grimmig zu dem VW Golf, der uns überholt, ohne es anzuzeigen. »Eigentlich arbeite ich für einen Bauunternehmer. Die Möbel sind ein Hobby, bis ich mein eigenes Geschäft auf den Weg gebracht habe.«

»Was brauchst du denn, um es auf den Weg zu bringen?«

Er ignoriert meine Frage und fährt schweigend weiter. Wenn Adam keine Lust hat, mit mir zu reden, sagt er einfach nichts mehr. Aus irgendeinem Grund stört mich das.

Ich lehne den Kopf ans Fenster, das Glas ist kühl an meiner Schläfe. »Ich wünschte, ich hätte auch einen Beruf wie aus einem Hallmark-Weihnachtsfilm. Ich würde liebend gern ein Zuckerstangengeschäft eröffnen.«

»Dafür gibt es aber keinen Markt.« Er trommelt mit dem Daumen aufs Lenkrad. Mir fällt auf, dass Adam immer in Bewegung ist, wie ein hibbeliges Kind. Ich plappere weiter über meine Filmgedanken, bis mein Handy vibriert und mich unterbricht.

»Was?«, fragt er. Sein finsteres Gesicht ist ein echtes umgekehrtes Lächeln, und wenn ich es nicht besser wüsste, würde ich denken, er wäre enttäuscht, weil ich die Aufzählung meiner unbrauchbar putzigen Weihnachtsfilmberufe unterbrochen habe. Ein beeindruckender Gesichtsausdruck. Eigentlich dachte ich immer, nur Emojis könnten den Mund so verziehen. Der ausgeprägte Kontrast der harten Linien seiner kantigen Kinnlinie und der weichen, cartoonartigen Miene ergeben ein überraschend bezauberndes Bild.

»Es ist Russell«, lese ich vom Display ab. »Er hakt nach wegen einem Gegenstand mit Namen ›Canyoning-Gurt‹. Klingt ungemütlich.«

»Tust du das alles deshalb?« Seine Stimme klingt anders, nicht richtig wütend. Eher verletzt. »Damit du und Russell Sams Leben nach verwertbaren Resten durchwühlen könnt?«

Der unerwartete verbale Peitschenhieb katapultiert mich fast durch die Windschutzscheibe. »Verwertbare Reste? Was denkst du …«

Ruckartig fährt er sich mit der Hand durch seine Wuschelhaare, und sein Kiefer verhärtet sich, als versuche er, die Worte in seinem Mund zurückzuhalten. »Du musst nicht in der Nähe bleiben, um das zu bekommen, was immer du dir erhoffst – ich bin sicher, dass Judy dir alles gibt, was du möchtest.«

»Warum bist du so ein Arsch?«, schlage ich zurück, angeheizt von meinem gerechten Zorn. »Ich helfe Sams Familie. Mrs. Lewis hat sich gewünscht, dass ich das mache.«

»Weil Judy denkt, dass es ihm mit dir ernst war!« Eine Kummerwoge rollt über sein Gesicht. Er löst den Blick von der Straße, um nachzusehen, wie viel Zerstörung sein gezielter Schlag angerichtet hat. »So hab ich es nicht gemeint. Na ja, eigentlich schon, aber ich wollte es nicht sagen.«

Ich lache bitter. »Soll ich dich jetzt auch noch für deine Ehrlichkeit loben?«

»Ich hab nur gemeint, dass er kaum über dich geredet hat, und wenn doch, dann klang es immer so beiläufig.«

»O mein Gott.« Meine Worte landen irgendwo zwischen einem erschöpften Seufzen und einem hysterischen Lachen.

Seinem resignierten Gesichtsausdruck nach zu urteilen, hat nichts von dem, was er gerade gesagt hat, darauf abgezielt, mich zu verletzen. Und ich weiß, dass er recht hat – schließlich hat Sam mich abserviert. Trotzdem ist es demütigend, von einem Außenstehenden die Gleichgültigkeit deines Exfreunds in allen Einzelheiten unter die Nase gerieben zu bekommen.

Adam rückt seine Hände auf dem Steuer zurecht, einmal, zweimal. »Das ist nicht … ich drücke mich nicht richtig aus.«

»Nein, du hast dich sehr klar ausgedrückt. Du willst mich hier nicht haben, und Sam war nie wirklich an mir interessiert. Und er hat auch nicht von mir geredet. Nie.«

»So hab ich das nicht gemeint. Ich hab nur gesagt, dass er nicht *viel* von dir geredet hat.« Sein Blick schweift nach oben, als durchforste er die staubigen Erinnerungsakten in seinem Gehirn. »Ich weiß noch, dass er mich mal gefragt hat, ob ich an deiner Stelle mit ihm Fallschirmspringen gehe. Du hattest dich wohl geweigert, mitzukommen.« Anscheinend wirke ich ziemlich betroffen, sonst würde er sich sicher nicht so bemühen, den Schlag zu mildern. »Aber was er mir sonst so von dir erzählt hat, klang irgendwie lustig.«

»Fallschirmspringen ist lächerlich. Warum sollte ich mich freiwillig dem Worst-Case-Szenario eines abstürzenden Flugs aussetzen? Wenn man ein Flugzeug nicht auf festem Boden verlässt, muss doch etwas schrecklich schiefgelaufen sein.«

»Ja, genau!« Ich erhasche einen kurzen Blick auf einen sehr lebhaften Adam, bevor er wieder hinter einer unverbindlichen Maske verschwindet. »Das hat mir gefallen. Und ich hab Sam gesagt, dass ich dem hundertprozentig zustimme.«

Ich bin mir nicht sicher, ob ihm klar ist, dass er es mit jedem Wort, das aus seinem Mund kommt, schlimmer macht. Ohne die geringste Anstrengung legt er den Finger auf jede meiner Unsicherheiten.

»Alison.« Ein besorgter Ausdruck huscht über sein Gesicht. »Ich …«

»Mach dir keine Gedanken«, bremse ich ihn. Den Rest des Wegs zum Abschlepphof sitzen wir in unerträglichem Schweigen nebeneinander, und der Umstand, dass ich denke, ihm ist das gerade recht, macht meine stille Wut noch schlimmer.

»Der Trick wird bestimmt nicht funktionieren«, sagt er, als er die Handbremse anzieht.

»Hab ein bisschen Vertrauen in mich, Berg«, zische ich nur und knalle die Trucktür hinter mir zu.

Eisige Feuchtigkeit piekt mich in die Nase, und ich strecke die Hand aus, um die perfekten Watteflocken zu bestaunen, die auf meinem Handschuh landen. Endlich hat es angefangen zu schneien, und ich kann es nicht einmal richtig genießen.

Zum zweiten Mal an diesem Tag stehen wir in der Warteschlange und präsentieren dann einem noch apathischeren Aufseher, der unverhohlen auf seinem Handy ein Hockeyspiel anschaut, unser wohlüberlegt formuliertes Schriftstück. Nach einem vollkommen desinteressierten Blick auf das Papier, das ich ihm überreiche, nimmt er Adams Scheck entgegen, und wir stapfen durch noch tieferen Schlamm auf den dunkelblauen SUV in der Ferne zu.

Ich trete in eine Matschpfütze, doch als ich meinen linken Fuß heben will, um weiterzugehen, weigert er sich, mitzukommen. Tragischerweise lässt sich jedoch meine Vorwärtsbewegung nicht mehr aufhalten, und mein Magen macht einen Salto, als mein rechter Fuß unter mir wegrutscht, während der linke noch immer im Dreck feststeckt.

Da alles so langsam passiert, kristallisiert sich der Gedanke heraus, dass ich gleich mit dem Gesicht vorneweg im eiskalten Schlamm landen werde. Gleichzeitig jedoch geht es so schnell, dass ich nur »Sssuuuuuuuhhhhh!« rufen kann, wobei es sich vermutlich um eine Kreuzung verschiedener Schreckenslaute und Schimpfworte handelt.

In Erwartung meines schmutzigen Schicksals habe ich bereits die Hände vor mir ausgestreckt, als Adam plötzlich vor mir steht und mich auffängt, im letzten Moment. »Whoah«, ruft er, als wäre ich ein Pferd. Ich lehne mich an seine breite Brust und ringe hilflos nach Luft. Es fühlt sich schockierend gut an, mich hier auszuruhen – und sei es auch nur für eine Sekunde. Wenn Adam nicht gerade auf meinen Ängsten herumreitet, ist er erstaunlich warm und sicher. Wenn auch ein bisschen steif.

»Alles okay mit dir?« Er packt meine Arme, richtet mich mühelos auf, bückt sich dann ein wenig und mustert mich prüfend auf Anzeichen eventueller Beschädigungen. Wir sind uns sehr nahe – so nah, dass ich die Form der Schneeflocken sehe, die an seinen langen Wimpern hängen bleiben. Seine Nähe droht mich zu überwältigen.

Die kalte Luft beißt mich in die Wangen, und ich denke endlich daran, wieder zu atmen, was einen dringend notwendigen Abstand zwischen uns schafft. »Es geht mir gut, siehst du?« Wie zum Beweis ziehe ich meinen Fuß aus dem Schlamm. Er nickt, und sein intensiver Blick ist kaum auszuhalten.

Genau gleichzeitig wird uns beiden bewusst, dass er mich noch immer festhält, und wir lösen uns hastig voneinander. Er übernimmt die Führung, und ich folge ihm auf wackligen Beinen. Schon bald taucht der marineblaue SUV vor uns auf, und Adam reicht mir wortlos den Schlüssel.

Ich öffne die Autotür und will einsteigen, als ich seine Hand auf meinem Arm spüre. »Werde ich … sehen wir uns nächstes Wochenende?«, fragt er.

Ich möchte wütend auf ihn sein, ihn als Arschloch abschreiben, das weder meine Zeit noch meine Mühe wert ist, aber sein Gesicht ist so schmerzhaft aufrichtig. Sein schuldbewusster Blick sticht mir ins Herz. Es liegt an diesen Augen. Sie sind so sanft und treuherzig, dass ich ihn nicht anschauen kann, als ich antworte: »Ich seh dich dann am Samstag.«

»Dann bis Samstag«, bestätigt er mit leiser Stimme, als hätte er mir nie gesagt, dass er mich nicht um sich haben will. Als hätte das nie zur Debatte gestanden.

Er wendet sich ab und geht zurück zu seinem Truck. Allerdings dreht er sich unterwegs zweimal um, schaut über die Schulter zu mir zurück, und ich schimpfe mich dafür aus, dass ich seinen Blick beide Male erwidere. Wie erstarrt stehe ich dort, wo er mich hat stehen lassen, und die Wärme seiner Hände geistert immer noch über meine Arme.

Aber ich kann nicht anders, als ihm nachstarren, denn Adam Berg hat einen fabelhaften Gang.

– KAPITEL 6 –
Meine Phantom-Nippel

Als ich am Dienstagabend in die eisige Luft hinaustrete, fühle ich es. Ein kurzer Moment der Panik, gefolgt von einer Welle der Scham – wie, wenn man überzeugt ist, die Brille verloren zu haben, nur um festzustellen, dass man sie auf der Nase hat. Es ist der Schock der kalten Luft, die meine gefühllosen Brüste trifft –, der Moment, in dem ich spüre, wie meine Nippel sich aufrichten und unter meinem dünnen Hemd sichtbar werden, und mich dann wieder erinnere, dass ich gar keine Nippel mehr habe.

Als Teenager habe ich manchmal Liebesromane aus dem Bücherregal meiner Mutter geschmuggelt und heimlich zurückgebracht, bevor sie etwas davon bemerkte. Die Heldinnen waren sich ihrer Nippel auf eine Art bewusst, die ich damals nicht verstand. Ich inhalierte die Beschreibungen der verschiedenen Stadien erregter Nippel – prall, fest, aufrecht, straff, stramm. Alle diese Brustwarzen schienen ein Eigenleben zu haben, ich dagegen nahm das Nippelpaar auf meiner Brust nie wirklich wahr.

Doch jetzt, da ich keine Nippel mehr habe, bemerke ich sie ständig. Wenn mich ein kühler Windstoß trifft, fühle ich, wie sich ihre Abwesenheit unter meiner Bluse zusammenzieht, eine Art Phantomglied. Als Adam mich vor zwei Tagen auf dem Parkplatz aufgefangen hat, hätte ich schwören können, dass sie sich auf eine Art strafften, die jede Jungfrau der Regency-Ära zum Erröten gebracht hätte. Aber da ich kein Gefühl mehr in den Brüsten habe (ich spüre weder Hitze noch Kälte, weder Schmerz noch Lust), ist es lediglich Einbildung, eine Fata Morgana, die mir mein Gehirn vorgaukelt.

Ständig frage ich mich, was meine alten Nippel jetzt wohl machen würden, fast so, als existierten sie noch irgendwo im Äther. Sie sind wie ein Urlaubsflirt, den ich aus den Augen verloren habe und von dem ich nur noch träumen kann. Was machen sie jetzt? Was würden wir zusammen unternehmen? Gibt es eine Welt, in der wir hätten zusammenbleiben können?

Während ich Sams Geschirr in den Kofferraum hieve, halte ich die Kiste vor meine Phantomnippel. Dr. Lewis hat Adam gebeten, die Kartons, die wir schon gepackt haben, in seiner Garage unterzustellen, während er mit seiner Frau in Florida ist. Aber nachdem unser Zeitplan durch das Debakel mit dem Schneealarm ohne Schnee entgleist ist, habe ich die Transportpflichten übernommen.

Mara findet mit *Tetris*-würdigem Geschick auch noch für die letzte Kiste einen Platz. »Nur der eine Trip, richtig? In einer Stunde ruft mich Der Typ an. Er ist schon mitten in einem Nervenzusammenbruch«, sagt sie, und nimmt auf dem Beifahrersitz Platz.

Als ich den Motor starte, erwacht mein Subaru brummend zum Leben. »Hat jemand Wind von dem verheimlichten Baby bekommen?«

Mara wirft einen Blick in den Spiegel und klappt dann die Sonnenblende hoch. »O Mann, schön wär's. Ein Königreich für ein heimliches Baby. So einen Skandal würde ich locker schaukeln. Sind das alle Kisten?«

»Nur die aus der Küche. Wir sind sehr langsam vorangekommen. Kannst du bitte mal nachschauen, ob Adam mir den Code für die Garage von Sams Eltern geschickt hat?« Ich reiche ihr mein entsperrtes Handy und verlasse Sams Parkplatz.

Den Screenshot einer Nachricht vom Vater meines Exfreunds

als »Nachricht von Adam« zu bezeichnen, erscheint mir reichlich hoch gegriffen. Adam ist von einsilbigen Antworten zu gar keiner übergegangen.

»Al, dieser Chat ist total ungleichgewichtig.« Mara gibt sich keine Mühe, ihr Schaudern zu verbergen, während sie bis zum Anfang unseres Nachrichtenaustauschs scrollt. »Du schreibst viermal so oft und kriegst so gut wie nichts zurück.«

»So ist er mit allen.«

»Irgendwie hab ich Respekt vor diesem Grad der Menschenverachtung.«

»Er hat spezielle Reserven von Feindseligkeiten für mich aufgehoben. Hab ich schon mal erwähnt, dass er mich nicht ausstehen kann?«

»Ja, vorhin in Sams Wohnung. Und auf der Treppe. Und als die Kiste in der Lobby kaputtgegangen ist.«

Ich betätige den Blinker und schiele mit zusammengekniffenen Augen in die Herbstsonne. »Ich bin es nicht gewohnt, dass man mich nicht leiden kann. Das bringt mich völlig durcheinander.«

»Wie kann es sein, dass ihr mit dem Aufräumen immer noch nicht fertig seid?«, fragt sie in einem höchst kritischen Ton.

»Es hat sich herausgestellt, dass Sam ein ziemlich schlechter Wohnungseigentümer war. Zum Beispiel ist ihm ein Stück vom Drehgriff am Wasserhahn abgebrochen, und er hat ihn einfach wieder zusammengeflickt – mit Klebeband.« Vorsichtig schaue ich zu Mara, die verächtlich die Lippen schürzt. »Und solche und ähnliche Sachen gibt es überall in der Wohnung«, fahre ich fort. »Deshalb sind wir noch nicht mal annähernd fertig.«

»Können die Lewises nicht jemanden dafür einstellen?«

»Ich glaube, sie wissen gar nicht, wie schlimm es um die Wohnung bestellt ist, und ich will Sam nicht bei seinen Eltern anschwärzen.« Als Rachel mir erzählt hat, dass er seine Eltern über unsere Beziehung angelogen hat, um seriöser und erwachsener zu wirken, habe ich einen Teil von Sam kennengelernt, mit dem ich vieles gemeinsam hatte: einen People-Pleaser, der jedem eine andere Version von sich selbst präsentiert. Diesen Mann kann ich nicht verraten, selbst wenn er mitten auf einem See mit mir Schluss gemacht hat. »Anscheinend ist Adam fest entschlossen, alles selbst zu erledigen, und ich habe Sams Mutter versprochen, ihm zu helfen.«

»Wenn er alles selbst erledigen will, dann lass ihn doch«, sagt sie mit einer wegwerfenden Handbewegung.

Die Bemerkung bringt mich zum Nachdenken. Schließlich hat Adam mehr als deutlich gemacht, dass er mich nicht um sich haben will, und obwohl ich einverstanden war, so zu tun, als hätte Sam nie mit mir Schluss gemacht, kann ich mir kaum vorstellen, dass es seine Eltern wirklich kümmert, wer seine Socken einpackt und das Wohnzimmer streicht. Wenn Adam den Job unbedingt allein erledigen will, warum lasse ich ihn das nicht einfach tun?

»Dann hast du auch Zeit, vor dem Quizturnier mit uns zu üben. Was wir dringend nötig haben«, argumentiert Mara weiter. »Ich habe Chelsea aufgetragen, ein paar Sportarten zu recherchieren, aber jetzt ist sie in einem Formel-1-Loch versunken und weiß so gut wie gar nichts über außereuropäischen Motorsport. Kannst du dir bis zum Turnier am 1. Januar nicht wenigstens alles Wissenswerte über Baseball aneignen?« Mara richtet ihren eindringlichen Blick auf mich, während ich meinen toten Winkel checke und vom Highway fahre.

»Alles, was es über Amerikas älteste Freizeitbeschäftigung zu wissen gibt? Klar«, antworte ich trocken.

»Fang mit Minnesota an und arbeite dich dann in konzentrischen Kreisen weiter nach außen«, schlägt Mara vor, als würde sie mich bitten, unterwegs noch schnell etwas zu essen beim Takeout zu besorgen – eine ganz normale, simple Bitte.

»Du bist verrückt.«

»Ich bin eine Gewinnerin. Wir müssen unseren Erzfeind ein für alle Mal schlagen.«

Mara hat eine einseitige Rivalität mit einem anderen Trivia-Team, dem Risky Quizness. Sie machen uns jedes Mal platt und haben keine Ahnung, wer wir sind. Auch nicht, dass Mara sie abgrundtief hasst. Das treibt sie in den Wahnsinn. Demzufolge überschätzt sie Chelseas und mein Bedürfnis, Sportstatistiken auswendig zu lernen. Aber wie bei den meisten Dingen, die Mara involvieren, ist Widerstand zwecklos.

»Die anderen Hauptgebiete haben wir abgedeckt, aber wenn wir gewinnen wollen, brauchen wir jemanden, der sich mit Sport auskennt.«

Sam kannte sich mit Sport aus. Ein paar Wochen nach unserer Trennung hat Mara uns – beseelt vom Wunsch, sich für das anstehende Turnier zu qualifizieren – jede Woche in eine andere Quiz-Bar geschleppt. Eines Dienstags landeten wir in einem Lokal in der Nähe von Sams Arbeitsplatz. Er saß an der Bar und genoss mit seinen Kollegen die Happy Hour.

Ich reagierte, wie jede normale Frau in dieser Situation reagiert hätte, und tat so, als hätte ich ihn nicht gesehen, um ihm das ganze obligatorische »Alles gut«-Geplauder unter Ex-Paaren zu ersparen. *Dir geht's gut? Mir geht's auch gut. Die Arbeit läuft gut. Und bei dir, auch alles gut? Sehr gut!* Doch Sam schrie durch die gesamte Bar: »Also wirklich, Mullally! Du läufst einfach so an mir vorbei? Können wir nicht wenigstens höflich sein – für die Kinder?« Er deutete auf Mara, Chelsea und Patrick und brach in schallendes Gelächter aus.

Wir luden ihn an unseren Tisch ein, und es war … sehr lustig. Es war, als hätten wir nie die tragische Entscheidung getroffen, einander zu daten. Sam unterhielt uns mit Geschichten über die seltsamen Menschen, denen er auf einem Campingplatz in der

Nähe des Badlands National Park begegnet war, und über sein neuestes Projekt, den Pilotenschein zu machen. Patrick hörte gespannt zu, und Mara und Chelsea verrieten ihm den etwas gemeinen Spitznamen, den sie ihm verpasst hatten, als wir noch zusammen waren – Manic Pixie Dream Boy. Er lachte gutmütig, wie es nur jemand mit einem unerschütterlichen Selbstbewusstsein fertigbringt.

Mit Sams umfassender Sportkenntnis gewannen wir an diesem Abend tatsächlich und qualifizierten uns für das Turnier. Meine Lieblingswettkampfsoziopathin Mara warf sich Sam in die Arme und schrie: »Nehmt das, Risky Bitchness!«, obwohl ihre Rivalen gar nicht anwesend waren. Chelsea bedankte sich bei Sam, dass er sie von Maras aufreibendem Trainingsplan befreit hatte. Und Patrick war einfach froh, dass jemand dabei war, der Maras Intensität etwas abfederte.

Er wollte sich uns zum Turnier an Neujahr anschließen, und ich lächelte in dem Wissen, dass wir endlich das waren, was wir immer schon hätten sein sollen. Als würde man plötzlich merken, dass das T-Shirt, das man trotz aller Mühe einfach nicht über den Kopf ziehen konnte, eigentlich eine Hose ist.

Auf Autopilot fahre ich an mehreren obszön großen Häusern am See vorbei. Der hübsch mit Blumen bemalte Briefkasten der Lewises holt mich in die Gegenwart zurück, und ich biege in die Auffahrt ein. Der Kies knistert unter den Reifen wie Rice Krispies. Ihr gemütliches einstöckiges Haus im Rancho-Stil wirkt weniger pompös als die in der Zeit der Clinton-Regierung gebauten McMansions drumherum, und was ihm mit seiner kargen, nüchternen Fassade vielleicht fehlt, macht es locker mit luftiger Wärme wett. Wir parken vor der riesigen Garage, in der, wie ich weiß, zwei luxuriöse SUVs, ein paar Jetski und ein Pontonboot untergebracht sind.

Mara gibt den Code ein, ich hieve die Kisten aus dem Kofferraum, wobei leider mein ohnehin schlecht sitzender Sport-BH verrutscht. Seit ich Silikonimplantate und keine nennenswerten Brustwarzen mehr habe, trage ich meistens keinen BH, aber das Schleppen der riesigen Stapel Keramikteller und die diversen anderen sportlichen Aktivitäten erfordern einen ordentlichen Halt. Allerdings hinterlässt ein zu enger BH Striemen und Hautirritationen, die ich nicht fühlen kann, und ein allzu lockerer verursacht mir ein unangenehmes Kribbeln überall in der Brust – mein Hirn füllt sozusagen die Lücken der von ihm vermuteten Schmerzes auf.

Als ich mich bereit mache, die letzte Kiste hochzuheben, und mühsam den Träger meines BHs zurechtrücke, höre ich das Rascheln von Autoreifen auf dem Kies hinter mir in der Auffahrt. Ein weißer Lexus taucht in meinem Blickfeld auf, und Mrs. Lewis steigt aus. Sie ist wie die Protagonistin aus einem Film von Nancy Meyers von Kopf bis Fuß in Leinen gekleidet. Zwar ist das Outfit völlig unpassend für Minnesota im November, aber sie sollte ja auch in Florida sein.

»Wir sind früher nach Hause gekommen«, erklärt sie – anscheinend habe ich meinen letzten Gedanken laut ausgesprochen. Sie bewegt sich langsamer als bei unserer letzten Begegnung, als wäre ihre Trauer auch eine schwere körperliche Last. »Wie schön, dass ich Sie erwische, Alison. Ich habe die ganze Zeit, während wir weg waren, an Sie gedacht. Ist das alles?«

Mrs. Lewis gestikuliert zwischen der offenen Garagentür und der Kiste zu meinen Füßen hin und her. Mara winkt ihr schüchtern zu und macht sich dann schnell aus dem Staub. Sie wird mich bestimmt nicht vor meinem Matinee-Auftritt als Sams Aktuelle Freundin retten.

Ich schüttle den Kopf. »Es gibt noch eine ganze Menge zu tun.«

Mrs. Lewis macht ein besorgtes Gesicht. Tränen steigen ihr

in die Augen, doch sie presst Daumen und Zeigefinger in die Augenwinkel, bevor sie überquellen.

Auf einmal werde ich panisch. »Wir schaffen das. Adam kommt jedes Wochenende her, er ist fest entschlossen, das für Sie zu erledigen.«

»Es tut mir wirklich leid, Alison. Die Vorstellung, seine Sachen einpacken zu müssen … Es ist nur …« Sie nimmt mich in den Arm und murmelt in meine Schulter: »Ich kann Ihnen gar nicht sagen, wie dankbar ich bin, dass ich bei all dem auf Sie zählen kann. Zu wissen, dass Sams Freundin alles beaufsichtigt – Sie können sich gar nicht vorstellen, wie …« Sie unterbricht sich. Ihre Brust hebt und senkt sich in meinen Armen, bis sie schließlich einen Schritt zurücktritt.

»Ich habe mir immer solche Sorgen um ihn gemacht. Vermutlich tun das alle Eltern – vor allem bei den großen Themen natürlich, aber auch wegen Kleinigkeiten. Und Sam hat mir für Sorgen immer mehr als genug Anlass gegeben.« Ihre Mundwinkel gehen nach oben, als könne sie selbst jetzt nicht anders, als ihren Sohn anzulächeln. »Als er laufen gelernt hat, hat er sich an Tischbeinen und Bücherregalen festgehalten. Aber dann hat er versucht, am Bücherregal hinaufzuklettern, als wäre es das eigentliche Ziel, und wir anderen würden uns mit zu wenig zufriedengeben. Himmel, ich hätte eine Rabattkarte von der Notaufnahme bekommen müssen, für all die Male, die ich mit ihm hinfahren musste, um ihm eine Platzwunde nähen zu lassen.

Ihr nachdenklicher Gesichtsausdruck wird traurig, schmerzerfüllt. »Aber niemand sagt einem … dass die Sorge nicht mit dem Kind verschwindet, wissen Sie. Ich glaube, das soll sie auch nicht. Kinder überreichen einem mit ihrer Geburt diese Sorgen, und dann trägt man sie mit sich herum bis zum bitteren Ende. Aber zu wissen, dass er Sie in seinem Leben hatte … das hilft schon ein bisschen. Als würden Sie etwas davon mittragen.«

Sie reibt meine Schulter, genau wie meine Mom das auch immer macht. Vielleicht haben alle Mütter diese Trostgeste auf Lager. Aber was tun sie, wenn sie den Menschen verlieren, für den sie gemacht ist?

»Adam und ich werden uns um alles kümmern«, verspreche ich ihr noch einmal, und drücke die Hand auf die Brust und die darin brodelnden Gefühle. »Darüber brauchen Sie sich keine Sorgen machen.

Mrs. Lewis beugt sich vor, um die Schachtel neben mir zu berühren. Ihre Hand stockt kurz davor, als befände sich darin ein Ungeheuer, das sich zur Attacke bereit macht. Vielleicht ist es für sie wirklich so, jedenfalls zieht sie die Hand hastig wieder zurück. »Können Sie die für mich in die Garage bringen?«, fragt sie und deutet auf die Pappkiste, als enthielte sie ein Destillat ihrer Trauer.

Mit einem zittrigen Lächeln trage ich diese letzte Kiste in die Garage und erspähe aus dem Augenwinkel Mara, die sich auf dem Beifahrersitz versteckt hat. Doch unseren trostlosen Austausch hat sie bestimmt mitangehört.

Bis wir wieder auf dem Highway sind, sagen wir beide kein Wort. »Ich informiere Chelsea und Patrick, dass du diesen Monat jedes Wochenende beschäftigt bist«, verkündet Mara dann. Es ist keine Frage mehr. Ich werde das mit Adam durchziehen. »Du tust etwas Gutes, Mullally.« Mit kleinen, einfühlsamen Kreisen massiert sie mein rechtes Schulterblatt. »Ich wünschte nur, wir müssten nicht unsere Quizherrschaft dafür aufgeben.«

Ich muss lachen, ganz kurz, und streife ihre Hand ab. »Ja, das muss eine schwere Zeit für dich sein.«

»Hey, wir sollten unsere Probleme nicht miteinander vergleichen.« Dann dreht sie die Lautstärke auf, und der Gesang der Weihnachtskönigin Mariah Carey begleitet uns bis nach Hause.

- KAPITEL 7 -

Meine Schrödinger-Brüste

Das bevorstehende Wochenende hängt über meiner Woche wie eine dunkle Wolke, und bis Freitag habe ich sechs Meetings, die eigentlich Mails hätten sein sollen, als Sams Aktuelle Freundin hinter mir. Aber da die Richtlinien für einen Trauerfall in einem Nischenunternehmen wie der Transportberatungsfirma, für die ich arbeite, ohnehin nur für engste Familienangehörige gelten, macht es für mich eigentlich gar keinen Unterschied.

Mein Büro ist nur vier Häuserblocks von meiner Wohnung entfernt, alles verbunden durch eine Reihe klimatisierter Fußgängerbrücken, die es den Bewohnern von Saint Paul ermöglichen, sich durch einen Großteil der Innenstadt zu bewegen, ohne je nach draußen zu müssen. Bei einem plötzlichen Kälteeinbruch sowie bei Regen oder an einem sowohl kalten als auch regnerischen Tag wie heute ist das eine wundervolle Erleichterung.

Über das Newtonpendel auf seinem Schreibtisch hinweg sieht Josh Rosen mich und unsere Bürokollegin Patty Tanaka an. »Kyle möchte kurz etwas mit mir besprechen. Könntet ihr uns bitte einen Moment allein lassen?«

Er versucht, beim Tippen Blickkontakt mit uns beiden herzustellen, aber nur ich – am mittleren Tisch in unserem U-förmigen Arrangement – blicke auf. Josh kann sehr schnell, wenn auch sehr laut, blind tippen, während Patty jede Taste systematisch anpeilt, bevor sie zuschlägt.

Das scharfe Klirren der Büroklammer, die Josh auf Pattys

Tisch wirft, dringt tatsächlich durch ihre Noise-Cancelling-Kopfhörer, und sie schaut endlich auf.

»Schmeißt Josh uns wieder mal raus?«, fragt sie mich.

Josh ist der Personalleiter unserer Zweigniederlassung. Früher hatte er ein eigenes Zimmer für persönliche Angelegenheiten, doch als die beengten Büroräume nicht mehr genug Platz boten, hat Daniella – unsere Chefin – Josh in ein Gemeinschaftsbüro mit mir und Patty verbannt.

Es ist ein offenes Geheimnis im Büro, dass wir unbedingt einen neuen, größeren Arbeitsbereich brauchen, in dem kein übellauniger Vogel in der Lampe am Vordereingang nistet. Dennoch hat es niemand wirklich eilig, umzuziehen.

Wir befinden uns im vierten Stock eines Hotels aus den 1920ern, das in den Neunzigern zu einer Mischnutzung umfunktioniert wurde – Büros, Einzelhandel und teure Wohnungen. Abgesehen vom gelegentlichen Einsatz grauer, gewerblicher Auslegeware – die ohne Zweifel einen umwerfend schönen Hartholzfußboden überdeckt –, haben sich die Bauträger größtenteils an den Art-déco-Stil gehalten, denn das Gebäude besitzt eine historische Bedeutung als einer der Orte, an denen F. Scott Fitzgerald sich möglicherweise ein paarmal sinnlos betrunken und womöglich sogar ein Stück von *Die Schönen und Verdammten* geschrieben hat.

Fast alle alten Gebäude in Saint Paul erheben ähnliche Ansprüche.

Dennoch ist es irgendwie inspirierend, ausgerechnet in einer so geschichtsträchtigen Gegend daran zu arbeiten, die Mobilität in dieser Stadt zu verbessern. Nie im Leben würde ich in einem seelenlosen Büropark arbeiten wollen, selbst wenn es bedeuten würde, dass Josh uns nie wieder rauswirft, wenn ein Mitarbeiter das dringende Bedürfnis verspürt, über die ungerechte Essensverteilung im Pausenraum zu diskutieren.

Um im Konferenzraum, den man durch die verglaste Tür einsehen kann, beschäftigt zu wirken, nehme ich mein Handy und ein Notizheft mit. Patty und ich sind Teamleiterinnen, führen Effizienzanalysen und Machbarkeitsstudien durch und geben unseren Klienten Empfehlungen, wie sie ihren Service verbessern und gleichzeitig die Betriebskosten senken können. Patty arbeitet hauptsächlich für Bauunternehmer im Bereich der Straßen- und Verkehrsplanung, während ich hauptsächlich für Regierungsprojekte zuständig bin, die leider finanziell kaum je unterstützt werden.

Nichts, was wir tun, kann ohne Computer erledigt werden, aber ich blättere eine Seite in meinem Notizheft um und tue einem zufällig an der Glastür vorbeikommenden Vorgesetzten zuliebe so, als hätte ich etwas schrecklich Wichtiges zu bearbeiten. Als ich für »Einführung ins Bauwesen« und »Ingenieurwissenschaft 101« büffelte, hat mir niemand verraten, dass man im Arbeitsleben am besten vorankommt, je beschäftigter man aussieht.

Patty holt einen Spiralblock heraus und blättert zu einer leeren Seite. »Fliegst du zu Thanksgiving nach Hause?«, fragt sie.

»Nein, erst zu Weihnachten. Wahrscheinlich arbeite ich mal wieder an Thanksgiving.«

Patty schüttelt den Kopf, als gehe das nun wirklich überhaupt nicht. »Du solltest dieses Jahr unbedingt einen tollen Urlaub machen, Alison. Ich meine das ernst. Man ist nur einmal jung im Leben.«

In einem anderen Leben hätte Patty mit ihren umweltfreundlichen Kleidern, grau gesträhnten dunklen Haaren und der Cateye-Brille vielleicht auch eine distanzierte Kunstkuratorin werden können, doch in ihrem jetzigen ist sie die fürsorgliche, zuverlässige Büro-Mom, die Josh daran erinnert, Gratulationskarten zu verschicken und mir Vorträge über Work-Life-Balance zu halten.

»Eigentlich wollte Sam nach den Feiertagen eine große Reise nach Chile machen, und ich sollte mitkommen …« Zum Glück beiße ich mir gerade rechtzeitig auf die Zunge, um nicht im Nachsatz hinzuzufügen: *Bevor er gemerkt hat, dass ich da nicht hingehöre.*

Auf einmal werden Pattys Augen ganz sanft, sie wartet und gibt mir Raum, noch mehr von Sam zu erzählen. Aber ich tue es nicht.

»Apropos Reisen«, lenke ich lieber ab, »wie war es in Phoenix? Du hast deine Schwester besucht, richtig? Oder war es deine Cousine?«

Nach einem kurzen Blick über die Schulter beugt Patty sich näher zu mir, ich lehne mich ebenfalls vor und warte auf etwas Saftig-Interessantes.

»Ich war vorige Woche gar nicht bei meiner Familie«, beginnt sie, und ich versuche, mir nicht anmerken zu lassen, wie unskandalös dieser Skandal ist.

Ich date einen Toten, Tanaka! Die Latte für interessante Leckerbissen liegt ziemlich hoch.

In der Hoffnung, dass sie sich der Situation trotzdem gewachsen zeigt, starre ich sie an.

»Ich hatte ein Vorstellungsgespräch für einen Job bei der Hotelkette, die ich im Sommer beraten habe«, erklärt sie. »Und gestern haben sie mir ein Angebot unterbreitet.«

Eine Luxushotelkette hat uns engagiert, als sie anfing, weiter in den nördlichen Mittleren Westen zu expandieren. Patty leitete das Projekt, arbeitete Parkplatzpläne aus und gab ihnen Layout-Empfehlungen. Natürlich liebte die Firma sie und ihre Fähigkeit, selbst Parkplatzplanung irgendwie interessant klingen zu lassen.

»Das ist ja fantastisch, Patty!«

»Findest du?« Sie lächelt. »Ich dachte mir schon, dass du dich bestimmt freust, wenn ein Schreibtisch weniger im Büro steht.«

»Nein. Der Teil macht mich traurig. Dann werde ich im Konferenzraum ja ganz allein die Zeit totschlagen müssen.«

»Ich empfehle dich für meinen Job«, sagt sie. »Adieu, staatlicher Verkehrsverbund.«

»Aber man hat mich doch gerade wegen meiner Erfahrung im öffentlichen Transportwesen eingestellt.« Das ist jetzt ein bisschen übertrieben. Man hat mich eingestellt, weil ich mich im Stadtplanungsseminar im ersten Studienjahr als Eisenbahn-Nerd geoutet habe und mein Professor – ein Verkehrsingenieur und ebenfalls leidenschaftlicher Eisenbahnliebhaber – sich als mein Betreuer angeboten und mir ein Praktikum bei dieser Beratungsfirma ermöglicht hat.

Zwar bin ich kein Zugführer geworden, wie sich mein sechsjähriges Ich das erträumt hat, aber ich liefere Recherchen und habe Erfahrung, wenn es darum geht, wie die Erweiterung des öffentlichen Nahverkehrs Gemeinden von Nutzen sein könnte. Der öffentliche Nahverkehr kann die Menschen auf eine Art verbinden, die ihre Gleichstellung und das Gemeinwesen als solches fördert. Ich glaube nicht, dass Parkplatzplanung für Flugplätze für mich ebenso erfüllend wäre.

Patty seufzt. »Du erledigst die ganze Arbeit für diese groß angelegten Projekte, die nie finanziert werden. Wie viele Jahre hast du in diesen Schnellzug-Bürokratie-Alptraum investiert? Wenn du für ein Bauunternehmen arbeitest, kannst du auch außerhalb von Minnesota herumreisen. Kontakte knüpfen. Das ist ein wesentlich vielfältigeres Spielfeld.«

Ich kann nicht erklären, warum die Vorzüge von Pattys Job sich für mich überhaupt nicht wie Vorzüge anfühlen. Schließlich sind Aufstiegschancen, Reisen und Kontakte genau das, was sich ehrgeizige Leute für ihre Karriere wünschen.

»Ich werde darüber nachdenken.«

»Kein Stress«, versichert sie mir. »Aber ich muss schon sagen, ich dachte, du würdest dich mehr über die Empfehlung freuen.«

Unser Gespräch wird unterbrochen, weil Josh an die Glastür klopft. »Er ist weg.« Nach einem Blick nach rechts und nach links stellt er pantomimisch dar, wie er sich aufhängt.

Kaum hat sich die Tür hinter uns geschlossen, da platzt er auch sofort heraus: »Ich hasse es, dass ihr nicht in der Personalabteilung seid.«

»Hat Kyle immer noch die gleichen Probleme mit den ›Allen-antworten‹-Mails?«, fragt Patty ein bisschen hämisch nach.

Josh tippt so fieberhaft, dass eigentlich Rauch von seiner Tastatur aufsteigen müsste. »Das kann ich weder bestätigen noch dementieren«, erwidert er.

Unter seiner zugeknöpften Aura als Firmendrohne ist Josh eine echte Tratschtante. Vermutlich wollte er deshalb in die Personalabteilung. Eigentlich ist ein gesundes Verhältnis zum Austausch von Klatsch und Tratsch eine Eigenschaft, die ich an Kollegen sehr schätze, aber da Josh zur Schweigepflicht verdonnert ist, muss ich mir bei unseren nachträglichen Meeting-Analysen eine ganze Menge selbst zusammenreimen.

In meinem Posteingang poppt denn auch prompt eine neue Mail von der Personalabteilung auf, in der die »anonymen« Klagen eines besorgten Teammitglieds hinsichtlich der Mail-Antwort-Etikette ausführlich dargestellt werden.

Ich schnaube laut. »Josh! Lass Kyle wenigstens die Zeit, zu seinem Schreibtisch zurückzugehen, bevor du ihn als Mail-Korinthenkacker entlarvst.« Ich bin mir zu 87 Prozent sicher, dass Kyle meine Gelschreiber klaut, wenn ich Feierabend habe, aber schließlich ist auch er nur ein Mensch.

»Wenn jemand meine kostbare Zeit verschwendet, indem er mir jedes winzig kleine Problemchen in allen Einzelheiten um die Ohren haut, sollte er an den Pranger gestellt werden. Ich will nicht, dass irgendjemand denkt, ich persönlich würde mich über die Mail-Etikette oder Abweichungen vom Kühlschrankputzplan aufregen.«

Patty positioniert ihre Finger über der Tastatur und startet ihre nächste Partie Hau-den-Maulwurf. »Joshy, niemand hat dich im Verdacht, dass du dich um die Putzrotation kümmerst. Wir sehen doch, wie wenig Mühe du dir gibst, wenn du an der Reihe bist.«

»Und jeder weiß, wenn Kyle nicht wäre, würdest du dich den ganzen Tag auf Reddit rumtreiben«, füge ich hinzu.

Josh hört nicht auf zu tippen, während er herausfordernd die Augenbrauen hochzieht. »Ach ja, Mullally? Ganz im Gegensatz zu dir, die du ständig auf Goodreads nach irgendwelchen Selbsthilfebüchern rumstöberst? Das Whiteboard hinter dir spiegelt nämlich.«

»Ach, lass sie in Ruhe. Sie hat eine harte Woche hinter sich«, geht Mutterhenne Patty dazwischen.

Ich wechsle das Thema. »Josh, hab ich genügend Urlaubstage angesammelt, um im Januar nach Südamerika zu fliegen?«

»Du? Bestimmt. Du nimmst dir doch nie frei.«

»Gehst du doch auf die Reise? Für Sam?« Patty hat Herzchen in den Augen, als wäre mein Vorhaben Ausdruck einer dem Untergang geweihten Romanze und nicht das zwanghafte Bedürfnis, besser, anders, *mehr* zu sein – obwohl mir bei der Vorstellung, ohne Zugang zu Sanitäranlagen eine Rucksacktour durch die Berge Patagoniens zu machen, ein kalter Schauer über den Rücken läuft.

»Vielleicht.«

Bevor ich Feierabend mache, schaue ich auf dem Weg zur Tür noch im Büro meiner Chefin Daniella vorbei, um ihr mitzuteilen, dass ich wegen eines Termins früher gehen muss.

»Trag dich für nächste Woche in meinen Kalender ein, damit

wir über Pattys Stelle reden können«, sagt sie, denn Daniella Torres ist eine dieser amerikanischen Geschäftsfrauen, die aus Effizienzgründen nichts verschiebt und ohne die geringste Ironie das Wort »Synergie« benutzt.

Mir dreht sich der Magen samt dem darin befindlichen Kaffee um, wenn ich daran denke, dass ich mit Daniella nächste Woche über eine Beförderung sprechen soll, von der ich nicht weiß, ob ich sie will. Aber das ist ein Problem für Nächste-Woche-Alison. Diese-Woche-Alison hat mehr als genug damit zu tun, die Wohnung ihres Exfreunds auszuräumen, für dessen tatsächlich trauernden besten Freund die trauernde Liebhaberin zu mimen, und obendrein noch den Eierstock-Ultraschall hinter sich zu bringen, den ich um ein Haar vergessen hätte. Diese-Woche-Alisons Tanzkarte mit dem Ärger ist voll.

Zum Lunch esse ich ein trauriges, feuchtes Truthahnsandwich – es liegt schon so lange im Büro-Kühlschrank, dass ich sein Alter lieber nicht nachrechne – und gehe an den neidischen Gesichtern meiner Kollegen vorbei, die fälschlicherweise annehmen, dass ich früher Schluss mache, um in der frischen Nachmittagsluft ein vorgezogenes Wochenende zu genießen. Stattdessen fahre ich nämlich zum Imaging-Zentrum und fantasiere unterwegs über alternative Freitagnachmittage für alternative Alisons mit unauffälligem Brustgewebe und ebensolchen Eierstöcken.

Ich schlurfe zu meiner halbjährlichen Ultraschalluntersuchung, plumpse auf die graue Couch mit dem wenig einladenden abwaschbaren Bezug und versuche, mich mit meinem Handy zu beschäftigen, was sofort vereitelt wird, weil ich eine Textnachricht von meiner Mom bekomme. Mit einem Link zu einem Artikel, von dem nur der Titel angezeigt wird: »Hereditäres Risiko: Warum lassen sich diese starken Frauen vorbeugend die Eileiter entfernen?«

Wut über Moms offensichtliche Eileiter-Agenda steigt in mir auf. Seit einiger Zeit fährt sie nicht mehr das BRCA-Geplauder hoch, sondern überfällt mich lieber gleich mit einer Aussage wie: »Denkst du denn auch an deine Eierstöcke? Die sind auch nicht sicher.«

Ich stopfe einen AirPod in mein rechtes Ohr, drücke auf »Play« bei meinem neuesten Audiobook, in dem es um einen Mann geht, der sich selbst aus seinem unerfüllten Leben befreit, indem er seinen Job kündigt und stattdessen von Oregon nach Patagonien radelt. Die Nachricht von meiner Mutter verstecke ich in meiner Tasche – aus den Augen, aus dem Sinn –, bis eine Schwester in OP-Kleidung meinen Namen ruft. Ein riesiges Schaubild der weiblichen Fortpflanzungsorgane begrüßt mich auf der anderen Seite der Doppeltüren.

Als eine Person, die in den letzten sechs Jahren mehrmals jährlich Mammogramm, Brustultraschall und Brust-MRT hinter sich gebracht hat, sind mir unangenehme Untersuchungen natürlich nicht fremd. Aber der Eierstockultraschall schießt konkurrenzlos den Vogel ab.

Das Problem mit dieser Untersuchung ist, dass die Eierstöcke sehr schwer abzubilden sind, weshalb es schwierig ist, Eierstockkrebs festzustellen. Aber da meine BRCA-Mutation mit einem Risiko von schätzungsweise 46 Prozent einhergeht, irgendwann im Leben Eierstockkrebs zu entwickeln, sind häufige Eierstockultraschalle ein notwendiges Übel – solange ich die tückischen kleinen Säckchen nicht operativ entfernen lasse.

Nachdem ich den Kittel angezogen habe, bedeutet mir die Ultraschalltechnikerin, auf den Untersuchungstisch zu klettern, der aussieht wie eine unheilige Ehe zwischen einem gynäkologischen Stuhl und einem Lehnsessel. Dann beginnt sie mit dem transabdominalen Ultraschall. Das warme Gel auf meinem Bauch hilft nicht gegen die Gesamtkälte des dunklen, sterilen

Raums. Wenn ein paar Bilder erstellt sind, ist es Zeit für das Hauptereignis: den transvaginalen Ultraschall, bei dem ein langer, dünner Stab in einer mit Gel bestrichenen Plastikhülle in meine Vagina eingeführt wird. Klingt spaßig, nicht wahr?

Was diese Untersuchung so unangenehm macht, ist nicht ihre Dauer (etwa zehn Minuten) und nicht einmal die Größe des Ultraschallgeräts (obwohl es wirklich nicht ganz klein ist), sondern, wie die Ultraschalltechnikerin in meinem Körper nach den Eierstöcken fahnden muss.

»Freuen Sie sich schon aufs Wochenende?«, fragt Marie, meine heutige Ultraschalltechnikerin.

Freue ich mich darauf, die Sachen meines toten Exfreunds zusammenzupacken? Gemeinsam mit dessen Freund, der mich eindeutig nicht in seiner Nähe haben will?

Aber da ich noch nie eine Medizintechnikerin getroffen habe, die bei unserer transvaginalen Plauderei aufrichtiges Interesse an meinem Leben hat, antworte ich: »Ja, klar!«

Marie fängt langsam und optimistisch an, aber mit der Zeit werden ihre Bewegungen zunehmend hektisch. Der Stab bewegt sich in mir, als wäre er eine übergroße Couch, ich eine Türöffnung und die Technikerin eine Truppe wild entschlossener Umzugshelfer. *Weiter nach rechts. Nein, nach links. Wollen wir es nicht lieber mal in diesem Winkel versuchen …? Nein, von unten nach oben schieben! Mit Rückenkraft. Und Drehen!*

»Ich kann leider den rechten Eierstock nicht finden, Alison. Könnten Sie bitte Ihr Bein auf den Boden stellen, damit ich es aus einem anderen Winkel versuchen kann?« Auf ihrem Gesicht zeigt sich ein mitfühlendes Lächeln.

In dieser Position kommt es fast automatisch zu einem Blickkontakt zwischen Marie und mir, was wir aber beide nicht wollen. Mein Puls beschleunigt sich, während sie mit neuem Enthusiasmus in mir herumfuhrwerkt, und ich starre auf das Bild hinter ihrem Kopf – ein ödes See-Motiv, so langweilig, als hätte der Maler die Befürchtung gehabt, Hotelkunst könnte zu provokativ sein.

Nach einer gefühlten Ewigkeit ist die Untersuchung endlich vorbei, und Marie reicht mir ein Tuch, mit dem ich das restliche Gel abwische. Dann geht sie, damit ich mich in Ruhe wieder anziehen kann.

»Ihre Ärztin wird die Ergebnisse nächste Woche am Telefon mit Ihnen besprechen«, sagt sie, bevor sie die Tür hinter sich schließt.

*

Da meine Mom mir meinen Termin bei unserem letzten Gespräch höchst raffiniert aus der Nase gezogen hat, hätte ich eigentlich damit rechnen müssen, dass sie nicht wartet, bis ich sie anrufe. Trotzdem werde ich sauer, als mein Handy klingelt und ich den Namen meiner Mutter auf dem Display aufleuchten sehe.

»Alison!«, ruft sie in den Hörer. »Ich hab nur kurz Zeit. Ich bin bei der zweiten Folge der Doku über die Sekten in Kentucky.«

»*Du* hast *mich* angerufen.« Mühsam fummle ich meinen Schlüssel in mein Bolzenschloss.

Ich wohne in Saint Paul in einem historischen Backsteinbau, der ursprünglich renoviert wurde, damit sich hier Künstler ansiedeln. Inzwischen wohnen hier hauptsächlich Regierungsangestellte, junge Berufstätige und der eine oder andere Minor-League-Baseballspieler.

Meine Wohnungstür prallt gegen meinen winzigen Flurtisch, weil ich sie zu weit geöffnet habe. Mit ihren großen Fenstern, hohen Decken und dem freiliegenden Mauerwerk hat meine Studiowohnung, als sie noch leer war, auf mich einen geräumigen und luftigen Eindruck gemacht. Erst als ich versucht habe, einen Tisch in der winzigen Küche unterzubringen, wurde mir klar, dass ein Studio für einen durchschnittlich großen Menschen zu klein ist, um sich im Wachzustand die meiste Zeit des Tages darin aufzuhalten.

Jedes Möbelstück steht so nahe bei einem anderen, dass sie sich fast berühren. Es ist, als hätte ich den Raum absichtlich für das überschaubarste *Der-Boden-ist-Lava*-Spiel eingerichtet. Ich schiebe mich zwischen einem Küchenstuhl und dem Vintage-Tisch vom Flohmarkt durch, um meinen Mantel an einen Wandhaken zu hängen.

»Richtig, richtig«, erwidert meine Mom am Telefon. »Ist ja gut. In dieser Folge ging es um ein paar Leute, die in Einkaufszentren Yoga machen. Da verpasse ich nicht sehr viel.«

Ich werfe meine Schlüssel in eine kleine Keramikschale und antworte: »In der nächsten Folge übernehmen sie eine Schulbehörde in Kentucky. Dann wird es erst *richtig* verrückt.«

»Oh, die kenne ich!«, kreischt sie so laut, dass ich das Handy vom Ohr weghalten muss. »Ein paar Jahre vor Emmas Geburt war ich mal bei so einem Treffen. Alle trugen einen Wollschal. Drinnen! Das war so eigenartig, dass ich nie wieder hingegangen bin.«

Mich überrascht das absolut nicht. Meine Mom war der Forrest Gump der 80er-Jahre-Sekten. Wenn eine Sekte im Mittleren Westen Mitglieder anwarb, nahm meine Mom sofort Kontakt auf. Meine Schwester und ich haben ein paar Theorien dazu, von harmlos bis konspirativ – was, wenn Mom in Wahrheit die Anführerin eines Kults war?

Die plausibelste Vermutung ist, dass Mom sowohl das perfekte als auch das katastrophalste neue Mitglied einer Sekte ist. Sie ist kontaktfreudig, vertrauensselig und macht es den Leuten gern recht, aber im Gegensatz zu einem idealen Sektenmitglied liebt sie sich genau so, wie sie ist, und sehnt sich nicht im Geringsten danach, in einem überteuerten Wochenend-Retreat das Nirwana zu erreichen. Und sie hasst Kontaktformulare.

Als sie jetzt langsam ausatmet, kann ich hören, wie sie sich warmläuft, mir den wahren Grund ihres Anrufs zu nennen. »Was ist bei dem Ultraschall rausgekommen?« Genug Small Talk.

Ich kicke erst den einen, dann den anderen Stiefel weg. »Und da dachte ich doch, du rufst an, um dich ein bisschen mit mir über True Crime zu unterhalten.« Ich hatte gehofft, wir könnten uns ausnahmsweise mal über etwas anderes unterhalten als mein Krebsrisiko, aber wem will ich was vormachen?

Sie gibt ein missbilligendes Geräusch von sich. »Alison.«

»Meine Ärztin hat mir das Ergebnis noch nicht mitgeteilt.«

»Meine Ärztin hat mich immer sofort angerufen.«

»Das will ich doch hoffen. Du hattest Krebs. Ich habe nur keine Brüste mehr.«

Ich könnte schwören, dass ich höre, wie sie die Augen verdreht. Das Schweigen nutze ich aus, ehe sie die Gelegenheit ergreift, selbst etwas zu sagen. Stille können wir beide nicht ertragen. Sie rutscht uns aus der Hand wie ein nasses Stück Seife.

»Ich habe gestern nach der Arbeit eine wunderschöne Prärie-Wanderung gemacht«, sage ich, nur, um das Schweigen zu brechen.

»Du hast Emma erzählt, du wärst total in ›Murder Field‹ versunken.«

Tatsächlich habe ich das meiner Schwester erzählt. Die Sache mit der Prärie bei Winterbeginn: Es gibt nichts als tote, harte Erde. Durch den Temperatursturz verwandelt sich der wasserdurchtränkte Boden in kompakte Erde. Die Bäume sind kahl, der Himmel grau. Das kalte, offene Gelände liefert das perfekte Setting, um in einer renommierten Krimiserie eine Leiche zu finden. Damit meine Familie im Falle meines Verschwindens aus dieser an einen ländlichen Highway angrenzenden Wüstenei

Gewissheit erhalten würde, habe ich meiner Schwester ganz selbstverständlich meinen derzeitigen Aufenthaltsort mitgeteilt.

»Mir war nicht klar, dass ihr, was mich betrifft, über irgendetwas anderes redet als über den Zustand meiner Eileiter und Eierstöcke.«

Ich möchte mit meiner Mom über alle Aspekte meines Lebens reden können – über meine Ambivalenz wegen des Jobangebots, darüber, dass ich wieder in Sams Leben eingeführt worden bin – oder besser gesagt, in seinen Tod –, und über dieses überwältigende Gefühl, dass ich ganz falsch lebe – doch seit meiner Diagnose kann ich sie einfach nicht von dem Thema abbringen, dass ich irgendwelche Körperteile entfernen lassen soll. Als wären wir in ein fortwährendes Operationsspiel verwickelt. Edition Hereditäre Krebserkrankung.

Früher haben wir uns öfter über Promitratsch ausgetauscht, über Make-up, Trennungen, alles Mögliche. Jetzt geht es nur noch um ein einziges Thema, wenn Mom anruft. Seit Jahren sind wir in der Krebsschleife gefangen. Manchmal mache ich mir Sorgen, dass wir, wenn auch noch meine Eierstöcke weg sind, vergessen haben, wie man über etwas anderes redet.

»Diese Dinge sind wichtig, Alison. Du musst die Chance nutzen, dein Risiko zu verringern.«

»Ich weiß«, antworte ich, denn ich habe ja die Möglichkeit bekommen, ohne Krebs zu leben, und darf sie nicht aufs Spiel setzen.

»Warum lässt du deinen Ultraschall nicht bei meiner Ärztin machen, wenn du über Weihnachten hier bist? Sie ist wirklich die Beste.«

Inzwischen ist es sechs Jahre her, dass ich bei ihrer Frauenärztin war, um die Ergebnisse meines Gentests zu besprechen. Damals, als alles angefangen hat. Ehe ich mich vor die neonfarbene Graffitiversion des *Warrior*-Gemäldes in ihrem knallrosa

Sprechzimmer setzte, waren meine Brüste Schrödingers Katze – die Brüste, die ich immer gekannt hatte, und gleichzeitig eine tickende Zeitbombe, die womöglich hochgehen würde, wenn ich es am wenigsten erwartete.

»Ich habe meine eigene Ärztin«, kontere ich und lasse mich aufs Bett fallen.

»Na schön. Na schön«, sagt Mom, und ich kann durchs Handy hören, wie sie herablassend mit der Hand wedelt. »Dann frag doch *deine* Ärztin nach der Eileiterstudie, die ich dir geschickt habe. Kannst du wenigstens das für mich tun?«

»Na klar, Mom«, seufze ich.

»Gut.« Ihre Erleichterung trifft mich. »Stell dir nur vor, wie großartig du dich fühlen wirst, wenn du dir keine Gedanken mehr über Krebs machen musst. Du bist bestimmt viel glücklicher, wenn du das alles hinter dich gebracht hast.«

Ich höre das Klacken eines Ordners an ihrem Ende der Verbindung, und wie meine Mom die ausgedruckten Artikel aus medizinischen Fachzeitschriften durchblättert. Und schon faselt sie wieder über Studien der Mayo Clinic. Die Worte *Risiko, Hormone* und *abnormale Zellen* dringen an mein Ohr, aber ich höre nicht mehr zu.

Stattdessen überlege ich, worüber Mom wohl mit meiner Schwester redet. Liest sie diese Artikel auch Emma vor und beschwert sich über mein Nichtstun? Oder hat sie eine andere Beziehung zu ihr, eine, die nichts mit Genmutationen zu tun hat?

Für den Bruchteil einer Sekunde stelle ich mir meine anderen Brüste vor, die sich nie gegen mich verschworen haben und die nichts weiter von mir wollten, als dass ich sie in einem Bügel-BH an mich drücke – einen BH, der für mich seit der Mastektomie verboten ist. Was würde Mom zu diesen anderen Brüsten sagen? Ich wette, dass diese Brüste nichts von Ei-Entnahme oder Eileitern wissen. Verfluchte Glückspilze.

- KAPITEL 8 -

Gobble, Baby

Am Samstagmorgen werde ich von einer iCal-Erinnerung geweckt, die mein Herz einen Schlag aussetzen lässt:

Botschaft aus der Zukunft:
Noch 75 Tage bis Chile!!

»Ich hab dir einen Kaffee Americano mitgebracht«, verkünde ich, als ich in Sams Wohnung ankomme, und stelle den Papphalter auf die Küchentheke. Das ist ein ziemlich lahmes Friedensangebot, aber wenn ich hier mit Adam festsitze, will ich mich nicht mit ihm streiten. Sobald wir mit dem Einpacken fertig sind, werden wir für immer getrennte Wege gehen, wir müssen also keine Freunde werden, wir müssen lediglich diese Sache hier durchziehen. »Ich wollte es einen ›Schuld-Kaffee‹ nennen, weil ich mich heute früher verdrücken werde, aber da ich zu einem Kinderkonzert in der Grundschule meiner Freundin gehe, graut mir eher davor, als dass ich ein schlechtes Gewissen habe.«

Adam nimmt den roten Starbucks-Becher mit einem anerkennenden Nicken entgegen. »Woher wusstest du, dass ich Americanos mag?«

Ich ziehe meine Jacke aus und hänge sie an die Garderobe. »Du hast so eine Ausstrahlung. Ich kann dir bei jedem Menschen sagen, welchen Kaffee er oder sie am liebsten mag. Das ist meine völlig nutzlose Superkraft.«

Er schnuppert argwöhnisch an dem Kaffee. »Die Straße runter ist ein Spyhouse, wenn du nach einem unabhängigen Coffee Shop suchst«, sagt er, als würde ich nicht schon mein Leben lang in dieser Stadt wohnen.

»Aber Spyhouse hat nicht meinen Lieblingswinterdrink.« Ich trinke einen Schluck und schüttle genussvoll die Schultern, als ich das Kribbeln im Hals spüre. »Mmmm, Pfefferminz-Mokka.«

»Danke für das hier. Du hättest dir nicht so viel Mühe machen müssen.« Mit zerknirschtem Gesicht hebt er seinen roten Becher.

Ich habe kein Interesse daran, aufzuwärmen, wie wir das letzte Mal auseinandergegangen sind – oder das genaue Ausmaß des Gleichgültigkeitsniveaus, das mein Exfreund mir gegenüber an den Tag legte, noch einmal genau zu definieren –, also schüttle ich den Kopf und lasse ihn vom Haken. »War kein Umweg.«

Adam nickt, seine Schultern entspannen sich. Dann kehrt er zurück in die Küchenecke und schraubt dort hoch konzentriert eine Schranktür ab.

»Hat Sams Familie dich darum gebeten?«, frage ich. Die Schranktüren abzuschrauben, passt eigentlich nicht zu unserer eingeschränkten Jobbeschreibung.

»Sie sind alle angeschlagen, und hier löst sich auch noch die Farbe ab. Es ist einfacher, wenn ich sie einfach neu lackiere.« Seiner Meinung nach Bedarf diese Aussage keiner weiteren Erklärung. Irgendetwas verschweigt er mir, aber es interessiert mich nicht genug, dass ich ihn deshalb zur Rede stelle.

Stattdessen öffne ich Spotify, und schon erfüllt Musik das Apartment und gibt mir die Kraft, die ich brauche, um einen weiteren Tag in Adams Gesellschaft überstehen zu können.

»Warum hast du Weihnachtsmusik angemacht?« Sein Ton schwankt zwischen Verwirrung und Entsetzen.

Mir wird mulmig – bekomme ich jetzt Ärger? »Bei Starbucks gab es schon Weihnachtstassen.«

»Weil Starbucks eine Ausgeburt des Bösen ist.«

»Starbucks ist ein Barometer der Menschen, und die Menschen wollen Weihnachten. Moment, feierst du womöglich kein Weihnachten? Ich hätte nicht einfach davon ausgehen sollen.«

Er schüttelt den Kopf, krempelt die Ärmel hoch und gibt den Blick frei auf die irritierend beeindruckenden Unterarme, die mir schon letzte Woche aufgefallen sind. Ein Teil von mir hatte gehofft, ihnen wäre vielleicht die Luft entwichen und sie wären geschrumpft wie ein undichter Reifen. Er lehnt sich an den jetzt türlosen obersten Schrankteil, und diese Pose betont, wie groß er ist. Wenn er so dasteht, schrumpft das Apartment um ihn herum zusammen. »Ich feiere Weihnachten an Weihnachten. Jetzt ist noch nicht mal Thanksgiving. Lass doch Thanksgiving auch seinen Auftritt haben.«

»Du bist doch nicht einer dieser Anti-Weihnachts-Psychopathen, oder?«

»Du gehörst doch nicht zu den ›War on Christmas‹-Panikmachern, oder?«

Ich zucke die Achseln. »Ich liebe Weihnachten. Und ich wüsste nicht, warum ich mich dafür rechtfertigen sollte. Wenn du lieber Classic-Rock-Weihnachten, Hip-Hop-Weihnachten oder Hipster-Weihnachten hören willst, kann Spotify das arrangieren.«

»Was ist Hipster-Weihnachten?«

»Eine Menge Zooey Deschanel und dieses Lied von den Pogues in Dauerschleife.«

Er lässt eine volle Minute verstreichen, bis er antwortet, aber an seinem tiefen, resignierten Seufzer erkenne ich, dass ich gewonnen habe. »Klassisch ist in Ordnung.«

Den Rest des Morgens sitze ich auf dem Boden und räume

zum Soundtrack von Adams Bohrer mit klassischer Weihnachtsmusikbegleitung Sams TV-und-HI-FI-Schrank aus. Trotz seiner stoischen Fassade wippt Adam schon nach einer Minute im Takt von *Santa Claus Is Coming to Town* mit dem Kopf. Niemand ist immun gegen die Magie von Bruce Springsteens Weihnachtscover.

Mit einem gelegentlichen Knurren kommentiert Adam meine Livereportage zu jeder meiner Bewegungen, und schließlich verliere ich mich im Rhythmus meiner Aufgabe, sortiere Videospiele, zehn Jahre alte Blu-rays und verschiedene Konsolengenerationen in drei Kisten mit den Kategorien – »Behalten«, »Verkaufen« und »Wegwerfen« –, aber ich kann mich einfach nicht richtig entspannen. Nach der Botschaft aus dem Jenseits heute Morgen zucke ich jedes Mal zusammen, wenn mein Handy piept und eine Push-Nachricht kommt. Ich wische sie alle weg und versuche, meinen Pulsschlag wieder zu beruhigen.

»Warum benimmst du dich so seltsam?«, fragt Adam von der Kücheninsel her meinen Hinterkopf.

»Was meinst du denn mit ›seltsam‹?« Über eine Stunde lang habe ich immer mal wieder eine einseitige Unterhaltung mit ihm geführt und vorhin aus purer Langeweile den Text auf dem Rückendeckel von *Die Welt in Gefahr* zur Melodie von »Good King Wenceslas« gesungen. Wenn es ihm also um »seltsam« geht, muss er das schon ein bisschen genauer beschreiben.

»Du hast dein Rede-Ding gemacht …«

»Mein ›Rede-Ding‹?« Ich drehe mich auf dem Holzboden blitzschnell zu ihm um. »Meinst du meine sinnlosen Versuche, eine Unterhaltung mit dir anzufangen?«

»Dann piept dein Handy, du brichst mitten im Wort ab und verfällst kurz in ein Zitter-Zuck-Ding. Echt beunruhigend.«

»Dann schau doch einfach nicht hin.«

»Wo soll ich denn dann hinschauen?«

Ich gestikuliere zum Downtown-Skyline-Immobilien-Porno draußen vor den Fenstern.

»Was ist denn auf deinem Handy? Da muss doch irgendwas sein, sonst würdest du bestimmt nicht jedes Mal, wenn es piept, zehn Zentimeter in die Luft springen.«

Prompt piept das Handy. Ich versuche, nicht zu reagieren, aber das misslingt gründlich.

»Belästigt dich jemand?«

»Ach, es ist nichts«, antwortete ich, und er hält wieder den Mund, aber sein Blick hat einen schrecklichen, klaustrophobischen Effekt auf mich, der garantiert bei einem Verhör von Nutzen wäre. »Na gut. Es ist nur … äh, hat Sam auch in deinen Kalender diese Erinnerungen eingespeichert, wenn du dein Handy nicht gesperrt hast?«

Er erstarrt. »Du meinst seine ›Nachrichten aus der Zukunft‹?«, fragt er, und bemüht sich nicht sehr erfolgreich um einen beiläufigen Ton.

»Ja, genau. Ich hab heute Morgen eine gekriegt.«

Er lehnt den Hinterkopf an den Schrank. Sein Gesicht verwandelt sich vollkommen, als sich seine Lippen zu einem kleinen, aber dennoch strahlenden Lächeln heben. »Er hat an den Einstellungen meines Handys rumgepfuscht, so dass, selbst wenn ich es auf lautlos gestellt hatte, Doc aus *Zurück in die Zukunft* bei jeder Erinnerung ›Grundgütiger!‹ rief. Und es ging immer bei der Arbeit oder in der Uni oder so los.« Er stößt auf eine Art die Luft aus, die fast als Lachen durchgeht. »Ich hab es gehasst.«

Aber es klingt, als hasse er es überhaupt nicht mehr.

»Ja.« Ich lache auch, weil es schön ist, mit jemandem zu lachen, der Bescheid weiß. »Bei mir sind es immer Sachen, die ich machen soll. Das gefiel mir überhaupt nicht, weil es mich auf meine Unzulänglichkeiten aufmerksam gemacht hat. Und tut es immer noch.«

»Aber er war unser Freund, nicht unser Motivationscoach. Vorsicht oder Verantwortung hat er nie verstanden. Für ihn war alles ganz einfach. Du willst etwas? Dann nimm es dir. Nach diesem Motto lebte er. Vielleicht war der Trustfund daran schuld.«

Verblüfft schüttle ich den Kopf. »Sam hatte einen Trustfund?«

»Na klar. Was denkst du denn, womit er seine ganzen Reisen bezahlt hat?«

»Aber Geld war ihm doch immer so egal.«

»Nur reichen Menschen ist Geld egal.«

»Und diese Wohnung?«

Adam reibt sich den Nacken und schüttelt den Kopf. »Die gehört genau genommen seinen Eltern. Sorry. Ich sollte nicht so über ihn reden.«

»Wie über einen normalen Menschen?« Das halbe Lächeln, das ich dabei aufsetze, soll ihn dazu bringen, weniger nervös zu sein, wenn er mit Sams Aktueller Freundin ein bisschen über Sam tratscht. »Trustfund hin oder her, er hatte recht. Ich müsste viele Dinge tun, die ich nicht tue.«

»Ich war für seinen Geschmack auch immer zu vorsichtig.«

Adam sieht mich an, die Kante der Küchenzeile so fest umklammert, dass ich denke, er möchte noch etwas sagen, hält sich aber lieber zurück. Ich passe genau auf, weil mir klar ist, dass ich gerade einen kleinen, ganz privaten Teil von ihm zu sehen bekomme. Ich weiß nicht, wie lange ich auf winzige Veränderungen seines Gesichts gestarrt habe, als ich vom Piepen meines Handys unterbrochen werde.

»Siehst du! Das war es.« Schadenfroh weist er auf das sonderbare Kribbeln hin, das von einem sichtbaren Schaudern begleitet meine Wirbelsäule emporgeflattert ist.

Aber ich bin dankbar, dass er glaubt, es liegt an meinem Telefon.

13:23 MARA:

Sorry. Schaffe es nicht. Der dreizehnjährige Sohn des Typen hat Master-Chef-Junior-Kandidaten auf TikTok gemobbt, und jetzt hab ich einen richtigen Shitstorm am Hals. Kannst du dir vielleicht eine andere Mitfahrgelegenheit suchen?

»Anscheinend brauche ich ein Uber«, sage ich zu Adam, schicke Mara ein Daumenhoch zurück und schließe den Gruppenchat. »Aber wenigstens bin ich fast fertig mit dem Wohnzimmer.«

Adam beginnt, seine Bohrmaschine auseinanderzunehmen. »Wofür brauchst du ein Uber?«

»Für das Weihnachtskonzert meiner Freundin. Na ja, eigentlich das ihrer Schüler. Sie ist Lehrerin.« Ich klopfe meine Taschen ab, bis mir einfällt, dass ich mein Handy noch in der Hand habe. »Meine andere Freundin – meine Mitfahrgelegenheit – hat gerade geschrieben, dass sie mich nicht fahren kann. Warum gibt es denn mitten am Tag Höchstpreise?«

»Ich kann dich fahren.« Adam hüpft von der Anrichte und greift sich seinen Schlüssel von der Kücheninsel.

»Bist du sicher? Wir brauchen bestimmt eine halbe Stunde.«

»Ich hab nichts Besseres vor.«

Ich weiß, dass das nicht stimmt, aber ich bin zu spät dran und zu arm, um seine Großzügigkeit infrage zu stellen. »Bist du sicher?«, frage ich noch einmal.

»Ich mache das gern, Alison«, erklärt er ohne eine Spur Unaufrichtigkeit. Völlig verdattert bleibe ich vor der Tür stehen, bis er mich aus dem Weg schiebt. Er zieht seine Jacke mit der Jeansseite nach außen an, schlüpft in seine Stiefel und beendet damit jede weitere Debatte.

*

Als Adam den Motor anlässt, dröhnt sofort Achtziger-Synthwave aus den Lautsprechern. Es klingt so, wie vielleicht ein Roboter den Soundtrack eines Low-Budget-Horrorfilms komponieren würde.

»Damit komme ich nicht klar«, erkläre ich, und bringe die Anlage mit einem Knopfdruck zum Schweigen.

Mit dem Zeigefinger startet er den Lärm erneut. »Wenigstens ist es eine jahreszeitlich angemessene Playlist.«

»Das ist einfach nur schrecklich. Es ist Folter. Du gewinnst. Ich werde stumm dasitzen, aber bitte schalte es aus.«

Er schaut mich nicht an, aber ich sehe, dass seine Augenwinkel sich kräuseln. Dann stellt er die Anlage tatsächlich ab, und wir fahren den Rest des Weges in kameradschaftlichem Schweigen. Als ich mich auf die Stille eingelassen habe, spüre ich, dass ich nicht das Bedürfnis habe, sie zu füllen, ich muss auch nicht dafür sorgen, dass Adam sich wohlfühlt, da er viel entspannter zu sein scheint, wenn ich nicht in meine patentierte People-Pleaser-Routine verfalle.

Er biegt zum Parkplatz ab, und ich erwarte halb, dass ich gleich aus dem trügerisch langsamen Fahrzeug hinausspringen muss. Aber stattdessen hält Adam an und parkt ein.

»Danke fürs Mitnehmen. Sehr ruhiger Fahrer. Fünf Sterne«, sage ich mit einem steifen Nicken, doch als ich aussteige, tut Adam das auch. »Wie jetzt – willst du mit reinkommen?«

»Ich bin eigentlich kein Uberfahrer, Alison«, sagt er ganz grummelig, und erinnert mich an einen müden Bären.

»Es ist ein Grundschulweihnachtskonzert. Garantiert furchtbar.« Ich fühle mich schuldig, weil ich so schlecht über Chelseas Schüler rede, aber ich muss Adams Erwartungen realistisch halten.

»Ich hab nichts Besseres vor«, wiederholt er sein Argument von vorhin, aber diesmal mit einem Stöhnen als Zugabe.

»Na gut. Aber beeil dich. Wir sind schon spät dran.«

Handgemalte Dekorationen für jeden Feiertag von November bis Neujahr – sogar Veteran's Day – schmücken das überfüllte Foyer der Aula. Ein sehr niedliches Kind reicht mir zwei Programme, und wir gehen durch die schwere, mit Tannenzweigen geschmückte Flügeltür.

»Ist es nicht ein bisschen früh für ein Weihnachtskonzert?«, fragt Adam, als wir uns auf zwei Plätze am Gang setzen.

»Das ist eine Schule mit Schwerpunkt Mathe und Naturwissenschaften. Die Grundschule hat vor den Ferien noch ein richtiges Weihnachtskonzert.«

Er nimmt eins der Programme von mir entgegen. »Also ist das der erste Versuch in einem ganzen Jahr voller Konzerte?«

»Ja, aber mit viel mehr Begeisterung und einem größeren Fokus auf Tieren und Naturschutz.«

Adam sieht sich im Saal um, als hielte er nach Gefahren Ausschau. Er packt fest meinen Arm, doch seine Stimme ist leise und dezent. »Warum sitzen Kinder mit bemalten Gesichtern im Publikum? O Gott, sie werden hier anfangen, stimmt's?«

»Wahrscheinlich«, antworte ich flüsternd.

»Ich hasse es, wenn sie im Publikum anfangen«, grummelt er. »Da fühle ich mich immer, als wäre ich in einem Flashmob gefangen. Das einzig Gute an einem Flashmob ist, dass ich aus einem Foodcourt etwa fliehen kann. Niemand kann mich zwingen, vor dem Panda Express zu sitzen, während Bruno Mars über mich hereinbricht.«

Ich blättere das Programm durch. »Ich sehe hier nichts von Bruno Mars, also müsstest vor ihm in Sicherheit sein. Allerdings gibt es eine Truthahn-Version von *Wobble*. Möchtest du raten, wie sie heißt?« Ich wende mich Adam zu, der die Menge mit den Augen einer Leibesvisitation unterzieht.

»Okay, das Kind da drüben hat Glitzer. Hast du eine Kapuze?« Adam lässt meinen Arm los, um meinen Kragen zu inspizieren, doch ich schiebe seine Hand weg.

»Die Leute schauen schon!«

»Wie du willst. Du sitzt direkt am Gang. Du wirst das Zeug noch tagelang in deinen Haaren wiederfinden.«

»Lass die Kinder doch ihre Weihnachtsshow genießen. Du bist so ein Grinch.«

»Könnte sein, dass ich in meinem Truck noch eine Mütze habe, die du benutzen kannst.«

»Jetzt beruhige dich erst mal.« Ich lege ihm die Hand auf sein wippendes Knie, bis es stillhält. Aber dann lasse ich sie länger dort liegen, als es gesellschaftlich angemessen wäre. Schließlich fällt es mir auf, ich ziehe sie schnell weg, und plötzlich sind wir beide sehr intensiv an dem Ölwechsel-Coupon auf der Rückseite des Programms interessiert – 25 Dollar Preisnachlass auf die synthetische Mischung! –, und mein Magen schlägt Purzelbäume vor Verlegenheit. Als ich schließlich wieder aufblicke, tritt ein kleines Mädchen ins Scheinwerferlicht der Bühne.

Fröhliche Klaviermusik ertönt, und die Lichter im Saal erlöschen langsam, während das Mädchen in einem Tigerkostüm die erste Strophe von Katy Perrys *Roar* singt. Eins nach dem anderen setzen die Kinder mit den orange bemalten Gesichtern mit ein, immer mehr Stimmen erfüllen den Saal, und der Song steigert sich zum Refrain hin immer mehr.

Dann versuchen die Kinder plötzlich, in einem chaotischen Vorstoß über die Zuschauer hinweg zum Mittelgang zu gelangen, um dort eine Tanznummer vorzuführen. Doch da sie diese offensichtlich in einem leeren Saal eingeübt haben, geraten sie in Panik, als die vertrauten Lyrics erklingen und sie immer noch im Publikum festhängen.

»Der hier steckt fest«, sagt Adam, stupst mich mit dem Ellbogen an und deutet auf den kleinen Löwen neben ihm. Das

Kostüm des Jungen hat sich an einer Armlehne verfangen, und wir beobachten, wie er panisch an seinem Hemd zerrt.

Adam flüstert dem Kind etwas zu, und es nickt heftig. Mit einer raschen Bewegung fasst Adam den Jungen an den Seiten, hebt ihn über uns beide hinweg und setzt ihn im Gang behutsam ab. »Danke!«, ruft ihm der kleine Löwe zu, dann eilt er davon und nimmt seine Position in der Choreographie ein. Ich fühle ein Ziehen unter den Rippen. Ist das mein Herz? Hat das Ereignis gerade buchstäblich mein Herz berührt?

Doch die Freude ist von kurzer Dauer. In den Taschen der Kinder, die gefährlich nahe bei uns tanzen, erspähe ich Plastiktütchen, und kaltes Grauen ergreift mich.

»Du hast recht«, sage ich zu Adam, doch meine Stimme geht im Lärm fast unter. »Sie werden uns definitiv mit Glitzer bewerfen.«

»Können wir gehen?«

»Nein.«

Er holt tief Luft und akzeptiert unser schimmerndes Schicksal. »Solange sie tanzen, blockieren sie sowieso die Ausgänge.«

Ich setze ein dementes Grinsen auf. »Lächle den Kindern einfach zu und mach dich darauf gefasst, mit Glitzer bombardiert zu werden.«

Wie vorhergesagt ändert sich plötzlich die Tonart und die Kinder überschütten uns triumphierend mit buntem Glitzer, der bestimmt noch die ganze Woche in meinen Haaren kleben wird, genau wie Adam es vorausgesehen hat. Überall im Publikum wird gehustet, und die Kinder eilen auf die Bühne, um sich zu verbeugen.

Mit Weihnachtshits, Tiersketchen und einer stark bearbeiteten Version des Truthahn-Kinderreims *Gobble, Gobble* zum Hip-Hop-Beat von *Wobble* wird das Konzert fortgesetzt.

»Siehst du, Adam, sie lassen Thanksgiving auch seinen großen Auftritt haben. Ob sie wohl gewusst haben, dass du kommen würdest?«, nehme ich ihn flüsternd auf die Schippe. Adam sieht sehnsüchtig zur Decke empor, als hoffe er, jemand würde sich von dort abseilen und ihn vor der ganzen Sache retten.

Endlich habe ich das Gefühl, Oberwasser zu bekommen, aber dann bittet eine Gruppe sehr enthusiastischer Fünftklässler um Vorschläge für eine improvisierte Weihnachtsszene, und Adams warmer Atem streift meine Ohrmuschel. »Was ist das für eine Schule, die es ihren Schülern erlaubt, vor Publikum zu improvisieren? So viel Selbstbewusstsein sollten Kinder doch wirklich nicht haben.«

Ich unterdrücke mein Lachen und schubse ihn mit dem Ellenbogen zurück auf seinen Sitz. Zum Glück beenden Chelsea und ihre Kollegen die langatmige Nummer über die Arbeitsbedingungen am Nordpol, indem sie den Rest der Kinder für eine letzte Gesangseinlage zu »Jingle Bells« auf die Bühne schubsen, und dann ist die niedlich-verwirrende Katastrophe endlich zu Ende.

Noch ehe das Licht wieder angeht, steht Adam auf und zieht seine Jacke an. »Auf dem Parkplatz wird gleich die Hölle los sein. Lass uns schnell gehen, solange die Eltern noch ihre Kinder suchen.«

Ich nehme meine Jacke und wende mich der Bühne zu, dem Strom der die Aula verlassenden Eltern entgegen. »Ich muss Chelsea kurz hallo sagen, bevor ich gehe, aber wir können uns in der Lobby treffen.«

»Ich bin ein großer Mann, Alison. Ich kann nicht so allein als Mann in einer Gruppe Kinder aufragen, ohne dass jemand die Polizei ruft.«

»Was denkst du denn, was Dads machen, außer groß sein und zwischen allen aufragen?« Ich suche die Bühne ab, bis ich einen blonden Pferdeschwanz erspähe. »Da ist sie. Mir nach, wenn du lieber bei mir bleiben willst.«

Er grummelt, folgt mir aber trotzdem.

Ich springe die Treppen zur Bühne hoch und schließe Chelsea in die Arme. »Gute Arbeit, Ms. Olsen.«

»Du bist gekommen!«, schreit sie mir ins Ohr, und ich zucke zusammen. Als sie den Mann hinter mir erblickt, reißt sie die Augen auf. »Und auch noch mit dem …«

»Das ist Adam«, stelle ich ihn vor, bevor sie irgendwas Peinliches darüber verraten kann, was ich über ihn gesagt habe. »Er ist es, dem ich Sams Wohnung ausräumen helfe.« Chelsea schüttelt Adam die Hand. »Ich bin Chelsea, sozusagen Alisons *andere* andere Hälfte.«

»Freut mich, dich kennenzulernen. Die Vorführung war großartig.« Sein ausdrucksloser Tonfall könnte kaum weniger überzeugend sein.

Chelsea hebt die Hände wie eine Tatverdächtige in einer Polizeiserie. »Ich bin nur für die lehrreichen Tiervorführungen verantwortlich.«

»Oh, die mochte ich besonders. Eine nette Erholung vom Gesang.«

Chelsea erstickt fast vor Lachen. »Du bist sehr direkt, was, Adam?«

Adams Blick huscht zu mir. »Das hat man mir schon öfter gesagt, ja.«

»Die Kinder waren großartig, Chelsea«, betone ich.

»Absolut.« Adam macht seine Jacke zu, und das Licht fängt sich in dem bunten Glitzer, der von seinen breiten Schultern rieselt.

»Dann lassen wir dich mal wieder zurück an die Arbeit. Wir sehen uns später«, sage ich zu Chelsea und drehe Adam Richtung Ausgang. Über die Schulter sehe ich gerade noch, wie Chelsea mir lautlos zuflüstert: *Schreib mir.* Kopfschüttelnd verlassen wir den Zuschauerraum.

Wir haben fast den ganzen Gang hinter uns, als wir in der Musicalversion eines Kreisverkehrs landen – Kinder rennen in alle Richtungen zu ihren Familien, Klassenkameraden und Lehrern. Adam nimmt meine Hand und führt mich durch das Chaos.

Es ist eine dieser schrecklich-schönen Gesten, die sowohl zutiefst intim und doch entsetzlich platonisch sind.

Seine Hand ist warm und rau auf die beste Art, die man sich vorstellen kann, und als er mich auf halbem Weg über den Parkplatz plötzlich loslässt, weiß ich, dass ich die Bedeutung dieser Geste heute Abend noch stundenlang analysieren werde.

»Du solltest wissen, dass du das schlechteste Publikumsmitglied aller Zeiten warst«, erkläre ich ihm, während ich auf der Beifahrerseite in seinen Truck klettere.

»Na hör mal, ich habe die Show gerettet. Ohne mich würde der Löwe immer noch mitten im Publikum feststecken.«

Er dreht sich um, legt eine Hand auf meine Lehne, um zurückzusetzen, und zwingt mich damit, sein Kinn in Nahaufnahme zu bewundern. Sein Bart ist kürzer als vorige Woche, und aus der geringen Entfernung kann ich gerade eben sein Grübchen ausmachen. Ich hatte noch nie eine besondere Schwäche für Kinne, aber das von Adam treibt mich dazu, meine Einstellung zu überdenken.

Da der Abstand zwischen uns noch weiter geschrumpft ist, dämpft er die Stimme, als er sagt: »Aber es tut mir leid, dass du die Impro-Show der Kinder meinetwegen nicht vollständig genießen konntest.«

Die Hand immer noch an meiner Kopflehne, fixiert er mich einen Moment lang – vielleicht auch zwei. Ich konzentriere mich aufs Ausatmen, denn unser Atem mischt sich und schwebt in eisigen Wölkchen zur Windschutzscheibe. Ein Hupen ertönt, und ohne ein weiteres Wort senkt Adam die Hand zur Gangschaltung, fährt los, und wir lassen den Parkplatz hinter uns.

»Meine Schwester war in einer Improvisationstheatergruppe für Kinder«, erzähle ich, um den Augenblick zu überbrücken – oder das, was ich für einen Augenblick zwischen uns halte.

»Nein. O Gott. War es schlimm?«

»Sehr schlimm.« Meine Grimasse verwandelt sich in ein Lächeln bei der Erinnerung, wie meine Schwester den unwilligen Zuschauern mit großer Beharrlichkeit Berufe und Lieblingsurlaubsorte aus der Nase zog. »Sie traten bei irgendwelchen Events in der Stadt auf, bei Eröffnungen von Baumärkten und solchen Sachen. Meine Mom hat mich immer gezwungen, hinzugehen, obwohl ich mich schrecklich fremdgeschämt habe. Aber Emma war es kein bisschen peinlich, nichts davon. Sie ist ganz anders als ich. Sie war schon immer sehr selbstbewusst.«

»Und du nicht? Du warst nicht selbstbewusst, meine ich?« Er sieht zwischen mir und den anderen Autos hin und her.

»Ha. Nein, ich war ein furchtbar langweiliges Kind und habe immer nach einer Anleitung gesucht, wie ich sein sollte. Das mache ich bis heute.«

»Ich finde dich nicht langweilig.« Seine Offenheit macht irgendwas mit meinem Magen.

»Na ja, das ist eine himmelschreiende Lüge.«

»Überhaupt nicht.«

»Und was ist mit meinem ›Rede-Ding‹?«

»Das ist ganz sicher nicht langweilig.« Ich erwische die Anfänge eines Lächelns, das sich sehr ungehorsam auf seinem Gesicht ausbreitet. Das Fast-Lächeln hebt die Temperatur im Truck deutlich besser an als die sich redlich bemühende Heizung.

Er rubbelt mit der Hand über das eisige Lenkrad.

»Ist dir kalt?« Ich öffne das Handschuhfach in der Hoffnung, dass es seinem Namen gerecht wird. Stattdessen finde ich darin einen Plastikbehälter mit Keksen. »Snacks!«, platze ich heraus. »Thin Mints?«

Auf dem Etikett steht eine Bäckerei in Duluth, aber die Cookies sehen fast genauso aus wie meine Lieblingssüßigkeiten.

Adams Wangen werden tatsächlich rot, aber er versteckt es, indem er in seine Hände haucht, während er das eiskalte Lenkrad mit den Knien balanciert. »Die hab ich gestern auf dem Heimweg von der Arbeit gekauft. In der Bäckerei machen sie Tankstellen-Junk-Food nach, Twinkies und Snoballs, aber sie haben auch Girl Scout Cookies. Dumme Idee. Wahrscheinlich schmecken sie nach gar nichts.« Er hantiert am Rückspiegel herum, als würde er sich für sein Friedensangebot schämen. Im Vergleich wirkt mein Mitbringsel von Starbucks heute Morgen erbärmlich.

Ich wende mich ihm zu. »Das ist fantastisch.« Ich grinse die Schachtel an, unfähig, meine Freude in Schach zu halten. »Wirklich, das ist … richtig nett.«

Jetzt entspannt sich sein Mund zu einem richtigen Lächeln. »Du klingst schockiert.«

»Hast du sie ins Handschuhfach gelegt, damit sie einfrieren?«

»Das war nur ein glücklicher Unfall.« Er richtet seinen Blick wieder auf die Straße, aber sein Kiefer arbeitet immer noch. Dann öffnet er den Mund, als wolle er noch etwas sagen, schließt ihn aber gleich wieder. »Ich sollte mich wahrscheinlich für letzte Woche entschuldigen.« Mit fahrigen Handbewegungen reibt er sich den Bart und wartet auf eine Antwort.

»War das die Entschuldigung, oder kommt die erst später?« Ich lasse ihn ein bisschen zappeln und verkneife mir ein Grinsen. Ich hasse schlechte Entschuldigungen, und es macht echt Spaß, Adam zu ärgern.

»Ich hätte nicht so tun sollen, als wüsste ich irgendetwas über dich und Sam.« Er begegnet meinem Blick, als er an einem Stoppschild hält, und ich bekomme ein schlechtes Gewissen, weil ich es ihm so schwer gemacht habe. Er weiß mehr über Sam und mich, als ihm klar ist. »Es tut mir wirklich sehr leid, Alison. Wie kann ich es wiedergutmachen?«

Energie strömt aus meiner Hand, die Adam am nächsten ist, als wäre es das Natürlichste der Welt, meine Finger jetzt mit seinen zu verflechten. Doch ich presse sie lieber noch fester auf meinen Schoß. »Keine Sorge. War ein stressiger Tag.«

Er betätigt den Blinker. »Du musst nicht sagen, es wäre schon in Ordnung, nur damit ich mich besser fühle. Ich weiß, dass ich unrecht hatte. Es ist nur … Sam und ich hatten uns schon seit einer Weile auseinandergelebt, und sein letzter Besuch war … irgendwie seltsam. Trotzdem wurde ich jetzt unter dem Titel ›bester Freund‹ gehandelt, und ich habe meine damit verbundenen Schuldgefühle an dir ausgelassen.«

»Du hattest nicht unrecht … was Sam und seine Gefühle für mich angeht«, gestehe ich, und öffne den Keksbehälter mit dem Daumennagel. »Aber ich will seiner Familie jetzt trotzdem helfen, wenn ich kann. Sam weiß, wer wir alle für ihn waren. Ich denke, diese nach dem Tod verliehenen Titel sind mehr für die Leute, die ihn jetzt verloren haben.«

Zumindest erzähle ich das mir selbst so.

Adam trommelt nervös aufs Lenkrad. »Können wir die letzte Woche einfach vergessen und so tun, als wäre das alles nie passiert?« Es dauert ziemlich lange, bis er die Augen von mir ab- und wieder der Straße zuwendet.

Seine jungenhafte Ernsthaftigkeit bringt mein Herz zum Stolpern. Ich beiße in ein Thin Mint, um mein dämliches Grinsen zu verbergen. »Ja, gern. Aber wir müssen jetzt sofort damit anfangen. Ich muss alles aus meinem Gedächtnis löschen, was wir gerade gesehen haben.«

»Glaubst du, Chelsea musste die Rechte an ›Wobble‹ kaufen, um es so zuzurichten?«, fragt er, und blinzelt mich an.

Ich platze mit einem peinlichen Schnaublachen heraus und

ernte von ihm dafür ein herzhaftes, kehliges Lachen. Als ich mir mit dem Handschuh die Tränen aus den Augenwinkeln wische, spüre ich mehr als eine unbehagliche Bekanntschaft zwischen uns erblühen. Freundschaft vielleicht? Zumindest etwas Ähnliches.

Denn gegen alle Vernunft könnte es sein, dass ich Adam Berg mag, und das ist eine Wahrheit, die mich noch auf der gesamten Heimfahrt erschüttert.

- KAPITEL 9 -

Nippel raus, eiskalt und selbstbewusst

Es ist ein trostloser, regnerischer Sonntagmorgen, was bedeutet, dass ich den ganzen Tag mit Adam verbringen und dabei ständig versuchen werde, meine Haare zu bändigen. Bestenfalls sind meine Haare hellbraun und lockig wie die von Keri Russell in *Felicity* oder die von Taylor Swift in ihrer *Folklore*-Zeit, aber der Sprühregen macht ihre Wildheit schlimmer.

Als ich Sams Wohnung wie üblich rückwärts und meine beiden roten Starbucks-Becher krampfhaft umklammernd betrete, steigt mir Kaffeeduft in die Nase. Die gestern von mir gepackten Kisten sind weg, ebenso die Schranktüren. Auf der Küchentheke stehen eine Packung Kaffeebohnen, eine Papiertüte Bagels und ein extragroßer Becher Frischkäse. Adam war in jedem kleinen Laden der Gegend, der schon vor sieben aufmacht.

»Ich hab dir einen Americano für das Frühstücksbüfett mitgebracht.« Meine Worte hallen im leeren Wohnzimmer wider. Die Möbel sind noch da, aber alles, was das Apartment zu etwas Besonderem gemacht hat, ist inzwischen weggepackt.

Adam streckt den Kopf aus dem Badezimmer. Um ihn herum stehen mehrere knallorangefarbene Mülltüten. »Oh, danke. Stell ihn auf die Theke zu dem anderen Zeug. Ich brauche Hilfe mit der Reparatur des Wasserhahns, wenn du so weit bist.« Er nickt mir zu, als wäre damit alles geklärt, und verschwindet hinter der Toilette.

»Gibt es einen Grund, warum wir den Wasserhahn reparieren und nicht zum Beispiel ein zugelassener Klempner?«

»Wenn man einen Klempner ruft, um einen undichten Wasserhahn zu reparieren, ist man ein hoffnungsloser Fall.« Die Badezimmerfliesen werfen ein Echo seines Affronts zurück.

Ich verdrehe die Augen, ziehe meine Stiefel aus und ruckle meinen Mantel von den Schultern. Schlammig-schneematschige Fußspuren zeigen jede meiner Bewegungen wie eine Tierfährte. Ich verfluche mich leise, weil ich weiß, dass alles, womit ich diese Wohnung noch schlampiger mache, der langen Liste von Erledigungen noch eine hinzufügt.

Sams Eltern können unmöglich gewusst haben, wie schlecht ihr Sohn sich um sein Apartment gekümmert hat, als sie uns die Aufgabe übertragen haben, sie bis zum Verkauf in gerade mal vier Wochen in Ordnung zu bringen. Bestimmt würden sie es uns verzeihen, wenn die Spüle bei der Übergabe in einem nicht ganz perfekten Zustand wäre, aber ich kann Adam nicht mit den Gefühlen alleinlassen, die ihn zwingen, so viel seiner Freizeit in diese Wohnung zu investieren.

»Wie ich sehe, bist du mir mit dem Kaffee zuvorgekommen. Willst du den Americano überhaupt? Ich möchte nicht daran schuld sein, dass du dir womöglich eine Überdosis Koffein verpasst.«

»Das ist sowieso unmöglich.« Er kommt in die Küche, wäscht sich die Hände an der Spüle, nimmt seinen Starbucks-Becher und prostet mir mit einer deutlichen Geste der Wertschätzung zu. »Als ich draußen war, hab ich auch eine Kaffeemaschine geholt, damit wir uns jederzeit Kaffee kochen können. So musst du nicht jeden Morgen welchen anschleppen.«

»Oh. Ja. Gute Idee.« Ich versuche, mir meine Enttäuschung nicht anmerken zu lassen. Ich bringe gern Kaffee mit. Damit rechtfertige ich meine Anwesenheit, während er unter dem

Waschbecken liegt und irgendwelche Rohre repariert oder sonstige seiner Meinung nach kinderleichte Klempnerarbeiten erledigt.

»Und du musst dir keine Sorgen machen, dass du keinen Pfefferminzmokka mehr bekommst.« Mit großer Geste öffnet Adam den Kühlschrank und gibt den Blick frei auf einen schmalen, grünen Karton.

»Karamell-Minzkeks-Kaffeesahne.«

»Thin-Mint-Kaffeesahne dürfen sie es nicht nennen, weil das ein geschützter Markenname ist.«

»Klar.« Ich drehe den Karton langsam in den Händen, denn ich bin mir sicher, dass er jeden Moment explodieren könnte.

»Aber trotzdem ist es genau das Gleiche.«

Wenn ich es nicht besser wüsste, würde ich denken, dass Adam tatsächlich ein bisschen aufgeregt klingt. Ich lasse mich davon anstecken, auch wenn die Kaffeesahne absolut widerwärtig klingt. Ich setze mich ihm gegenüber auf einen Hocker.

»Ich schenke uns gleich zwei Becher ein«, verkündet er, und ich will ihn gerade fragen, welche Becher er denn meint, als er aus seinem Rucksack, der auf der Anrichte steht, zwei handgefertigte Keramikbecher zaubert. Den schiefergrauen stellt er vor sich und den waldgrünen vor mir ab.

»Die sind ja wunderschön.« Ich nehme meinen in die Hand, um den hübschen Henkel genauer zu betrachten, und vereitle damit Adams Plan, mir Kaffee einzuschenken.

»Meine Schwester töpfert sie selbst. Ich hab die beiden Becher heute Morgen aus ihrem Haus mitgehen lassen. Sie hat alle möglichen Farben.«

»Aber die hier gefallen dir am besten?«, frage ich.

»Der graue ist mein Lieblingsbecher, ja. Aber ich dachte, der grüne würde dir bestimmt gefallen.«

Adam schiebt den grünen Becher – also meinen – auf meine

Seite der Küchentheke. Die Flüssigkeit darin hat eine vielversprechende dunkelbraune Mokka-Farbe. Ich setze sie an die Lippen und nippe zögernd daran.

Es schmeckt widerwärtig.

»Mmm«, stoße ich unter Einsatz meiner gesamten Willenskraft hervor. Eine wahrhaft heroische Leistung.

Adam strahlt vor Stolz, das heißt, ein Mundwinkel ist ein winziges bisschen nach oben gezogen.

Doch dann trifft mich der Nachgeschmack, und Übelkeit kriecht mir in die Kehle wie das Mädchen aus *The Ring* aus dem Fernseher.

»Tut mir leid«, sage ich und unterdrücke ein Würgen. »Aber das schmeckt, als hättest du Thin Mints mit Frostschutzmittel versetzt.«

Adam zuckt zurück. »Aber du hast doch gerade noch gesagt, du magst es.«

»In einem Anfall von Wahnsinn. Oder es war eine Nebenwirkung des Frostschutzmittels.«

»So schlimm kann es doch nicht sein«, meint er und starrt argwöhnisch in meinen Becher.

»O doch, das Zeug ist echt scheußlich. Probier es mal.« Ich schiebe ihm den Becher hin.

»Warum soll ich etwas trinken, das scheußlich schmeckt?«

»Ich kann doch nicht die Einzige in dieser Wohnung sein, die leidet.« Mit einem Finger schubse ich den Becher noch näher zu ihm.

»Na gut. Na gut.« Adam hebt ihn vorsichtig an die Lippen, trinkt einen kleinen Schluck, und ich warte eine Ewigkeit auf sein Urteil. »Ich verstehe, was du mit dem Frostschutzmittel meinst.«

Ich grinse triumphierend. »Siehst du!«

Adam möchte sein Lächeln unterdrücken, doch die kleinen

Fältchen um seine Augen verraten ihn. Er fährt sich mit der Zunge über die Zähne, und mich durchströmt eine unerwartete Hitze.

»Ich habe das Gefühl, ich kann die Farbe Grün schmecken. Hattest du das vorhin auch?«, fragt er und bekommt offenbar nichts davon mit, was in meinem Innern vor sich geht.

Ich räuspere mich. »Äh, ja. Bist du nicht froh, dass wir jetzt die traumatische Erfahrung teilen, Farben zu schmecken?«

Er spült den widerlich süßen Geschmack mit schwarzem Kaffee runter. »Genug Geschmacksproben für heute. Du musst mir bitte die Taschenlampe halten, während ich den Wasserhahn repariere.«

»Könntest du nicht vielleicht ein herumstromerndes Kind im Hausflur auftreiben, das dir hilft?«

»Ich locke keine Kinder in eine Wohnung, in der ich arbeite«, kontert er.

Ich kremple die Ärmel meines weißen Tops auf und hüpfe von meinem Hocker. »Na dann, Berg, packen wir es an.«

*

Wenig später liegt Adam mit dem Kopf unter den Rohren in dem Schränkchen unter dem Waschbecken, und sein gebeugtes Knie wippt ununterbrochen. Ich gehe in die Hocke und schwenke die Taschenlampe wie eine Waffe.

Mein Bein stößt an seinen Oberkörper, und ich begehe den furchtbaren Fehler, auf den Berührungspunkt hinunterzuschauen. Adams hellgraues Thermohemd ist hochgerutscht, so dass ein schmaler Streifen Haut über seiner Jeans zu sehen ist. Mein Herz gerät ins Stottern, und ich richte den Blick hastig wieder auf die Rohre. Zu spät. Der Anblick hat sämtliche Zellen in meinem Körper aus dem Gleichgewicht gebracht.

»Also, warum tauschen wir das Becken aus?«, frage ich, um mich abzulenken.

»Es geht nur um den Wasserhahn. Der muss ersetzt werden.«

»Übersteigt das nicht unsere Pflichten? Ich dachte, wir sollen nur Sams Zeug zusammenpacken.«

»Wenn wir nur seine Sachen zusammenpacken, hat seine Familie immer noch sehr viel zu tun, und …« Er verstummt, und ich wünschte, ich könnte sein Gesicht sehen. Er schluckt hörbar. »Wenn ich gewusst hätte, dass Sam einen neuen Hahn braucht, hätte ich das erledigt. Also mache ich es jetzt.«

Ich nicke, weil ich genau weiß, was er meint. Ich habe Chelsea schon mal um vier Uhr morgens zum Flughafen gefahren, Mara beim Umzug in den fünften Stock ohne Fahrstuhl geholfen und würde für beide eine Leiche verschwinden lassen, wenn sie mich darum bitten würden. Was für Probleme auch immer sie hatten, Sam und Adam waren genau solche Freunde. Und so etwas verschwindet nicht einfach.

»*Du* machst es jetzt? Als wäre ich nicht ein unerlässlicher Teil dieser Operation? Kann die Taschenlampe etwa schweben?«, necke ich ihn in der Hoffnung, dass es die Stimmung hebt. Er stößt mit seinem Knie gegen meines, und ich taumle rückwärts auf die weißen Fliesen. »Also, das ist jetzt aber ein Kündigungsgrund. Ich haue ab, du kannst für den Rest der Arbeit ein Kind hierher locken.«

»Alison.« Seiner Stimme hört man das Stirnrunzeln an.

»Na schön.« Ich stelle die Taschenlampe wieder an.

Adam lockert und stabilisiert diverse Rohrteile, aber unsere Nähe ist mir zu präsent, ich kann mich nicht konzentrieren. Ich schwebe über ihm, schon eine leichte Brise würde mich ihm auf den Schoß verfrachten.

»Machst du so was auch bei deiner Arbeit?«, frage ich. Noch mehr Ablenkung.

»Nein. In meinem eigenen Haus.« Er ändert seine Kopfhaltung unter dem Becken, und ich erhasche einen Blick auf den hoch konzentrieren Ausdruck in seinen Augen.

»Oooh. Du besitzt also ein Haus. Angeber.«

Er dreht am Schraubenschlüssel, und beißt sich auf die Zungenspitze.

Ohne darüber nachzudenken, beiße ich auf meine eigene Zunge. Ich bekomme einen kleinen Teil von ihm zu sehen, den er mir bestimmt nicht aus freien Stücken gezeigt hätte – sein peinliches Konzentrationsgesicht. Bei dem Gedanken habe ich das Gefühl, als würde in meinem Bauch etwas herrlich Süßes zerschmelzen.

»Und im Haus meiner Schwester in Minneapolis. Zwar ist June handwerklich ziemlich begabt, aber meistens ist sie zu beschäftigt mit meinem Neffen, um sich um Hausprojekte zu kümmern, und ihr Mann, Dev, arbeitet viel.«

»Anscheinend steht ihr euch ja sehr nah. Das ist schön.«

»Ja, aber wir sind komplette Gegensätze. Sie ist quirlig und voller Energie. Super gesprächig. Die personifizierte Farbenvielfalt.«

»Echt? Klingt genau wie du.«

Adam lacht. Der Klang geht mir durch und durch, ich verliere das Gleichgewicht und suche Halt auf dem Boden.

»Was hat dich nach Duluth verschlagen?«, frage ich.

»Der Schreinermeister, bei dem ich gelernt habe, hat mir für die Zeit, bis ich mich in Minneapolis selbstständig machen kann, eine Stelle bei einem Bauunternehmer in Duluth besorgt. Das war vor ungefähr sieben Jahren, also …« Jetzt klingt sein Lachen hohl und unbehaglich. »Ich warte immer noch auf das richtige Timing.«

Ich möchte ihn gern noch mehr fragen, aber mir gefällt es zu gut, mit ihm zu reden, und ich habe den Verdacht, dass dieses Thema unser zartes Hin und Her durcheinanderbringen könnte.

»Kannst du bitte mal dort rüberleuchten?« Man hört ihm an, dass die Arbeit mit der Zange anstrengend ist.

»Sorry.« Unter dem Gewicht der massiven Taschenlampe ist mein Arm etwas abgesunken und leuchtet nun auf die Stelle von Adams Körper, an die ich definitiv nicht denke. »Also wohnst du in einer WG oder …«

»Allein«, unterbricht er mich. Das Wort prallt gegen die Schrankwände wie eine zuknallende Tür.

Sam hat nur ein einziges Mal Adams Liebesleben erwähnt. Ich hatte ihn gefragt, ob ich seinen besten Freund vielleicht mit Chelsea verkuppeln könnte. Ich wollte jemand Zuverlässiges und Nettes für sie und er schlug Adam vor. Doch dann verwarf er die Idee schnell wieder.

Er datet nie. Für ihn scheint niemand die Mühe wert zu sein, meinte er. Dadurch bekam ich den Eindruck, dass Adam ein arroganter Arsch sei. Doch das Bild passt überhaupt nicht zu dem Mann, mit dem ich jetzt hier bin. Reizbar und stur? Ja, klar. Aber ein wichtigtuerischer Arsch?

»Du hast aufgehört zu reden«, stellt er ein paar Sekunden oder vielleicht Minuten später fest.

»Ja, Adam. Mir ist bewusst, dass ich deiner Meinung nach zu viel rede.«

»*Zu viel* würde bedeuten, dass es mir nicht gefällt.« Das Wort »gefällt« hüllt mich ein wie ein weiches, verwaschenes Flanellhemd. Adam schiebt sich unter dem Becken hervor und steht auf.

Ich werfe ihm einen Seitenblick zu. »Ach ja? Hat es dir gestern gefallen, als ich dir sämtliche Titel aus Sams HI-FI-Schrank vorgelesen habe?«

»Vor allem der Teil, als du versucht hast, seine verschiedenen Xboxes zu sortieren. Fesselndes Zeug, so was«, antwortet er todernst, während er mit einem trockenen Lappen den neuen, frisch polierten Nickelhahn putzt.

»Darüber bin ich immer noch nicht weg. 360, Eins und dann *Series S* – was ist das denn für eine Reihenfolge? Wer ist für so was zuständig?« Obwohl ich mir redlich Mühe gebe, nicht zu lächeln, gelingt mir das nicht ganz. »Ich hab nichts gegen Stille. Eigentlich mag ich sie sogar. Ich halte es nur schlecht aus, wenn sie anderen Leuten unangenehm ist.« Alles, was nicht ausgesprochen wird, drückt mir auf die Brust, und wenn ich mich zu lang nicht darum kümmere, wendet die Stille sich gegen mich. Verurteilt mich. Weist mir die Schuld daran zu.

Sie würden sich nicht in dieser unendlichen Stille quälen, wenn du eine interessantere, einnehmendere, aufregendere Person wärst, wispern alle meine Unsicherheiten.

Deshalb fülle ich den Raum mit meinem Geplapper, statt dieser Stimme endlich einmal die Stirn zu bieten.

Sam brauchte mich nie, um einen unbehaglichen Moment zu überspielen, denn es gab nie einen. Seine überschwängliche Energie war entspannend bis zu dem Punkt, an dem sie mich erschöpfte. Sicher, ein Teil der Erschöpfung kam vielleicht auch vom Mountainbiking, Bergsteigen und Ähnlichem.

Aber Adam strahlt in der Stille keine Unruhe aus. Er mag sie.

Während er sich bückt und sein Werkzeug wieder in den Werkzeugkasten räumt, werfe ich einen Blick in den Spiegel über dem Waschbecken, zucke beim Anblick meiner völlig zerzausten Haare zusammen und beginne augenblicklich, an ihnen herumzuzupfen.

Als ich den Wasserhahn aufdrehe, um sie nass zu machen, registriere ich Adams Warnruf so gut wie gar nicht, denn ich sehe im Spiegel, wie sofort eine Wasserfontäne auf mein weißes Top und meine tauben Brüste schießt. Ein unartikulierter, schriller

Schreckenslaut kommt über meine Lippen, und ich erstarre zur Salzsäule.

»Das war eine Luftblase«, erklärt Adam und sucht das Badezimmer nach einem Handtuch ab. Ich kann nichts anderes sehen als meinen Beitrag zu diesem improvisierten Wet-T-Shirt-Contest. Gefühllos überall dort, wo es wichtig wäre, spüre ich nur etwas Nasses, Kaltes, das sich über meinen Hals und meinen Bauch ausbreitet. So schnell ich kann, weiche ich von diesem verräterischen Becken zurück.

Wo im Universum meine Nippel auch sein mögen, jetzt sind sie auf jeden Fall eiskalt und munter.

Da Adam im Badezimmer kein Handtuch findet – ich hab sie alle schon am ersten Tag eingepackt –, wendet er den Blick ab und verschwindet in Richtung Schlafzimmer.

Einer der wenigen Vorzüge, keine Nippel zu haben, besteht darin, dass man in einem weißen T-Shirt ohne BH herumlaufen kann. Während meiner Genesung war ich bei einer Tattoo-Künstlerin, die sich auf dreidimensionale Nippelkunst spezialisiert hatte. Sie erklärte mir, dass meine Brüste ohne Nippel *unvollständig* wirken würden – »wie ein Gesicht ohne Nase«, meinte sie und versprach mir, dass Tattoos die Lücken in meinem verwirrten Gehirn füllen würden, so dass ich in Zukunft den gefürchteten zweiten Blick in den Spiegel nicht mehr brauchen würde.

Als ich gesund genug war, um mich tätowieren zu lassen, erschienen meine Brüste mir nicht unvollständig. Zwar sahen sie nicht mehr aus wie meine alten Brüste, aber sie sahen aus wie *meine* Brüste, also entschied ich mich gegen den kosmetischen Ersatz. Doch als ich nach der Operation das erste Mal wieder mit einem Typen zusammen war, verstand ich endlich.

Bei einem Craft-Bier und überteuerten Kartoffelpuffern erzählte ich ihm meine BRCA-Geschichte. Er versuchte, Mitgefühl zu zeigen, indem er mir von einer präkanzerösen Leberfleck-Entfernung erzählte.

An diesem Punkt hätte ich die Reißleine ziehen sollen, aber ich wollte das erste Mal Post-OP hinter mich bringen. Ich zog also später bei ihm mein Shirt aus und sah zu, wie sein Gehirn beim Anblick der vor ihm ausgebreiteten Landschaft – sanfte Hügel statt steile Twin Peaks – einen Kurzschluss hatte.

Augen, die meine Brüste als *unvollständig* wahrnahmen, ähnelten verdächtig denen eines Mannes, der sie *falsch, krass* und *abstoßend* fand. Es ist verstörend, zu beobachten, wie jemand deinen Körper in Realzeit enträtselt. Noch nie hatte ich ein derart schlechtes Gewissen, weil ich in einem Frauenkörper mit Narben und Unzulänglichkeiten steckte und das Überleben der Eitelkeit vorgezogen hatte. *Ich war nicht krebskrank*, dachte ich. *Ich hätte es riskieren können. Ich hätte warten können, bis ich jemanden finde, der meine Brüste liebt, bevor ich versuche, jemanden zu zwingen, mich ohne sie zu lieben.*

Es war nur ein Augenblick, und danach hatten wir ziemlich durchschnittlichen, ereignisarmen Sex, ohne dass meine körperlichen Besonderheiten Erwähnung fanden. Dennoch reichte dieser eine Moment, dass ich für zukünftige One-Night-Stands in Spitzen-Bralettes investierte.

Ich brachte nie den Mut auf, mit jemandem Sex zu haben, den ich tatsächlich wiedersehen wollte. Das Risiko für körperliche Zurückweisung war mir einfach zu hoch.

Und jetzt stehe ich hier, warte, dass Adam durch mein plötzlich durchsichtiges Top schaut und feststellt, dass etwas fehlt. Die vertraute Scham kriecht meine Wirbelsäule empor.

In der Hand ein Sweatshirt mit dem Schriftzug DULUTH TRADING CO kehrt er zurück. Ohne richtig hinzusehen, drückt er es an meine Brust, und ich halte es fest. Er fängt an, meine Arme zu rubbeln, erstarrt aber plötzlich, und ich merke, wie sich nach und nach die Erkenntnis auf seinen Gesichtszügen verbreitet, dass er mich – irgendwie intim – berührt.

»Sorry, äh, du hast eine Gänsehaut«, stammelt er.

Ein kalter Schauer läuft mir in dem Moment über die Haut, als er mich loslässt, und ehe ich richtig begreife, was ich tue, lehne ich mich an ihn. Ich weiß, ich sollte mich zurückziehen – ich mache die Situation nur schlimmer –, aber er ist zu warm. Ich bin mir immer bewusst, was meine Brüste nicht haben und nicht fühlen, aber der Druck seines soliden Brustkorbs an meinem ist einfach, na ja, irgendwie fühlbar.

Für ein paar Sekunden lässt er mich so, dann fragt er dicht an meinem Kopf: »Wo hast du hier denn was zum Anziehen?«, und sein Atem krault meine Haare.

»Ich hab hier nichts«, sage ich in sein Hemd. Die weiche Baumwolle ist warm an meiner Wange, und sein Adam-Duft füllt meine Nase. Aus dieser Nähe kann ich Noten von Zedernholz und Orange riechen, und ich frage mich, ob noch Weichspüler dabei ist oder Seife oder einfach nur Adam selbst. Seine Finger streichen mir eine Haarsträhne aus der Stirn. Er tut das so sanft – so ehrfürchtig –, dass sein Körper das Einzige wird, das mich hindert, zu zerschmelzen und zu einer Pfütze am Boden zu werden. »Ich habe nie hier übernachtet, weißt du. Wir waren nie … zu diesem Schritt war ich nie bereit.«

Auf einmal spüre ich, wie Adams Körper starr wird, und sofort überfällt mich das Bedauern wie eine Flutwelle. Wie komme ich dazu, einem fast fremden Menschen meine Sex-Historie – beziehungsweise das Fehlen einer solchen – mit seinem besten Freund anzuvertrauen?

Er räuspert sich und stupst mich mit der Hand in Richtung Schlafzimmer. »Ich hab ein Reservehemd. Oder du kannst natürlich auch eines von Sam haben.«

Alle Phantomempfindungen, mit denen seine Gegenwart

meine Brüste versorgt haben mag, lösen sich bei meinem nächsten Ausatmen auf.

Ich öffne die oberste Schublade der Kommode und merke, dass ich keine Ahnung habe, wo irgendwas ist. Nachdem ich noch zwei Schubladen geöffnet habe, entscheide ich mich für ein einfaches grünes T-Shirt, ziehe es an und lasse mich, die Hände schützend auf die Brust gelegt, aufs Bett fallen.

»Ich stopfe das schnell in die Maschine.« Adam deutet auf mein durchweichtes Top und ich werfe es ihm zu. »Heute sollten wir uns um dieses Zimmer hier kümmern.« Er gestikuliert im Raum herum.

Den Rest des Tages packen wir Sams Klamotten. Jeder seiner Pullis könnte sentimentalen Wert haben, deshalb entscheiden wir uns für die Feiglingslösung und schreiben »Behalten« auf alle Kisten. Sams Schrank fühlt sich an, als wäre er voll von ihm, und seine Sachen, sozusagen eine Erweiterung seiner Person, eine Art Außenskelett.

»Wie kommst du damit zurecht?«, fragt Adam und legt den Kopf ein bisschen schief, um auf mich herabzuschauen. Richtig süß. Auf einmal ist Adam für mich extrem süß. Wirklich erstaunlich.

Ich ahme seine Kopfbewegung nach. »Und wie ist es für *dich?*« Denn, ob er es nun bemerkt hat oder nicht, seine Beziehung zu Sam war wichtiger als meine.

»Ein bisschen surreal – als würde ich ihn wegräumen. Aber es muss ja sein.« Wieder schaut er von dem Hemd, das er gerade zusammenlegt, zu mir auf. Sein Blick ist so warm. »Ich kann mir nicht vorstellen, so etwas für meine Ex zu machen. Nicht, dass … du weißt schon …«

Ich verkneife mir ein Schnauben. »Wenn du mir jetzt erst erzählst, dass deine Exfreundin gestorben ist …«

»Nein.« Ein Lächeln umspielt seine Lippen. »Sie ist sehr

lebendig. Und verheiratet, mit einem Kind und einem Haus am See.«

»Ooh, der Traum«, stichle ich. »Wie lange wart ihr denn zusammen?«

»Die meiste Zeit im College.« Er reibt sich den Nacken. »Seit wir nicht mehr zusammen sind, habe ich mich eigentlich kaum noch verabredet. Es hätte auch keinen Sinn, wo ich doch plane, Duluth zu verlassen. Und Dating ist sowieso eine Qual für mich. Bei der Arbeit mache ich mich immer schmutzig, also muss ich mich umziehen und mir überlegen, was ich essen will …«

Ich kann mir ein Grinsen nicht verkneifen. »Da beschreibst du die Grundlagen menschlichen Verhaltens. Erste Ebene der Bedürfnis-Hierarchie.«

Wir packen, bis das Schlafzimmer aussieht wie ein seelenloses Airbnb – und nicht mehr wie Sam Lewis' Schlafzimmer.

»Meinst du, wir schaffen unsere Deadline?« Mit großer Geste umfasse ich die ganze Wohnung. Meinem Gefühl nach sind wir hier schon eine Ewigkeit am Werk, aber mit unseren Nebenbeschäftigungen und Entgleisungen sieht es immer noch aus, als wäre Sam gerade aus der Tür gegangen, um sich einen Kaffee zu holen.

»Wir sind dieses Wochenende ganz gut vorangekommen, problematisch sind die Reparaturen und das Streichen. Ich möchte nicht, dass jemand anderes den Rest erledigt, wo ich mehr als fähig bin, solche Dinge zu bewerkstelligen. Wenn du nicht willst, musst du mir dabei auch nicht helfen. Ich weiß ja, dass du nur fürs Packen eingeteilt bist.«

»Oh, mich wirst du nicht mehr los. Ich habe zu viel Hausrenovierungsshows geschaut, um ausgerechnet jetzt zu kneifen, wo es interessant wird.« Ich unterdrücke ein Grinsen. Gestern früh noch hätte mich die Aussicht, ein drittes Wochenende mit Adam verbringen zu müssen, in eine Stressspirale befördert, aber jetzt hoffe ich, dass er mich bleiben lässt. »Ich helfe gern. Jedenfalls, wenn du möchtest.«

»Das …« Er blickt zu Boden und blickt mir dann in die Augen. »Das wäre schön«, sagt er schließlich.

Seine Worte strömen durch meine Brust. Durch jede Zelle.

- KAPITEL 10 -

Der Besuch des Neffen

Am Montag werde ich von einer Textnachricht geweckt.

6:13 ADAM:

Euer Weihnachtskult ist sehr umfassend.

Diese kryptische Botschaft schickt er mir ohne jeglichen Kontext, und ich verstehe nur Bahnhof, bis er mir ein Bild von einem Lagerhaus schickt. Die Namensplakette ist abgeschnitten, aber links von »SUPERIOR CONST« hängt ein riesiger Adventskranz mit einer schiefen roten Schleife.

Während ich noch über meine Antwort nachdenke, halte ich meine beiden Brüste in den Händen. Das ist nichts Sexuelles, nur etwas, das ich neuerdings tue – wie man mit der Zunge unbewusst die Stelle berührt, an der man eine Zahnfüllung bekommen hat und die Betäubung noch anhält.

6:16 ALISON:

Wir werden lieber Santas Kinder genannt.

6:20 ADAM:

Ha.

7:04 ALISON:

Wie reagiert man auf eine Nachricht aus nur einer einzigen Silbe?

7:07 MARA:

Wie lautet die Silbe?

7:07 ALISON:

Ha.

7:09 CHELSEA:

Dann geht es also allmählich richtig ab mit dem Hot Adam? 🔥🔥🔥

7:10 ALISON:

Jeder x-Beliebige könnte mir ein Ha geschickt haben!

7:12 CHELSEA:

Aber du würdest deine flirty Reaktion nicht per Crowdsourcing optimieren wollen, wenn das Ha von jemand x-Beliebigen wäre 😍

7:14 MARA:

Sie hat recht. Du bist total besessen.

7:15 CHELSEA:

Das ist so süß! Er ist genau dein Harrison Ford, aber der aus Morning Glory. Er ist total griesgrämig und schwierig.

7:17 MARA:

Chels, in dem Film ist er einfach ein alter Mann.

7:19 CHELSEA:

Ford kann jede kriegen, ganz gleich, wie alt er ist, und Adam auch 🔥

7:21 ALISON:

Bin ich in diesem Szenario »jede«?

7:24 MARA:

Hat dieser Typ schon Pläne für Silvester? Interessiert er sich für Sport???

7:25 CHELSEA:

Al mag es lieber, wenn wir ihn Hot Adam nennen.

Erweise ihm den Respekt, den er verdient!!

Zwei Tage verstreichen ohne neue Textnachrichten von Adam. Inzwischen ist es Mittwoch, und ich frage mich, ob ich das Gespräch womöglich abgewürgt habe. Ist es vielleicht meine Aufgabe, es mit der nächsten Nachricht wiederzubeleben?

Ich fühle mich sozial völlig überfordert, als Daniella mich bittet, bei einer Präsentation in Duluth mitzumachen. Unsere Firma arbeitet so oft dort, dass es nicht das erste Mal passiert, aber das Timing könnte nicht perfekter sein. Gibt es etwa eine bessere Methode, einen Nachrichtenaustausch wiederzubeleben, als ganz locker nach einer Restaurantempfehlung zu fragen?

10:13 ALISON:

Wo kriegt man in Duluth einen guten Lunch?

Bei meiner Formulierung zucke ich zwar zusammen, aber mein blöder Daumen hat schon auf Senden gedrückt. Ich warte auf tanzende Pünktchen auf meinem Telefon, bis ich mich ausreichend jämmerlich fühle, weil keine kommen, stöhne über mich und lege mein Handy schließlich mit dem Display nach unten auf den Schreibtisch. Dann habe ich Zeit genug, eine Mail über Verkehrsmuster in der Nähe einer geplanten Bahnerweiterung zu lesen und zu beantworten, bevor mein Telefon vibriert.

10:56 ADAM:

Wer ist man?

10:57 ADAM:

Bin ich das?

11:01 ALISON:

Nein, ich natürlich. Mein Chef will mich zu einer Präsentation in Duluth mitnehmen. Um 10 morgen Vormittag. Normalerweise mache ich unterwegs bei Culver's halt, aber jetzt habe ich ja eine Insider-Quelle. Ich möchte wissen, wo ich hingehen kann!

11:02 ALISON:

Es sei denn, Culver's ist das Beste, was die Stadt zu bieten hat.

Als er nicht sofort antwortet, fange ich wieder an zu schreiben. Dann lösche ich alles wieder. Und schreibe wieder. Lösche.

Die Vibration meines Telefons erschreckt mich so, dass ich zusammenzucke, und ich sehe aus dem Augenwinkel, dass Josh es grinsend zur Kenntnis nimmt.

11:25 ADAM:

Was hältst du von Sandwiches?

11:26 ALISON:

Viel.

11:29 ADAM:

Wir könnten uns um 12 im Corktown Deli treffen.

»Ahh!« Ich lasse mein Telefon fallen, als stünde es in Flammen.

»Was ist denn los?«, fragt Patty. Gleichzeitig äußert Josh die Vermutung: »Schon wieder eine Spinne?«

»Nein. Sorry. Alles gut. Bloß eine von den Bannerwerbungen mit diesen seltsamen Zehen.«

Patty schenkt mir ein mitfühlendes Lächeln. »Das tut mir aber leid, Schätzchen. Die hasse ich auch.«

Ich senke die Augen und stürze mich wieder in meine Konversation mit Adam.

11:36 ALISON:

Du musst nicht mit mir essen gehen,
wenn du was anderes zu tun hast.

11:38 ADAM:

Tja, jetzt hab ich aber Lust auf ein Reuben Sandwich, also ...

11:39 ADAM:

Ich kann ja essen, während du auf deinem Meeting bist,
dann begegnen wir uns nicht.

11:41 ALISON:

Ich lasse dich kein trauriges Sandwich allein essen.

11:42 ADAM:

Reuben Sandwiches sind glückliche Sandwiches.

11:43 ALISON:

Was ist dann das traurigste Sandwich?

11:45 ADAM:

Thunfisch. Keine Frage.

11:46 ALISON:

Passt.

11:47 ALISON:

Ich hatte eigentlich vor, »ich bin zum Lunch verabredet« als Ausrede zu nutzen, wenn das Meeting sich zieht, deshalb ist es perfekt. Du wirst die Sache glaubhafter machen.

11:48 ADAM:

Gut.

Am nächsten Tag bestelle ich an der Theke des Deli ein Cozy Pig Sandwich, während ich auf Adam warte. Jedes Mal, wenn die Tür aufgeht, huschen meine Augen dorthin.

Endlich schlendert er herein und streckt grüßend sein Kinn in meine Richtung. Erleichterung durchströmt mich. Er deutet zur Theke, und ich forme mit den Lippen lautlos die Worte *Geh bestellen*, schwenke die Arme und mache eine Reihe chaotischer Handbewegungen. Wir finden beide mit unseren Sandwiches den Weg zurück zum Tisch, und obwohl meines gut aussieht, macht Adams Pastrami-Reuben einen noch besseren Eindruck. Wenn ich ihn doch bloß besser kennen würde, dann könnte ich vorschlagen, halbe-halbe zu machen, aber ich traue mich nicht, sondern esse mein Sandwich und lasse mir nicht anmerken, dass ich auf seines neidisch bin.

Ich spüre genau, dass er meine Arbeitskleidung begutachtet – ein preiswerter, übergroßer schwarzer Blazer von H&M, darunter ein T-Shirt –, während wir träge über das Wetter und den Highway-Bau plaudern und in dieser neuen Umgebung allmählich unseren Konversationsrhythmus finden. Er hat sich umgezogen, saubere Sachen, aber da er direkt von einer Baustelle kommt, hat er noch ein bisschen Staub in den Haaren.

»Was führt dich denn heute hierher?«, fragt er um den letzten Bissen herum.

Ich deute auf meinen vollen Mund und kaue noch ein bisschen, bevor ich antworte. »Ich bin Transitberaterin. Bussysteme, Stadtbahnen, gelegentlich auch Fernverkehr. Ich habe meine Empfehlungen für ein Team aktualisiert, das an der Hochgeschwindigkeitsbahn zwischen Duluth und den Twin Cities arbeitet.«

»Wäre echt praktisch. Wann ist es so weit?« Er trinkt einen Schluck von seiner Limo, ohne den Blick von mir abzuwenden.

»Bald, aber vielleicht auch nie. Ich arbeite schon seit meiner Zeit als Praktikantin in wechselnden Rollen daran mit. Immer, wenn ein neuer Finanzplan vorgeschlagen werden soll, holen sie mich wieder, aber dann passiert irgendwas mit der Finanzierung. Wir sind immer ganz nah dran, ›nah dran zu sein‹. Mein persönlicher Moby Dick.«

»Sind Züge männlich?« Seine Augen blitzen amüsiert.

»Hab ich immer angenommen, ja. Thomas, die kleine Lokomotive, ist jedenfalls ein Mann.«

Er legt nachdenklich den Kopf schief. »Da hast du recht. Percy, James – haben alle Züge Männernamen? Wie funktioniert das überhaupt?«

»Ich würde nicht zu intensiv über den Anthropomorphismus im Lande Sodor aus einer fiktionalen Fernsehserie über Züge nachdenken. Das wird sehr schnell sehr dunkel.«

»Stimmt, ich sehe es.« Adam weckt sein Handy, um nachzusehen, wie spät es ist. »Musst du wieder zurück?«

»Nö, ich hab mir den Nachmittag freigenommen.«

»Ich könnte dich ein bisschen rumführen, wie wär's?«

Ich schlürfe meine Limonade. »Wahrscheinlich sollte ich eine Wanderung machen. Meine Stiefel sind schon im Auto. Ich nehme es mir immer vor, aber aus irgendeinem Grund schaffe ich es nie.«

»So viel Enthusiasmus«, meint er sarkastisch, und klopft sich die Krümel von den Händen auf das Pergamentpapier.

»Ich versuche, mir die freie Natur ebenso zu eigen zu machen wie das Abenteuer im Allgemeinen, aber ich arbeite noch daran. Der größte Teil der Arbeit scheint darin zu bestehen, dass ich mich zwinge, beides zu genießen, und dann habe ich Schuldgefühle, weil mir das nicht gelingt, und dann fühlt es sich noch gezwungener an.« Ich krame etwas hervor, was aussieht wie ein Lächeln. »Aber ich *will* es genießen, deshalb lohnt es sich.«

Es ist tatsächlich das erste Mal, dass ich versuche, den Widerstreit in meinem Innern in Worte zu fassen. Adams Platz in meinem Leben ist zwangsläufig befristet, ähnlich wie eine Freundschaft im Sommercamp. Er gibt mir das Gefühl, dass ich bei ihm die Schicht freilegen kann, die sich unter dem befindet, was alle anderen von mir sehen sollen, nämlich: *Mein Leben ist groß und aufregend. Ich bin es wert, ich schwör's!*

Adam stellt unsere Sandwichkörbchen ineinander und räumt den Tisch ab. »Was finden die Leute denn so romantisch daran, ziellos bergauf zu laufen? Wenn man nicht gerade wild auf den Wald ist und nichts anderes zu tun hat, ist das doch reine Zeitverschwendung.«

»Du wohnst also in Nord-Minnesota, was praktisch ein riesiger Wald ist, und du bist noch nie im Wald rumgelaufen?«

Er zieht eine Augenbraue hoch. »Ich gehe in den Wald, wenn ich im Wald sein *muss*.«

»Also stiefelst du nur dann in den Wald, um mit vollem Einsatz eine Zeder zu fällen, wenn der Notfall eintritt, dass du *unbedingt* einen Tisch im Landhausstil schreinern musst? Und wie würdest du die Herstellung eines Schilds einstufen, auf dem ›LEBE, LIEBE, LACHE‹ steht? Als *Notwendigkeit* oder als *Wunsch*?«

»Eindeutig als Notwendigkeit. Kannst du dir vorstellen, eine Wohnung zu betreten, in der dir nicht die ausdrückliche Erlaubnis erteilt wird, gleichzeitig zu leben, zu lachen und zu lieben?«

Soll das ein Witz sein? Adams Blick hält meinen fest, und

unser einhelliges Lachen ist so süß und perfekt wie eine riesige Hubba-Bubba-Blase. Wenn das so bleiben würde, könnte ich das Reden für immer sein lassen. Aber er bringt die Blase zum Platzen, indem er sagt: »Du brauchst nicht zu wandern, wenn es dich nicht glücklich macht. Das verfehlt irgendwie den Zweck.«

Es klingt so einfach, wenn er das sagt.

Ich schüttle den Kopf und wickle meinen grünen Wollschal um den Hals. »Für mich ist es aber wichtig, nach einem besseren Ich zu streben.« Er sieht mich vollkommen verständnislos an. »Du verstehst das nicht. Du wohnst hier, wo das alles zum Greifen nah ist. Wenn ich hier leben würde, wäre ich garantiert mein bestes Selbst.«

»Ach ja? Und wie würde dieses beste Selbst hier oben aussehen?«

Ich zähle die Qualitäten an den Fingern auf. »Ich würde jeden Tag eine Wanderung machen. Ich würde endlich lernen, gerne campen zu gehen. Ich würde mehr reisen. Ich würde mich mit dem Besitzer der Kleinstadt-Buchhandlung anfreunden und mich in einen Weihnachtsbaum-Farmer verlieben.«

Er zieht eine sarkastische Augenbraue hoch. »Dein optimales Leben ist also ein ziemlich schlechter Hallmark-Film?«

»Hast du etwa ein Power Ranking für Hallmark-Filme? Adam, du verschweigst mir was!«

Er knöpft seine Zwischenschicht-Jacke zu und schlüpft dann in seinen Mantel – mit der Khaki-Seite nach außen. »Als Mensch, der sowohl in Minneapolis als auch am North Shore gewohnt hat, kannst du mir glauben, dass du immer noch die Gleiche wärst, nur eben an der Nordküste. Sicher, es gibt weniger Menschen und der See ist größer, aber all die Dinge, die dich vom Wandern abhalten, nimmst du ja mit. Und du wärst zwei Stunden vom Flughafen entfernt, also würdest du bestimmt nicht mehr reisen.«

»Aber die Fahrerei würde mir nichts ausmachen, weil Duluth-Alison auch sehr kompetent ist beim Meditieren.«

»Bringt der Typ, der auf dem Supermarktparkplatz Weihnachtsbäume verkauft, dir etwa auch das Meditieren bei?«

Adam geht um den Tisch herum auf meine Seite, nimmt meine Wolljacke von meiner Stuhllehne und hält sie mir offen hin, als würden wir das immer so machen – wir ziehen einander an. Ich halte meine Gesichtszüge im Zaum und strecke langsam meine Arme in meine Ärmel, wobei ich mir sehr bewusst bin, dass seine Fingerknöchel meine Schultern streifen. Als beide Ellbogen bedeckt sind, lässt er die Jacke los, und ich ruckle mich mit den Schultern vollends rein.

Als ich mich umdrehe, steht er schon am Fenster, die Stirn angespannt und unleserlich. Ich lasse mich aus dem Deli führen und überhole ihn, als er mir die Tür aufhält. Die kalte Luft trifft mich direkt auf die Schlüsselbeine, und während Adam und ich nebeneinander weitergehen, werde ich mal wieder an meine in ein Paralleluniversum entfremdete Nippel erinnert.

Adam neigt den Kopf zu mir herab, eine kleine Geste, die den Abstand zwischen uns um die etwa fünf entscheidenden Zentimeter verringert. »Ich glaube einfach, dass man ist, wie man ist.« Er zeigt auf einen beigefarbenen Truck. »Das bin ich.«

Ich widerstehe dem Impuls, mich weitere fünf Zentimeter näher zu ihm zu drängen, und richte stattdessen meinen Schal so, dass er den Wind abhält. »Ich weiß, Adam. Ich habe einen höchst traumatischen Tag da drin verbracht.«

Unsere Blicke treffen sich, als er die Beifahrertür öffnet und mich wie ein Magnet damit anzieht. Meine Beine tragen mich zu ihm hinüber, ehe ich an mir zweifeln kann. »Dann wirst du mir also die majestätische Schönheit deiner Stadt zeigen – oder was?«

Etwas, das aussieht wie Freude, zieht an seinen Gesichtszügen. »Wandern ist raus. Was würdest du denn tatsächlich gern hier tun?«

Ich denke aufrichtig über die Frage nach, während er zur Fahrerseite hinübergeht. »Ich wollte schon immer mal mit dem Weihnachtszug im Eisenbahnmuseum fahren.«

»Wirklich?«, fragt er ungläubig.

»Ja.« Ich klappe den Blendschutz runter und versuche, meine Verlegenheit zu verbergen. »Was soll ich hier denn sonst machen? Den Lake Superior hab ich gesehen, und er ist doch auch bloß ein etwas düsterer Lake Michigan.«

Adam atmet so aus, dass es wie ein Lachen klingt, und macht sich an der Gangschaltung zu schaffen. »Na gut, Thomas. Was immer dir gefällt.«

»Nein. Dieser Spitzname darf sich nicht einbürgern.«

»In Ordnung. Fein. Ich glaube nicht, dass wir so früh am Tag im Weihnachtszug fahren können, aber wir können ihn uns im Museum zumindest anschauen.«

»Bist du sicher, dass es dich nicht stört, den Nachmittag in einem Eisenbahnmuseum zu verbringen? Ist das hier in Duluth nicht zu sehr das Klischee eines Nachmittags mit Neffenbesuch?«

Er fährt aus der Parklücke hinaus auf die neblige Straße. »Mit meinem Neffen war ich nie dort, und es scheint mir ein exemplarisches Touristenerlebnis zu sein, das ich hier noch nie hatte.«

»Na gut. Dann sind wir heute also Touristen.« Ich reibe mir die Hände, um sie aufzuwärmen. »Ich möchte bitte ›Duluth klassisch‹. Damit meine ich einen Nachmittag mit den hiesigen Äquivalenten von moderner, bahnbrechend teurer Kunst, einem Bob-Dylan-Wandgemälde, der größten Shoppingmall-Erfahrung und zum Schluss dem berühmtesten lokalen Essen, den Juicy Lucys bei Hank's.«

»Hank's ist deine Vorstellung von einem exemplarischen

Juicy-Lucy-Burger?«, fragt er und wirft mir einen kurzen Blick zu.

Der Juicy Lucy – ein mit Käse gefüllter Patty – ist ein unerlässliches Element aller Burger-Speisekarten in Minnesota. Der Rang des perfekten Juicy-Lucy-Burgers ist heiß umstritten unter allen, denen regionale Restaurant-Rankings und »Best-of«-Listen am Herzen liegen.

Ich rümpfe die Nase. »Ich weiß nicht. Der Juicy-Lucy ist ein ekliger Burger. Hast du einen Favoriten? Hat so der College-Adam seine Tage verbracht – hat er mit geschmolzenem Käse gefüllte Fleischfrikadellen verdrückt und sich dabei den Gaumen verbrannt?«

Auf der kurzen Fahrt zum Museum diskutieren wir lebhaft über Burger.

»Er ist tröstlich. Und er soll warm und klebrig sein«, argumentiert Adam, als wir aus dem Truck steigen, und verteidigt die geschichtsträchtige Tradition des Mittleren Westens, Essen mit Essen zu füllen.

»Ich mag keine brühheißen Überraschungen, wenn ich Trost suche.«

»Ein bisschen Hitze hat noch keinem geschadet.« Er öffnet die Tür zu dem im Stil eines französischen Châteaus gehaltenen Gebäude und streckt den Arm aus, um mir zu sagen: *Nach dir.*

»Wenn es kein Burger von The Nook ist, was ist dann dein Trostessen?« Seine Frage hallt durch den Eingangskorridor des restaurierten Duluth Union Depot, das jetzt das Lake Superior Railroad Museum beherbergt und die malerische Bahnlinie entlang der Küste betreibt.

Adams Gesicht zeigt eine Intensität, die entweder ein echtes Interesse an meinen banalen persönlichen Trivialitäten oder eine wilde Entschlossenheit zeigt, mir meine Identität zu klauen. Ich werde es erst mit Sicherheit wissen, wenn er mich nach dem

Mädchennamen meiner Mutter fragt. Oder nach der Straße, in der ich aufgewachsen bin.

»Personal Pan Pizza«, antworte ich. »Aber ich muss sie mir verdienen, indem ich Kapitelbücher lese.«

»Da sieht man mal wieder, was mit dem Bildungssystem in unserem Land nicht stimmt.«

»Da sieht man, was mit unserem Bildungssystem stimmt, denn jetzt assoziiere ich Lesen mit dem Geschmack von Peperoni und Paprika. Win-win.«

Ich biete an, mein Ticket selbst zu kaufen, aber Adam schüttelt den Kopf und behauptet, er würde seinen Neffen niemals bezahlen lassen, wenn er etwas Schönes mit ihm unternimmt.

Wir wandern an den traditionellen Ausstellungsartefakten vorüber und auf den Depot Square, eine Nachbildung innerstädtischen Lebens um die Jahrhundertwende, samt Jazzmusik und alten Geschäftsfassaden. Im Zentrum ist eine Sammlung von Eisenbahnwaggons: Dampf, elektrisch, Diesel, einige aus den 1860ern.

Wir schlendern nebeneinander über das Gelände und finden schnell einen ruhigen, entspannten Rhythmus. Ich gebe das Tempo vor, aber Adam spielt immer wieder Interesse an einem Waggonelement oder einem Speisewagentisch vor, um mir die Lüge zu verkaufen, dass auch er unserer Unternehmung etwas abgewinnen kann.

»Das hier könnte dir gefallen.« Ich deute auf einen schweren Waggon aus dem neunzehnten Jahrhundert. In dem hallenden Raum hört meine Stimme sich an wie auf Samtpfoten. »Tischler und Waggonbauer haben damals solche kunstvollen Holzwaggons hergestellt.«

Wir klettern in den Salonwagen, und ich beobachte, wie Adam die raumhohe Täfelung aus hellem Eichenholz inspiziert. Die Decke ist mit grünen Paneelen ausgelegt, umrandet von einem goldenen Blumenmuster. Üppige Samtsofas stehen ungenutzt herum und warten darauf, dass ein gehetzter Mensch sich auf sie niedersinken lässt. Der Waggon ist luxuriös und strotzt vor Alter-Welt-Energie, als könnten wir jeden Augenblick von Männern in Smokings vertrieben werden, die hier einen Platz zum Kartenspielen suchen.

»Das sind meine Favoriten.« Ich spreche immer noch leise, als könnten wir mit unserem Geplapper andere, nicht existente Passagiere stören.

»Warum hat man aufgehört, so etwas zu bauen?« Adam streichelt sanft die geschwungenen hölzernen Zierleisten, als sei er nicht ganz sicher, ob es erlaubt ist, aber unfähig, sich zurückzuhalten.

Ich lache. »Geld! Außerdem sind Holzwaggons ziemlich unbequem beim Fahren. Edelstahlwagen sind viel leichter und fahren auch ruhiger. Aber eben nicht annähernd so schön.«

Ich erlaube mir noch ein bisschen Bewunderung, ehe ich bereit bin, mich langsam zum Ausgang zu bewegen, Adam folgt mir und reicht mir die Hand, als ich auf den Bahnsteig hinabsteige. Sie fühlt sich warm und ein bisschen schwielig an. Ich halte sie einen Augenblick länger fest, als ich sollte, und wende den Blick ab, als ich sie schließlich loslasse.

- KAPITEL 11 -
Der grün karierte Schal

Nachdem wir das Museum verlassen haben, fährt Adam durch die Stadt und zeigt mir Apartments und Ladenfronten, die früher einmal etwas anderes waren. Es kommt mir vor, als mache er mit mir Adam Bergs Ganz Persönliche Erinnerungstour.

»Und warum ausgerechnet Eisenbahnen?«, fragt er mich irgendwann.

»Hmm. Sie waren schneller als Pferde und konnten schwere Dinge befördern …«

»Ich meine nicht, warum sie existieren«, erwidert er irritiert. »Eisenbahnen begeistern dich auf eine Art, die die Freude aller besuchenden Neffen, denen wir heute begegnet sind, weit in den Schatten stellt. Warum liebst du Züge?«

Ich streiche mir eine verirrte Locke hinters Ohr. »Als ich klein war, hatten wir unter dem Weihnachtsbaum immer eine Modelleisenbahn, und ich war wie besessen davon. Mein Dad und ich haben das ganze Jahr über die Flohmärkte nach neuen Waggons und irgendwelchen Einzelteilen abgesucht.«

Erst mit vierzehn oder fünfzehn habe ich begriffen, dass es ein ziemlich seltsames Hobby war. Meine Schwester war erfolgreich in außerschulischen Aktivitäten, während ich zum wiederholten Mal die DVD einer Sondersendung über die Transcontinental Railroad anschaute, die ich mir bei einer Spendenaktion von meinem Taschengeld gekauft hatte. Bald nachdem ich in die Highschool kam, wurde die Modelleisenbahn nur noch an Weihnachten aufgebaut.

»Und deshalb hast du dir deinen jetzigen Beruf ausgesucht?« Adam sieht mich mit unbändigem Interesse an – als sei ausgerechnet mein nerdiger Enthusiasmus der bezauberndste Teil an mir.

»Ich bin da mehr oder weniger reingerutscht. In meinem Hirn war all dieses nutzlose Eisenbahnwissen abgespeichert, und als ich im ersten Semester am College für ein Seminar eine Hausarbeit schrieb, die im Grunde ein Lobgesang auf das europäische Eisenbahnnetz war, hat meine Professorin mir eine Praktikumsstelle vermittelt, aus der ein Job geworden ist. Und da arbeite ich noch heute.« Mit einer Geste, die »Tada!« bedeutet, wende ich mich ihm zu.

Immerhin verzieht sich sein Mund zu einem Lächeln, aber ich möchte ihn so gern zum Lachen bringen – zu einem ehrlichen, ungehemmten Bauchlachen. Irgendwie habe ich das Gefühl, das wäre ein lohnender Anblick.

»Es überrascht mich, dass du hier gelandet bist.« Dabei macht er eine Kopfbewegung in Richtung Fenster, womit er wohl unsere direkte Umgebung meint. »Und nicht in Europa oder sonst irgendwo, wo es mehr Eisenbahnen gibt.«

Mein Blick wandert durchs Fenster zur dunklen, hypnotischen Oberfläche des Lake Superior. »Ich mag die Gegend hier, und ich mag meinen Job, auch wenn es sich manchmal nach Sisyphusarbeit anfühlt.«

Mein Interesse am Transportwesen wurzelte nie in Wanderlust oder dem Wunsch, auszubrechen. Zu dem, was ich an Zügen mag, gehört auch, dass man buchstäblich an den Boden gefesselt ist, ein Teil der Landschaft. Flugzeuge lassen die Welt kleiner erscheinen, aber Eisenbahnen erinnern dich daran, dass die Welt schon immer groß war.

Sie verbinden dich mit Menschen auf dem ganzen Kontinent und erlauben dir dennoch, dir deine Lieblingsecke auszusuchen und dort ein kleines, einfaches Leben aufzubauen – und nur genau dann umherzuziehen, wenn du es willst oder brauchst.

»Aber es könnte sein, dass ich einen neuen Job kriege. Eine Beförderung, genau genommen. Der nächste Karriereschritt in einer Laufbahn wie meiner.«

Er neigt den Kopf in meine Richtung, und seine Augen tanzen zwischen mir und der Straße hin und her. »Und du willst das nicht.«

Ich kann mir ein verlegenes Lachen nicht verkneifen. »Wie kommst du denn auf die Idee?«

»Du machst dein People-Pleaser-Gesicht«, antwortet er nüchtern.

Ich zucke zurück. »Ich hab überhaupt kein People-Pleaser-Gesicht.«

»Du hast ohne jeden Zweifel ein People-Pleaser-Gesicht. Das setzt du bei den Lewises auf und bei Russell …«

»Und bei dir?«

Er schüttelt den Kopf. »Nicht so oft. Anscheinend kümmert es dich nicht so sehr, was ich von dir halte.«

»Stimmt.« Ich starre aus dem Fenster auf die vorüberziehenden Ladenfronten, ehe ich rein aus morbider Neugier nachfrage: »Und wie sieht dieses People-Pleaser-Gesicht überhaupt aus?«

Sein angedeutetes Lächeln wirkt eher frech als fröhlich. »Deine Augen werden leer, und dann kräuselt sich deine Oberlippe ein bisschen zu diesem falschen Lächeln …«

Ich lege die Hand über den Mund. »Hör auf, mir auf die Lippen zu starren.«

Dafür ernte ich ein weiteres winziges Lächeln. Wird allmählich suchterregend. »Warum soll ich deine Lippen nicht anschauen?«

Weil ich dann deine anschaue und mich frage, wie sie sich wohl anfühlen. Dann frage ich mich, ob du dir das Gleiche vorstellst, und diese harmlose Anziehung ist auf einmal gar nicht mehr so harmlos.

»Das ist in Augenblicken wie diesem sehr nützlich, um das People-Pleaser-Gesicht zu identifizieren«, fährt er fort, während er den Blinker betätigt, um die Spur zu wechseln. »Ich weiß dann, als Nächstes sagst du garantiert etwas, von dem du denkst, du musst es sagen, oder irgendjemand will, dass du es sagst, oder etwas, was du …«

»Na gut.« Ich hole tief Luft, lasse sie wieder aus meiner Lunge und kehre zum Beginn des gefährlichen Themas zurück, das ich nicht hätte anschneiden sollen. »Ich bin unsicher mit dem neuen Job. Wenn ich ihn annehme, könnte ich nicht mehr so viel über Züge nachdenken und müsste stattdessen über Parkplätze grübeln.«

»Es ist mir noch nie in den Sinn gekommen, dass irgendwo da draußen jemand in professioneller Funktion Parkplätze planen muss.«

»Parken ist eine höchst komplizierte Angelegenheit.« Auf einmal merke ich, wie mein Rücken sich in eine starre Defensivhaltung begibt – und das, obwohl ich Parkplatzplanung selbst ziemlich nervtötend finde.

»Es muss aber nicht deine Angelegenheit werden. Nicht, wenn du magst, was du jetzt tust.«

»Es ist aber der richtige nächste Karriereschritt für mich.«

»Sagt wer?«, fragt er, verwundert über meine Logik. »Du solltest nichts tun, was du nicht willst.«

»Lebst du so dein Leben? Tust du immer das, was du willst?«

»Nein.« Er rutscht sich anders auf seinem Sitz zurecht. »Aber ich tue nichts, was ich *nicht* will.«

Wir verfallen in Schweigen, bis er den Arm über mich hinweg streckt, während er mit der anderen Hand weiter aufs Lenkrad klopft. »Ich wohne da drüben, ein Stück die Straße runter. Meine Werkstatt ist in der Garage.«

»Ach ja? Dann schauen wir uns das alles doch mal an.«

Ehrlich überrascht dreht er sich zu mir um. »Ernsthaft?«

»Du hast drei Restaurants hervorgehoben, wo früher andere Restaurants waren, die du besser fandest. Natürlich würde ich lieber deine Werkstatt sehen. Das ist zumindest mal was aus dem heutigen Duluth.« An einer Ampel mustert er mich eingehend. »Bitte, Adam. Ich kann Duluth nicht verlassen, ohne meine Glubscher auf ein paar Spindeln gerichtet zu haben.

»Bitte sag nicht ›Glubscher‹«, sagt er mit einem müden Seufzen. Dann biegt er nach rechts ab.

Wir parken in der Auffahrt zu einem gelben Bungalow, von dem die Farbe abblättert. Er kommt hinüber zur Beifahrerseite, nimmt meine Hand und hilft mir, aus dem Truck zu steigen. Als meine Füße den rauen Asphalt berühren, muss ich mich bewusst daran erinnern, seine Hand diesmal gleich loszulassen, und bin froh, als alles klappt wie geplant.

Mit einem leisen Grunzen zieht er die Garagentür hoch, und der Geruch von frischem Holz haut mich fast um. Adam wirft mir ein kurzes, unbehagliches Halblächeln zu, ehe er an einer von einer Glühbirne herabhängenden Schnur zieht.

Das Licht fällt auf Dutzende unfertige Möbelstücke. Ich sehe Hocker, die vielleicht zu Stühlen werden könnten, umgedrehte Beistelltischchen mit vier verschiedenen Tischbeinen und ein zweitüriges Sideboard, die eine Tür mit Lamellen, die andere mit einem hölzernen Fischgrätmuster versehen.

Trotz der verwirrenden Designs zeigt jedes Stück Adams Talent. Für sich genommen ist jede Komponente komplex, filigran und makellos. Jedes Stück verdeutlicht auf seine eigene Weise die unvollkommene Schönheit des Holzes.

»Das hast du alles selbst gemacht?«, frage ich, unfähig, mein Staunen zu verbergen.

»Ja. Ist nicht so toll, alles unfertig, weil ich verschiedene Techniken und Stile ausprobieren wollte. Ich möchte eine Kollektion, die zeigt, was ich kann, bevor ich ein Geschäft auf einem etwas größeren Markt eröffne, beispielsweise in Minneapolis. Ich hab es über Investoren versucht, aber …« Er schaut schnell weg und knetet seinen Nacken. Wie eine dünne Schneeschicht ist alles hier von Hobelspänen bedeckt. Neben einer Bandschleifmaschine stehen Sams Schränke, gründlich abgebeizt und geschmirgelt.

»Der Plan ist, irgendwann einen Kundenstamm aufzubauen – auf Wunsch maßgefertigte Stücke herzustellen –, aber ich tüftle schon eine ganze Weile daran herum.«

»Wie lange ist eine Weile?«

»Ungefähr sechs Jahre.«

»Das ist tatsächlich eine Weile.« Ich schlendere um die umgedrehten Tische herum. »Und dabei ständig Pseudo-Achtziger-Horror-Soundtracks gehört.« Ich verziehe das Gesicht in eine gespielte Maske des Schreckens.

»Heute Morgen hab ich John Carpenter gehört.«

Ich wackle mit den Augenbrauen. »Ooh. Der reine, ungefilterte Stoff. Was hat es denn mit der Horrorfilm-Musik auf sich?«, frage ich, während ich gemächlich durch seine Garage wandere und seine Handwerkskunst bewundere.

Der Raum riecht wie er – na ja, wenigstens teilweise. Vielleicht riecht sein Haus innen nach Orangen.

Er lehnt im Rahmen der Garagentür, und seine Augen folgen mir, während ich in seine Privatsphäre eindringe. »Sie rückt in den Hintergrund und wird Teil der Umgebung.«

»Eine furchterregende Umgebung.«

»Genau das mag ich ja daran. Die Musik ist immersiv. Unmöglich, ohne eine körperliche Reaktion zuzuhören.«

»Das kann ich mir vorstellen.« Ich fahre mit dem Finger über eine glatte Tischplatte. »Kann ich ein maßgefertigtes Unikat bestellen?«

»Einen Tisch oder so was?«

»Ich hätte gern ein Wandregal, an dem ich meine Wander- und Kletterausrüstung aufhängen kann. Vielleicht mit einem Fach darüber? Wenn ich mein ganzes Outdoor-Zeug vor mir sehen würde, hätte ich keine Ausrede mehr, es nicht zu benutzen. Der schwierigste Teil eines Trainings ist doch immer, sich entsprechend anzuziehen.«

»Das stimmt nicht.«

Ich tue seinen Kommentar mit einer wegwerfenden Handbewegung ab und betrachte die nächste Möbelgruppe. »Das ist doch bloß so eine Redewendung. Mir gefällt dieser Stil hier am besten, egal, wie man ihn nennt.« Dabei deute ich auf die eine Seite eines umgekehrten Couchtischs.

»Den mag ich auch am liebsten.« Er rubbelt seinen Bart, kann sein Lächeln aber nicht unter der Hand verstecken.

Ich liebe es, die Urheberin dieses Lächelns zu sein.

»Der ist wirklich schön. Nicht zu verschnörkelt, klare Linien, betont die Holzmaserung. High-End-Ikea könnte man es nennen.«

»O Gott!« Adam rauft sich die Haare, voller Entsetzen über meinen Vergleich.

»Ich weiß doch selbst nicht, was ich sage.« Vorsichtig ziehe ich seine Hand aus seinen Haaren, und wir fangen beide an zu lachen. »Ich hab's mit meiner Spindel-Kompetenz wohl etwas übertrieben vorhin.«

»Jedenfalls hast du ziemlich große Töne gespuckt.«

»Entschuldigung.« Ich drücke seine Hand, und mein Kichern entwickelt sich zu einem ausgewachsenen Lachanfall. »Ich nehme es zurück! Ich nehme alles zurück!«

In meinen Augenwinkeln steht das Wasser, und unsere übermütig-euphorischen Blicke verheddern sich. Das Licht der Glühbirne bricht sich in der warmen Tiefe seiner braunen Iris, eine verwirrende Holznote, eine Textur, die mir noch nie aufgefallen ist – aber dann blinzelt er und entfernt sich von mir in Richtung seines Trucks.

»Es ist schon spät, Alison.«

*

Bis Adam mich zum Deli zurückfährt, ist die Sonne schon dabei, unterzugehen. Er parkt an der gleichen Stelle wie vorhin, und ich bringe vom Beifahrersitz ein steifes Winken zustande. Als ich hinausklettere, sehe ich ihn von der anderen Seite her auf mich zukommen.

Sieht ganz danach aus, als würde er mich zu meinem Auto begleiten.

Jetzt sind wir in einem dieser unangenehmen Momente gefangen, in denen man sich verabschiedet hat, dann aber in dieselbe Richtung weitergehen muss – und er hat sich bewusst entschieden, uns das anzutun, was das Unbehagen nur noch größer macht. Ein paarmal mache ich den Mund auf, um eine unnütze Bemerkung zu machen, aber kein Wort kommt heraus. Mein Blick driftet zu einem städtischen Angestellten, der glitzernde Lichterketten um eine Straßenlaterne wickelt, und ich muss lächeln. Gibt es irgendein unbehagliches Gefühl, das nicht mithilfe einer glitzernden Lichterkette behoben werden kann?

Adam räuspert sich. »In ein paar Wochen gibt es hier eine gigantische Weihnachtsshow auf dem Wasser.« Er deutet auf das Banner am Laternenpfahl, das für die BENTLEYVILLE TOUR OF LIGHTS: 4 MILLION+ LIGHTS wirbt. »Das größte Lichterevent des ganzen Landes.«

»Ich glaube nicht, dass ich in nächster Zeit noch mal einen Termin hier habe.«

Keine Ahnung, warum ich das sage. Ich weiß, dass er mich nicht zu einem Date einlädt, aber dieser Fußmarsch zurück zu meinem Auto fühlt sich verdächtig date-mäßig an. Mein Inneres flirrt mit süßen, erwartungsvoll vorgreifenden Gefühlen, wie ich sie am Ende eines großartigen Dates spüre. Vielleicht denke ich deshalb, dass der Augenblick Klarheit erfordert.

Adam lässt den Blick zwischen meinem Gesicht und der Straße hin und her springen, als fände er in diesem Zwischenraum vielleicht etwas Weiteres zu sagen.

Ich deute auf meinen Subaru. »Das ist mein Auto«, verkünde ich, stürze mich auf die Stille, denn alte Gewohnheiten sind nun mal schwer zu überwinden. Doch die Erleichterung in seinen Augen ist unverkennbar. In meinem Bauch sprudelt und perlt der Schwindel, als ich sie wahrnehme.

»Ein gutes Auto für das hiesige Klima. Hast du Winterreifen?« Er zuckt zusammen, ehe er den Satz vollständig ausgesprochen hat, und ich weiß, auch er hört, dass er klingt wie ein Roboter, der versucht, passablen Small Talk zu lernen.

»Ja, aber ich habe noch keinen Termin zum Draufmachen vereinbart.« Was für eine Unterhaltung ist das denn? »Okay, dann fahre ich jetzt mal wieder. Danke, dass du mir die Sehenswürdigkeiten gezeigt hast.«

Doch Adam rührt sich nicht. Die Absurdität dieses Austauschs gepaart mit unserer Nähe treibt den Adrenalinspiegel in meinem Blut in die Höhe. Wie beenden normale Menschen Interaktionen mit Bekanntschaften, mit denen sie eine funkensprühende Spannung fühlen?

Ich beuge mich vor zu einer Umarmung, und er akzeptiert sie, seine muskulösen Arme widmen sich der Angelegenheit so lange, dass Dopamin in mein System ausgeschüttet wird. Es ist eine wundervolle, solide Umarmung – warm und fest. Mir steigt sein vertrauter Duft in die Nase. Jetzt, da ich die Quelle der Komposition gerochen habe, entwirren sich in meinem Geruchssinn weitere Noten seines komplizierten Aromas, als würde das Rezept irgendeiner superleckeren Köstlichkeit in ihre Einzelheiten zerlegt.

Auch als er mich wieder loslässt, entfernt er sich nicht sofort. Stattdessen legt er den Kopf schräg, und seine Hände wandern auf meine Arme. Ich glaube, unsere Jacken berühren sich immer noch.

Seine braunen Augen wandern über mein Gesicht und landen auf dem grün karierten Schal. Dann heben sie sich wieder zu meinen. Aus der Nähe kann ich die Goldsprenkel bewundern, die ich im Licht seiner Werkstatt entdeckt habe. Die Art, wie er mich ansieht, kitzelt mich an den Rippen.

Viel zu bald kehrt sein Blick zu meinem Schal zurück. Ich bin in einer perfekten Position, um die Länge seiner geschwungenen Wimpern zu begutachten, bis sich seine Hände langsam – ganz langsam – zu meinem Schal bewegen. Dann kommen seine Finger zum Stillstand, und ich halte die Luft an und warte, was er wohl tun wird. Meine Lippen zittern vor Spannung und vor Kälte.

Endlich richtet er behutsam den Wollschal, sein rechter Zeigefinger wischt dabei ganz leicht über den empfindlichen Teil meines Halses, unter dem mein Puls hämmert. Wenn ich nicht scharf Luft geholt hätte, wäre ihm vielleicht entgangen, welche Wirkung er auf mich hat.

»So ist es besser«, flüstert er. Seine Augen nageln mich fest, prüfen mich wie ein Stück Holz, und ich kann nicht beurteilen, ob er ein beeindruckendes Potenzial oder ein Problem entdeckt, das gelöst werden muss. Nur eine Sekunde huscht sein Blick zu meinem Mund, dann tritt er auch schon einen Schritt zurück.

Alle meine Nervenenden – selbst die beschädigten – leuchten auf, als wären sie ein Strang von glitzernden Lichtern in einer Kette, aber ehe ich wieder fähig bin, Worte zu formen, geht er davon.

- KAPITEL 12 -
Alles ist möglich

Als ich am nächsten Morgen zur Arbeit komme, funktioniert die Heizung nicht, also lasse ich lieber den Mantel an. Dann fange ich an, meinen Schal abzuwickeln, halte aber mitten in der Bewegung inne und mache dann vorsichtig weiter, als könnte ich da drin ein Stück Adam finden, eingepackt in Geschenkpapier. Aber ich finde nur die letzten Fetzen von Glitzer von Chelseas Festtagskonzert und versuche, hartnäckige Erinnerungen an Adams Finger auf meiner Haut abzuschütteln.

Seit der Schalberührung gestern haben meine Finger nach einer Ausrede gejuckt, Adam eine Nachricht zu schreiben. Eigentlich ist es doch ganz normal, einem Freund mitten am Arbeitstag zu schreiben, und zwar aus keinem anderen Grund, als zu fragen, wie der Tag so läuft, oder? So was machen Freunde. Und Adam ist mit mir befreundet. Mein attraktiver Freund. Mein Freund, der mir bei unserem elektrisch aufgeladenen Abschied in die Augen geblickt und federleicht meinen Hals berührt hat, was ich zu vergessen versuche.

Mein Gruppenchat rettet mich davor, Adam aus heiterem Himmel ein »Hey!« zu schicken, als wäre ich eine liebeskranke Idiotin.

8:42 MARA:

Warum hat Patrick mir einen förmlichen Text geschickt, dass er nicht mehr in unserem Trivia-Team mitmacht??!!??!!??!!

8:33 MARA:

Chelsea?

8:35 CHELSEA:

Ist nicht meine Schuld! Patrick und Josie konzentrieren sich momentan ohne Ablenkungen auf ihre Beziehung.

8:38 ALISON:

Hat sie dich als Ablenkung bezeichnet?

8:41 CHELSEA:

Es ging bloß um Trivia, aber ich denke, das war stillschweigend schon darin enthalten.

8:44 CHELSEA:

Ich muss weitermachen. Die Kinder sind hier und rotten sich zu einer Meuterei zusammen. 🗡

Eine Textbenachrichtigung von Adam unterbricht den Gruppenchat, und ich sollte mich eigentlich schämen, wie ich mein Handy anstrahle.

8:55 ADAM:

Gefällt dir diese Farbe für die Küchenschränke?

Ein Bild von Adams Arm, der im Morgenlicht seiner Auffahrt eine fertige Schranktür hält, füllt meinen Bildschirm. Die Maserung ist leicht und natürlich. Der warme Holzton neben der großzügigen, modernen Form des Regalmöbels und den robusten, mattschwarzen Schrauben sieht so zeitgemäß-gemütlich aus, dass mich der Drang überkommt, eine Kartoffel-Grünkohl-Suppe zu kochen.

8:56 ADAM:

Jeder liebt Weiß, weil es fotogen ist, aber ich finde, das hier wird in Sams Wohnung viel besser aussehen.

Meine Brust schmerzt. Gestern haben wir über alles Mögliche geredet, nur nicht über Sam, und es kam mir vor, als könnte mehr aus uns werden als unfreiwillige Partner bei einer Wohnungsauflösung. Vielleicht will ich das aber auch nur glauben.

Und wie er mich angesehen hat. Wie seine Finger meinen Hals berührt haben. Dass es mir vorkam, als wolle er …

Was immer das sein mag, oder was auch immer es nicht sein kann – nichts davon mindert die harmlose Freude, mich mit Adam zu unterhalten.

8:57 ALISON:

Sieht super aus. Perfekt.

8:57 ADAM:

Gut. Ich hab die Türen nämlich gestern Abend alle gebeizt.

8:58 ALISON:

Was hättest du getan, wenn ich Nein gesagt hätte?

8:59 ADAM:

Nichts.

9:01 ALISON:

Verstehe.

Egal, wie oft ich mein Handy checke, Adam antwortet den Rest des Vormittags nicht mehr. Als ich das Meeting mit Daniella nicht mehr länger aufschieben kann, gehe ich zu ihr ins Büro und entspanne mich sofort, denn auf dem Tisch steht ein halb volles Glas mit grünem Saft.

Obwohl meine Chefin eine sehr ausgeglichene Person ist, kann ein Meeting mit ihr um halb zwölf vormittags heikel sein. Sie ist eine Sklavin der Effizienz, trainiert regelmäßig in der Mittagspause und schwört bei der Ernährung auf Säfte und Pülverchen. An ihren Cardio-Tagen fastet sie bis 13 Uhr, um Reflux zu vermeiden, und um halb zwölf ist sie dann nicht immer bester Stimmung. Heute jedoch ist Stärke-Training-Tag, und deshalb betrete ich ihr Büro mit ein bisschen extra Zuversicht.

»Patty hat gesagt, du hast Bedenken, ihre Rolle bei den privaten Bauunternehmer-Accounts zu übernehmen. Also, ich habe vor Pilates nicht so viel Zeit, deshalb entschuldige bitte, dass ich gleich zur Sache komme.« Daniella nimmt einen großen Schluck von ihrem grünen Getränk. Ihr dunkler Pony verrutscht dabei keinen Millimeter. »Was hast du dir als junges Mädchen in einem Mint-Fach erträumt – wie hast du dir deine Zukunft damals vorgestellt?«

Ich sinke in den modernen Sessel vor ihrem Schreibtisch und schrumpfe circa dreißig Zentimeter. »Ich glaube, ich wollte Züge bauen.«

Sie runzelt die Stirn. »Hm. Das habe ich jetzt nicht erwartet. Der Rest meiner Rede würde besser funktionieren, wenn du etwas Risikofreudigeres gewollt hättest.« Sie richtet sich auf und wedelt mit der Hand, als prüfe sie die Windrichtung. »Schon gut. Ich schwenke um. Als ich auf meiner Karriereleiter höher steigen wollte, habe ich ermittelt, aus welcher Richtung das Geld reinkommt, und mich selbst in den Mittelpunkt dieses Bereichs gestellt. Dort möchte ich dich auch sehen, Alison. In unserem Unternehmen sind es nicht die Regierungsaufträge, die alles am Laufen halten. Möchtest du diejenige sein, die über Tabellen brütet und Transitpläne ausarbeitet, oder möchtest du lieber die Leute managen, die diese Dinge erledigen?«

Ich mag und bewundere Daniella, aber ich habe auch vage Angst vor ihr, deshalb klammere ich mich unter ihrem prüfenden Blick an meinem gepolsterten Sitz fest und bemühe mich um eine selbstbewusste, kraftvolle Haltung. Was Adam gestern darüber gesagt hat, dass ich mich auf das konzentrieren soll, was ich will – oder zumindest Dinge vermeiden, die ich nicht will – schwirrt mir immer noch im Kopf herum. »Ich habe mich selbst nie so richtig als Karriere-Typ gesehen.«

»Dann solltest du dein Selbstbild vielleicht gelegentlich mal neu bewerten. Es ist Zeit für große Träume, Mullally! Alles ist möglich, nach oben gibt es keine Grenzen.«

Hinter Daniellas rechter Schulter hängt ein Motivationsposter, auf dem genau dieser Satz steht. Ich frage mich, ob sie es gekauft hat, weil sie schon immer ganz unironisch sagen konnte: »Nach oben gibt es keine Grenze«, oder ob sie es sich mithilfe des Posters nach und nach angeeignet hat. Auf dem Poster links von ihr steht TU DAS NOTWENDIGE, und ich danke dem Gott des Firmenjargons, dass sie diesen Spruch bei unserem Gespräch nicht einbaut.

»Ich möchte dich nicht unter Druck setzen, aber ich möchte, dass es vor dem letzten Quartal unter Dach und Fach ist.« Sie nickt, und damit bin ich entlassen.

Auf dem Rückweg zu meinem Schreibtisch checke ich wie eine Besessene mein Handy und entdecke gleichermaßen zu meiner Freude wie zu meinem Entsetzen, dass ich einen Anruf von Adam verpasst habe. Nicht einmal meine engen Freunde rufen mich an, es sei denn, es ist etwas ganz Schlimmes passiert, aber irgendetwas an Adams nüchterner Person sagt mir, dass er womöglich ein Mensch ist, der sein Handy tatsächlich zum Telefonieren benutzt.

Ich wollte deine Stimme hören, sagt er in meiner Fantasie in seiner leisen, barschen Art, und ich bekomme augenblicklich eine Gänsehaut.

Ich wiederum gehöre aufgrund moderner Sozialisation nicht zu den Frauen, die jemanden anrufen.

11:38 ALISON:

Sorry, dass ich deinen Anruf verpasst habe.

Ich war in einem Meeting.

11:43 ADAM:

War ein Versehen, sorry.

Mein Mund macht ein Prustgeräusch, als ich auf meinem Bürostuhl zusammensacke. Was hab ich mir bloß dabei gedacht? Dass ich dem »Glück« verfalle und mich in einen Mann verknalle, den ich durch meinen Exfreund kennengelernt habe – einen Ex, den ich, obwohl er tot ist, irgendwie immer noch date? Noch einmal?

Aus dem Augenwinkel sehe ich, dass mein Handy auf meinem Schreibtisch aufleuchtet.

11:46 ADAM:

Worum ging es in dem Meeting? Wie dein Job für

Hallmark-Schreiberlinge attraktiver wird?

Ich lach-schnaube. Wärme durchfließt mich, fast so, als würde die Heizung in unserem historischen Gebäude plötzlich richtig funktionieren.

11:47 ALISON:

Nein, das ist das Thema meiner Präsentation am Montag.

11:49 ADAM:

Du hast in deiner Branche wesentlich mehr Präsentationen als ich.

11:51 ALISON:

Das war's. Ich hör auf und werde Schreinerin. Hallmark wird einen Film über mich machen, wie ich in ein kleines Kaff ziehe und dort einen Laden für maßgefertigte Schränke aufmache, um die Weihnachtsparade des Orts und dadurch letztlich seine Seele zu retten! *Ein Schrank zu Weihnachten* wird der Titel sein.

11:54 ADAM:

Ich glaube, du denkst, ich baue von Sonnenaufgang bis Sonnenuntergang einen ganzen Schrank.

11:55 ALISON:

In MEINEM Weihnachtsfilm tust du genau das.

- KAPITEL 13 -

Der Nordküstengriesgram hat den Chat verlassen

Am Samstag baut Adam die Küchenschränke wieder auf, während ich die letzten Reste von Sams überfüllten Wandschränken zusammenpacke. Wir arbeiten in kameradschaftlichem Schweigen, außer dass ich es jedes Mal überdeutlich wahrnehme, wenn unsere Körper sich zufällig fast berühren.

Ich kann mich nicht erinnern, wann ich mich das letzte Mal so verrückt gefühlt habe – als müsste ich jeden winzigen, kaum erkennbaren Blick katalogisieren und analysieren. Wenn er sich die Lippen leckt und kurz zu mir herüberschaut, ehe er sich auf das Scharnier einer Schranktür konzentriert, verbringe ich fünf Minuten damit, die Abfolge seiner Bewegungen zu dechiffrieren. Nach einem peinlichen Übermaß an Überlegungen komme ich zu dem Schluss, dass es etwas bedeutet hätte, wenn er erst mich angeschaut und sich *dann* die Lippen geleckt hätte. Nach Lage der Dinge hatte er bestimmt einfach einen trockenen Mund, als er einen Blick in meine Richtung geworfen hat.

Nachmittags hält er die Trittleiter hinter mir fest. Ich erstarre, studiere das Gefühl seines mich umgebenden Schattens für meine Datenanalyse. Von Sonnenaufgang bis Sonnenuntergang schwirren die Gedanken einer jungsverrückten Sechzehnjährigen in meinem Schädel herum. Es ist der reinste Wahnsinn.

In einer absoluten Farce beenden wir den Tag mit einer unverbindlichen einarmigen Umarmung. Trotzdem bringt mich der vertraute Duft von Zedernholz und Orangen ins Wanken und ich suche Halt am Türrahmen.

Sonntagmorgen ist eine andere Geschichte. Ich werde von einer Kalenderbenachrichtigung geweckt – verfasst von mir, nicht vom Geist vergangener Freunde –, die mich an meinen jährlichen Termin um 12 Uhr bei meinem Brustchirurgen erinnert. Doch ich lasse mir davon nicht die Stimmung verderben, schließlich ist Sonntag auch ein Tag, an dem ich Adam zu sehen kriege.

Im Schneckentempo fahre ich ins Innere von Minneapolis ein, eisige Schneeflocken sausen in seitlichen Windstößen über meine Windschutzscheibe. Als ich so nervös wie eine Fahrschülerin in Sams Parkplatz einbiege, haben meine Fingerknöchel jede Farbe verloren.

»Hallo?«, rufe ich, als ich durch die einen Spaltbreit geöffnete Tür Sams Wohnung betrete. Der scharfe Geruch von Vorstreichfarbe hängt in der Luft, und ich schlängle mich vorsichtig um die Kisten herum, die Becher von Starbucks fest im Griff. »Falls du ein Einbrecher bist – mein Vater ist Liam Neeson«, brülle ich.

»Dann heißt du also Alison Neeson?« Von der Leiter im Wohnzimmer aus hat Adam mich entdeckt, auf der er steht und die Löcher in der Wand zuspachtelt. Seine Hose ist ihm auf die Hüften gerutscht und mit diversen Tönen von Holzbeize und Malerfarbe bekleckst, das graue Langarmshirt ist etwas besser davongekommen und hat nur ein paar kleine weiße Spritzer. »Ich hab mich nämlich schon gefragt«, sagt er und muss sich offensichtlich ein Grinsen verbeißen.

»Mullally, genau genommen. Das Ding mit Liam Neeson war nur ein raffinierter Trick.«

Ehe ich weiterfaseln kann, schiebt Adam die Ärmel hoch und entblößt die Unterarme, die meine Träume heimsuchen. Oder vielleicht ist die Geste auch gar nicht für mich gedacht, sondern ihm ist einfach warm.

Jetzt ist mir jedenfalls auch warm. Ich benötige die Berührung dieser Hände aus keinem anderen Grund, als die Anspannung zu durchbrechen, die sich zwischen uns aufbaut, und in meinem Kopf wieder Raum zu schaffen für die notwendigen Gehirnfunktionen. Vielleicht würde ich mich, wenn er mich anfasst – mich wirklich anfasst –, nicht mehr so zwanghaft damit beschäftigen.

»Dann kann ich endlich deinen Nachnamen in meinem Telefon ändern«, sagt er und holt mich aus meiner Grübelei.

»Wie lautet mein Nachname denn momentan?«

Ein- oder zweimal habe ich die Kontaktdaten eines Typen schon als Peter Good-Hair oder Jordan HotFace abgespeichert, und meine Haut prickelt erwartungsvoll. Welche Beschreibung Adam wohl für mich gewählt hat?

»SamGirlfriend.«

Diese einfache Antwort saugt alle Luft aus dem Raum. Oder jedenfalls aus mir.

Er lässt sein Spachtelmesser fallen und klettert von der Leiter. »Ich habe deine Kontaktdaten schon vor einer ganzen Weile gespeichert. Wir waren doch beide in diesem Gruppenchat für die Patagonien-Reise.«

»Ja, ich erinnere mich«, bestätige ich kühl, schlüpfe aus meiner Jacke und jongliere dabei gekonnt mit dem Getränketräger.

»Damals klang es immer, als würdest du dich darauf freuen. Nichts hat darauf hingewiesen, dass du nur so getan hast.«

Ich stelle die Becher auf die Kücheninsel. »Ich hab nicht nur so getan. Ich habe es versucht. Das tue ich immer noch. Ich *sollte* so eine Reise machen. Jeder sollte das.« Auf einmal bin ich erschöpft, dabei hat der Tag doch gerade erst begonnen.

»*Ich* werde so eine Reise bestimmt nicht machen.«

»Ja. Ich glaube, du hast geantwortet: ›Auf gar keinen Fall.‹

Dann hat der Nordküstengriesgram den Chat verlassen. Ein großer Verlust für uns alle.«

»Der Nordküstengriesgram?«

Da es keine Kleiderhaken mehr gibt, hänge ich meine Jacke über Adams an den Türknauf des Wandschranks. »Du weißt schon, aufgrund deines geographischen Standorts und deines sparsamen Umgangs mit Worten.«

Er durchquert den Raum in Richtung Küche. »Hab ich was Falsches gesagt?«

Ja! Nicht nur hast du darauf hingewiesen, dass ich auf meiner unermüdlichen Mission in Richtung Selbstoptimierung scheitere, du hast mich außerdem noch daran erinnert, dass ich für dich Sams Aktuelle Freundin bin. Möglicherweise für immer.

Adams Stirn kräuselt sich verwirrt zusammen, als sei er ein gescholtener Welpe. Ich kann nicht anders, als mir ein Lächeln ins Gesicht zu kleistern und den Weg des geringsten Widerstands zu beschreiten. »Natürlich nicht.«

Er sieht mich auf eine Art an, die ich bis in die Zehen spüre, hebt dann einen Finger und streicht über meinen Mundwinkel. Dann fragt er, so leise, dass ich es beinahe überhöre: »Warum meinst du, dass ich das hören möchte?«

Ich hole tief Luft und denke nach. Mein Hirn besteht nur noch aus Glibber.

»Gibt keinen Grund«, antworte ich, als er die Hand wieder sinken lässt. »Was soll ich heute machen?«

Er schaut sich im Apartment um. Das meiste ist schon eingepackt. Neben den Kisten, die sich am Eingang drängeln, wirkt alles kalt und nackt, als hätten wir jeden Beweis von Sams Existenz weggespachtelt.

»Vielleicht könntest du das Bücherregal in der Ecke ausräumen, während ich die Wände vorbereite? Ich lade das Zeug dann nachher bei den Lewises ab.«

Spannung packt mich bei den Schultern. Ich habe dieses Bücherregal gemieden, und heute – dem jährlichen BRCA Appointment Day –, heute ist es der Ort, an dem ich am allerwenigsten sein möchte. Dieses Regal ist Sams Leben. Seine Lieblingsbücher, Fotos, Kinkerlitzchen und Souvenirs. Beweise eines kurzen, gut gelebten Lebens. Dieses Sammelsurium nur anzuschauen, gibt mir schon ein übergriffiges Gefühl.

Ich atme hörbar aus. Theatralisch. Auf die Art, mit der man jemanden darauf aufmerksam machen will, wie erledigt man ist. Damit man der Person dann den Kopf abbeißen kann.

»Alles okay mit dir?«, fragt Adam prompt.

»Ja, alles gut.«

»Okay …« Er geht zurück zu seiner Leiter, unverkennbar irritiert und verletzt.

Ich gehe in meine Ecke und biete Sams Bücherregal die Stirn. Um nach ganz oben zu kommen, muss ich einen Barhocker aus der Küche herbeischleppen, aber dort fange ich an. Das Fach ist geschmückt mit Kleinigkeiten, die es nicht in seinen Social-Media-Feed geschafft haben: verblichene Polaroids, Muscheln, ein kaputter Tankstellen-Schlüsselanhänger, ein Stapel handgeschriebener Tagebücher und eine auf Spanisch verfasste Quittung für eine Autoreparatur.

Ich bin betroffen, wie sinnlos mir das alles vorkommt. Ich habe Selfies gesehen, die er von all diesen Orten geteilt hat, aber dieses Regal ist voll von den Dingen, die er in Erinnerung behalten wollte – er ganz allein.

Irgendwann zwischen der Trennung und seinem Tod habe ich die Episode mit Sam in eine Schublade gesteckt, die sauber beschriftet werden konnte: *damals, als ich von einem Reise-Influencer abserviert wurde.* Die Dinge auf diesem Regalbrett beweisen, dass Sam viel mehr war.

Sam lebte sein Leben für sich selbst. Klar, bestimmte Posen

und Bilder haben einen rosig eingefärbten Schnappschuss der Welt etwas klischeehaft in Szene gesetzt, aber auf diesen Regalbrettern gibt es dafür keine Beweise. Hier bewahrte er die Erinnerungen an das, was er wirklich erlebt hatte.

Das Regal offenbart, wie unaufrichtig ich ihm gegenüber war. Er suchte jemanden, mit dem er die echten Momente des Abenteuers teilen konnte. Ich wünschte mir, dass er mein Leben zu einer Glanznummer machen würde. Schuldgefühle summen unter meiner Haut wie eine hinter dem Vorhang gefangene Biene.

Es geht nicht darum, diese Andenken zu ordnen – alles gehört in die Kategorie »Aufheben« –, aber ich weiß nicht, wie lange diese Dinge in einer Kiste liegen werden, wenn ich fertig bin. Wird Sams Familie sofort alles herausholen und ihre Erinnerungen mit jedem kleinen Gegenstand durchdiskutieren? Oder werden sie jahrelang im Keller liegen, ehe jemand die Kisten auf der Suche nach irgendetwas Bestimmtem öffnet und schnell wieder zuklappt, um die Geister der Trauer zu bannen? Ich habe das Gefühl, dass ich es Sam schuldig bin, mir alles anzuschauen, zur Zeugin seiner Lebensgeschichte in Dingen zu werden – ein letztes Mal –, ehe alles weggepackt wird.

Ich fasse in eine kleine Keramikschale und hole ein paar ausländische Münzen und ein Stückchen Plastik heraus. Mein Herz zieht sich zusammen, als ich einen Chip vom Mystic Lake Casino erkenne, denn das Gegenstück liegt irgendwo in meiner Schmuckschatulle.

Er hat mir bei unserem dritten Date eine groteske Geschichte darüber erzählt, wie er sich in einem Casino in Macau mit ein paar Bikern betrunken hat. *Ich hab noch nie im Leben um Geld gespielt*, habe ich ihm erzählt. Daraufhin hat er mich bei unserem vierten Date ins örtliche Casino geschleppt.

Ich habe zwanzig Dollar auf ein Kartenspiel gesetzt, das ich nicht spielen konnte, und alles verloren. Wir haben den ganzen

Nachmittag an den Münzautomaten gespielt, und bevor wir wieder gingen, hat er mir einen seiner letzten beiden Ein-Dollar-Chips in die Hand gedrückt und gesagt: *Lass uns beide einen aufheben – falls wir mal Geld brauchen, um aus dem Gefängnis freizukommen.*

Und jetzt sitze ich mit Sams Chip hier auf dem Boden. Er war so sicher, dass ich, wenn ich es nur *wollte,* ein ebenso freies und ungebundenes Leben führen könnte wie er. Als ich Sam kennenlernte, habe ich fest daran geglaubt, dass er genau das war, was mein kleines Leben brauchte. Ich wollte, dass meine Welt heller, größer und erschreckender wurde, aber ich war nicht mutig genug, dieses Licht festzuhalten. Vielleicht wollte ich es auch nicht genug. Vielleicht war ich seiner auch einfach nicht würdig.

Ich gebe mir alle Mühe, nicht zu weinen. Ich darf jetzt nicht darüber weinen. Mich zu erinnern, ist das absolute Minimum.

Mein Telefon piept und erinnert mich an meinen Termin. Zweieinhalb Stunden sind im Handumdrehen vergangen, während ich kaum etwas geschafft habe. Ich lege den Chip zurück in die Schale und gehe zur Eingangstür.

»Ich muss los«, erkläre ich, an den Wandschrank gewandt. Meine Jacke umarmt die von Adam über dem Türknauf. Heute ist die Denimseite nach außen gekehrt, und trotz meiner trüben Stimmung klettert ein Grinsen über mein Gesicht.

»Wo musst du denn hin?«, fragt Adam von seinem Hochsitz.

Ich ziehe meine langweilige, einseitige schwarze Jacke an. »Ich hab einen Arzttermin.«

»An einem Sonntag?«

»Ist das ein Problem?« Mein Ton ist schneidend, aber ich habe nicht die Energie, um ihn abzuschwächen.

»Geht es um den Namen in meinem Telefon?«

Ich werde rot. Gott sei Dank schaue ich ihn nicht an. Dass mein Gesicht mich verrät, kann ich wirklich nicht brauchen, und ich will auch seines nicht sehen. Ich möchte keine Bestätigung, wie einseitig meine Gefühle sind.

Aber die Nervosität kriecht mir die Wirbelsäule empor – dieses Gefühl, dass mein Gehirn sich vom Rest des Körpers verabschiedet, wenn ich nicht schnell genug verschwinde – es geht nicht nur um Adam. Es geht um mich. Um Sam. Um alles.

Es ist, als würdest du so tun, als wärst du jemand anderes.

Ich schüttle alles ab. »Ich weiß nicht, was du meinst, aber ich komme später wieder.«

»Mach dir keine Gedanken deswegen.« Er klingt eher ungezwungen als unhöflich, aber es tut trotzdem weh.

Ich mache den Mund auf, um etwas zu sagen – mich zu entschuldigen? –, aber dann beiße ich mir auf die Unterlippe und gehe zur Tür hinaus.

*

Einen Sonntag im Monat empfängt Dr. Steinberg Post-Mastektomie-Patientinnen zum Routine-Check-up. Sie sagt, sie möchte damit ihren vielbeschäftigten Patientinnen Flexibilität ermöglichen, aber ich habe den Verdacht, dass wir für sie nur eine Ausrede sind, nicht mit ihrem Mann und ihren zwei Söhnen zu irgendwelchen Hockey-Turnieren fahren zu müssen. Sie bestätigt meine Theorie, indem sie poetisch über die transzendente Stille eines leeren Hauses philosophiert.

Ich sitze auf dem Untersuchungstisch, öffne meinen Kittel vorn und sehe zu, wie Dr. Steinberg meine rechte Brust klinisch befummelt. Wie die meisten Räume, die etwas mit Krebs zu tun haben, liegt die Dekoration im rosaroten Spektrum irgendwo zwischen Baby und Millennial.

Ich spüre den Druck ihrer Berührung auf dem Brustbein und das scharfe Kältegefühl der Krankenhausluft an meinem nackten Bauch und meinen nackten Armen. Die Ärztin wechselt nach links und wiederholt den Vorgang mit dem üblichen leeren Gesichtsausdruck, während ich mich auf die Wand hinter ihr fokussiere und meine Aufmerksamkeit zwischen einem aggressiv harmlosen Aquarellbild und einer Mammogramm-Infographik hin und her driftet.

Dann steht Dr. Steinberg auf, und ich mache meinen Kittel wieder zu. »Fühlt sich alles gut an. Narben sehen gut aus.« Dr. Steinberg macht keinen Small Talk, aber das hat mich nie gestört. Ich mag meine Mediziner klinisch medizinisch. Sie rollt auf ihrem Schreibtischstuhl über den Vinylboden, und ihre Augenbrauen ziehen sich leicht zusammen, als sie den Text auf ihrem Bildschirm liest. »Haben Sie schon einen Plan für die Eierstöcke? Ich kann Ihnen eine Überweisung geben.«

»Ich gehe zu jemandem in Fairview und mache bisher regelmäßige Ultraschalls, bis ich mich entscheide, was ich machen will.«

Dr. Steinberg steht auf und nickt, als gehe sie im Kopf eine Liste von Verhaltensregeln für den Umgang mit Kranken durch, während sie zur Tür eilt. »Gut. Dann sehen wir uns in einem Jahr.«

Ich ziehe mich wieder an und verlasse die Klinik, ohne jemanden anzuschauen. Meine Mom möchte, dass ich sie möglichst direkt nach meinen Untersuchungsterminen anrufe, aber ich fühle mich dem nicht gewachsen. Stattdessen schicke ich ihr eine etwas abweisende Nachricht.

12:45 ALISON:

Alles super. Telefon am Sterben. Ruf dich später an.

Als ich auf Senden klicke – und die voll aufgeladene Lüge auf den Beifahrersitz werfe –, bleibt mein Blick an einem Schild zwischen meinem Auto und dem marineblauen Minivan neben mir hängen.

Die jährliche Untersuchung ist nicht das, wovor mir graust. Das wirklich Schreckliche ist das Parken auf den Stellplätzen, die für die Patientinnen der Brustkrebsklinik reserviert sind, denn dann weiß ich, dass ich eigentlich Krebs hätte kriegen müssen und diesem Schicksal wahrscheinlich entgehe, weil meine Mom Pech hatte. Das Wissen, dass meine Ärztin mich nach meinen Eierstöcken fragt, und ich keine Antwort habe. Und dass ich meine Familie anrufen und über Brustkrebs reden muss. Zum x-ten Mal.

Als ich den Schlüssel im Zündschloss umdrehe, dröhnt »The Christmas Shoes« aus den Lautsprechern – der schlimmste und manipulativste Weihnachtssong, der je geschrieben wurde. Das bringt das Fass zum Überlaufen. Ich schaue in meinen Rückspiegel, packe die Kopfstütze am Beifahrersitz und trete aufs Gaspedal.

Ehe ich Zeit habe zu reagieren, schießt mein Auto nach vorn, über den Bordstein und in eine Schneewehe. Ich trete auf die Bremse und blicke runter auf die Gangschaltung, die mir beweist, dass mein Auto sich keineswegs im Rückwärts-, sondern im Vorwärtsgang befindet.

Auf dem Schneehaufen direkt vor meinem ehemaligen Parkplatz bleibt mein Subaru stehen. Ich versuche, rückwärts herauszufahren, aber das Auto hustet nur in den Schnee wie ein gestrandeter Wal. Ich stelle den Motor ab und lege den Kopf aufs Lenkrad, das Inbild der entnervten Weihnachtsfilm-Heldin an ihrem Tiefpunkt. Allerdings rettet mich trotzdem kein Weihnachtsbaumfarmer. Sondern Chelsea.

*

Zwar bin ich nicht die Einzige, die an diesem Tag Fehler auf der Straße macht und im Schnee landet, aber ich habe den Verdacht, dass meiner der am leichtesten vermeidbare gewesen sein könnte. Chelseas Onkel Ricky kann mein Auto zu seiner nahe gelegenen Werkstatt schleppen. Da ich keine von den armen Seelen bin, die den Verkehr behindern oder in einem Graben gelandet sind, werde ich ans Ende der Warteschlange bugsiert, so dass ich es heute auf gar keinen Fall zurück zu Adam schaffen werde.

Ich wandere wieder zur Kliniklobby und ziehe meinen Handschuh aus, um ihm zu schreiben.

13:07 ALISON:

Autoprobleme. Schaffe es nicht zurück.

13:08 ADAM:

Bist du okay?

13:10 ALISON:

Mir geht's gut. Bin in einer Schneewehe gelandet.

Sofort nachdem ich auf Senden geklickt habe, ruft Adam mich an.

»Wo bist du?«, fragt seine blecherne Stimme, sobald ich abhebe – ohne Begrüßung.

Ich fülle meine Stimme mit der ganzen vorgetäuschten Munterkeit, derer ich fähig bin. Ich werde nicht zulassen, dass er sich Sorgen um mich macht. »Mir geht's gut. Ich bin auf dem Parkplatz meiner Arztpraxis in einen Schneepflughaufen gefahren.«

»Ich dachte, die Sache mit dem Arzt wäre gelogen.«

»Nein. Aber jetzt muss ich leider auf den Abschleppwagen warten.« Ich zerre an der verschlossenen Eingangstür zur Praxis. »Und meine Ärztin ist weg, also hab ich einen langen Nachmittag in der Kälte vor mir. Oder in meinem steckengebliebenen Auto. Perfekt.«

»Wo bist du?« Im Hintergrund wird gehupt.

»Bist du im Auto?«, antworte ich mit einer Gegenfrage.

»Ich hab den Lewises ein paar Sachen vorbeigebracht. Ich verlasse gerade Excelsior. Wo bist du?«, wiederholt er noch etwas dringlicher.

»Adam, nein. Das musst du wirklich nicht tun.«

»Ich lasse dich nicht in der Kälte rumstehen und auf den Abschleppdienst warten. Ich warte mit dir. Macht bestimmt Spaß.« Er sagt das Wort *Spaß* tonlos und nicht im Geringsten überzeugend.

Ich stopfe meinen Schal vorn in meine Jacke und berühre meine eiskalte Brust. »Ich bin gerade nicht sonderlich spaßig drauf.«

»Perfekt. Ich bin nie spaßig.« Darüber muss ich lachen, und ich schwöre, dass ich durchs Telefon hören kann, wie er sich Mühe gibt, nicht zu grinsen.

»Ich könnte Sandwiches mitbringen, wie wär's? Ich kann dich nicht so im Schnee stecken lassen. Das ist zu erbärmlich.« Jetzt bin ich sicher, dass ich ein Schmunzeln in seiner Stimme höre, und ich lächle wie eine Idiotin in die Gegend.

»Erbärmlich?«, wiederhole ich. Sein leises Lachen schwirrt an mein Ohr, und ich gebe nach. »Na gut. Ich hätte gern einen glücklichen Salat.«

Ich weiß, dass unsere gemeinsame Zeit ein Verfallsdatum hat, aber ich dehne jeden Augenblick so lange wie möglich aus. Ich möchte glauben, dass er das Gleiche tut – müssten wir mit der Wohnung inzwischen nicht längst fertig sein? –, aber es kann sein, dass da nur meine einseitige Verknalltheit aus mir spricht.

»So was gibt es nicht, aber ich finde schon was.« Ein Blinker tickt auf seiner Seite der Leitung. »Schick mir deine Adresse.«

Mist. »Äh. Na gut, ich schicke dir den Standort.«

- KAPITEL 14 -

Der Fehler im Design

Fünfzehn Minuten später biegt Adam auf den Parkplatz des Susanna-Swan-Brustkrebszentrums ein und parkt neben meinem himmelwärts gerichteten Ford. Ich steige auf der Beifahrerseite in seinen Truck und schließe hinter mir die Tür. Natürlich weiß ich genau, was er mich fragen will, als er sich mir zuwendet, und seine warmen, dunklen Augen bitten mich darum, dass er es nicht aussprechen muss.

Sofort hebe ich abwehrend meine Hände und beteure: »Ich habe keinen Krebs. Ich bin vollkommen gesund.«

»Empfängt deine Krebsärztin sonntags viele vollkommen gesunde Leute?« Er klingt steif, Sorge vertieft die kleinen Fältchen in seinem Gesicht. Seine Haare stehen vom Kopf ab, als hätte er an jeder roten Ampel nervös hineingefasst. Wenn ich diesen Kiefer nicht die letzten beiden Wochenenden unentwegt angestarrt hätte, wäre mir womöglich entgangen, dass er momentan total verspannt ist.

»Ja. Ausschließlich.«

Er schließt die Augen. Ich kann gar nicht glauben, dass mir sein Gesicht jemals starr und undurchdringlich erschienen ist. Es ist so ausdrucksstark, wenn man weiß, wonach man schauen muss. Ich strecke die Hand aus und glätte die Sorgenfalten auf seiner Stirn. Sein Atem wird tiefer und langsamer. Seine Reaktion wäre der Beweis für etwas, wenn wir irgendjemand anderes irgendwo anders wären.

Ich ziehe die Hand wieder weg und lehne mich auf meinem Sitz zurück, und auch er entfernt sich ein bisschen.

»Ich habe die Genmutation BRCA1. Aber ich habe keinen Krebs.« Mit dem zweiten Satz platze ich noch einmal heraus, um die Tatsache zu betonen. Ich habe die Erfahrung gemacht, dass dieses besondere Gesundheitsgeständnis eine mehrmalige Bestätigung erfordert.

Ich hole tief Luft. »Du weißt bestimmt, wie Angelina Jolie …« Ich unterbreche mich, als ich merke, dass Adam mit Jolies BRCA-Geschichte ungefähr ebenso vertraut ist wie mit den Kardashian-Sprösslingen.

»Die meisten Menschen haben Gene zur Tumorunterdrückung, aber meine funktionieren nicht. Momentan ist bei mir aber alles okay. Ich habe eine vorbeugende doppelte Mastektomie vornehmen lassen, bei der mein Brustgewebe entfernt wurde, was heißt, während ich vorher im Lauf meines Lebens wahrscheinlich irgendwann Brustkrebs bekommen hätte, kriege ich ihn jetzt wahrscheinlich nicht. Also, um es noch mal zu sagen – ich bin nicht krebskrank, auch wenn dieses Gebäude das vielleicht nahelegt. Ich lasse mich immer noch regelmäßig auf Eierstockkrebs untersuchen, bis ich die Eierstöcke ebenfalls entfernen lassen werde, aber das Krebsrisiko beträgt für sie nur etwa fünfundvierzig Prozent.« Ich reibe mir die Stirn und erkläre Adam damit ungeschickt in ein paar Sätzen etwas, wofür ich mehrere Jahre gebraucht habe, um damit klarzukommen, und mehrere Monate, um mich davon zu erholen.

»Das ist ja, als würde man eine Münze werfen.«

»So funktioniert es aber nicht. Das Risiko steigt mit fortschreitendem Alter. Ich habe noch ein bisschen Zeit, um zu entscheiden, was ich als Nächstes tun will, aber ja, ich muss mir irgendwann die Eierstöcke entfernen lassen.«

»Was würde das bedeuten?«

Es gefällt mir, dass er mich nicht fragt, für wann ich die Operation einplane, wie mein Zukunftsplan lautet oder ob es das ist, was ich will, denn die Antworten lauten: »wahrscheinlich eher bald«, »ich weiß nicht« und »natürlich nicht, aber meine Erbanlagen fügen sich nicht meinen persönlichen Wünschen«.

Er möchte nur wissen, was es für mich *bedeuten* würde, wie es für mich wäre, eine alleinstehende, nippellose Frau um die dreißig zu sein und Hormonersatzpräparate zu schlucken, um die Nebenwirkungen einer Menopause zu lindern, die ich bewusst in Kauf genommen habe.

»Das bedeutet … ich muss eine Menge Entscheidungen treffen. Aber es könnte sehr viel schlimmer sein. Andere Frauen mit BRCA bekommen Brustkrebs. Meine Mom zum Beispiel, die aber nach der Operation jetzt Gott sei Dank wieder gesund ist. Ich habe also keinen Grund, wütend oder traurig zu sein, weil ich dem Tod von der Schippe gesprungen bin.«

»Ich bin nicht sicher, ob das so funktioniert. Du fühlst, was du fühlst.« Adam kommt näher, diesmal absichtlich. Nur ein Lufthauch trennt unsere Knie noch voneinander. Sein Blick hat ein Gewicht, das mich ans Beifahrerfenster drückt. Ich schlucke.

»Warum hast du mir nicht gesagt, weshalb du zu dem Termin musstest?« Er wirft mir nicht vor, ihm etwas verheimlicht zu haben, er ist nur neugierig, wie und warum ich so bin, denn ganz plötzlich sind wir nicht mehr ein Typ und die Aktuelle Freundin seines besten Freunds. Sondern etwas ganz anderes, und ich bin nicht sicher, wann das passiert ist. Und auch nicht, ob ich es aufhalten könnte, wenn ich es versuchen würde.

Als Adam und ich noch Fremde waren, hat sich das Detail, dass Sam mich abserviert hat, irrelevant angefühlt. Aber jetzt kommt es mir plötzlich ganz wichtig vor und als wäre es zu spät, es richtigzustellen. Würde es etwas ändern? Würde Adam es verstehen? Würde es ihn überhaupt interessieren?

»Es ist kein Geheimnis«, antworte ich schließlich und streiche meine Jacke glatt. »Aber ich hab noch nicht herausgefunden, wie ich es am besten erzähle.«

Das ist die Wahrheit. Ich spucke es nie schnell genug aus und beobachte genau, welche Gefühlsregungen über die Gesichter meiner Gesprächspartner ziehen. *Aber Süße, du bist doch noch so jung!* Und wie dumm sie sich vorkommen, wenn sie dann begreifen, dass ich keinen Krebs habe. *Was für eine Person erlaubt denn einer anderen, auch nur einen Moment zu denken, dass sie Krebs hat?*

»Und dann würdest du wie die meisten indiskret auf meine Brüste starren und versuchen, den Fehler im Design zu entdecken.«

»Das machen die Männer?« Adam zieht ruckartig die Augenbrauen hoch.

»Das machen alle.« Ich sehe, wie Adam darauf achtet, mir ins Gesicht zu schauen. »Du tust es ja gerade auch!«

»Nur, weil du es erwähnt hast, als wäre es eine Herausforderung. Ungefähr so, wie wenn du mir sagst, ich soll nicht an einen rosa Elefanten denken. Das ist unmöglich.«

»Sehr wahrscheinliche Story, Perversling.«

Schockiert beginnt Adam zu lachen. Es ist ein schönes Lachen. Sein ganzes Gesicht leuchtet auf, und der tiefe Ton rumpelt durch die Kabine des Trucks. Seine plötzliche Fröhlichkeit vibriert auf meiner Haut.

Unsere Blicke treffen sich, und einen Augenblick denke ich, dass er sich zu mir beugt und den Abstand zwischen uns schließt. Doch dann räuspert er sich, und ich lehne mich zurück – und der Bann ist gebrochen.

Adam richtet sich wieder nach vorn. »Ich nehme an, Sam wusste davon.«

Ich nicke. »Mara und Chelsea meinen, wenn ich die Operation nicht gehabt hätte, wären Sam und ich niemals zusammengekommen.«

»Wie das?«

»Als ich mich erholt hatte, wollte ich jemanden, der mich dazu bringt, wirklich zu leben. Ich wollte abenteuerlustig sein, Frischluftfanatikerin werden, extrovertiert sein. Sams Vorstellung von einem faulen Samstag war, morgens gleich aufs Mountainbike zu steigen und nachmittags am See ein ausgelassenes Barbecue zu veranstalten. Er war die menschliche Verkörperung der Konfrontationstherapie.« Bei der Erinnerung an meinen wilden und wundervollen Freund muss ich unwillkürlich lächeln.

»Warum ist es dir so wichtig, dich zu ändern?«, fragt Adam, und seine Augen nageln mich fest.

»Nahtoderfahrungen *müssen* einen Menschen doch verändern. Arbeitswütige Börsenmakler überleben Flugzeugabstürze und kündigen, um eine Non-Profit-Organisation zu gründen. Krebsüberlebende werden Triathletinnen. Ich hätte ein Nahtoderlebnis haben sollen und hab es übersprungen – hab es einfach umgangen und aus meiner Existenz entfernt – und statt dass ich dadurch irgendeine Befreiung oder kosmische Erleuchtung gehabt hätte, ist da nur ...« Ich lege die Hand aufs Herz, wo der Schmerz mich drückt. »Eine lebensverändernde Diagnose müsste einen doch verändern. Ich kann doch danach nicht einfach zur Normalität zurückkehren, als sei nichts geschehen. Ich muss dafür sorgen, dass mein Leben etwas bedeutet.«

Mit der linken Hand fummle ich am Silikonrand des Getränkehalters herum, aber dann legt Adam seine Hand über meine und hält sie fest. Seine schwielige Handfläche brennt auf meiner Haut.

Einen Augenblick sind wir beide stumm, als hätten wir eine begrenzte Anzahl Worte zur Verfügung und wollten sie nicht verschwenden. Schließlich bricht Adam das Schweigen und sagt:

»Du bedeutest etwas, Alison.« Meine Knöchel wölben sich in seiner Hand, bis er die Hand sanft wegzieht. »Sam hat mich auf die gleiche Art herausgefordert, weißt du«, fährt er fort. »Meistens war das gut. Im ersten Semester auf dem College hab ich mich dermaßen unbehaglich gefühlt, ich war sicher, dass ich überhaupt nicht reinpasse und dass alle das sofort sehen, wenn ich den Raum betrete. Aber Sam mochte mich, und da hab ich mich, äh, vermutlich irgendwie auserwählt gefühlt. Aber als wir älter wurden, hat sich alles verändert. Sam hat immer mehr Wert darauf gelegt, dass ich so sein sollte wie er. Er wollte, dass ich für die völlig unausgegorene Idee einer Tischlerei alles aufs Spiel setze, aber ich hatte Rechnungen zu bezahlen und andere Verantwortlichkeiten. Da meinte er dann immer, das seien Ausflüchte. Ich war nie mutig genug für ihn.«

»Wir reden nicht viel über dich und Sam.«

Adam räuspert sich, aber ich warte.

»Ich versuche, nicht zu viel an ihn zu denken«, sagt er schließlich. »Wir sind schon seit einer ganzen Weile auseinandergedriftet. Zwar hat er immer bei mir vorbeigeschaut, wenn er irgendwohin unterwegs war, und ich bei ihm, wenn ich meine Familie besucht habe. Aber es war nicht mehr so wie früher. Er war besessen von der Idee meiner Tischlerei und wann ich endlich umziehen würde. Als wir uns das letzte Mal gesehen haben, haben wir gestritten.«

Er schließt die Augen, doch ich habe es nicht eilig, die Stille zu durchbrechen. Ich halte sie. Beschütze sie.

»An dem Tag hat er so beharrlich auf mich eingeredet, ich solle endlich mein eigenes Unternehmen gründen und wieder nach Minneapolis ziehen. Er wollte mich schon vorher überreden, die Sache übers Knie zu brechen, aber damals eher in dem Stil von: ›Zieh doch einfach bei mir ein, Mann! Das wird super!‹« Als Adam das sagt, höre ich im Kopf Sams Stimme. »Diesmal war es anders. Er war … irgendwie frustriert von mir. Er meinte, ich sei festgefahren in meiner Art und er hätte keine Lust mehr, zuzuschauen, wie ich auf der Stelle trete. Er hat alles aufgezählt, was ich unbedingt an mir ändern sollte. Meinen Job, meinen Lebensstil, meine Beziehungen – beziehungsweise meinen Mangel an Beziehungen. Ich hab ihm gesagt, er kann sich seine ganzen Vorschläge sonst wohin stecken, und da gab es natürlich Streit. Das Letzte, was ich ihm gesagt habe, war eine passiv-aggressive Wegbeschreibung zu einem tollen Aussichtsort, den er besuchen wollte. Aber eigentlich wollten wir uns an Silvester wiedertreffen, und ich dachte, bis dahin haben wir alles zwischen uns wieder geregelt. Er hatte vor, mich bei der Party mit irgendeiner Frau zu verkuppeln, die seiner Meinung nach ›perfekt für mich‹ war, und ich habe schon über Strategien nachgedacht, wie ich am besten kneifen könnte.«

Mein Herz klopft mir bis zum Hals. Obwohl wir Freude geblieben sind, hat Sam mich nie zu einer Silvesterparty eingeladen, und ich ertrage es nicht, Geschichten von irgendeinem perfekten Mädchen für Adam zu hören, das nicht ich bin – noch eine weitere geisterhafte Präsenz zwischen uns.

»Als er weggefahren ist, war ich total erleichtert. Ich weiß noch, dass ich gedacht habe: *Das ist alles so anstrengend. Er ist so anstrengend.* Jetzt hältst du mich sicher für ein Monster.«

»Nein. Überhaupt nicht.« Ich nehme seine Hand zwischen meine beiden Hände und möchte ihm mit dieser Berührung klarmachen, wie sehr ich ihn schätze. Nicht so viel, dass ich mich verrate, aber genug, um ihm zu zeigen, dass ich ihn niemals für ein Monster halten könnte.

Sein Blick verheddert sich mit meinem, und ich bin sicher, dass er seine Hand wegziehen wird. Stattdessen flechtet er unsere Finger ineinander.

»Ich dachte, er und ich hätten Zeit genug, diese Sache zu klären. Vielleicht war ich bereit, die Freundschaft aufzugeben, aber jetzt ist er endgültig weg, und ich fühle mich grauenhaft.« Er schluckt. »Bei der Beerdigung hat Mr. Lewis mich immer wieder als Sams besten Freund bezeichnet, und ich dachte, *Das kann doch nicht wahr sein*. Er hat einen besseren Freund verdient als mich. Deshalb wollte ich mich um alles kümmern. Ich glaube, ich dachte, dass dieses Wohnungsding eine Art verquere Buße dafür ist, dass ich so ein schlechter Freund war.«

»Und funktioniert es?«, frage ich.

Er antwortet nicht. Ich mache den Mund auf, um ihm zu sagen, dass er mit dem Gefühl, für Sams Familie ein anderer Mensch sein zu müssen, nicht allein ist. Wir haben so viel mehr gemeinsam, als er weiß.

Aber als sein rauer Daumen anfängt, Kreise auf meiner Haut zu ziehen, vergesse ich, wie man Worte formt, und eine Gänsehaut rast über meinen Arm, breitet sich in Wellen auf meinem ganzen Körper aus. Ich habe mich beinahe in dem einfachen Glück verloren, Händchen zu halten, als er fragt: »Wann soll der Abschleppwagen eigentlich kommen?«

Ich schüttle den Kopf und greife nachdenklich nach meinem Handy – dem Trostobjekt aller Menschen um die dreißig –, und tue so, als scrolle ich durch meine Textnachrichten, bevor ich antworte: »Bestimmt bald.«

Mir ist kalt ohne seine Berührung.

Nicht zum ersten Mal wünsche ich mir, ich wüsste, was ich von Adam will. Es gibt eine Million Gründe, dass ich überhaupt nichts von ihm wollen sollte. Er ist eine vorübergehende Erscheinung in meinem Leben und wird nach Duluth verschwinden, sobald wir mit Sams Wohnung fertig sind. Ich weiß, dass wir danach wahrscheinlich nie wieder miteinander sprechen werden.

Die Heizung springt an, der unverkennbare Geruch von Zwiebeln steigt auf und tötet jede Stimmung.

»Ist das der Lunch?«

Adam blinzelt. »Ja, vom gleichen Laden wie gestern. Mit dem Salatdressing, das du magst.« Die Plastiktüte, die vor seinen Füßen steht, knistert, als er einen braunen, kompostierbaren Behälter herausholt. »Du hast Glück, dass du überhaupt etwas zu essen bekommst. Während ich auf mein Sandwich gewartet habe, ist mir klar geworden, dass die Adresse hier ein Krebszentrum ist, und bin sofort losgefahren.«

»Ohne dein Sandwich?«

Er zuckt die Achseln, als hätte das keine Frage sein dürfen. Als wäre es nicht das Allernetteste und Allerliebenswerteste, was ein Mann jemals für mich getan hat.

Ich steche in ein Salatblatt. »Tut mir leid, dass ich nicht erklärt habe, warum ich hier bin. Mir war nicht klar, dass es – äh –, dass es dich so beunruhigen würde.«

Er klaut eine Kirschtomate von oben auf meinem Salat, nimmt mir den Behälter aus den Händen und stellt ihn aufs Armaturenbrett. Ich drehe mich zu ihm um, denn mir ist plötzlich klar, dass er vorhat, mir etwas sehr Wichtiges zu sagen. »Du, äh, deine Gesundheit, meine ich …« Er stolpert über seine Worte, seine Wangen werden rosa. »Deine Gesundheut bedeutet mir etwas, Alison. Du bedeutest mir etwas. Zu wissen, dass du hier bist, und mir vorzustellen, du könntest …« Er kneift die Augen zu und atmet tief durch die Nase ein. Dann macht er die Augen wieder auf und sein Blick konzentriert sich auf mich, als müsste er sich daran erinnern, dass ich noch vor ihm stehe, gesund und munter. »Ja, es hat mich beunruhigt. Und ich habe mein Sandwich liegen lassen.«

Diese einfachen Worte veranstalten ein Feuerwerk in meinem Bauch.

»Gib es zu.« Ich senke die Stimme, weil ich Sorge habe, wenn ich ein kleines bisschen lauter spreche, vergraule ich ihn, bevor ich mir ins Gedächtnis eingeprägt habe, mit welcher Intensität seine Augen in diesem Moment leuchten. »Du wolltest nicht mein Freund sein, aber ich hab dich mit meiner hinreißenden Persönlichkeit mürbe gemacht.«

»Red keinen Unsinn, natürlich sind wir Freunde«, sagt er schlicht. »Ungeachtet der Persönlichkeit.«

Ich spüre, wie sich Anspannung überall auf meiner Haut ausbreitet und schließlich in einem kalten, einsamen Frösteln löst. »Freunde«, wiederhole ich. Das Wort hallt in meinem Kopf, bis es jede Bedeutung verliert. Freunde. *Freunde*. Eine Mischung aus Freude und Enttäuschung formt sich in meinen Eingeweiden.

Adams Kiefer arbeitet, als er ansetzt, etwas zu erwidern, abbricht und schließlich sagt: »Irgendwie bist du mein neuer Lieblingsmensch geworden. Falls das in deinen Ohren nicht zu seltsam klingt.«

Mein Herz zieht sich zusammen, und ich strahle, unfähig, cool und gelassen zu bleiben. Das ist offenbar genau die Reaktion, die er braucht. Sein Gesicht bewegt sich kaum, aber in seinen Augen erscheint ein weicher, jungenhafter Ausdruck, der mein Inneres kräuselt wie ein Geschenkband, über das die Schere gezogen wird. »Es klingt schon sehr seltsam.« Die Luft im Truck ist dünner geworden, nichts ist mehr da außer unserem heißen Atem. »Du bist auch mein neuer Lieblingsmensch.«

Sein Knie tippt meines an. Ich erwidere die Berührung, Elektrizität rauscht durch mein Nervensystem, als wäre es eine Stromschiene. Mit seinen tiefen braunen Augen tastet er mein Gesicht ab, unsere Blicke treffen sich und haften aneinander. Röte kriecht meinen Nacken empor, die Wärme legt sich über meine Haut wie eine Wolldecke.

»Außerdem bist du einer der wenigen neuen Leute, die ich in den letzten Monaten kennengelernt habe«, sage ich, um ihn ein bisschen zu ärgern, denn ich bin nicht sicher, was als Nächstes geschehen wird. Nervös atme ich aus, es klingt fast wie ein Seufzen.

Ohne den Blick von mir zu wenden, wirft Adam mir einen Handschuh ins Gesicht.

»Wo ist der denn jetzt hergekommen?«, quietsche ich. Er lacht leise und holprig, und jetzt lache ich ebenfalls. Unsere Beine verwickeln sich ineinander, meine freie Hand driftet über seine breite Brust, unsere Gesichter sind nur noch ein paar Zentimeter voneinander entfernt. Ehe mein Gehirn erkennt, was passiert, hat er die Hand in meinen Nacken gelegt, ich klammere mich in seine Denimjacke fest und halte ihm den Mund entgegen.

Es ist ein sanfter, süßer Hauch eines Kusses. Bis er sich verändert.

Wir fallen auf dem Stoffbezug der Sitzbank übereinander her. Adams Mund fängt mich ein, er küsst mich, als würden wir etwas aufbauen, etwas Neues und Wunderschönes erschaffen. Seine Lippen gleiten über die meinen, und ein Seufzen kommt aus meiner Kehle. Phantomfunken explodieren über meine Brüste, als meine Hand in seine Haare fährt und sie in der Faust packt, als wären sie der Rand der Klippe und ich befände mich im freien Fall. Seine Bartstoppeln kratzen über mein Gesicht, ich fange Feuer. Es ist überhaupt nicht so, wie ich es mir vorgestellt habe. Es ist *mehr*. Beinahe zu viel. Alles an seiner Berührung, seinem Kuss, daran, wie sein Körper sich an meinen presst, ist zu viel und gleichzeitig nicht genug.

»Das ist so …« Seine hungrigen Worte versinken, als sein Mund mein Kinn findet, seine Zunge verbrennt meine Haut. Ich kann nicht denken. Ich kann nichts sehen. Die summende Energie des Universums bricht auf seinen weichen Lippen und seiner suchenden Zunge in sich zusammen.

Verzweifelt packt er meine Hüften, Rinnsale von Begierde durchfließen mich. Ich kann keinen vollständigen Gedanken mehr formen, abgesehen davon, dass ich jeden Teil von ihm spüren will. So hieve ich mich auf die Knie, seine Arme führen mich auf seinen Schoß, und er stöhnt in meinen Mund. Noch fester packen seine Hände meine Hüften, ziehen mich unmöglich nahe, verzehren den Raum, der nie existiert hat. Nichts als Adam Berg erfüllt meine Sinne.

Seine Hände kämpfen mit der unteren Ende meiner Jacke, und ich reiße meine Hände aus seinen Haaren, um ihm zu helfen, beide zerren wir wild an den Knöpfen. Als er die Jacke von meinen Schultern zieht, stößt mein Arm den offenen Salat vom Armaturenbrett, und öldurchtränkte grüne Salatblätter gleiten über das Steuerpult, bis schließlich der ganze Salat mit einem nassen Ploppen auf dem Boden landet.

»Shit.« Ich rutsche auf Adams Schoß, doch er umfasst mein Gesicht und zieht mich zurück zu sich. Sein Blick bohrt sich in mich, seine Pupillen sind riesig. Ich erkenne ihn kaum mehr.

»Im Moment ist mir mein Truck vollkommen egal.« Er drückt unsere Stirnen zusammen, und wir ringen beide nach Atem. »Mir ist überhaupt alles egal außer dem hier.«

Zärtlich streicht seine Hand über mein Haar, über mein Gesicht, die weiche Linie meines Kiefers.

»Mir auch«, stoße ich keuchend hervor und presse dann meinen Mund wieder auf seinen.

Hitze durchfließt mich, als er verzweifelt in mir versinkt, und alle Spuren von Zärtlichkeit sind verschwunden. Sein Mund ist schwer und heiß. Ein tiefer, atemberaubender, das Innerste nach außen kehrender Kuss, bei dem ich alles vergesse – das Datum, die Uhrzeit, die Postleitzahl des Viertels, in dem wir uns befinden – und nur noch an seinem Hals wimmere, während seine Finger sich am Saum meines Pullovers zu schaffen machen. Langsam wandert seine Hand mein Rückgrat empor, während die andere in meine Haare greift, immer mehr von mir packen will, noch fester, mich an sich verankert, während ich auf seinem Schoß fast die Fassung verliere.

Alles, was von meinem Verstand noch übrig bleibt, geht endgültig offline, ich bestehe nur noch aus Nervenenden und Verlangen, als unvermittelt die Hupe von Uncle Rickys Abschleppwagen ertönt und ich vor Schreck mit dem Kopf an die Decke der Truckkabine stoße.

*

Onkel Ricky zieht mein Auto mit einem scheußlichen Knirschen aus dem Schnee, Metall schabt über den Bordstein, und meine Frontstoßstange stürzt krachend zu Boden. Ich unterschreibe die Papiere, flitze zurück in Adams Truck, damit er mich nach Hause fahren kann, und sehe, wie mein Auto in Richtung Autowerkstatt verschwindet.

Mit zusammengekniffenen Augen und steinernem Gesicht späht Adam über die schneebedeckten Straßen. Er sagt nichts, und in der bleiernen Stille meldet sich in mir die Panik. Aber als ich zur Beruhigung das Radio anmachen will, hält Adam Einhalt gebietend die Hand in die Höhe.

»Es tut mir leid«, beginnt er, und seine Augen huschen zwischen mir und der Straße hin und her. »Ich war, äh …«

»Nein, es war mein Fehler«, platze ich heraus und stürze mich für uns beide in das sprichwörtliche Rumknutschschwert. »Ich hätte das nicht tun sollen. Ich war …«

Sein Lachen klingt gezwungen. »Wir wissen beide, dass du es nicht allein warst.«

Mit einer Hand bearbeitet er seinen Nacken, während ich in kleinen Kreisen über meine rechte Schläfe reibe, als könnte ich so die letzten zwanzig Minuten ausradieren – gemeinsam radieren wir den Sex aus.

»Es war ein, äh …« Adam ist kurz davor, das Wort *Fehler* auszusprechen, das merke ich an der Art, wie er das Steuer abwechselnd umklammert und seinen Griff wieder lockert. Wenn dieses Wort über seine Lippen kommt, muss ich kotzen.

»Es war kein Fehler«, verkünde ich. »Es war nur etwas, was passiert ist. Ein Aussetzer.«

»Ein Aussetzer?«, fragt er und zieht die Augenbrauen hoch, als wäre er neugierig.

»Ich hab einen Artikel über Trauer gelesen …« Habe ich nicht. »Da stand, eine, äh, körperliche Verbindung kann notwendig sein, um in die nächste Phase zu gelangen.«

»Welche Phase?« Sein Blick fliegt wieder zu mir.

»Die vierte.«

»Depression?«

»Nein, die danach.«

»Ahh.« Er weiß, dass ich Unsinn rede, und ich sehe zu, wie er überlegt, ob er mitmachen soll. »Sollen wir vergessen, was passiert ist?«

»Ja, ich glaube, so lautet die Empfehlung. In dem Artikel.«

»Und von wem stammt diese Untersuchung?«, fragt er, und sein Mundwinkel zuckt. Ich werte es als gutes Zeichen.

»Reine Wissenschaft. Von vorn bis hinten.« Jetzt muss ich selbst ein Kichern unterdrücken.

»Und auf die Wissenschaft kann man sich verlassen.« Ich höre die Ironie in seiner Stimme, als er an einer Ampel hält, seine Wangen rot in ihrem Licht. »Alison, es ist nicht, dass ich nicht will, es ist nur, dass ich … nicht kann.«

»Schon okay. Wir sind Freunde«, erinnere ich ihn, aber meine Stimme klingt, als wäre es eine Frage.

Er wendet sich mir zu und schaut mich eine Spur länger an, als Freunde es normalerweise tun. Als die Ampel und sein Gesicht grün werden, zuckt er zusammen und wendet sich rasch nach vorn. »Freunde«, bestätigt er dann und drückt aufs Gaspedal.

Den Rest der Fahrt verbringen wir schweigend. Die Spannung zwischen uns bleibt. Trotz unserer Vereinbarung zu vergessen, dass es den Kuss jemals gab, stelle ich mir in der gemütlichen Wärme seines Trucks noch dreimal seinen Mund auf meinem vor, während mein Bauch kribbelt und perlt wie Sprudel.

Als Adam vor meiner Wohnung hält, greift sein Arm über meinen Körper hinweg zur Beifahrertür, um sie für mich zu öffnen, und streift dabei meine Brust. Sofort fängt meine Haut Feuer, allein von der Reibung seiner Jacke an meiner und dem Gewicht seines Arms, und sofort erliege ich dem Gedanken, dass er mich womöglich noch einmal küssen wird. Aber er tut es nicht. Wie eine kaputte Kassette spiele ich mir seine Worte vor.

Irgendwie bist du meine neue Lieblingsperson.

Aber stattdessen öffnet er, ohne seinen Sitz zu verlassen, die Beifahrertür und lässt mich aussteigen. Ich drehe mich zu ihm um, bekomme heiße Wangen und weiß, dass er sieht, wie ich erröte. Hände und Lippen blitzen in meiner Fantasie auf, ehe ich die Chance habe, zu registrieren, wie ein weiterer elektrisch aufgeladener Augenblick an mir vorbeigezogen ist.

Er winkt, fährt aber nicht weg, lässt sich von dem Auto, das hinter ihm hupt, nicht stören, sondern vergewissert sich, dass ich sicher in mein Haus gelange. Das ist so unangestrengt zärtlich, und ich frage mich unwillkürlich, ob er es für alle Freunde tun würde oder ob ich für ihn vielleicht tatsächlich etwas Besonderes bin.

– KAPITEL 15 –

Rickys Abschleppdienst ist nicht an die Schweigepflicht gebunden

Am Montagmorgen erinnere ich mich zwar nicht daran, was ich in der Nacht geträumt habe, aber es hatte garantiert mit Adam zu tun, denn als ich seinen Namen auf meinem Handydisplay sehe, fangen meine Wangen an zu glühen.

Seine Nachricht ist nur ein Foto seiner mir inzwischen vertrauten Hand, die einen Träger mit zwei extragroßen weißen To-go-Bechern hält.

7:14 ALISON:

Einen für jede Hand? Harter Morgen.

7:16 ADAM:

Eine gewisse Person hätte nicht in einen Schneehaufen fahren sollen. Womöglich hätte ich es dann vor meiner Schlafenszeit nach Hause geschafft.

Zwar stehe ich allein vor meiner Mini-Kaffeemaschine in meiner Küche, werde aber knallrot und bin sehr dankbar, dass ich nicht auf FaceTime bin. Es wird immer schwieriger, das Flattern in meinem Bauch unter Kontrolle zu bringen.

Ich tippe und lösche zwei Nachrichten – eine ist zu verräterisch (*Wie schön, von dir zu hören*), die andere zu belanglos, um ihm eine weitere Nachricht zu entlocken (*haha*!). Dann wird mir klar, dass Adam Zeuge meines übermäßigen Nachdenkens in Form der tanzenden Punkte meiner immer noch fehlenden Antwort wird. Schließlich schreibe ich:

7:18 ALISON:

Schlafenszeit, Grandpa?

Am Dienstag textet Adam »Amtlich bestätigter Freund und nicht mehr« Berg erneut.

15:34 ADAM:

Was ist deine Lieblingsfarbe?

15:36 ALISON:

Passe. Nur Kinder haben eine Lieblingsfarbe.

15:38 ADAM:

Ich hole Farbe für das Wohnzimmer.

15:39 ADAM:

Stimmt nicht. Meine Lieblingsfarbe ist Braun.

15:41 ALISON:

Lieblingsfarben sind irrelevant, wenn es ums Streichen geht.

15:42 ALISON:

Nimm ein warmes Graubeige, denn die Fenster
gehen nach Norden.

Mittwochvormittag sitze ich an meinem Schreibtisch, als mein Telefon vibriert.

8:51 ADAM:

Ich hab mich für Hellgrau entschieden. Graubeige ist keine Farbe, und die Fenster gehen nach Westen.

8:53 ALISON:

Mit den Himmelsrichtungen kenne ich mich nicht aus. Ich bin doch keine Pfadfinderin.

8:55 ADAM:

Das ließ sich nicht ausschließen. Hab zugesehen, wie du eine Menge Girl Scout Cookies verdrückt hast.

8:58 ALISON:

Sind wir echt wortlos darüber hinweggegangen, dass Braun deine Lieblingsfarbe ist!?!

8:59: ALISON:

Wer hat dir wehgetan?

»Alison.«

Josh beobachtet mich prüfend von seinem Schreibtisch aus, ohne dass seine Finger auf der Tastatur zum Stillstand kommen.

Schnell stopfe ich mein Hany hinter einen Aktenstapel. »Tippst du wirklich was, wenn du das machst, oder ist es bloß eine Einschüchterungstaktik?«

»Beides. Ich hab deine Urlaubstage mit Daniella besprochen. Sie meinte, das geht klar, nur müssen wir die Onboarding-Termine für dich und den Neuzugang tauschen.«

»Ich bin ja noch gar nicht sicher, ob ich die Reise wirklich antrete. Und auch nicht, ob ich den neuen Job wirklich machen will.«

Patty nimmt ihren Antischall-Kopfhörer ab, um einzuwerfen: »Sie schiebt Panik, weil es um die nächsthöhere Stufe in ihrer Karriereleiter geht.«

Ich drehe mich zu ihr um. »Du kannst uns also mit den Dingern da tatsächlich noch hören?«

»Die blocken nur das Tastengeklapper ab. Bei Gesprächen höre ich zu, bis ich das Interesse verliere.«

Ich reibe mir die Schläfen. »Ich hab keine Panik, ich versuche nur, herauszufinden, was ich wirklich will.« Seit ich Adam von dem Job erzählt habe, geistert das, was er dazu gesagt hat, in meinem Kopf herum. Sind alle meine Aufstiegsversuche und Selbstverbesserungen umsonst, solange ich nicht weiß, was ich will?

Als die beiden wieder an ihre jeweilige Arbeit zurückgekehrt sind, schaue ich auf mein Telefon. Eine Nachricht von einer neuen Nummer unterbricht meinen Austausch mit Adam.

9:08 UNBEKANNTE NUMMER:

Hallo Alison! Adam sagt, ihr werdet früher fertig. Könnt ihr die Schlüssel bitte dieses Wochenende mit den letzten Kisten vorbeibringen? Ich kann euch gar nicht genug danken für das, was ihr getan habt. Es bedeutet uns sehr viel. ♥ Judy Lewis.

Mein Herz wird schwer.

Das war's dann wohl. Er schafft es nicht mal, bis zum 1. Dezember durchzuhalten. Wochenlanges Texten und ständig wachsende Spannung zwischen uns – die in einem Kuss gipfelte, mit dem ich mich eindeutig nicht zwanghaft beschäftige – gehen abrupt zu Ende, und nun muss ich das auch noch von Sams Mom erfahren.

Was hatte Adam denn vor? Mir eine letzte sexy Heimwerkermontage zu gönnen und dann für immer aus meinem Leben zu verschwinden, dazu verdonnert, ein Name in meiner Kontaktliste zu werden, der mir alle paar Jahre Glückwünsche zum

Geburtstag schickt? Der Gedanke brennt wie ein Papierschnitt. Meine Wochenenden werden nicht mehr uns beiden gehören, bald werde ich zur Normalität zurückkehren müssen. Unter meinen Rippen lauert ein gemeiner Schmerz.

Warum kann ich nicht mit Sams Freunden nach Patagonien reisen? Genau so etwas würde Sam doch tun. Was, wenn zwei Wochen Camping und Trekking mit erfahrenen Wanderern genau die richtige Konfrontationstherapie wären, die ich brauche, um endlich wahre Abenteuerlust zu entwickeln? Und selbst wenn nicht, wäre es doch eine perfekte Ablenkung von Adam und all dem, was ich mir vergeblich von ihm wünsche. Den Rest meines Lebens würde ich von dieser Reise erzählen können. Ich könnte diese Identität authentisch als meine eigene beanspruchen – wie Leute, die vor sechs Jahren einen Marathon gelaufen sind und das bei jedem Gespräch anbringen, als wäre es für alle Ewigkeit ihre Persönlichkeit.

»Sag Kyle, dass er mich die letzten zwei Januarwochen vertritt«, platze ich heraus.

Josh putzt sich die Nase, nickt und hat keine Ahnung, was für einen weltbewegenden Augenblick er gerade miterlebt hat. Ich schaue auf mein Telefon. Zum ersten Mal seit Wochen wünsche ich mir, ich könnte mit Sam reden, mich in seiner gnadenlosen Positivität und seinem unendlichen Enthusiasmus sonnen. Aber ich habe nur eine Nachricht von Adam – noch einem Mann in meinem Leben, dessen Schicksal es ist, eine Erinnerung zu werden.

9:09 ADAM:

Braun wie Holz, du verrücktes Huhn. Von Bäumen.

9:10 ADAM:

Grün mag ich auch. Ähnlicher Ursprung.

Genau das habe ich mir von Anfang an gewünscht. Die Wohnung putzen, Sams Familie helfen und aufbrechen in ein größeres, abenteuerlicheres Leben. Einfach rein und wieder raus. Diese Pläne schlossen nie einen impulsiven – unglaublichen, überwältigenden – Kuss mit Sams Freund ein.

Mit einem dumpfen Geräusch landet mein Telefon auf dem Boden meiner Tasche, ohne dass ich geantwortet habe.

*

Am Donnerstagabend nimmt das Sportquiz zusehends die Form einer besonders herben Niederlage an. Patrick taucht nicht auf, und wenn wir auf eine Frage eine Antwort wissen, dann nur dank glücklicher »Slumdog Millionaire«-artiger Zufälle. Chelsea und Mara kennen ein paar Baseball-Fakten allein aufgrund der Tatsache, dass sie in Minnesota leben, und in der Bilderrunde erkenne ich Kris Humphries nur wegen seiner Ehe mit Kim Kardashian – und nicht seiner Zeit im Sportteam der Minnesota Gophers.

Die Bar ist zum Thema »Wisconsin« geschmückt und zeigt das mit grünen und gelben Lichtern sowie einem großen Bereich mit Informationen über die Green Bay Packers, den lokalen NFL-Helden. Jedes Mal, wenn wir raten müssen, antwortet Chelsea entweder »Brett Favre« oder »Aaron Rodgers«.

Humphries, Favre und Rodgers erweisen sich als goldenes Ticket für uns, und am Ende landen wir – zwar mit großem Abstand zu den beiden ersten Plätzen – immerhin auf einem durchaus respektablen dritten Platz. Er reicht, dass Mara relativ gute Laune hat, und wir gewinnen einen Korb mit Cheese Curds, die wir unter uns dreien aufteilen, und als die Musik wieder einsetzt, checken wir allesamt unsere vernachlässigten Handys.

Ich habe ein paar ungelesene Nachrichten, aber nur bei einer wird mir pathetisch warm ums Herz.

9:03 ADAM:

Das ist alles deine Schuld.

Unter der Nachricht ist ein Foto von einer einzigen Lichterkette an seiner Werkstattwand. Ich möchte sauer auf ihn sein, aber angesichts der widerwilligen Weihnachtsfreude meines Griesgrams werde ich weich.

Chelsea gibt ein Gurren von sich, und ich blicke von meinem Telefon auf, noch immer grinsend wie eine Idiotin.

»Ich wusste es! Schau dein Gesicht an! Wann ist das passiert? Im Auto? Onkel Ricky hat gesagt, als er dich aus dem Graben gezogen hat, warst du mit einem Typ zusammen. Habt ihr euch womöglich im Auto übereinander hergemacht? Musstest du mit der Hand über die beschlagene Scheibe wischen wie Kate Winslet?« Mit jeder Frage wird Chelseas Stimme höher.

»O mein Gott, Chels. Es war mitten am Tag«, wehre ich ab, denn wer weiß, ob wir tatsächlich eine Titanic-Situation erlebt hätten, wenn der Abschleppwagen nicht aufgetaucht wäre.

»Das ist jedenfalls kein Abstreiten.« Maras Nase ist noch in ihrem Arbeitshandy, und sie schenkt dem Gespräch ungefähr vierzig Prozent ihrer Aufmerksamkeit.

Ich schlinge die Arme um mich, um die unwillkürliche Gänsehaut abzuwehren, die sich über meinen Körper ausbreitet, wenn ich daran denke, wie sich Adams Bart an meinem Hals angefühlt hat und wie dringend ich mehr von ihm wollte. »Adam war zufällig in der Nähe und hat mich mitgenommen. Außerdem war es kein Graben, sondern ein Schneehaufen. Wenn du mit deinem Onkel über mich lästern möchtest, dann sollte wenigstens jedes beschämende Detail korrekt sein.«

Mara klickt den Bildschirm weg und schenkt mir ihre volle Aufmerksamkeit. »Er war also zufällig in der Nähe des Brustkrebszentrums?«

»Himmel, hat dein Onkel denn noch nie was von Gesetzen zum Schutze sensibler Patientendaten gehört?«, wende ich mich an Chelsea.

»Rickys Abschleppdienst ist nicht an die ärztliche Schweigepflicht gebunden«, erklärt Chelsea und schüttelt den Kopf über meinen Ablenkungsversuch. »Also, wie lange läuft da denn nun schon was?«

»Sie hat mindestens mit ihm rumgeknutscht«, sagt Mara zu Chelsea. »Sie zuckt wieder so komisch mit dem Mund. Daran sieht man, dass sie etwas verheimlicht.«

»Stimmt überhaupt nicht!« Ich schlage die Hand vors Gesicht. »Na gut. Wir haben uns tatsächlich geküsst … ein bisschen, aber dann haben wir beschlossen, dass es nicht passiert ist. Oder dass es nicht hätte passieren sollen. An die Einzelheiten unseres Entschlusses kann ich mich nicht erinnern.« Denn ich bin viel zu sehr damit beschäftigt, mich an alles zu erinnern, was vor diesem Entschluss passiert ist.

»Aber du magst ihn?«, fragt Chelsea, stützt den Kopf auf die Hände und ihre Augen sind weich und groß wie bei einem Cartoon-Reh.

Auf meinem Gesicht bricht ein Lächeln aus. »Er hat mir gesagt, ich bin seine neue Lieblingsperson.«

»Wie süß«, sprudelt sie und verleiht dem Wort mindestens fünf Silben. »Warte mal, was hat er denn mit dem ›neu‹ gemeint?«

»Es bedeutet, dass er sie mag, aber dass sie immer noch die Freundin seines besten Freunds ist«, erklärt Mara.

Enttäuschung sackt tief in meinen Magen. »Nein, so ist es nicht.«

»Das denkt er aber.« Maras für gewöhnlich kritisch-wertender Blick wird mitleidig, weil ich so einen Schlamassel angerichtet habe, und ich fühle mich immer mehr wie ein hoffnungsloser Fall.

Mein Körper erstarrt, als mir unerwartet eine Männerhand auf die Schulter klopft. Düfte von Meeresstrand und teuren Haarprodukten wehen mir in die Nase.

»Hey, Babe!«, säuselt eine vertraute Stimme.

Ich fluche innerlich, und Chelsea starrt die Gestalt hinter mir mit offenem Mund an.

»Russell!« Ich drehe mich um und begrüße ihn fröhlich mit einer plumpen, einarmigen Umarmung, die zu einer langen Ganzkörperumklammerung mutiert.

»Warum gehst du mir denn so gezielt aus dem Weg, Mädchen? Ich hab dir mindestens drei Nachrichten hinterlassen.« Er drückt die Hand aufs Herz, macht dramatisch einen Schritt rückwärts, als hätte ich ihn bedroht, aber wie er in Chelseas Richtung zwinkert und grinst, bestätigt meinen Verdacht, dass er kaum einen Gedanken an mich verschwendet, es sei denn, ich stehe direkt vor ihm.

»Sorry. Ich hatte eine Menge um die Ohren.« Dann wende ich mich Mara und Chelsea zu. »Das ist Russell. Er hat uns gerettet, als Adam und ich ein Auto vom Abschlepphof holen mussten.«

Chelsea klimpert mit den Wimpern und mustert Russell mit ihren flirtgierigen blauen Augen. »Hallo, Russell, ich bin Chelsea.«

Sie streckt ihm die Hand entgegen, aber er ignoriert die Hand und zieht Chelsea stattdessen blitzschnell in eine Umarmung. Über seine Schulter hinweg formt sie in Maras und meine Richtung ein »O mein Gott«.

Russell lässt sich an unserem Tisch nieder. »Sams Freundinnen sind auch meine Freunde.«

Bei den Worten *Sams Freundinnen* zucken wir alle drei zusammen, aber er merkt nichts davon. Er wartet nur darauf, dass Mara sich endlich vorstellt.

Sie rümpft die Nase und ist offensichtlich nicht begeistert von ihm. »Ich bin Mara«, sagt sie nur. »Wir sind uns auf der Beerdigung begegnet. Du hast mich umarmt.« Aus ihrem Mund klingt das Wort »umarmt« eher wie »angeniest«.

Russell blitzt Chelsea mit einem Cheshire-Cat-Lächeln an, ohne Maras Ton zur Kenntnis zu nehmen, woraufhin Mara sich mit einer Entschuldigung in Richtung Toilette davonmacht.

Chelsea dagegen drückt kokett Russells Arm, und auf einmal unterhalten sich die beiden äußerst angeregt. Genervt hole ich mein Telefon heraus und blende die beiden aus. Minuten vergehen, während ich mich mit meiner Antwort an Adam abquäle. Soll ich Judys Nachricht erwähnen? Wie kann ich ihn ganz locker an unseren vergessenen Kuss erinnern und nebenbei herausfinden, ob unsere Freundschaft an diesem Wochenende ausläuft? Soll ich ihn fragen, welchen Geschmack er für den »Goodbye Forever«-Kuchen bevorzugt? Meinem Gefühl nach wahrscheinlich Marmorkuchen, einen ambivalenteren Geschmack gibt es nicht.

»Gehst du auch hin, Al?«

Chelseas schwankende Stimme holt mich aus meiner Handytrance.

»Hä?«

Sorge und Frust ziehen über ihr Gesicht. »Russell sagt, du fliegst nach Chile. Um auf einen Berg zu klettern.«

Sie und Russell starren mich beide erwartungsvoll an, und ich stottere: »Sam hat mich eingeladen … und …«

»Oh, Babe, du musst natürlich auch mitkommen«, fällt mir Russell, an Chelsea gewandt, ins Wort und legt den Arm auf ihre Stuhllehne. Sie windet sich vorsichtig aus seiner Umarmung, aber er ist dagegen ebenso immun wie gegen die nonverbale Kommunikation, die auf unseren Gesichtern stattfindet.

Mara erobert ihren Stuhl zurück und mustert unsere verschiedenen Gesichtsausdrücke. »Sorry, aber es gab eine Schlange. Was hab ich verpasst?«

»Alison fährt zum Camping in die südamerikanischen Berge«, antwortet Chelsea und kippt ihr Bier runter.

Mara setzt sich auf. »Wie bitte?«

Ich kann nur auf den Tisch starren, völlig unfähig, mich den wütenden Gesichtern meiner Freundinnen zu stellen. Nein, sie sind nicht wütend, sondern – schlimmer noch – besorgt. »So eine Reise wird mir guttun.«

»Ja, ganz sicher«, bestätigt Russell und rutscht auf seinem Stuhl herum. Was um ihn herum geschieht, entgeht ihm völlig. »Wann kann ich die Sachen aus Sams Wohnung abholen?«

Ich drehe mich zu ihm um, weiche jedoch den starren Blicken meiner Freundinnen gezielt aus. »Kannst du dieses Wochenende vorbeikommen?«, wende ich mich stattdessen an ihn.

»Perfekt. Dann besprechen wir die Details für Chile. Chelsea, es war mir ein Vergnügen, dich kennenzulernen. Wollen wir gelegentlich mal chatten?«

Aber sie legt den Kopf schief und antwortet: »Lieber nicht.« Sie wirkt so enttäuscht und resigniert, als hätte ich all ihren Fantasien, wie man mit Russell Spaß haben könnte, einen Dämpfer aufgesetzt. An Russell perlt die Zurückweisung einfach ab. Als er davongewandert ist, kneift Mara die Augen zusammen und mustert mich. »Ich dachte, Sams Schwester hat dein Ticket anderweitig verschenkt. Warum denkt dieser *Bachelor in Paradise*, dass du mit ihm irgendwelche Berge besteigst?«, fragt sie.

»Ich bin durchaus in der Lage, mir mein eigenes Ticket zu kaufen«, fauche ich, frustriert, weil ich gezwungen bin, zu Dingen, die ich zwar tue, aber selbst nicht ganz verstehe, Stellung zu beziehen.

Mara wirft die Hände in die Luft. »Was willst du damit beweisen?«

Ich kann nur verlegen auf meinem Stuhl herumrutschen.

»Fandest du es etwa so toll, als wir alle bei diesem Film über den Frei-Kletter-Typ eine kollektive Herzattacke hatten? Du bist eine Frau, die gern faule Tage mit ihren Freundinnen auf der Couch verbringt. *Das* ist doch dein Ding. Dabei bist du unbestritten die Beste.« Mit jedem Satz wird Maras Stimme lauter, um sich gegen den zunehmenden Lärm in der Bar durchzusetzen. »Aber nach deiner Operation bist du aufgewacht und hast beschlossen, dass du nicht gut genug bist. Du hast uns für einen *Ultra*marathon angemeldet. Ich wusste nicht mal, dass es etwas gibt, was noch länger ist als ein normaler Marathon, und jetzt muss ich mein erstgeborenes Kind verkaufen, um aus dieser Mailingliste wieder rauszukommen.«

»Was ist denn falsch daran, wenn ich die beste Version meines Selbst sein möchte?«

»Nichts! Aber das bist nicht *du*. Wenn du nicht gerade so tust, als würdest du die freie Natur lieben, spielst du Familie mit Adam – der übrigens immer noch glaubt, dass du Sams feste Freundin bist. Deshalb spielt es keine Rolle, wie sehr du ihn magst oder wie sehr er dich mag, und du wirst niemals das kriegen, was du willst, wenn du so tust, als wärst du jemand anderes!«

Eigentlich streiten Mara und ich nie, aber ich kann nicht anders, als zurückzufauchen. »Du erkennst mich nur, wenn ich bei allem mitmache, was du für gut befindest. Aber du hast nicht jeden Teil meines Lebens unter Kontrolle! Ich gehe für deine Kandidaten von Tür zu Tür. Ich studiere hundert Jahre irgendwelche Sport-Trivia, damit du in deiner Vendetta gegen ein Team gewinnen kannst, dem wir scheißegal sind.« Meine Worte sind ein Vulkanausbruch, so hektisch blubbern sie aus mir heraus. »Dabei mögen Chelsea und ich überhaupt keinen Sport. Wir legen beide keinerlei Wert darauf, einen Donnerstagabend so zu verbri…«

»Bitte bezieh mich da nicht mit ein …« Vergeblich versucht Chelsea, meine Tirade zu unterbrechen und winkt nach der Rechnung.

»Aber du hast uns einfach überrollt.« Ich lege keine Pause ein. »Und jetzt sitzen wir hier unter dem Neonschild eines Sportmaskottchens und schreien uns an, weil ich nicht genau das tue, was du willst!«

Einen Augenblick lang sind wir alle drei ganz still. Ich denke, ohne das Basketballspiel auf dem Flatscreen und die Musik *könnte man* eine Stecknadel fallen hören. Chelseas leerer Blick ruht auf den Gläsern vor ihr, Mara schweigt. Ich spüre, wie die Anspannung auf uns niederdrückt wie dicke Asche. Bei jedem Atemzug ringen meine Lungen um Sauerstoff.

Mara schluckt sichtbar und legt einen Zwanziger auf den Tisch. »Ich muss noch ein bisschen arbeiten. Chelsea, kannst du Al nach Hause fahren?«

»Mar«, sage ich schwach. So viel Bedauern in einer einzigen Silbe.

Doch Maras Kiefer verhärtet sich. »Ich streite mich nicht mit dir in einer bescheuerten Sportsbar. Das ist ein Tiefpunkt jeder Freundschaft.« Damit schlüpft sie in ihre schwarze Jacke, wirft sie über wie eine Rüstung. »Wir können am Wochenende darüber reden.«

»Ich streiche mit Adam Sams Wohnung, und ich muss für Russell erreichbar sein …« Ich breche den Satz ab.

»Selbstverständlich«, schnaubt Mara. »Alles gut.« Sie schüttelt die Haare aus ihrem Kragen, und als sie die Bar verlässt, durchbricht das Klacken ihrer Stiefel sogar den Lärm.

»Ich liege nicht falsch, oder?« Nach Ermutigung suchend, sehe ich Chelsea an, aber sie weicht meinem Blick aus.

»Nein, aber du hast auch nicht recht.« Mit ihrem typischen Lehrerinnengesicht wendet sie sich mir zu, gleichzeitig weich und entschlossen. »Sie liebt dich. Es war schlimm für mich, zuzuschauen, wie deine Mom krank wurde, wie du deine Diagnose bekommen hast und danach die Operation. Aber Mara ist jemand, die alles geradebiegen möchte. Sie hasst es, sich hilflos zu fühlen. Es gibt tausend Beispiele dafür, wie tapfer du alles angenommen hast, was dir zugemutet wurde, aber wir sehen, dass du immer noch leidest.«

»Chelsea, ich leide nicht mehr. Ich bin geheilt, und ich versuche, mein Leben zu leben.«

Ihr Hals spannt sich an in ihrer Frustration. »Na großartig. Aber wessen Leben? Denn Rucksackreisen mit Wildfremden durchs Hochgebirge – das ist nicht deins.«

Das ist das Höchstmaß an Aggressivität, dessen Chelsea fähig ist, und ich weiß nicht, wie ich reagieren soll.

Aber sie zwingt mich auch nicht dazu, sondern fragt stattdessen: »War der Kuss wenigstens gut?« Natürlich weiß ich, dass sie mich schon nach dem Kuss fragen wollte, bevor Russell aufgetaucht ist und uns vom Kurs abgebracht hat.

Ich muss lachen. »Ja, der Kuss war richtig, richtig gut.«

»Wusste ich es doch«, sagt sie und steckt das letzte Käsestückchen in den Mund.

Als ich abends in meine Wohnung zurückkomme, falle ich aufs Bett, ohne mich der Jacke zu entledigen. Was Mara gesagt hat, schwirrt mir unablässig im Kopf herum.

Du wirst niemals das kriegen, was du willst, wenn du so tust, als wärst du jemand anderes!

Dabei wollte ich doch nur meinen Teil erledigen, weitermachen und hoffentlich die in meiner Brust verknoteten Schuldgefühle lösen. Warum bin ich dann so enttäuscht, dass diese Situation ihrem Ende entgegengeht?

Ich werde ruhig, als ein Gedanke alle anderen überholt.

Weil ich, wenn es um Adam geht, genau weiß, was ich will.

Für Sams Freundin und Sams besten Freund gibt es keine Zukunft – klar –, aber ich bin nicht Sams Freundin, und zum ersten Mal möchte ich, dass Adam das weiß.

Also hole ich wieder mein Telefon heraus und betrachte das Foto von seiner illuminierten Werkstatt. In der Sekunde, in der ich einen vollen, von den Feenlichtern gut beleuchteten Kaffeebecher entdecke, muss ich lachen, so laut, dass es durch meine leere Wohnung schallt. Wie schläft dieser Kerl? Neben dem Kaffeebecher steht ein Gestell aus schön gemasertem, knotigem Holz. Meines vielleicht?

22:09 ALISON:

Schläfst du?

22:12 ADAM:

Selten.

22:13 ALISON:

Du trinkst zu viel Kaffee. Du hast ein Problem und brauchst Hilfe.

22:14 ADAM:

Du bestehst zu 30 Prozent aus abgelaufenen Keksen. DU brauchst Hilfe.

22:14 ALISON:

Meine Sucht hilft jungen Frauen dabei, unternehmerische Fähigkeiten zu entwickeln. Deine macht dich zu einem zittrigen Griesgram.

22:15 ADAM:

So zittrig bin ich gar nicht.

22:16 ALISON:

Am Samstag bringe ich dir keinen Americano mit. Du musst entgiften.

22:17 ADAM:

Neeeeeiiiiin.

22:17 ALISON:

Ich dachte, Starbucks wäre böse.

22:18 ADAM:

Jetzt verstehen wir uns.

22:19 ALISON:

In Ordnung. Aber koffeinreduziert.

Ein paar Minuten lang schreibt er, bricht ab, schreibt wieder, dann erscheint die nächste Nachricht.

22:23 ADAM:

Nur, damit du es weißt, ich habe Sams Eltern gesagt, dass wir, wenn wir dieses Wochenende gestrichen haben, fertig sind. Sie hätten gern den Schlüssel zurück, wenn wir so weit sind.

22:25 ALISON:

Ich weiß. Seine Mom hat mir eine Nachricht geschickt.

22:26 ADAM:

Oh.

22:27 ALISON:

Darf ich dich was Persönliches fragen?

22:28 ADAM:

Hab ich eine andere Wahl?

22:29 ALISON:

Vor … dem »Aussetzer« …

22:29 ADAM:

Okay …

22:30 ALISON:

Da hast du gesagt, wir sind Freunde.

Sekunden später erscheint Adams Name auf meinem Bildschirm. Vibrationen summen an meine Handfläche, und ich nehme den Anruf an. Ziemlich nervös.

»Worauf willst du hinaus, Ali?«

Als Adam mit seiner rauen Stimme diesen Kosenamen ausspricht, schmilzt mein Inneres dahin.

»Ich bin mir nicht sicher, was ich zu fragen versuche.«

Auf Adams Ende der Leitung klappern Gläser. »Du hältst mich also vom Schlafen ab, um mir *keine* persönlichen Fragen zu stellen?«

»Es ist ja kaum nach zehn! Du schläfst garantiert nicht so früh ein. Wahrscheinlich trinkst du gerade Kaffee.«

»Hast du gerade etwa geschnaub-lacht?« Er kichert in sich hinein, leise und glucksend.

»Ja.«

»Süß.«

In meinem Bauch fliegen die Funken.

Er schluckt hörbar in sein Telefon und erklärt: »Momentan trinke ich Wasser. Du bist ein guter Einfluss für mich. Aber du hast mir sicher keine kryptische Nachricht geschickt, um über dieses Thema zu sprechen.«

»Ach so«, sage ich, und in meiner Kehle bildet sich ebenfalls ein Kichern. »Ich hätte dir eine etwas vollständigere Zusammenfassung meiner Gedanken schicken sollen. Vermutlich wertest du einen Anruf als eine Art Kriegserklärung.«

»Aber nein, überhaupt nicht. Ich hasse es, zu texten. Irgendwie kommt bei mir immer das Falsche heraus. Du hast also gesagt, dass wir Freunde sind …«, stupst er mich verbal an.

»Freunde. Natürlich.« Obwohl ich vermute, dass die Knutscherei in seinem Truck die Grenzen der Freundschaft ziemlich strapaziert hat. »Ich denke dauernd daran, dass das Ganze bei der Beerdigung angefangen hat. Mrs. Lewis hat mich dir vorgestellt, und vielleicht hätte ich gleich da etwas sagen sollen, aber zu diesem Zeitpunkt waren wir noch nicht befreundet. Du konntest mich nicht leiden. Aber jetzt ist es anders. Wir sind …«

Er holt tief und hörbar Luft. »Ich kann dir versprechen, das ist nicht, was ich dir gegenüber empfunden habe.«

Adams dunkle Stimme und das Wort *versprechen* mogeln sich in mich hinein wie eine Geheimbotschaft. Plötzlich fühlt sich die Radiofrequenz zwischen uns extrem privat an. Ich richte mich auf und stütze den Kopf in die Hand. »Was hast du denn dann gedacht, als wir uns zum ersten Mal gesehen haben? Ich schwöre dir, du hast mich angesehen, als würdest du mich hassen, oder so.«

Adam zögert. Erwartungen rinnen durch meine Venen. »Der Tag damals war irgendwie verschwommen«, sagt er schließlich.

»Natürlich.« Mir ist klar, dass ich mit der Erwähnung der Beerdigung eine unausgesprochene Vereinbarung zwischen uns gebrochen habe. Darüber reden wir nie.

»Seltsam, daran zu denken, dass Sams Wohnung jetzt beinahe fertig ist. Ich hab angefangen, zu glauben, dass wir das nie schaffen werden.« Vielleicht habe ich aber auch irgendwann angefangen, mich über jedes kleine Missgeschick zu freuen, weil es unsere gemeinsame Zeit verlängert hat. »Ich werde dich vermissen … wenn wir ganz fertig sind. Ich möchte, dass du das weißt.

Diese Zeit war wichtig für mich. Du bist mir wichtig, auf eine nicht freundschaftliche Art.«

Ich weiß nicht, was er aus meinem gutgemeinten Flunkern macht, aber ich will, dass er alles weiß über Sam, über Sams Familie und meine Rolle bei dem Versuch, es für sie ein wenig leichter zu machen. Er muss wissen, dass ich vollkommen frei bin und es, seit wir uns kennen, auch die ganze Zeit schon war. »Du solltest wissen …«

»Ali.« Er sagt es, als tue es ihm weh. »Ich glaube, du weißt, was ich dir gegenüber empfinde. Du bist …« Ich höre, wie er atmet, während er die richtigen Worte sucht.

Was bin ich?, frage ich mich.

»… du«, sagt er beim Ausatmen. Ich kann den Atemzug fast spüren, ganz warm auf meiner Wange. »Aber es ist besser, wenn es jetzt zu Ende geht. Als Freunde. Ich möchte nicht, dass es noch verwirrender wird.«

Ich erröte, als er auf unseren ›vergessenen‹ Kuss und sein Eingeständnis anspielt, dass er meinen Wunsch nach mehr teilt – und auf einmal fällt es mir noch schwerer, zuzugeben, dass Sam dachte, ich sei nicht gut genug für ihn – ich fühle mich noch verletzlicher.

Wie kann ich dem Mann, den ich will, erklären, dass sein Freund mich ungenügend fand? Ich entscheide mich für eine Zwischenwahrheit.

»Sam und ich haben Schluss gemacht, bevor er gestorben ist. Ich weiß nicht, warum er es niemandem erzählt hat, aber ich habe es nicht über mich gebracht, es bei der Beerdigung seiner Familie zu sagen. Und dann hat Rachel mich angefleht, für seine Eltern weiterhin so zu tun, als wären wir noch zusammen gewesen, und dann habe ich dich kennengelernt, und …«

»Wirklich?«, fällt er mir ins Wort, und es klingt beinahe … hoffnungsvoll. Vielleicht höre ich auch nur das, was ich mir wünsche. Wenn ich doch nur seine Augen sehen und mir zusammenreimen könnte, was er nicht ausspricht! »Du hast mit ihm Schluss gemacht? Vorher?«

Erleichterung rauscht durch mich hindurch, und ich kann mich nicht durchringen, an den Details zu rütteln, wer mit wem Schluss gemacht hat.

»Ja«, antworte ich, und es klingt ebenfalls hoffnungsvoll. Selbst wenn das für ihn zu verwirrend ist, weiß er jetzt, dass es für mich nicht verwirrend ist. Dass es mit uns etwas werden könnte, wenn er es nur wollte.

»Die Vorstellung, dass du mit ihm zusammen warst, ist aber für mich immer noch seltsam. Und je besser ich dich kennenlerne, desto weniger kapiere ich es.« Jetzt klingt seine Stimme anders – bedrückt.

»Anfangs hat es mich auch überrascht – Sam mit seinem Instagram-Model-Look. Wir haben nie wirklich zusammengepasst.«

Stoff raschelt, Adam ächzt in sein Kissen. »Tu das nicht!«

»Was soll ich nicht tun?«

»Mich dazu bringen, dir zu sagen, wie schön du bist.« Seine Stimme ist so sehnsüchtig, so rau und hungrig, dass mir heiß wird im Bauch.

Spätabendliche Telefongespräche haben einfach etwas viel zu Intimes an sich, ich muss nur die Augen schließen, schon liegt Adam auf dem Kissen neben mir. Dann würden wir, wenn ich die Augen öffnen würde, auf dieselbe Decke starren. Wie seine Decke wohl in Wirklichkeit gerade aussieht? Stellt er sich in diesem Augenblick wohl auch vor, dass wir an dieselbe Decke über uns starren?

Mein Körper ist so schwer, als läge ich unter einer dieser Gewichtsdecken, die Instagram mir dauernd andrehen will. Vielleicht sollte ich das Gespräch beenden.

»Du klingst müde«, flüstere ich.
»Aber ich könnte noch ein bisschen reden.«
Also machen wir genau das.

- KAPITEL 16 -

Sag die Wahrheit

15:47 ALISON:

Minneapolis hat für heute Nacht eine Schneewarnung ausgerufen. Hast du Sams Auto umgeparkt?

15:49 ADAM:

Scheiße.

16:02 ALISON:

Dann mach ich das. Und wenn ich schon mal in der Gegend bin, erledige ich dabei auch das Abkleben. Dann können wir morgen gleich mit dem Streichen anfangen.

16:03 ADAM:

Okay.

Nachdem ich Sams Auto am Freitagabend umgeparkt habe, lade ich Russell ein, in Sams Wohnung zu kommen und nach seiner Ausrüstung zu schauen. Ich führe ihn direkt zu den drei Kisten unter dem Wohnzimmerfenster. Abgesehen vom letzten Kistenstapel und einer Abdeckplane, die von Adams Leiter an Ort und Stelle gehalten wird, ähnelt die Wohnung einem leeren Musterzimmer. Wenn wir morgen streichen und die letzten seiner Sachen abliefern, wird hier nichts mehr an Sam erinnern. Wir haben ihn weggepackt wie Weihnachtsschmuck nach Ende der Saison.

»Hier ist alles drin, was für Bergwanderungen, Bergsteigen und allgemeines Draußensein relevant sein könnte.« Ich stupse mit dem großen Zeh an eine der Kisten.

»Kein Problem. Ich freue mich, dass wir das endlich in Angriff nehmen. Möchtest du vielleicht zwei von denen dort drüben öffnen?« Er deutet auf das Sixpack Bier, das er mitgebracht hat. Ich öffne eine Dose für jeden von uns und beobachte, wie Russell die Kisten, die ich so sorgfältig gepackt habe, sorglos entleert. Mit meinen Augen erteile ich ihm eine scharfe Rüge und verurteile das Chaos, das er veranstaltet. Aber er fährt fort, sämtliche Rucksäcke, die ich so sorgfältig ineinander verstaut und verschlossen habe, achtlos auseinanderzureißen und auf den Boden zu werfen.

»Ich bin froh, dass du mitkommst.« Als ich seine Stimme höre – die ihre übliche Fröhlichkeit vermissen lässt –, hebe ich den Blick von der Kiste, die ich selbst durchsuche. »Zuerst wollte ich die ganze Reise absagen. Es wird vollkommen anders sein ohne ihn.« Er räuspert sich und fährt dann fort: »Aber ich denke, es wird uns allen guttun. Es ist immer schön, etwas vor sich zu haben, auf das man sich freuen kann.«

»Stimmt.« Ich lächle ihm zu und sehe, wie er blinzelt – erst zu schnell, dann zu langsam – bis er wieder der Russell zu sein scheint, den ich kenne und … toleriere.

»Ein paar Blocks von hier gibt es eine tolle neue Cocktailbar, wir könnten nachher hingehen und ein bisschen über die Reise reden. In unserer Gruppe sind ein paar O-Trek-Neulinge, aber du bist in guten Händen. Es wird garantiert großartig.« Russells Augen werden groß und träumerisch, als sähe er in der Ferne etwas atemberaubend Schönes.

Seine Begeisterung ist ansteckend. Vielleicht könnte es mir ja tatsächlich Spaß machen – vielleicht würde es endlich frischen Wind in mein Leben bringen. Echte Abenteuerlust könnte in alle Teile meines Selbst einsickern.

Russell beschreibt zusammenschiebbare Trekkingstöcke, zeigt mit den Händen, wie winzig sie werden, und erklärt: »Normalerweise hat Sam alles in einer grauen Tasche aufbewahrt …« Als die Tür aufgeht, bricht er jäh ab.

»Ich wusste gar nicht, dass es hier eine Party gibt«, sagt Adam ausdruckslos. Auf den Klang seiner Stimme reagiere ich körperlich, ein Gefühl, als würde alles an und in mir anfangen zu summen. Aber Adams Gesichtsausdruck, als er mit einem Pizzakarton in der Hand die Wohnung betritt, dreht mir fast den Magen um.

Mein Puls wird schneller, als wäre ich bei etwas Verbotenem erwischt worden. *Aber Alison, wir haben doch gesagt, dass nur wir zwei die Sachen unseres toten Freundes zusammenpacken würden*, ruft er verzweifelt in der Soap Opera meiner Fantasie.

Ich schlucke und zwinge mich, normal zu klingen, als ich antworte: »Hallo, Adam. Ich wusste nicht, dass du heute vorbeikommen wolltest.«

Wenn ich es gewusst hätte, wären meine Entscheidungen für den Abend anders ausgefallen. Unter anderem – aber sicher nicht ausschließlich – hätten sie beinhaltet, dass ich nicht in dem Sweatshirt mit der aufgestickten Eisenbahn und der Aufschrift SO BIN ICH EBEN aufgekreuzt wäre – ein Geschenk von Chelsea. Ich würde am liebsten im Boden versinken. »Du erinnerst dich doch sicher an Russell.«

»Ja, wir sind uns schon des Öfteren begegnet.« Adam versucht es mit einem Scherz, aber der geht daneben. Sein Ton ist vollkommen falsch. »Was tust du hier?«, fragt er.

»Er schaut nach seinen Ausrüstungssachen«, antworte ich für Russell, nervös und schuldbewusst.

»Und auch nach deinen. Sam würde es bestimmt nicht stören, dass seine Freundin sich einen Rucksack für diese Reise leiht«, ergänzt Russell ganz unschuldig, aber in seinen Augen glitzert es verdächtig vergnügt. Ihm ist bestimmt klar, dass er in irgendetwas reingestolpert ist, was zwischen Adam und mir vorgeht – ich wünschte nur, ich wüsste selbst, was genau das ist.

»Ja? Willst du mit ihm verreisen, Alison?« Adams Gesicht ist ausdruckslos, aber in seiner Stimme ist unmissverständlich eine hundertprozentige Kampfansage zu hören.

Ich ignoriere ihn. »Russell, hast du gesagt, die Tasche ist grau?«

»Was ist da drin?«, fragt Russell und deutet mit dem Kinn auf die Pizzaschachtel in Adams Hand.

So flattern unsere Fragen aneinander vorbei, denn wir wollen alle mit jemandem sprechen, der nicht mit uns sprechen will.

»Peperoni und Paprika – ihre Lieblingspizza.«

»Sind das Cookies?« Russell beäugt die Packung Thin Mints, die obendrauf liegt. Frisch von der Bäckerei.

Adam antwortet nicht, geht quer durchs Zimmer und nimmt mir die Bierdose aus der Hand. »Was für ein Bier ist das denn?« Sein Blick lässt mich erstarren, während er die Dose ansetzt. Nach einem langsamen, bedächtigen Schluck gibt er mir die Dose zurück. »Ooh. Ziemlich sauer. Hätte nicht erwartet, dass du so was magst.«

Genauso gut hätte er mich anpissen können. Das wäre subtiler gewesen.

»Es ist anders.« Zufällig antworte ich mit dem Minnesota-Ausdruck für *Ich hasse es* und stöhne innerlich über mich.

Adam verschluckt sein zufriedenes Grinsen. Natürlich weiß er, dass die Runde an ihn geht.

Aber Russell gibt nicht so schnell auf und fährt sich mit der Hand durch seine perfekt frisierten Haare. »Adam, schaffst du es, das ganze Zeug bis Sonntagmorgen auszuräumen? Ich mache die Fotos und möchte das Licht nicht verschwenden.«

Verwirrt runzle ich die Stirn. »Warte – du bist also der Immobilienfotograf?« Werde ich jemals schlau daraus werden, welchen Job dieser Mann ausübt?

»Ich bin der Makler. Ich habe den Lewises die Wohnung verkauft. Hat Richard dir nicht gesagt, dass ich sie bis Monatsende wieder auf den Markt bringen will? In Minnesota zieht niemand mitten im Winter um.«

Tausend Ausdrücke wandern über Adams Gesicht, als ihm klar wird, dass von der Deadline zum 1. Dezember – und auch von jedem kleinsten Upgrade, das wir der Wohnung verpassen – nicht nur Sams Familie, sondern auch Russell profitiert.

Ich werfe den Kopf in den Nacken. »Bist du jetzt Makler oder nicht?«

»Ich bin nicht nur Makler. Ich bin ein Immobilien-Multi-Unternehmer, das heißt, ich habe Mietshäuser, Flip-Häuser, und ich war im Gespräch mit Magnolia Network für die Pilotfolge einer Reihe über Renovierung, das hat aber leider nicht geklappt. Ich brauche die volle kreative Kontrolle über meine Marke. Dieser Typ hier versteht das.« Russell klopft Adam unverdienterweise lobend auf die Schulter. »Ich mag übrigens das Update des Schranks. Die Farbe wird auf den Fotos im Immobilienangebot großartig aussehen. Mit Küchen verkauft man Häuser. Wir sollten unbedingt mal über eine Zusammenarbeit sprechen.«

Adams Kiefer zuckt, und ich weiß, dass er sich extrem zusammenreißen muss, um Russells Hand nicht einfach wegzuschlagen wie der verärgerte Bär, der er ist.

»Meinst du das hier?« Ich halte einen blaugrauen Beutel in die Höhe, als wäre er eine weiße Flagge.

»O ja, genau!« Russell deutet darauf. Vielleicht gibt es doch einen Gott. »Hast du immer noch Lust, zusammen was trinken zu gehen, Babe? Oder hast du genug zu tun mit … mit dem, was immer hier vorgeht?« Er deutet auf Adam und mich.

Ich neige den Kopf in Richtung Tür, zu verlegen für direkten

Blickkontakt. »Bis demnächst, Russell«, verabschiede ich mich, erkläre mich bereit, ihn wegen der Reise anzurufen und schließe die Tür hinter ihm.

Adams humorloses Lachen hallt von den Wänden des leer geräumten Apartments wider. »Wow. Ich wollte euch nicht unterbrechen.«

»Ach ja? War die Macho-Darbietung für ihn?«, frage ich und verschränke die Arme vor der Brust.

Mit geübter Lässigkeit klappt Adam die Pizzaschachtel auf. »Ich habe keine Ahnung, wovon du redest.«

Mein Blick bleibt an seinen Fingern hängen, und ich bekomme eine Gänsehaut bei der Erinnerung, wie sie sich in meinen Haaren anfühlen. Auf meinem Gesicht. An meiner Taille.

»Konntest du das Problem, das du mit Russell hast – was immer es sein mag – seelisch verarbeiten?«, frage ich und ärgere mich, dass meine Stimme auf einmal höher klingt als normal.

»Fliegst du wirklich nach Chile?« Er klingt vollkommen desinteressiert, sein Gesicht ist ein Inbild der Gelassenheit.

»Nach Patagonien. Und warum interessiert dich das?«

Himmel, wie sehr ich mir wünsche, es würde ihm etwas bedeuten!

»Tut es nicht.« Ganz entspannt holt er ein paar Papierteller aus einer Tüte auf der Küchentheke. »Weißt du, warum du lieber nicht mit ihm nach Patagonien reisen solltest?«, fragt er, als würde er sich das gerade zum ersten Mal überlegen. »Weil du nicht mehrere Wochen mit dem Rucksack durch die Berge wandern solltest, basta. Egal, mit wem.«

»Es sind ja nur zehn Tage.«

»Oh. Na dann vergiss es«, meint er sarkastisch.

Ich schlinge die Arme enger um mich, ein Schutzschild. »Glaubst du etwa, ich schaffe das nicht?«

»Ich habe keine Ahnung, ob du das schaffst, aber ich weiß,

dass du es todsicher nicht willst, weil du dich nicht mal dazu überreden kannst, eine Stunde am Lake Superior entlangzulaufen.«

»Was machst du eigentlich hier?«

»Ich dachte, du bist bestimmt hungrig.« Er stockt. »Du hast gesagt, du bist heute Abend hier, und nach dem, was du mir am Telefon erzählt hast, wusste ich nicht, warum ich nicht ... warum wir nicht ...« Er lässt den Satz unvollendet und presst seinen Mund zu einer schmalen Linie zusammen. Verletzlichkeit schleicht sich in sein Gesicht, dann wird es wieder hart. »Da hab ich mich ins Auto gesetzt und bin hierhergefahren. Ohne weiter darüber nachzudenken.«

Er reißt an der Plastikverpackung von den Papiertellern, dreht sie hin und her, aber das Plastik widersteht ihm.

Ich mache einen Schritt auf ihn zu, mein Körper möchte ihm unbedingt wenigstens ein kleines bisschen näher sein. »Ich bin froh, dass du gekommen bist.«

Seine Hände geben die Papptellerpackung auf, seine dunklen Augen suchen und finden meine. Ein unlesbarer Ausdruck vernebelt sein Gesicht. »Ach ja? Obwohl ich dich und ihn unterbrochen habe – bei der Planung eurer romantischen Reise unter den Sternen?«

»Ein Loch zu graben, wenn man kacken muss, ist eigentlich kein Bestandteil traditioneller Romantik.«

Einen Augenblick starren wir uns einfach nur an. In mir summt das Adrenalin.

»Bist du eifersüchtig?«, frage ich und muss jedes gleichmütige Molekül meines Körpers aktivieren, um meine Stimme einigermaßen ruhig zu halten.

Er schluckt. Die dunkle Stille der Wohnung hüllt uns ein wie eine Decke. So spät waren wir nie hier. Ich war nachts überhaupt noch nie allein mit Adam. Er kommt näher, den Blick jetzt auf meine Lippen gerichtet. Dann hebt er die Hand, und ich erstarre in Erwartung seiner Berührung. Jeden einzelnen Atemzug nehme ich wahr, jeden Zentimeter meiner Haut.

Sein Blick wandert über mein Gesicht, bettelt um Antworten, kehrt zu meinem Mund zurück. Mir stockt der Atem, mein Herz trommelt in meinen Ohren. Ansonsten kann ich nichts hören – abgesehen von Adams regelmäßigen Atemzügen. Phantomempfindungen huschen über meine Brüste, und ich frage mich, was meine Nippel tun würden, wenn sie noch da wären. Sich zusammenziehen wahrscheinlich. Ich kann es beinahe fühlen.

Sein Atem ist heiß an meiner Wange, und auf einmal kann ich mich nicht mehr bewegen, denn wenn ich es täte, würde er es auch tun, und es wäre eine absolute Tragödie, mehr als zweieinhalb Zentimeter von Adam Berg entfernt zu sein.

Freunde stehen nicht so dicht beisammen, denke ich. *Sie trinken weder aus meiner Bierdose noch starren sie mich so hemmungslos voller Begehren an.*

Wieder höre ich, wie er schluckt.

»Ich dachte, du willst nicht, dass es zwischen uns verwirrend wird«, sage ich.

Adams andere Hand gräbt sich in meine Haare, und meine Augenlider flattern, als sich seine Finger durch meine Locken schlängeln. Mein Blick sinkt zu seinem Mundwinkel, der sich nach oben biegt, als mein Körper auf seine Berührung reagiert. »Bist du verwirrt?«, fragt er mit heiserer Stimme. Die goldenen Flecken in seiner Iris schimmern im Licht der Küchenlampe.

»Adam«, flüstere ich. Ein Geheimnis.

»Alison«, antwortet er, und es klingt wie eine Bitte. Er wickelt eine Haarsträhne um den Zeigefinger, als wolle er sich bei mir verankern, und zieht mich damit noch einen Millimeter näher zu sich.

Während sich das, was im Truck geschehen ist, angefühlt hat

wie ein spontaner Zusammenprall, wissen wir beide, dass es jetzt etwas anders ist. Bewusst und vorsätzlich. Eine Entscheidung. Ein Punkt, von dem es kein Zurück mehr gibt. Ich hebe mein Gesicht zu ihm, und fast quälend langsam drückt er endlich seine Lippen auf die meinen.

Anfangs ist der Kuss sanft und fast zögerlich, fast so, als rechne Adam jederzeit damit, dass ich womöglich doch zurückweiche. Zart liebkost sein Mund meine Unterlippe, zieht ein bisschen an ihr, und ich gebe ein leises, wohliges Murmelgeräusch von mir.

»Das magst du also. Interessant …« Ich inhaliere seine Worte, bis er seine Lippen wieder auf meine drückt und den Kuss vertieft, dringlich, auf der Suche nach mehr. Adam drückt seine Hand fest in mein Kreuz und zieht mich an sich.

»Sag mir die Wahrheit«, knurrt er dabei und küsst meinen Hals, von oben nach unten. Als sein Mund auf die Stelle trifft, die er in Duluth mit dem Finger berührt hat, vibriert jede Zelle meines Körpers. Er lächelt an meiner Kehle. »Magst du dieses Bier wirklich?«

»Nein«, sage ich überrascht und grabe die Fingernägel in seinen Bizeps. »Dass sich mein Mund bei jedem Schluck zusammenzieht, ist verstörend.« Er belohnt meine Ehrlichkeit mit einem Lachen, das so warm ist, dass mir alle Knochen schmelzen.

»Hab ich mir doch gedacht.« Er richtet sich zu seiner vollen Größe auf und lächelt auf mich herab, mit verschleierten, wilden Augen. »Ich wusste genau, dass du es hasst.«

Dann packt er mich an den Hüften und trägt mich zur Kücheninsel, so mühelos, als wäre ich leichter als Luft, während sein Mund wieder Anspruch auf den meinen erhebt. Hitze ballt sich in meinem Zentrum zusammen, Adam spreizt meine Schenkel und presst sich an mich, während ich die Beine um ihn schlinge, weil ich ihm unbedingt noch näher kommen will.

In einem Sekundenbruchteil der Wahrnehmung mache ich

mir Sorgen wegen der Pizza direkt neben mir, aber mein Verlangen lenkt mich schnell davon ab. In meinem Brustkorb wohnt ein Tier, das nach meinen Eingeweiden krallt, das mehr von Adams Mund besitzen will. Mehr von seiner Berührung. Mehr. Mehr Mehr.

Ich raffe sein Hemd fest in meiner Faust zusammen, als seine Hand unter mein bedauernswert witziges Sweatshirt gleitet und über den empfindsamen Teil meiner Hüfte streicht, während die andere Hand auf meiner Taille bleibt, als gäbe es für ihn keinen anderen Halt.

Ich wusste nicht, dass sich ein Kuss so anfühlen kann, heißhungrig, verschlingend. Ein lebensrettender Atemzug, während ich gleichzeitig ertrinke.

Seine Hand wandert auf meine Vorderseite, und ich fühle seine Handfläche auf meiner Brust. Instinktiv steigt Panik meine Wirbelsäule empor, verpufft jedoch unter den Vibrationen von Adams hungrigem Stöhnen in meinen Mund. Es ist das erste Mal, dass ein Mann meine neuen Brüste mit einer solch feurigen Leidenschaft berührt, und ich kann nicht anders, als ihn fester zu umfassen und noch mehr Kontakt zu brauchen.

»Ich habe die ganze Woche daran gedacht«, keuche ich zwischen begierigen Küssen.

»Ich schon seit mehreren Wochen.«

Ich lasse meine Hand über seine feste Brust wandern und bin mir plötzlich bewusst, wie schön es ist, Adam ohne dicke Oberbekleidung zu küssen. »Wirklich?«

Er nickt. »Ich hab versucht, damit aufzuhören, aber es ging nicht.«

Während ich meine Hände auf seine Gürtelschnalle zu schiebe, denke ich noch, dass ich gleich mit Adam in Sams Küche Sex haben werde, aber da höre ich plötzlich einen Schlüssel im Türschloss klappern.

Das Geräusch bereitet der herrlichen Fantasie ein jähes Ende.

Wortlos fahren wir auseinander wie zwei verschreckte Tiere im Scheinwerferlicht. In Sekundenschnelle steht Adam vor dem Kühlschrank, und ich reiße mich so weit zusammen, dass ich von der Kücheninsel hüpfen kann. Mein kleiner Finger landet in einem Klecks Tomatensoße. Mich schaudert.

»Hallo?«, höre ich Mrs. Lewis' zaghafte Stimme, kurz darauf sehe ich sie auch schon.

– KAPITEL 17 –

Erwartest du etwa einen Früchtekorb?

Während Adam hinter der Kühlschranktür abkühlte, schaffte ich mit Müh und Not das absolute Minimum höflichen Small Talks mit Mrs. Lewis und ergriff dann die Flucht aus der Wohnung und vor allem, was auf der Kücheninsel geschehen war.

Beim Einschlafen dachte ich an den Kuss. Als ich heute Morgen aufwachte, hatte ich gerade von ihm geträumt, und natürlich habe ich mir daraufhin auf der ganzen Bahnfahrt Adams Lippen vorgestellt.

Sogar jetzt, da ich in Sams ehemalige Wohnung trete, die gegenwärtig vom Geruch der Farbdämpfe und von den fröhlichen Tönen von Charlie Browns »Christmas Tree Is Here« überschwemmt wird, denke ich immer noch daran. Ich schaue mich um und sehe, dass Adam mit der Malerei fast fertig ist.

»Oho! Hast du etwa die ganze Nacht hier gepinselt?« Ich setze den Kaffee auf der Kücheninsel ab, vermeide jedoch respektvoll jeden Körperkontakt damit. Denn wenn ich den Blick auf den Tatort richte, würde ich nur erneut den Kuss in meinem Kopf abspielen, um ihn in seine Bestandteile zu zerlegen und neue Hinweise zu finden.

»Was?« Um sich ausgiebig den Nacken zu reiben, lässt er die Farbrolle in ihre Schale fallen. Eigentlich ist er genauso angezogen wie immer: ein Henley-Shirt aus Flanell und eine Jeans, die sehr gut sitzt, aber schon bessere Tage gesehen hat.

Statt meiner richtigen Streichklamotten – Robotic-Team-T-

Shirt der Pioneer High, dazu abgewetzte Leggings mit einem Loch im Zwickel – habe ich heute genau das an, was alle Frauen in Rom-Coms für die Sequenz »Wie man sich beim Heimwerken verliebt« tragen, nämlich ein lässiges kurzes T-Shirt und eine auf alt getrimmte Latzhose.

Adam schaut in meine Richtung, aber sein Blick huscht mal hierhin, mal dorthin, so dass ich nicht sicher bin, ob wir überhaupt Blickkontakt aufgenommen haben. »Ach so, weil ich schon fast fertig bin. Stimmt. Verstehe. Das ist lustig.«

Langsam ziehe ich den Mantel aus. Um ihn nicht zu erschrecken. »Eigentlich nicht.«

Er steckt die Hände in die Taschen und wippt auf den Fersen.

»Wie viel Koffein hast du dir heute gegönnt?«

Er verzieht das Gesicht. »Eine ganze Menge. Zu viel. Ich bereue es.«

»Hast du auch ein bisschen Kokain gezogen?«

»Ich hatte einen extragroßen Kaffee, zwei Fünf-Stunden-Energy-Shots und zwei Red Bulls. Nein, drei. Oder doch zwei?« Er zählt das alles an den Fingern ab, dann scheint er das Interesse zu verlieren und gestikuliert in Richtung einer Wand, die vorbereitet, beplant und abgeklebt ist. »Wir müssen nur einmal streichen, was gut ist. Ich hab da drüben alles für dich aufgebaut und meinen Truck mit den letzten Sachen von Sam beladen. Wir machen sauber, bringen die Sachen weg und sind bis zum Lunch fertig. Vielleicht ein bisschen später.«

»Warum hast du es so eilig? Hast du große Pläne für heute Nachmittag?«

»Möchtest du lieber sauber machen, während ich streiche?«

»Was zur Hölle ist eigentlich los?«, frage ich, und er macht große Augen angesichts meiner Direktheit.

»Wir streichen«, antwortet er schlicht, was mich stinkwütend macht.

»Du hast mich geküsst. Zweimal. Im Lauf der letzten Woche hast du mich zweimal geküsst.«

»Das war doch alles diese Woche, oder nicht?« Ein verspieltes Glitzern tanzt in seinen Augenwinkeln, was mich ein kleines bisschen erleichtert.

»Adam. Ich meine es ernst. Bereust du, was passiert ist? Sollen wir es wieder vergessen? Erwartest du einen Entschuldigungs-Früchtekorb? Ich verstehe deine Energie nicht.«

»Ich bin kein Typ für dekorative Melonen«, witzelt er, aber als er meinen zweifellos gequälten Gesichtsausdruck wahrnimmt, fällt die Zurückhaltung von ihm ab. Er durchquert den Raum und holt die Hände aus den Taschen, um mich an sich zu ziehen. Seine Umarmung löst mich wie eine Schleife, und sämtliche verkrampften Muskeln in meinem Körper geben gleichzeitig nach. Ich vergrabe mein Gesicht an seiner Schulter und erlaube seinem Kinn, sich auf meinem Kopf ein Plätzchen zu suchen. Welche Freude, zu wissen, dass wir so zusammenpassen, selbst wenn er vor lauter Koffein in meinen Armen vibriert.

»Ich bereue definitiv nichts davon«, erklärt er meiner Kopfhaut. »Ich möchte darüber sprechen, aber es ist schwierig, das alles zu verarbeiten, solange ich noch in einem aktiven Nachrichtenaustausch mit Sams Mutter stehe.«

Er umfasst meine Schultern und drückt mich so fest an sich, dass ich an meiner Schläfe spüre, wie sein Herz rast.

»Gestern Abend ist mir klar geworden, dass wir die Sache mit der Wohnung hier zu Ende bringen müssen, ehe wir weitergehen können.« Er nimmt den Kopf ein bisschen zurück, damit er mir beim Sprechen in die Augen schauen kann. »Und ich wollte so bald wie möglich mit dir weitergehen. Deshalb streiche ich seit vier Uhr heute früh, ja.«

Ich blicke zu ihm auf. »Das ist ein Billy-Chrystal-Moment.« Seinem Gesicht sehe ich an, dass er keine Ahnung hat, was ich damit meine. »Das ist aus einem Film. Mit Meg Ryan. Es bedeutet etwas Gutes. Keine Sorge.«

Er küsst mich auf die Haare und drückt mich noch mal an sich, bevor er sich aus der Umarmung löst. »Sollen wir streichen?«

»Wäre bestimmt gut. Wir haben einen sehr engen Zeitplan. Aber erst einmal – warum hast du *A Charlie Brown Christmas* gehört, als du allein warst?«

»Du magst doch Weihnachtsmusik.«

»Aber ich war nicht hier.«

Er saust zurück auf seine Seite der Wohnung, nimmt den Roller und klatscht eine perfekt graubeige Farbmischung auf die Wand. »Aber jetzt schon«, antwortet er achselzuckend.

Aus unserem Rom-Com-würdigen »Verliebt dank Heimwerken«-Zusammenschnitt würden nur wenige Szenen den Cut überstehen. Klar, er hält mich auf der Leiter fest, als ich direkt unterhalb der Decke streiche, und der Schock seiner warmen Hand auf meiner Hüfte wirft mich beinahe in einen Behälter Latexfarbe. Und ja, an einem Punkt schnippen wir beide Farbe über die Abdeckplane, nur um zu beweisen, dass der jeweils andere nicht so gut beim Farbschnippen ist. Aber meistens streichen wir, während auf Shuffle klassische Weihnachtsmusik läuft.

Als Spotify direkt nacheinander zwei verschiedene Cover von »Santa Baby« spielt und Adam aus dem Fenster springen möchte, lasse ich ihn auf eine Alternativ-Rock-Playlist umschalten, während ich den Rest seines Americanos in den Küchenabfluss kippe, damit sein Herz nicht explodiert.

Das Streichen und Putzen dauert länger, als Adam veranschlagt hat, und so ist es fast sechs, als wir für unsere letzte Trauerfallverpflichtung in den Truck klettern. Weil er von dem ganzen Koffein nun doch abstürzt, lasse ich ihn ein Nickerchen machen, während ich fahre und das Hochgefühl genieße, in Adams Truck hoch über den winzigen Pkws aufzuragen.

Als wir vom Highway abbiegen, um zum Haus von Sams Eltern zu gelangen, rührt er sich, vergräbt dann aber gleich den Kopf in meine Schulter. »Du bist so kuschelig«, murmelt er nur, und in meinem Bauch flattern winzige Schmetterlinge.

Ich biege in die leere Auffahrt des großen, vertrauten Hauses ein.

»Schlaf ruhig weiter«, sage ich zu Adam und ziehe den Schlüssel aus der Zündung. »Bin gleich wieder da.«

Ich höre das laute Klopfen am Fenster, aber Adam hört es nicht.

»Kids.« Vor der Beifahrertür erscheint Sams Dad.

»Scheiße«, flüstere ich. Ich schubse Adam, damit er aufwacht, und er entfernt sich blitzschnell von mir, wirft sich quer durchs Führerhäuschen, als wäre ich radioaktiv. Nach kurzem Zögern erholt er sich so weit, dass er sein Fenster herunterkurbelt.

Dr. Lewis stützt die Lederflicken seines Tweed-Jacketts auf den Türrahmen. »Ist das der Rest?« Er deutet auf die Ladefläche.

Wir nicken einhellig.

»Gut. Könnt ihr mir helfen, die Sachen in die Garage zu bringen?«

So schnell wir können, steigen wir aus, tragen die Kisten in die Garage, wobei Adam jedes Mal mühelos zwei aufeinandergestapelt, was ich unelegant nachzumachen versuche. Dr. Lewis packt die letzte Kiste und stützt sie auf dem Knie ab, während er den Code fürs Garagentor eintippt.

»Judy würde euch gern kurz sprechen«, sagt er, was sich unheilvoll für mich anhört. Er führt uns durch die Garagentür und in den Vorraum. Wir folgen ihm wie Gefängnisinsassen auf dem Weg zum Galgen.

»JuJu, sie sind da«, ruft er ins Haus.

Mrs. Lewis erscheint fast sofort, von Kopf bis Fuß in sehr locker sitzende milchkaffeebraune Kaschmirsachen gehüllt. Seit der Beerdigung hat sie noch weiter abgenommen, und ich bemühe mich, die Fassung zu bewahren.

»Alison, ich wusste nicht, dass ich Sie so bald widersehen würde.« Sie umarmt mich innig und streicht mir ausführlich über die Haare, bevor sie mich wieder loslässt.

Dr. Lewis räuspert sich. »Judy hat erzählt, dass sie euch gestern getroffen hat, aber sie hat vergessen, euch zur Cookie-Party einzuladen.«

Schmerz flammt in ihren Augen auf, dann erscheint wieder ihr derzeitiger Standardausdruck: Leere.

Am Rand meines Sichtfelds erstarrt Adam. »Sie werden die Cookie-Party veranstalten?«

»Sam hat sich dieses Jahr besonders darauf gefreut, Adam«, erklärt Dr. Lewis ihm. »Mehr als in den Jahren zuvor. Und sogar Rachel kommt.« Mrs. Lewis gibt ein leises Schnauben von sich, und Dr. Lewis zuckt zusammen. »Wir wollen die Party nicht absagen, weil es uns vorkäme wie ein Verrat an Sam.« Er sagt das seltsam mechanisch, als wäre es eine Rechtfertigung, die er in genau diesem Wortlaut schon des Öfteren vorgebracht hat, womöglich sogar seiner Frau gegenüber – ihr starrer Blick in weiter Ferne könnte dafür durchaus ein Anzeichen sein.

Adam reagiert nicht, und über unser Quartett, das sich in dem makellosen Vorraum zusammendrängt, senkt sich ein Schweigen, das ich natürlich nicht aushalte.

»Wir würden sehr gerne kommen. Ich jedenfalls. Was Adam vorhat, weiß ich nicht«, quassle ich drauflos. »Obwohl ich mich bestimmt nicht aufdrängen möchte, falls die Familie doch lieber unter sich bleiben möchte.«

»Sie gehören doch zur Familie, Schätzchen«, erklärt Mrs. Lewis. »Sam würde wollen, dass Sie dabei sind. Alle beide.«

Ich spüre, wie Adams Starre neben mir auf mich ausstrahlt, aber ich wende meinen Blick nicht von Mrs. Lewis ab.

»Sie wissen ja gar nicht, was es mir bedeutet, dass Sam mit Ihnen zusammen war, Alison …« Sie wischt über ihre blauen Augen. »Das ist wirklich ein großer Trost.«

Ich lächle und möchte auch genau dieser Trost für sie sein.

»Selbstverständlich werden wir kommen. Beide«, antwortet nun auch Adam, doch seine Stimme schwankt.

»Ja. Selbstverständlich«, bestätige ich, dankbar, dass er zugestimmt hat. »Es ist sehr großzügig, dass Sie uns einladen.«

Mrs. Lewis reibt Adams Arm in einer eindeutig mütterlichen Geste, und ein winziges bisschen Anspannung löst sich von seinen Schultern.

Sams Vater verspricht, die papierlosen Einladungen online zu schicken, und als wir uns verabschieden, drückt Mrs. Lewis mich wieder lange an sich. Schließlich wandern Adam und ich die lange Ausfahrt hinunter zu seinem Truck.

Ich blicke über die Schulter zu dem perfekten Haus am See und stelle mich dann ans Truckfenster, um mein fleckiges Gesicht in Augenschein zu nehmen. Aber Adams Hand gleitet zwischen mich und mein Spiegelbild in der Fahrertür.

»Bin jetzt wach«, verkündet er.

Ich bewege mich nicht sofort. Stattdessen starre ich unsere wässrigen Spiegelbilder an. »Sam hat mich so nie gesehen. Im Leben nicht. Wir waren niemals so fest zusammen.«

Mit einem niedergeschlagenen Nicken zieht Adam die Tür auf. »Ich weiß, aber das zu wissen, macht es nicht leichter. Warum lässt du sie denken, dass es so war?«

»Tue ich nicht.« Ich warte, dass er ins Führerhäuschen klettert, versuche, seinen mir ausweichenden Blick zu erhaschen, und merke, wie ich emotional werde. »Es ist kompliziert. Sie ist … ich möchte das sein, was sie gerade braucht.«

Mit nervösen Fingern trommelt Adam aufs Steuer und späht mit zusammengekniffenen Augen auf die schneebedeckte Straße hinaus. »Tut mir leid. Ich dachte nur, heute wäre Schluss damit, aber es ist … du wirst immer ein kleines bisschen Sams Freundin bleiben, weißt du.«

Seine Worte brennen in meinen Eingeweiden, während er den Rückwärtsgang einlegt.

- KAPITEL 18 -

OTRIVIA BENSON: SVU
(Law and Order - Special Victims Unit)

Den Rest der Heimfahrt herrscht Schweigen – was vollkommen in Ordnung ist. Schockierenderweise, wenn man bedenkt, wie unerträglich im Lewis-Haus allein die Drohung eines Schweigens für mich war. So unerträglich, dass ich – abgesehen vielleicht davon, Sams Geist zu ehelichen – alles getan hätte, um es zu durchbrechen. Aber jetzt bin ich ganz damit zufrieden, in die Ferne zu starren und in meiner Enttäuschung zu schmoren.

Ohne zu fragen, stellt Adam das Radio auf den Weihnachtssender, aber als ich die vertrauten ersten Töne von Darlene Loves »Christmas« höre, drücke ich schnell auf den Knopf, der sie zum Schweigen bringt. Ich möchte mir meinen Lieblingssong nicht durch unerwünschte Gedankenverbindungen ruinieren lassen.

Als ich mein Apartmentgebäude sehe, springe ich aus dem Truck, ehe er richtig stillsteht.

»Danke fürs Mitnehmen.«

Meine Füße knirschen durch die frische Schneeschicht am Straßenrand. Ich höre, dass Adam mir etwas nachruft, aber ich kann mich nicht umdrehen. Die kalte Luft brennt in meinem Gesicht, Wasser sammelt sich in meinen Augenwinkeln. Wenn er mich jetzt sieht, denkt er, es ist wegen Sams Familie oder unseretwegen, aber es ist alles zusammen. Ich werde nie die Person sein, die ich für mich oder für Sam oder selbst für Adam sein müsste.

Du wirst immer ein kleines bisschen Sams Freundin bleiben.

Ich renne ins Haus, in Sicherheit. Jede Minute können meine Freundinnen auftauchen, um mit mir auszugehen, und obwohl Mara und ich seit unserem Krach nicht mehr miteinander gesprochen haben, hat Chelsea – wie immer die gutherzige Friedensstifterin – eine Bar gefunden, in der Quizabende stattfinden und die nur zwei Blocks von mir entfernt ist.

Eine absolut diabolische Konstellation: Mara kann nicht widerstehen, für ihren Showdown bei Risky Quizness zu trainieren, und ich kann den beiden nicht aus dem Weg gehen, wenn sie sich in Rufweite meines Fensters befinden.

Ich schäle mich aus meinen Streichklamotten, untersuche meine Pullischublade nach Optionen und entscheide mich für einen weißen Rollkragenpullover, dazu schwarze Stiefel mit klobigen Absätzen, um den Maine-Hummerfischer-Effekt zu neutralisieren.

Als es klingelt, öffne ich die gut gesicherte Haustür mit dem üblichen Knopf.

»Es ist offen!«, rufe ich aus meinem Wandschrank, als es an meiner Wohnungstür klopft. »Gehen wir zu Fuß? Nur, weil es meine Jackenwahl beeinflussen würde.«

»Zu Fuß wohin?« Die Stimme ist tief und mir sehr vertraut inzwischen, und weder die von Mara noch die von Chelsea, was am entscheidendsten ist.

Ich wirble herum und danke allen verfügbaren Göttern, dass ich vollständig bekleidet bin. »Adam! Was tust du denn hier?«

»Du hast dein Telefon im Auto liegen lassen, als du eben vor mir weggelaufen bist.« Er hält meine mintgrüne Hülle hoch.

Ich schnappe mir das Handy, vermeide aber jeden Hautkontakt. »Danke.«

»Du hast eine hübsche Wohnung.« Er kann alle meine Besitztümer mit einem einzigen Blick erfassen.

»Sie erfüllt ihren Zweck. Hoffentlich musstest du mit niemandem um einen Parkplatz kämpfen.«

»Ich musste in zweiter Reihe parken.« Einen kurzen Moment lässt er sein übliches Grinsen aufblitzen, aber sein Gesicht wird sofort wieder ernst. »Ich denke, ich habe bei dir den falschen Eindruck hinterlassen. Ich habe nicht damit gerechnet, dass wir heute Sams Eltern sehen würden. Bisher sind sie kein einziges Mal aufgetaucht, wenn ich Kisten vorbeigebracht habe. Und den beiden zusammen mit dir zu begegnen …«

»Ich weiß. Es war unangenehm, wenn man bedenkt …« Ich breche ab, in meinem Bauch herrscht Unruhe, auf Adams Gesicht erkenne ich Scheu und Enttäuschung. Alles zusammen sagt mir nichts anderes, als dass er gekommen ist, um sich zu verabschieden. Sams Wohnung ist ausgeräumt, wir gehören der Vergangenheit an: Sams Freund und die ewige Beinahe-Freundin.

Doch eine weitere wahre und nicht zu leugnende Tatsache überwältigt mich: Es kann nicht das Ende sein. Für mich hat der Kuss gestern Abend alles verändert, und ganz egal, wie wir die Knutscherei von letzter Woche nennen – einen Fehler, einen Ausrutscher –, werde ich trotzdem nie aufhören, sie mir in Gedanken immer wieder vorzuspielen. Noch wenn ich alt und grau bin, werde ich meinen Seniorenkollegen und -kolleginnen beim Shuffleboard-Spielen den hinreißend hungrigen Blick in Adams Augen beschreiben.

Ich nehme seine Hand und flechte unsere Finger zusammen. »Wir können die Sache nicht so beenden«, sage ich flehend, und meine Worte treiben auf einem Lufthauch davon.

Adams Gesicht reagiert, aber ich kann es nicht lesen. Entschlossen halte ich seinen Blick, präge mir für den Fall des Falles seine unergründlichen mahagonibraunen Augen ein. Draußen rieselt weiter der Schnee, aber mein Fokus liegt ganz allein auf Adam.

»Ali.« Seine Stimme ist weich und irgendwie ehrfürchtig, als wäre ich eine große Rarität.

»Niemand nennt mich Ali außer dir.«

»Stört es dich?«

Mein Herz stolpert hinter meinen Rippen. »Nein, im Gegenteil, ich mag es.«

Licht tanzt über seine Augen, als er beschließt, was er als Nächstes tun will. Erwartung kitzelt alle meine Nervenenden. »Ali.« Sein Daumen wischt zärtlich über meine Handfläche. Ich schließe die Augen und fühle es überall.

Da fällt ein lautes Rufen zum Fenster herein und landet zwischen uns wie ein Eimer kaltes Wasser.

Adams Stirn legt sich in verwirrte Falten. »Ruft da jemand nach dir?«

»Was?«

»Al! Al! Al!«

Adam lässt meine Hände los, und ich spüre die Enttäuschung im ganzen Körper.

Mühsam öffne ich das Fenster im Wohnzimmer und sehe Chelsea, die sich aus dem Fenster von Maras Jeep herausbeugt und zu meiner Wohnung emporbrüllt. Ihre blonde Föhnfrisur sitzt perfekt, ihr burgunderrotes Sweatshirt ist auf genau die Art zu groß, durch die ohnehin zierliche Menschen nur noch zierlicher aussehen.

»Da bist du ja. Ich dachte schon, ich brülle zur falschen Wohnung hinauf. Ich hab bei dir noch nie den Romeo gemacht.«

Ich lege die Hände um den Mund. »Ich glaube, jetzt hast du für die gesamte Bevölkerung von Lowertown den Romeo gespielt.«

Chelsea reißt die Augen auf. »Hast du etwa Männerbesuch?«

Ich werfe Adam einen Blick zu, merke, dass ich rot werde,

und rufe zu meinen Freundinnen hinunter: »Bin gleich da, okay?«, schließe das Fenster und wende mich zu Adam um.

Er räuspert sich. »Offensichtlich hast du eine Verabredung. Dann gehe ich mal lieber.«

Wie trockener Sand rutscht er mir durch die Finger, ich kann es fühlen.

Bitte geh nicht, möchte ich schreien. *Ich habe dir so viel zu sagen, und ich brauche dafür mehr Zeit als die zwei Minuten, bevor Mara anfängt, auf die Hupe zu drücken.*

»Adam.«

Wir erstarren am Fenster, als Chelsea, eine zögernde Mara im Schlepptau, zu uns hereinplatzt.

»Sind alle anständig?« Chelseas fröhliche Stimme könnte genauso gut eine Tür sein, die zuknallt.

»Vielen Dank auch, Chelsea.« Ich schiebe Adam in Richtung meiner Freundinnen und folge ein Stück dahinter. »Chelsea, Mara, ihr erinnert euch ja bestimmt an Adam.«

Chelsea umarmt ihn zur Begrüßung, und jetzt drängeln wir uns alle in meinem winzigen Eingangsbereich.

»Adam.« Mara sieht mich an und reißt die Augen auf, leider nicht ganz so diskret, wie sie glaubt. »Wie schön, dass du dich uns heute Abend anschließt. Uns fehlt nämlich ein Mitspieler, den wir unbedingt brauchen, wenn wir gewinnen wollen. Kennst du dich mit irgendwelchen Sportarten außer Football aus?«

Adam blinzelt angesichts von Maras kompetitiver Besessenheit. »Hockey und ein bisschen Basketball«, antwortet er dann.

Mara packt seine Hand, die Sache ist besiegelt. »Perfekt.«

Ich schüttle den Kopf. »Er hat gerade gesagt, er muss gehen.«

»Wenn ihr mich braucht, kann ich auch bleiben«, antwortet Adam und schaut mich an, als erwarte er meine Zustimmung. Und mein bedauernswertes Herz hüpft in meiner Brust.

Mara zieht ihr piependes Handy aus der Tasche. »Heute ist unser Erzfeind anwesend, also müssen wir gewinnen.«

Ich greife hinter ihr in meinen Schrank, um meine Jacke zu holen. »Woher kennst du denn den Terminplan von Risky Quizness?«

Geistesabwesend verschickt Mara eine Nachricht. »Ich mache meine Recherchen. Ich folge den Teammitgliedern auf meinem Catfish-Instagram. So hab ich auch rausgekriegt, dass der Typ hier Vikings-Fan ist.« Sie macht eine Kopfbewegung zu Adam, ohne von ihrem Handy aufzublicken.

Ich kneife die Augen zusammen. »Du hast ihn gestalkt?«

Doch Mara wischt meine Besorgnis rundweg vom Tisch. »Nur ein ganz bisschen. Basisaufklärung.«

»Was hat diese Invasion seiner Privatsphäre ergeben?«

Mara bleibt unerschüttert. »Hauptsächlich öffentliche Informationen. Ich hab eine kleine, nicht ganz hasenreine Sache gefunden, sonst war er sauber, also alles in Ordnung.«

»Hauptsächlich öffentlich?!«, quieke ich im gleichen Augenblick, als Adam antwortet: »Dann hab ich den Backgroundcheck also bestanden?« Dabei muss er sich ein nachsichtiges Lächeln verkneifen, das mich sofort beruhigt.

Chelsea zieht eine Augenbraue hoch. »Du teilst zu viele Fotos von Stühlen in deinen Instagram-Stories.«

»Ja. Bisschen weniger Stühle, Bro. Bessere Durchmischung deiner Content Strategie«, legt Mara noch drauf.

Ich hebe die Hand, um Adam zu verteidigen. »Er mag Stühle eben, Leute. Lasst ihn doch. Gehen wir jetzt zum Quiz, oder was?«

Adam tritt von einem Fuß auf den anderen und verbirgt nur unvollständig seine Belustigung und die möglichen Nachwehen seiner vorangegangenen Koffeinüberdosis.

Endlich stopft Mara ihr Telefon wieder in die Tasche und akzeptiert seinen Enthusiasmus als förmliche Bewerbung für unser Team. »Folgendes solltest du wissen: Wenn du bei irgendeiner Vikings-Frage versagst, werde ich es verzeihen, aber niemals vergessen.«

*

»Und welches Mitglied von Risky Quizness catfishst du, Mara?«, fragt Chelsea und mustert verstohlen die Gruppe auf der anderen Seite des Raums, während wir an unserem gewohnten Tisch Platz nehmen. Die Bar ist eine dieser anonymen modernen Kneipen, die in vielen vage historischen Gebäuden von Saint Paul wie Pilze aus dem Boden schießen: unendliche Sorten Craftbiere vom Fass, warmes Holz mit Backsteinakzenten, hohe Fabrikräume mit Edison-Lampen. Die Art, die immer angenehm, aber nie erinnerungswürdig ist. »*Brille*, *Beanie Boy*, *Hipster-Bart*, *Langer Lulatsch* oder *Fabelhafte-Amélie-Haarschnitt?*«

Wie jeder andere nichtsahnende Mann staunt auch Adam offen über das Thema unseres Geplauders. »Redet ihr über die Leute am Tisch dort drüben? Da hat doch niemand irgendwelche Gesichtsbehaarung.«

Ich kippe mein Gratiswasser herunter, bereits überhitzt von Adams Nähe und der überfüllten Bar. »Der Typ im Hawaiihemd hat seinen Schnäuzer vorigen Sommer abrasiert, aber das ist alles, was wir je sehen werden.«

»Armer Schnäuzer«, sagt Chelsea und schmollt. »Wir sollten ihm einen neuen Decknamen zukommen lassen. Es sei denn, Mara hat in ihrem Catfishing-Plan Gefühle für ihn entwickelt. Dann müssen wir leider seinen echten Namen benutzen.«

»Ich mach mich nie aktiv an jemanden ran, aber ich benutze den Namen Ashleigh – mit gh! –, um meine Erzfeinde im Auge zu behalten«, erklärt Mara, während sie in aller Ruhe die Speisekarte studiert, obwohl sie noch nie vom trügerisch alkoholfreien Getränk ihrer Wahl abgewichen ist: Sodawasser mit Limette.

»Ein Mensch sollte wahrscheinlich nicht mehr als einen Erzfeind haben«, sage ich in die Stille hinein. Mara hat nicht mal einen kurzen Blick für mich übrig.

Chelsea und Mara diskutieren über die gefälschte Ashleigh und ihre vorgeblichen Interessen am Stricken, an *Grey's Anatomy* und Designer-Kollaborationen von Target, bis Mara auf ihrem Handy auf das Profil zugreift. »Nur *Beanie* und der *Lange Lulatsch* sind mir gefolgt.«

»Ich glaube, Ashleigh und *Langer Lulatsch* wären ein süßes Paar. Sie könnte ihm einen extralangen Schal stricken!« Chelsea klatscht fröhlich in die Hände.

»*Langer Lulatsch* weiß nicht mal, wie man das Geotagging abstellt, deshalb ist er für meine Zwecke am nützlichsten.« Mara zwinkert verschwörerisch.

»Was genau macht den *Langen Lulatsch* denn aus?« Mit zusammengekniffenen Augen späht Adam zum Tisch von Risky Quizness und sucht nach Hinweisen.

»Dass er sich ducken muss, wenn er bei Pizza Lucé in der Selby Avenue zur Toilette geht.« Ich klopfe ihm leicht auf die Stirn, und er stupst mich mit der Schulter an. Einfach so. Wie zwei Menschen, die sich liebevoll berühren.

»*Langer Lulatsch* hat sich dort nämlich den Kopf angestoßen und übelst geblutet. Womit ein Blutbad im Stil von *The Staircase* gemeint ist. Ein Geysir.« Bei Chelseas anschaulicher Beschreibung zucken wir kollektiv zusammen.

Adam wendet sich mir zu, seine tiefen braunen Augen fangen das Licht der Edison-Lampe über dem Tisch ein. »Und jetzt ist es alles, was du siehst.«

Ein Lächeln schleicht sich auf meine Lippen, ehe ich es unterbinden kann.

Mara zeigt auf Adam und unterbricht unseren koketten Austausch von Blicken und Halblächeln. »Ich würde mir da keine Sorgen machen, Bob Baumeister. Ich bin diejenige, die es nicht leiden kann, wenn ein Mann mich überragt. Aber Alison mag die Großen.«

Mir wird heiß vor Verlegenheit.

Aber in Adams Augenwinkeln zuckt ein spöttisches Grinsen. »*Langer Lulatsch, Hipster-Bart.* Bin ich *Bob der Baumeister*, wenn ihr von mir sprecht?«

Mara nickt. »Jepp.«

»Manchmal auch *Hot Adam.*«

»Wir reden überhaupt nicht über dich!«, stoße ich hervor, aber nicht schnell genug, um den anderen zuvorzukommen oder der selbstzufriedenen Haltung, mit der Adam am Tisch lehnt, zuvorzukommen. Ich kippe den letzten Rest meines Wassers runter, um meine inzwischen bestimmt knallroten Wangen zu kühlen, und hoffe auf eine plötzliche Naturkatastrophe, die alle ablenkt.

»Konzentriert euch.« Maras Augen werden scharf, als sie in den Wettbewerbsmodus umschaltet. »Da du heute Abend mit uns spielst, Adam, bist du auch dafür qualifiziert, im Turnier an Neujahr teilzunehmen, wenn – allerdings nur wenn – du dich als nützlich für mich erweist.«

»Hör nicht auf sie. Es gibt keinen Druck.« Ich lege meine Hand auf Adams, aber dann verlässt mich der Mut, und ich nehme sie wieder weg, um mir die Haare hinters Ohr zu streichen, als wäre dieser Bewegungsablauf beabsichtigt. Zum Glück klopft Chelsea so freundlich auf Adams Schulter, dass ich hoffe, es annulliert meine allzu vertrauten Berührungen. *Schau, Adam, wir berühren einander. Das machen Freunde so.*

Chelsea blickt zur Bar. »Stell dich einfach nicht dumm an, dann machst du deine Sache gut. Ich bestelle schnell noch ein paar Tater Tots. Hat jemand Durst?« Adam und ich wollen ein

IPA, Mara möchte ihr übliches Sodawasser, und Chelsea trabt los, um die Getränke zusammen mit ihrer eigenen typischen Bestellung zu holen – irgendein Bier, das leicht und einigermaßen bezahlbar ist.

»Wir sind ein ziemlich tolerantes Team. Mal keine Antwort zu wissen, ist okay, aber dann sollte man lieber den Mund halten, als zu versuchen, andere von einer falschen Antwort zu überzeugen – das geht gar nicht. Dumm sein und stumm bleiben, ist okay, aber dumm sein und *überzeugend*, das geht gar nicht. Bring Alison auf keinen Fall dazu, deine falschen Antworten zu unterstützen. Das sind unsere Teamregeln«, verkündet Mara.

Endlich kommt Chelsea mit dem Bier und dem Quizbogen zurück, den Mara sich sofort greift, um den Bilderteil zu studieren. »Wer moderiert?«

Mit einem erleichterten Seufzer antwortet Chelsea: »Darren. Wir können beide Namen benutzen.«

»Unser erstes Team ist ausgeschlossen worden, weil Mara den Moderator beleidigt hat«, flüstere ich Adam als Erklärung zu.

»Ich hab Stu überhaupt nicht beleidigt, ich hab ihn nur beschrieben, und meine Beschreibung hat ihm nicht gepasst.«

Ich lehne mich näher zu Adam und rieche Orange und Sägespäne. »Es war eine furchtbare Tortur. Wir haben unseren Namen geändert, und Mara hat sich ein paar Monate die Haare braun gefärbt.«

Chelsea beugt sich über den Tisch. »Wie Jennifer Garner in *Alias*, nur umgekehrt. Oh, warte! Da hieß die Spionin ja Sydney Bristow in der Serie. Wir sollten den Namen Sydney Quitzow in der Hinterhand behalten, wenn unser Ding mit Risky Quizness eskaliert.«

Mara blickt zur Decke empor. »Es war keine Tarnung, bloß ein Haarfehler, der nichts damit zu tun hatte. Sind wir heute Abend *Otrivia Benson: SVU* oder *Marquizka Hargitay*?«

Unterm Tisch streift Adams Hand mein Knie und ein elektrischer Schock jagt meine Wirbelsäule hinauf.

»Am besten sind wir mutig«, sagt er, und ich bemühe mich, nicht zu bemerken, was die Worte mit mir anrichten. »Nehmen wir das Original.«

Als *Otrivia Benson: SVU* sausen wir durch die ersten paar Kategorien. Adam beantwortet ein paar Fragen, beobachtet aber hauptsächlich ehrfürchtig unser gut eingeübtes mentales Tischtennis. Die allgemeine Trivia-Runde ist zuverlässig einfach. Runde zwei verwirrt unsere Nachbarteams mit einer Reihe von Popkulturfragen in Form von Palindromen, aber unerklärlicherweise weiß Chelsea sämtliche Antworten. Am Ende der zweiten Hälfte hatten wir auf lediglich zwei Fragen keine passende Antwort.

Dann wird die Musik wieder zur samstagabendlichen Barlautstärke aufgedreht – das heißt, sie wird viel zu laut –, und Mara geht los, um unseren Antwortbogen zur Auswertung abzugeben. Ein Wildfremder kommt auf dem Weg zur Toilette an unserem Tisch vorbei und bedankt sich bei Chelsea, dass sie ihn zur Versöhnung mit seiner Mutter inspiriert hat. Eine lebensverändernde Konversation, die Chelsea vermutlich einschieben konnte, als sie unsere Kartoffelkroketten geholt hat.

Ich nehme einen Schluck von meinem Bier und erstarre, weil ich im gleichen Moment die Wärme von Adams Mund an meinem Ohr fühle.

»Ihr seid echt unglaublich«, flüstert er, und ich rutsche verlegen auf meinem Stuhl herum.

Ich wende mich ihm zu. Es ist so laut, dass er nicht zurückweicht. Seine Nase – und dann seine Lippen – streichen leicht über meine Wange.

»Das ist hauptsächlich Maras Verdienst. Sie war schon immer süchtig nach Ratespielen und Kreuzworträtseln, und wenn man genug spielt, begreift man irgendwann die Struktur und hört die Variationen der gleichen Fragen raus.« Ich schaffe es tatsächlich, Worte zu formen, obwohl Adam mich mit einer Eindringlichkeit beobachtet, die mir fast die Luft aus der Lunge stiehlt.

Er legt eine Hand auf meine Stuhllehne und wendet sich mir direkt zu. Ich rücke nach vorn, und unsere Knie rutschen zusammen wie Puzzleteile, so dass meine Beine nichts anderes mehr fühlen als die seinen. Als wäre er Wasser, und ich würde schwerelos in einem Adam-Teich schwimmen.

Ich fühle mich so in seinen Bann gezogen, dass ich mich frage, wie ich jemals mit einem anderen zusammen gewesen sein kann.

»Macht richtig Spaß.« Er neigt den Kopf ein Stück zurück, und gewährt mir eine noch bessere Perspektive auf sein Grinsen. Ich möchte zu gern sehen, was in seinem Gehirn vorgeht. Was bringt ihn dazu, so zu grinsen?

»Überrascht dich das?« Ich schiebe mich noch näher zu ihm, bis unsere Körper regelrecht ineinander verwoben sind.

Er presst die Lippen zusammen und holt tief Luft. Die Musik wird leiser, damit Darren das Ergebnis bekannt geben kann. Als Adam sich wieder zum Tisch dreht, stoßen seine Knie wieder gegen meine, als wäre unsere körperliche Nähe nur eine Frage der Barakustik. Gerade als ich mich an den Verlust seiner zufälligen Berührung und den damit einhergehenden Temperatursturz gewöhnt habe, schüttelt er den Kopf und trinkt langsam einen Schluck Bier. Wie eine Besessene verfolge ich die Bewegung.

Dieser Mund hat mich geküsst, an etwas anderes kann ich nicht denken. *Zweimal.*

Er erwischt mich bei Starren, und ich habe nicht einmal genügend praktische Vernunft, um mich zu schämen. Anscheinend habe ich einen ziemlich wilden Blick in den Augen, denn sein Gesicht verändert sich.

»Du kannst mich doch nicht so ansehen, Ali.« Sein flehender Ton bestätigt mir, dass er die gleiche Anziehungskraft fühlt.

»Wie denn?«, frage ich, ganz leise, und beuge mich so dicht zu ihm, dass ich den Kopf zurücklegen muss, um ihn anzusehen.

Ich ziehe in Erwägung, mich zurückzuziehen, aber dann packt seine Hand meinen Oberschenkel.

– KAPITEL 19 –

Lewis Hamilton mit einem Handtuch am Waschbecken

Wums!

Mara knallt unseren Ergebniszettel auf den Tisch. Der Knall bricht den Bann, unter dem wir stehen, und wir wenden uns beide ruckartig nach vorne um. Mara schlägt auf die Tischplatte. »Risky Fuckness hat ein perfektes Ergebnis!«

»Oh, schau mal, Mara. Wir haben nur zwei Fragen ausgelassen. Das ist doch nicht so schlecht«, gebe ich zu bedenken, aber meine Stimme ist durchdrungen von der Enttäuschung, dass Adam mein Bein losgelassen hat.

Mara fummelt an ihrer Kette herum. »Glaubst du etwa, das es das *Böse in Person* auch nur im Geringsten kümmert, dass wir nur zwei Fragen nicht beantwortet haben?«

Adams Hand driftet zu meiner Stuhllehne wie eine kräftige Novemberbrise. »Wow. Du kannst diese Typen echt nicht ausstehen.«

»Sie ist ziemlich kompetitiv«, erkläre ich, immer noch dabei, Atem zu schöpfen.

»Ich bin verliebt!«, verkündet Chelsea und hüpft auf ihren Platz, als sie von der Toilette zurückkommt. »Da ist ein Typ am Waschbecken, der genau wie Lewis Hamilton aussieht! Richtig unheimlich. Er ist mein zukünftiger Ehemann.«

Adam greift nach seinem Glas. »Folgst du der Formel 1?«

Chelsea schüttelt den Kopf. »Ich schaue die Netflix-Serie.«

Mara lässt sich auf ihren Stuhl sinken. »Es ist eine Dokuserie, die dem Motorsport folgt, aber ein Jahr hinterher ist. Falls du weißt, was in Echtzeit passiert, verdirb es ihr bitte nicht.«

Chelsea reckt den Hals zur Toilette und sucht ihren Rennfahrer-Doppelgänger. »Die Zukunft des Mercedes-Rennsports liegt mir sehr am Herzen – ausgenommen letztes Jahr. Meinst du, der Typ ist Brite?«

»Hat er nicht gesprochen?«, frage ich.

»Er hat mir ein Papierhandtuch angeboten, aber ich hab nicht zugehört, weil ich ihn noch nicht *gesehen* hatte.«

»Ich hol mir ein Bier. Willst du auch was, Ali?«, fragt Adam und berührt dabei leicht meinen Rücken.

»Danke, ich hab noch.« Mit knallrotem Gesicht schaue ich zu Mara und Chelsea hinüber.

Als Adam loszieht, formt Chelsea mit den Lippen: »*Ali*.«

Mara hebt vorwurfvoll eine Augenbraue. »Was geht denn hier vor sich, Al?«

»Bestimmt wolltest du *Ali* sagen«, verbessert Chelsea und bekommt prompt einen Lachkrampf.

Ich halte mich an meinem Bier fest und trinke einen kleinen Schluck. »*Ihr* habt ihn eingeladen, nicht ich.«

Mara verdreht die Augen. »Ich würde jeden einladen, der noch das geringste Lebenszeichen von sich gibt, wenn es uns die Chance zu gewinnen gibt.«

Ich stopfe eine Krokette in den Mund. »Wir wollten eigentlich einen Mädelsabend machen – statt uns am kollektiven Waschbecken zu verlieben.«

Chelsea klimpert mit den Wimpern. »Ich kann dir leider nicht die ganze Zeit dabei zuschauen, wie du mit den Augen Liebe machst, irgendwann muss ich wieder zurück ins Spiel.«

Ich ersticke fast an meiner Krokette. »Sprich gefälligst nicht von ›Liebe machen‹.«

»Willst du was von dem Typen? Denn er wäre garantiert *sehr* daran interessiert.« Chelseas Gesicht kartiert schon unseren Weg für einen unhygienischen Quickie zur Toilettenkabine, aber Mara beobachtet mich über den Rand ihres Glases hinweg.

»Es ist kompliziert«, erkläre ich. »Vielleicht haben wir uns tatsächlich noch einmal geküsst. Dann wurde es seltsam. Jetzt ist es nicht seltsam, und ich weiß nicht, warum.« Wieder kümmere ich mich um mein Bier, und dabei fällt mir auf, dass alles ziemlich unkompliziert klingt, wenn ich es so formuliere.

»Jetzt werden gleich die drei ersten Plätze verkündet«, sagt Adam, der plötzlich hinter mir steht, mir locker eine Hand auf die Schulter legt und sich dann setzt. Die Wärme huscht mir über den ganzen Körper.

Darren verkündet *Otrivia Benson: SVU*'s zweiten Platz, aber ich nehme es kaum wahr. Mein Körper vibriert vor Nervosität und Erwartung. Wir schlendern aus der Bar hinaus in die Novemberluft, der kalte Wind klatscht mir wie eine Ohrfeige ins Gesicht, ich schnappe nach Luft und Adam versucht, meine Arme mit seinen dicken Lederhandschuhen warmzureiben. Ich fröstle unter seinen Händen.

»Diese Jacke ist nicht warm genug für eine Nacht wie die diese. Hast du keinen Parka?«

»Das ist mein Parka. Ich muss ihn nur verkehrtherum anziehen«, sage ich ironisch.

Er schüttelt den Kopf und sieht mich tadelnd an, kann sein Amüsement aber nicht ganz verbergen.

In Zweiergruppen gehen wir zurück zu meiner Wohnung, Adams Fingerknöchel berühren die meinen. Vor der Haustür umarmt Chelsea mich lange und theatralisch, dann steigt sie in Maras Jeep, und Mara mustert Adam und mich mit einem unergründlichen Blick, ehe sie losfährt, Chelsea auf dem Beifahrersitz.

Ich drehe mich zu Adam um. Er lehnt, die Hände tief in den Taschen, an seinem Truck. Lehnen kann er wirklich hervorragend. Das Schweigen dehnt sich, Adam schaut mich an.

Er *schaut* einfach.

Die Kälte beißt, aber ich rühre mich nicht von der Stelle. Es fühlt sich zu himmlisch an, so angeschaut zu werden. Von *ihm*. Wenn ich vor Unterkühlung auf diesem Gehweg umkippe, werde ich es akzeptieren, denn dann bin ich gestorben, wie ich gelebt habe: glücklich, erregt, mit mangelhaft durchblutetem kleinem Zeh.

»Es war schön, dich heute Abend zu sehen … im Umkreis deiner Freunde. Ich bin froh, dass ihr mich mitgenommen habt.« Es klingt ein bisschen verletzlich.

»Eigentlich haben Chelsea und Mara dich eingeladen«, erwidere ich und knuffe ihn scherzhaft in den Arm. Von nichts anderem erhellt als vom Glanz der Lichterketten, fühlt es sich an wie ein überspringender Funke.

»Ich mag Chelsea. Mara natürlich auch, aber ich bin mir nicht sicher, ob sie mich mag.«

»Wenn dir an ihr irgendetwas seltsam vorkam, dann lag es an mir. Mara und ich haben uns vor Kurzem gestritten …« Ich sollte das Gespräch seinem Ende entgegendümpeln und Adam nach Hause fahren lassen, aber ich bringe es nicht über mich. »Und sie weiß wahrscheinlich nicht, was sie von uns halten soll.«

»Das weiß ich auch nicht«, sagt er mit belegter Stimme.

Ich erstarre. »Wir sind Freunde«, sage ich dann. *Die sich gestern geküsst haben*, füge ich in Gedanken hinzu. Mir den Kuss wieder vorzustellen, während ich ihm tief in die Augen blicke, fühlt sich irgendwie schmutzig an, also tue ich es nur ganz kurz, in dreifacher Geschwindigkeit.

»Ich weiß nicht. An Freunde denke ich anders als an dich.«

»Wie denkst du denn an mich?« Ich fahre mit der Zunge

über meine Lippen, obwohl ich weiß, dass ich mit dem Feuer spiele.

Er braucht nicht zu antworten. Alles, was ich wissen muss, steht auf seinem Gesicht geschrieben. Er nimmt meine Hand samt Fausthandschuh in die seine, und trotz der eisigen Luft wird mir heiß. Das Nebeneinander von heiß und kalt ist schwer zu ertragen. Ich erwidere seinen Blick und bereite mich darauf vor, dass ich in Flammen aufgehe.

Er hält inne, schließt die Augen und denkt wahrscheinlich über meine Frage nach. »Ich stelle mir dich in allen Einzelheiten vor. Dauernd. Himmel, was ich alles erledigen könnte, wenn ich an etwas anderes als an dich denken könnte – an meine Lieblingsperson.« Er senkt den Kopf zu meinem, und sein Blick vergräbt sich tief in mich. Es verschlägt mir den Atem.

»Aber nur deine Lieblings-*neue*-Person.«

»Nein, das stimmt nicht«, widerspricht er und verweigert mir strikt die Möglichkeit, mich aus der Sache herauszureden.

Ein Frösteln jagt über meine Wirbelsäule. Wenn er jetzt einen Rückzieher macht, stürze ich womöglich ganz von allein über den Rand dessen, was nun kommt – was auch immer es sein mag.

»Sag mir einfach, dass ich irre bin«, flüstert er und drückt seine Stirn an meine. »Sag mir, du denkst nicht so an mich wie ich an dich. Sag mir, dass du mich nicht willst, dann fahre ich augenblicklich nach Hause, und du siehst mich nie wieder.«

Meine Augen flattern und schließen sich. Ich könnte dem Ganzen ein Ende bereiten. Ich könnte alles umgehend beenden. Dann würde ich nie zuschauen müssen, wie er womöglich genau wie Sam erkennt, dass ich nicht gut genug für ihn bin. Noch bevor ich einen Entschluss gefasst habe, öffne ich die Augen wieder. Es ist ein Fehler – oder ein Wunder –, denn sein Gesicht ist so roh und verwundbar, als sei das, was ich als Nächstes sage, für ihn so lebenswichtig wie Wasser oder Luft. Als sein Blick zu meinen Lippen hinabwandert, zuckt sein Mund, als freue er sich über das, was er in meinem Gesicht sieht.

»Adam …« Unser heißer Atem vermischt sich, und ich fühle jeden seiner flachen Atemzüge, als wären es meine eigenen.

»Möchtest du das hier?«, fragt er mit leiser Stimme.

Das tue ich. Seit wir uns zum ersten Mal begegnet sind, hat mich jedes Molekül meines Körpers zu ihm hingezogen. Es spielt keine Rolle, ob oder wann ich mit Sam zusammen war, wie oder wann diese Beziehung zu Ende ging, denn das hier – an dieser Stelle, in diesem Augenblick – fühlt sich unvermeidbar an.

Sekunden verstreichen, aber Adam rührt sich nicht. Mein Brustkorb hebt und senkt sich, und ich fühle, wie mich beim Ausatmen die letzten Reste meiner Selbstkontrolle verlassen. »Ja, ich will das hier. Ich will dich. So sehr.«

Als wir die Schwelle meiner Studiowohnung überschreiten, sieht sie mehr denn je aus wie ein Zimmer mit einem Bett – wie ein Scheinwerfer strahlt die Deckenlampe auf das einzig Wichtige im Raum.

Aber dann hakt Adam seine Hand in meine Jackentasche, wirbelt mich gekonnt herum und drückt mich mit seinem ganzen Körper an die Wohnungstür. Sie ist nicht mal vollständig geschlossen, bevor er mich küsst, aber ich höre, wie sie unter unserem Gewicht ins Schloss klickt.

Mit der Tür in meinem Rücken ziehen wir unsere Stiefel, Schals, Jacken und sonstiges Winterzubehör aus, sind aber die ganze Zeit darauf bedacht, den Körperkontakt zueinander nicht zu verlieren. Adams Lippen wandern über mein Kinn zur Halskuhle. Ich lächle in seine Haare, weil es sich so gut anfühlt, ihn an mir zu spüren.

Seine Finger zerren an meinem Pulli, und als er meine nackte Haut berührt, schnappe ich nach Luft. Er zieht mir den Pulli über den Kopf, so dass ich mit nichts als einer lavendelfarbenen Bralette dastehe. Als er jedoch Anstalten macht, den Pullover neben den Stiefeln auf den Boden zu schleudern, riskiere ich es, den Moment zu unterbrechen, und greife nach dem Stoff.

»Ich mag diesen Pulli, und es ist nass da drüben …«

»Ja, ja«, sagt er in meinen Mund. »Ich hab nicht nachgedacht. Ich kann nicht denken.«

»Wir sollten es wenigstens bis ins Schlafzimmer schaffen.«

»Ist das hier nicht alles Schlafzimmer?«, gibt er spöttisch zurück, und ich bestrafe ihn, indem ich ihn unterwegs zum Bett in die Lippe beiße.

Er packt mich um die Hüften, und ich ziehe mich auf ihn. Alles an diesem Kuss ist anders. Adams Mund ist langsam, verträumt, sinnlich. Nichts Verzweifeltes, keine Angst ist im Spiel. Nur wir. Unsere Körper allein im Dunkeln.

Meine Welt ist auf den Raum zwischen uns zusammengeschrumpft. Verlangen fließt in meine Fingerspitzen. Ich will seinen Bart spüren, wie rau er ist, mit den Händen durch seine Haare fahren und ihn am Nacken packen.

Seine schwielige, gierige Hand fährt meinen Bauch hinauf, dann hält er inne. »Wird es sich gut anfühlen?«

Ich blicke nach unten und sehe, dass sein Daumen über die Unterseite meiner Brust streift. »Ich kann nicht … das spüre ich nicht«, antworte ich und meine die federleichte Berührung seines Daumens.

Eine reflexhafte Entschuldigung verschließt mir die Kehle, aber angesichts des ehrfürchtigen Ausdrucks auf Adams Gesicht und der Zärtlichkeit, mit der seine Hand meinen Hinterkopf umfasst, kommt nichts heraus. Ich bin einfach nur ich selbst – buchstäblich mit allen Narben –, und er sieht mich an, als sei ich genug. Als sei ich alles.

»Manchmal spüre ich den Druck von, äh …«

Geduldig wartet er, während ich überlege, wie ich es sagen – erklären – kann, küsst währenddessen meinen Hals, als könne er keine Sekunde Kontaktverlust ertragen. Ich lache in das Kissen unter ihm, er lächelt in mein Schlüsselbein.

Ich fühle, wie meine Angst und Nervosität zusammen mit der dünnen Decke verschwinden. »Ich möchte, dass du mich so anfasst, wie du mich anfassen willst. Es fühlt sich sexy an, von dir begehrt zu werden, selbst wenn ich nicht jede Kleinigkeit fühlen kann. Ist das okay?«

»Ja. Mehr als okay.« Er zieht die letzten Stückchen Stoff zwischen uns weg, ich sehe keinen Moment des Zögerns in seinen Augen, seinen Händen, seinem Mund. Jetzt ist nichts mehr zwischen uns. Hier sind nur Adam und ich. Nichts hat sich jemals so sehr angefühlt, als gehöre es zu mir.

– KAPITEL 20 –
Der Morgen danach

Als ich aufwache, sehe ich die falsche Seite meines Zimmers. Eine Weile blinzle ich angestrengt, bis meine Augen richtig offen sind, und sofort überfällt mich die Sonne durch die hauchdünnen cremefarbenen Vorhänge. Adams Arm liegt auf meinem Bauch. Er regt sich und zieht mich an sich, umhüllt mich mit seinem so viel größeren Körper. Dann fängt er an, sich mit der Nase in meine Haare zu wühlen, ich muss lachen und genieße das Gefühl, sicher und warm von ihm gehalten zu werden.

»Morgen.« Es ist dieselbe Stimme, aber in meinen Haaren – meinem Bett – tief, ruppig, und voller Zuneigung.

»Morgen.« Ich versuche, mich umzudrehen, damit ich ihm ins Gesicht sehen kann, aber er hält mich fest.

»Nein. Das ist so gemütlich. Mach es nicht kaputt«, pseudojammert Adam, und das Lächeln in seiner Stimme ist nicht zu überhören.

»Ich möchte dich ansehen. Ich muss deine verstrubbelten Schlafhaare sehen, damit ich Material für eventuelle Erpressungsmails sammeln kann.«

»Dann sehe ich aber auch deine verstrubbelten Schlafhaare und kann jederzeit auf eventuelle Erpressungsmails mit Gegenerpressung reagieren.«

»So gesehen …« Ich rutsche ein Stück weg von ihm, um zur Toilette zu flüchten, aber er zieht mich zurück und dreht mich um. »Du solltest bedenken, dass ich Locken habe, und ich kann damit beim Aufwachen nicht süß aussehe«, erkläre ich. »Es ist schlicht unmöglich.« Ich studiere sein verschlafenes Gesicht, bezaubernd und aufrichtig und mit einem kleinen bisschen Ehrfurcht darin, als hätte er gerade erst begriffen, dass ich real bin.

»Ich liebe deine Haare. Und deine Augen. Welche Farbe haben sie eigentlich? Manchmal sind sie grün, manchmal braun.« Behutsam wickelt er sich eine lockige Haarsträhne um den Finger und legt sie dann sanft hinter mein Ohr. Die Berührung ist so zart, dass ich eine Gänsehaut bekomme.

Mit gespieltem Ernst runzle ich die Stirn. »Meine Augen haben diese seltene, sehr begehrte Farbe namens ›Haselnuss‹.«

Er zupft an einer vom Sex geplätteten Locke, und ich muss die Lippen zusammenbeißen, um vor Glück nicht zu platzen.

Ich fahre durch seine weichen Haare und lasse meine Finger auf seinem Nacken ruhen. »Ich liebe deine Haare auch. Und deine Brust. Ich hab mich immer gefragt, wie sie sich wohl anfühlt. Das klang jetzt ein bisschen creepy, oder? Ich möchte keinen Pullover aus dir machen oder so was.«

Er grinst. »Ich hab mich auch gefragt, wie du dich anfühlst.«

»Jetzt weißt du alles«, erwidere ich achselzuckend.

»Da bin ich mir nicht so sicher. Ich glaube, ich habe noch mehr Fragen.« Er zieht mich an sich, küsst mich auf den Hals, und ich stoße ein schrilles Lachen aus.

Als er sich aufrichtet, um Luft zu holen, starrt er mich nur an. »Und ich bin tatsächlich der Einzige, der dich jemals Ali genannt hat?«

»Jepp.«

»Das finde ich verrückt. Du bist so eine Ali.«

»Es liegt an meinem Nachnamen.«

Als er das hört, rollt er den Kopf mit einer dramatischen Bewegung von mir weg. »Ali Mullally! So lässt du dich von mir nennen?« Sein Gesicht ist ein Inbild der Verlegenheit, und er drückt mich noch fester an sich.

Ich winde mich in seinen Armen. »Ich finde es schön, wenn du mich so nennst. Mara und Chelsea sind die einzigen Menschen, die mir jemals einen Spitznamen gegeben haben. Sonst hat das nie jemand gemacht, schon gar nicht ein …«

Jetzt bin ich kopfüber in unser aktuelles Thema gestürzt. Ist das hier ein einmaliges Ereignis, das wir irgendwie aus unserem System kriegen mussten, um uns dann für immer voneinander verabschieden zu können? Oder ist es womöglich der Beginn einer Beziehung?

Jetzt, da es Morgen geworden ist, macht die Welt sich bereit, unsere Glücksblase zum Platzen zu bringen. Angst steigt in mir empor wie eine gierige Schlingpflanze, die mich zu ersticken droht.

Wäre es überhaupt möglich, dass es mit uns funktioniert? Adam ist Sams bester Freund, ich bin Sams Ex, und obendrein wohnen wir auch noch mehrere Stunden voneinander entfernt.

»Hey. Wohin hast du dich denn gerade verdrückt?« Er legt einen Daumen unter mein Kinn und zieht mein Gesicht zu seinem, schaut mir prüfend in die Augen und beugt sich langsam zu mir, um mich zu küssen. Der Kuss ist anders als die leidenschaftlichen, hungrigen Küsse von letzter Nacht. Er ist weich und unerschütterlich. Eine Umarmung, eine Liebkosung – und er ist anregend. Wenn ich jeden Morgen neben Adam aufwachen würde, wäre ich vielleicht in der Lage, den Kaffee aufzugeben. Andererseits ist Adam eindeutig koffeinsüchtig, also würde es in einem Leben mit ihm höchstwahrscheinlich nie einen Mangel an Kaffee geben.

Doch dann bringt mich die Erkenntnis, dass eine solche Zukunft nicht sehr wahrscheinlich ist, dazu, den Kuss abzubrechen.

»Wir brauchen Kaffee«, stelle ich fest.

Einen Augenblick starrt Adam mich an. Wahrscheinlich überlegt er, ob er das, was immer sich da in meinem Gehirn zusammenbraut, lieber ruhen lassen sollte. Schließlich nickt er, lässt mich aber nicht los. »Ich mache welchen, bleib du im Bett.« Er küsst mich auf die Nase, hüpft von der Matratze und schlüpft in seine Boxershorts. Ich nehme die Gelegenheit wahr, seinen kraftvollen, halb nackten Körper im Tageslicht zu bewundern.

Eine Weile schaue ich zu, wie er in meinen Schränken herumstöbert, doch dann befreie ich ihn aus seinem Elend. »Die Kaffeekapseln sind an dem Ständer neben der Keurig.«

»Keurig? Nein, Mullally! So was ist völlig inakzeptabel.«

»Dein Kaffeedünkel ist völlig inakzeptabel.«

Er steckt eine Kapsel in die Maschine und drückt auf den Knopf. »Es gibt so wenig gute Dinge am Morgen. Der Duft frisch gemahlener Kaffeebohnen ist das Einzige, was das Aufwachen erträglich macht.«

»Das Einzige?« Ich stemme mich in eine lässige Pin-up-Girl-Position und verfehle sie knapp.

»Vermutlich gibt es noch ein *paar* andere Dinge«, gesteht er und kann sich, ehe er sich wieder um die Kaffeebecher kümmert, ein Lächeln nicht verkneifen.

Während er in der Küche beschäftigt ist, nehme ich die Gelegenheit wahr, nackt ins Bad zu flitzen. Meine Haare sind schlimmer, als ich es befürchtet habe, also knäule ich sie zu einem hohen Dutt zusammen. Als Adam sich mir, in der Hand den Kaffeebecher, von hinten nähert, wird mir klar, dass er im Spiegel eine Frontalansicht meiner Mastektomie-Narben präsentiert bekommt.

Im Lauf des letzten Jahres sind sie blasser geworden, aber die horizontalen Linien sind noch unübersehbar pink. Als der erste Mann, der sie seit der unseligen Bumble-Affäre gesehen hat, wappne ich mich für den Augenblick, in dem sie ihm auffallen.

Ich sehe das schnelle Augenhuschen des Zweimal-Hinguckens, kann aber nichts entdecken, was im Entferntesten aussieht wie Ekel. Er zögert, wie man vielleicht innehält, um ein Tattoo oder einen Schönheitsfleck oder ein anderes Merkmal in Augenschein zu nehmen, das zwar unerwartet, aber nicht unliebsam ist.

Seine Lippen berühren meinen Nacken, während seine Augen im Spiegel die meinen einfangen. »Hast du eine Ahnung, wie oft ich das schon tun wollte – genau genommen jedes Mal, wenn du deine Haare so vor meiner Nase hochgesteckt hast?«, fragt er mit einem sexy Grinsen. »Ich stelle deinen Kaffee neben deinen Bücherstapel auf den Tisch.«

Mit einem kurzen Wangenküsschen verlässt er das Bad, ich greife mir meinen Bademantel vom Haken und trage schnell ein bisschen Mascara und beerenroten Lippenbalsam auf.

Oben auf dem Bücherturm neben meinem Bett finde ich einen Kaffee und ein einzelnes Thin Mint aus der Gefriertruhe, kaure mich unter die Tagesdecke neben Adam, nippe vorsichtig an meinem Becher und wische die Krümel sorgfältig vom bunten Buchcover von Glennon Doyle.

»Du bauchst ein Bücherregal.« Adam gestikuliert zu meinen Bücherstapeln.

»Würde ich doch nur einen heißen Tischler kennen.«

»Sollen die auf das Regal, das ich für dich baue?«

»Nein. Das soll neben die Tür, ist für mein ganzes Wander-, Kletter- und Rucksacktourenzeug. Mein Bücherregal steht da drüben und verspottet mich.« Ich deute auf die große Wayfair-Kiste in der Ecke, in der es noch verpackt ist.

»Dann bauen wir das heute zusammen auf.« Allem Anschein nach freut Adam sich, dass er eine Tischleraufgabe auf der Agenda hat. »Dir scheint ja vor allem die Self-Help-Abteilung zu gefallen.« Er zeigt auf den Bücherstapel neben mir.

»Das sind meine BRCA-Bücher.« Er macht ein verständnisloses Gesicht, und ich füge schnell hinzu: »Das sind die Bücher, die ich nach meiner Mastektomie gekauft habe.«

Er scannt die Buchrücken: *Braving the Wilderness; Eat, Pray, Love; Das Ja-Experiment; Walden; Lichtblicke in Zeiten der Trauer; Ungezähmt; Chase the Lion – If Your Dream Doesn't Scare You, It Isn't Big Enough.*

Er beäugt *Ungezähmt* von Glennon. »Ich erahne ein Thema, und es sind keine Brüste.«

»Es gibt nicht viele BRCA-spezifische Bücher – obwohl ich auch ein paar von ihnen habe –, deshalb habe ich nach meiner Mastektomie ein paar Frauen-Empowerment-Memoiren und Trauerbücher gekauft.«

»Warum ist die Wildnis so ein großer Teil vom Frauen-Empowerment? Weißt du, wie viele Leute, die zum ersten Mal wandern, pro Jahr sterben?«

»Im Auto sterben mehr.«

»Weil mehr Leute Auto fahren«, kontert er.

»Beziehst du ernsthaft Stellung gegen die Natur?«

»Ich lehne die Idee ab, dass eine Peron automatisch selbstverwirklicht ist, wenn sie den Pacific Crest Trail entlanggewandert ist.«

»Ich hab mindestens drei Memoiren gelesen, die das widerlegen würden.« Wir rütteln an dem Stein, unter dem meine chaotischen, mit BRCA zusammenhängenden Gefühle allmählich Moos ansetzen. Doch da ich lieber einen mit Kokain vollgepumpten Grizzly niederringen würde, als die dort vergrabenen Neurosen aufzudecken, trinke ich lieber einen Schluck Kaffee und hoffe, dass mich meine Tagesdecke konversationsmäßig inspiriert, wenn ich sie nur lange genug anstarre. »Ich weiß nicht, was wir heute machen sollten. Normalerweise mache ich mich sonntags bereit, mich mit dir zu treffen«, sage ich schließlich.

Er zieht eine Augenbraue hoch. »Wir könnten uns Downtown in einer leeren Wohnung treffen.«

»Klingt kinky.«

»Du bist hoffnungslos.« Er steht auf und schlüpft hüpfend in seine Jeans. »Ich brauche Frühstück, ehe ich deinem Rede-Ding gewachsen bin.«

»Soll ich dir was zu essen besorgen? Es ist so lange her, dass ein Sexgast bei mir übernachtet hat.«

Adams Gesicht wird ein bisschen unruhig. Ich strecke die Hand nach der seinen aus und zwinge ihn, mir in die Augen zu schauen. »Seit der Mastektomie …«

»Du brauchst nicht …«

»Ich möchte aber.« Ich drücke seine Hand, und die kleine Geste lockert den harten Muskelstrang in seinen Schultern. »Du bist der erste Mensch, dem ich genug vertraue, um mich von ihm anschauen zu lassen. Ganz.«

So ungeschickt meine Worte auch sein mögen, sie haben den beabsichtigten Effekt, und Adams Daumen streicht über meine Fingerknöchel. »Du bist so schön, Alison. Jeder Teil von dir ist wunderschön.«

Mir wird warm ums Herz. Ich tue das einzig Vernünftige, ziehe Adam zu mir und küsse ihn, kleckere dabei etwas Kaffee auf meine Tagesdecke, kann mich aber nicht dazu bringen, es schlimm zu finden.

Schließlich ziehen wir uns an und wandern die paar Blocks zu meinem liebsten Frühstücksort. Teils Bäckerei, teils Restaurant, und alle Teile in Country-Cottage-Ästhetik gehalten, wird im Coffee Cake sowohl die große Wochentags-Lunch-Truppe versorgt als auch die Sonntags-Bruncher. Wir setzen uns an die Theke, direkt vor das große Fenster, durch das man in die Küche sehen kann. Ich bestelle French Toast mit Zimt und verspotte Adam gnadenlos, weil er Haferbrei möchte.

So vieles ist genau wie immer, andererseits hat sich alles verändert. Zum Beispiel können wir nicht aufhören, einander zu berühren.

Mein Knie drückt sich an seines.

Sein Daumen zeichnet Kreise auf meine Handfläche.

Ich schubse seine Schulter mit meiner, und er drückt mir einen schnellen Kuss auf die Lippen,

Betrunken von Hormonen und Leichtsinn brenne ich darauf, in mein Apartment zurückzukehren, und verfluche mich, weil ich ein Frühstück bestellt habe, das so furchtbar lange braucht. Adams Knie wippt, und ich frage mich, ob er an das Gleiche denkt.

Doch dann klingelt sein Handy auf dem Tresen, und der darauf erscheinende Name piekt in unsere fröhliche kleine Blase wie eine Nadel.

Dr. Lewis' Name leuchtet mich an wie das rote Licht einer Ampel. »Du solltest drangehen.«

Sein Kinn zuckt. »Ja, ich kann ja schnell ...« Er bricht ab und deutete auf den Gehweg vor dem Restaurant.

Ich drehe mich um und beobachte durchs Fenster zur Straße, wie er mit angespanntem Gesicht antwortet, und komme mir vor wie eine Spionin. Wie seine Affäre, die er hier drin versteckt hat, während er draußen, gerade außer Hörweite, den Karren aus dem Dreck zieht. Mein Hocker quietscht, als ich mich zwinge, mich vom Blick auf den Gehweg wegzudrehen und lieber wieder in die Küche zu spähen.

Der Koch bereitet gerade einen winzigen Pot Pie zu. Erst, als er nach einem Mitarbeiter ruft, erkenne ich ihn – es ist *Brille* von Risky Quizness! Blitzschnell ziehe ich mein Telefon aus der Manteltasche und will Mara von der interessanten Entdeckung schreiben, damit sie einen weiteren roten Faden zu ihrer Serienmörder-Kollage hinzufügen kann, die sie garantiert über das Team führt – halte aber im letzten Moment inne.

Nach unserem Streit wollte sie mit mir sprechen, aber ich hatte keine Zeit dafür, weil ich so mit Adam und der Veränderung unserer Beziehung beschäftigt war, und bezweifle deshalb, dass Mara eine locker-lässige Nachricht von mir im Moment zu schätzen wissen würde.

Als Adam meinen Arm berührt, bin ich von meinen Gedanken wieder befreit. »Was starrst du denn so?« Er reibt meine Schulter, und ich lege meine Hand auf die seine, damit er sie nicht so schnell wieder wegnimmt.

»Brille von unserem feindlichen Quizteam arbeitet hier«, erkläre ich und neige den Kopf unauffällig in Richtung des Kochs.

»Du solltest Mara davon berichten.« Sein Atem küsst mein Ohr.

»Was wollte Sams Dad denn von dir? Sollen wir noch irgendwas für ihn erledigen?« Meine Stimme klingt erstaunlich locker.

»Er hat mich an die Party erinnert.« Er schnaubt leise, und ich frage lieber nicht nach. »Aber hauptsächlich wollte er mich für ein Tischlerprojekt engagieren. Offenbar wollen Freunde der Lewises einen Schuppen bauen, der gleichzeitig auch als Spielhaus dienen soll. Oder so.«

»Das ist ja toll!«, sage ich mit viel zu viel Enthusiasmus, was alles in Schräglage bringt. »Musst du eine Sockelleiste ausmessen oder einen Bolzen oder … wie lange wirst du mich noch Worte sagen lassen, die ich eigentlich nicht kenne, bevor du vor mir selbst rettest?«, frage ich angesichts seines rapide breiter werdenden Grinsens.

»Nein, bitte, mach weiter. Ich liebe das.« Er spießt ein Stück von meinem French Toast auf. »Ich nehme den Job sowieso nicht an, also – alles gut!«

»Du musst die Arbeit nicht mir zuliebe aufgeben. Ich könnte dir helfen, immerhin hab ich vor Kurzem einen Heimwerker-

Crashkurs gemacht. Ich habe sehr gute Noten bekommen, aber um ehrlich zu sein, schlafe ich mit meinem Lehrer.« Adam beendet meinen Vortrag mit einem Kuss hinter mein Ohr.

»Ich kann einen solchen Job sowieso nicht annehmen«, sagt er, zieht sich ein Stückchen zurück und lehnt sich an die Theke in einem Winkel, der seine umwerfende Kinnpartie hervorhebt. »Ich müsste zu viel von meiner Arbeitszeit investieren. Das ist unmöglich.«

»Warum? Du ziehst doch sowieso hierher, um deine Tischlerei aufzumachen. Ist das nicht genau die Art Job, die du dafür brauchst?«

Er lässt die Schultern kreisen. »Ja. Irgendwann mal. Aber nicht jetzt. Und ich hatte schon mal mit Paul zu tun, diesem Freund der Lewises. Wenn ich halbwegs mit dem Schuppen fertig bin, wird ihm einfallen, dass das Ding doch zu unpraktisch ist, und dann soll ich plötzlich das Material zu einem anderen Zweck nutzen und ihm eine Kellerbar einrichten oder sonst irgendeinen Mist. Ich verpflichte mich nicht bei Leuten, die nicht wissen, was sie wollen. Außerdem möchte ich mich nicht weiter mit den Lewises verstricken, wenn wir …«

Unser Kellner, der uns mit einem Wirbel von Fragen überschüttet, rettet ihn (»Noch Kaffee? Möchtest du Butter dafür? Zucker für den Haferbrei? Marmelade? Heute gibt es Preiselbeermarmelade!«). So werden wir vom Kurs auf die Landmine abgelenkt, auf die wir gerade noch zugesprintet sind.

Stattdessen zanken wir uns über Haferbrei – Perfektion oder Schleim? – und kehren zu unserer Routine kleiner Küsschen und süchtig machender Berührungen zurück, als wären der Anruf – und die nicht zu beantwortenden Fragen, die er aufgeworfen hat – nie über uns hereingebrochen.

*

Als Erstes durchsucht Adam mein Apartment nach weiteren Heimwerkerprojekten. Als er etwas gefunden hat, das repariert werden muss, geht er nach unten zu seinem Truck und holt sein Handwerkszeug, während ich für alle Fälle meiner Vermieterin Adams Autokennzeichen texte, um weitere Abschleppaktionen zu verhindern. Als er mir das Foto von seiner Frontstoßstange geschickt hat, fühlte sich das an wie das erste reale Zeichen, dass diese Sache zwischen uns weiterlaufen könnte.

Adam schlendert durch die Tür und schwingt seinen Akkuschrauber, als wäre sie der Traum jedes Handwerkers. »Sag mir, was ich tun soll.«

»Ich möchte es aber gern selbst machen. Du kannst noch mehr Kaffee kochen. Du hast heute dein Pensum noch lange nicht intus.«

»Wirklich?«

Er macht ein zweifelndes Gesicht.

»Ich sag es ja ungern, da es sich um die von dir gewählte Berufung handelt, aber eine Bohrmaschine zu bedienen, ist nicht so schwer.«

Er setzt den Rucksack ab und zieht einen Beutel mit verschiedenen Bohreinsätzen heraus. »Vorgefertigtes Mobiliar zusammenzubauen, gehört auch nicht zu meinem Job. Genauso wenig wie es deiner ist, mit der Stadtbahn zu fahren, oder?«

»Aber ich fahre oft während der Arbeitszeit mit der Green Line, also kann ich nicht behaupten, dass es *nicht* zu meinem Job gehört.« Ich nehme die Maschine in beide Hände wie eine große Wasserpistole. »Genieß deinen Kaffee und such einen Weihnachtsfilm für uns aus.«

Damit gehe ich in die Zimmerecke, in der sich die Bücherregalkiste schon fast den ganzen Herbst auf ihre Bestimmung wartet. Mit den passenden Gerätschaften geht mir das Zusammenbauen zügig von der Hand, während Adam von meinem

Bett aus Netflix durchsucht. Schließlich hebe ich das schmale Regal vorsichtig für die letzten Handgriffe an.

»Kann ich …«, fragt er in meine Haare, und ich zucke zusammen, weil seine Stimme plötzlich so nah ist. »Oh, pass auf, sonst fällt …« Das Regal kippt nach vorn, aber Adam reagiert blitzschnell, fängt es mühelos auf und hilft mir, es aufzurichten. Ich halte es fest, während er schweigend die Maschine vom Beistelltischchen nimmt und es an der Wand befestigt. »In manchen Situationen hilft es tatsächlich, wenn man groß ist«, brummt er dann.

»Sorry. Das war ein bisschen dramatisch.«

»Hat doch alles geklappt. Und jetzt hast du ein Bücherregal.«

»Ein wahres Wunder«, sage ich lakonisch und blase mir eine eigensinnige Locke aus den Augen.

»Schau es dir genau an. Das hast du gebaut!« Er gratuliert mir und rubbelt meine Schultern.

»Ich hab es zusammenmontiert.«

»So solltest du nicht darüber denken. Es ist das Beste am Selbermachen – zu sehen, dass aus ein paar banalen Holzstücken etwas Schönes und Nützlich entstanden ist. Du selbst hast in deiner Wohnung einen Platz für Bücher und Fotos und Erinnerungen geschaffen.«

So enthusiastisch habe ich ihn noch nie erlebt, so engagiert wie er über das Selbstherstellen von etwas Schönem spricht. Bestimmt war es schwer für ihn, in Sams Wohnung jeden Tag das Gegenteil zu machen – alles Schöne zu entfernen und die Wohnung einfach leer zu räumen.

Er streicht mir die Haare aus der Stirn und küsst mich auf die Nase, ohne meine melancholischen Gedanken zu bemerken. »Ich glaube, ich habe den perfekten Weihnachtsfilm gefunden.«

»Das ist die richtige Einstellung. Erinnerst du dich noch, wie feindselig du im November Weihnachten gegenüber warst?« Ich ringe mit dem Bücherstapel am Bett, während Adam den Film aufruft.

»Ich kenne dich erst vier Wochen, und du hast mich vollständig korrumpiert.«

»Ich habe dich umgekehrt gegrincht.« Schwer atmend drehe ich meinen Bücherturm zur Seite und stopfe ihn wie ein kaputtes Akkordeon in das Regalfach. »So.«

Ich lasse mich auf die winzige Couch fallen, Adam zieht meine Beine auf seinen Schoß und packt meinen Oberschenkel, als würde wir das jeden Sonntagvormittag tun. Heute sehe ich mein Polly-Pocket-Apartment in einem ganz anderen Licht.

»Was meinst du?«, fragt er.

Zuerst antworte ich nicht, sondern versinke in seine tiefen braunen Augen und bewundere, wie der Lichtschein des Fernsehers auf den klaren Linien seines Gesichts tanzt. Schließlich schaue ich nach, welchen Film er ausgesucht hat. »Ach du lieber Gott! Was ist das denn?«

»*Krampus*. Der einzige Weihnachts-Horrorfilm, den es auf Netflix gibt. Der ultimative Kompromiss.«

»Irgendein großer Mann hat mal gesagt: Ein guter Kompromiss ist, wenn beide Parteien unzufrieden sind.«

Adam packt meinen Schenkel fester und zieht die Brauen hoch. »Der große Kompromiss-Staatsmann Henry Clay?«

»Nein, der Erfinder der *Seinfeld*-Sit-Com Larry David.«

»Na gut. Du entscheidest.« Er wirft mir die Fernbedienung auf den Schoß.

»Was war als Kind dein liebster Weihnachtsfilm?«, frage ich.

Adam überlegt einen Moment und antwortet dann: »*Babes in Toyland*.«

»Welche Fassung?«, frage ich vorsichtig.

»Die mit Keanu Reeves, Drew Barrymore, mit den Trollen …«

Ich schnappe dramatisch nach Luft. »Oh, der ist sehr düster. Jetzt mache ich mir aber echt Sorgen hinsichtlich deiner Kindheit.«

»Es geht um Spielzeug«, erwidert er, als könnte das diesen Alptraumfilm vertretbar machen.

»Wir schauen *Buddy der Weihnachtself*. Ende der Diskussion.«

Und das tun wir, aber noch ehe Will Ferrell irgendjemandem beigebracht hat, echte Weihnachtsfreude zu empfinden, steht Adam auf und fängt an, um mein Bett herumzuwandern.

»Buddy ist dabei, Spaghetti *und* Ahornsirup für dich zu ruinieren, und du kriegst es nicht mit!«, rufe ich von der Couch über die Schulter.

»Ich suche meine zweite Socke. Mein linker Fuß ist kalt«, ertönt seine Stimme gedämpft von unter dem Bett.

»Ist sie vielleicht ganz unten am Fußende?«

»Da hab ich schon nachgesehen.«

»Dann ist sie für immer verloren. Vielleicht ist dein rechter Fuß bereit, ihm seine hin und wieder zu überlassen. Sich abzuwechseln.«

»Was ist denn das hier?«, fragt Adam plötzlich verschmitzt.

So schnell ich kann, springe ich von der Couch, um eine eventuelle Demütigung abzuwenden – was sie auch sein mag. Als ich sehe, dass er meine Plastikkiste mit den Modelleisenbahnwagen meint, bin ich zu gleichen Teilen erleichtert und beschämt. »Oh. Das.«

Seine langen Finger entfernen den durchsichtigen Deckel beinahe ehrfürchtig, »Ist das deine berühmte Modelleisenbahn? Deine Lok-Superhelden-Entstehungsgeschichte?« Behutsam zieht er eine waldgrüne Dampflok aus der Blisterfolie. »Warum ist sie denn in einer Kiste unter deinem Bett versteckt?«

»Erstens, weil sie unglaublich nerdy ist, und zweitens: hast du gesehen, wie groß meine Wohnung ist? Wenn wir in der Mitte Händchen halten, können wir beide die Wand berühren.«

»Hast du die Eisenbahn mit deinem Vater gebaut?«

»Wir haben sie bloß hergerichtet, wenn wir auf Flohmärkten und auf Sonderangebotstischen mal wieder ein paar Wagen gefunden haben, an denen Räder fehlten oder der Motor kaputt war. Die haben wir dann mit festlichen Weihnachtsfarben bemalt. Mein Dad hat sie mir immer zu Weihnachten geschenkt, bis er irgendwann gemerkt hat, wie sehr ich mich deswegen geschämt habe.«

Ich erinnere mich noch, wie ich manchmal in die Garage stürzte und meinem Vater ein Foto von einem neuen Tunnelsystem oder von einem Waggon, den wir suchten, unter die Nase gehalten habe, damit wir danach Ausschau halten konnten. Neue Triebwagen wurden zum Teil für 200 Dollar verkauft. Zum Glück für unsere Familienfinanzen stimmten Dad und ich überein, dass die Jagd nach ausrangierten Schätzen am meisten Spaß machte – ihnen neues Leben einzuhauchen, war die größte Freude.

Adam hält einen Waggon in der Hand wie ein kostbares Artefakt. »Die sollten ausgestellt werden, an einer gut sichtbaren Stelle.«

»Nein.« Ich lache verlegen und packe den Wagen wieder ein, schließe den durchsichtigen Deckel und schiebe die Kiste wieder in ihr Versteck. »Dein Zuhause ist das Visionboard deiner Lebensträume. Aber das Hobby, das ich ausschließlich mit älteren Männern und neunjährigen Jungs teile, ist keine Version meiner selbst, die ich anstrebe.«

»Dann bekommen die Selbsthilfebücher also besten Wohnraum, während das Besondere, das du liebst, unters Bett verbannt wird?« Die Frustration in seiner Stimme erwischt mich unvorbereitet.

»Die Bücher sind inspirierend und empowernd.«

»Und dieser ganze Wanderkram? Vergiss doch dieses Regal, das du dir bauen lassen wolltest. Ich könnte dir stattdessen einen Schaukasten für deine Eisenbahnen bauen. Das wäre perfekt.«

»Vor allem wäre es peinlich. Ich möchte jeden Tag die Dinge sehen, denen ich Priorität einräume, und nicht meine beschämenden Geheimnisse.«

Kopfschüttelnd entgegnet Adam: »Ich verstehe nicht, warum du dich lieber dazu bringst, etwas Priorität zu geben, was du mit Müh und Not erträglich findest, statt dich auf das zu konzentrieren, was du tatsächlich liebst.«

Ich verschränke die Arme. »Ich liebe es zu wandern.«

»Jetzt sag das mal, ohne das Gesicht zu verziehen.«

»Ich respektiere das Wandern«, stelle ich klar. »Und ich fordere mich heraus, es zu lieben. Das machen gesunde Menschen so. Und ich bin gesund.«

Adam seufzt, aber es klingt wie ein Knurren. »Na gut. Es tut mir leid, dass ich etwas dazu gesagt habe.«

Ich möchte uns aus diesem seltsamen Energiefeld ziehen, in das wir geraten sind. Unsere Beziehung fühlt sich zu verletzlich an, um auch nur den kleinsten Konflikt aushalten zu können. Ich stupse Adam freundlich und hoffe, uns so aus der negativen Stimmung holen zu können. Er fängt meine Handgelenke ein, vermutlich fühlt er das Gleiche und will mich in seiner Nähe haben. Unser Kontaktpunkt strahlt taumelige Wärme aus.

»Okay«, sagt Adam und küsst mich auf die Stirn. »Ich höre dich.«

Ich kuschle mich an seine Brust. »Gut. Der Schrank für meine Wanderausrüstung ist sowieso sinnvoller. Wahrscheinlich müsstest du dir Urlaub nehmen, um hier einen großen Schaukasten zu bauen.«

»Es gibt noch andere Dinge in deiner Wohnung, für die ich

mir sehr gern freinehmen würde.« Er küsst mich aufs Haar und zieht mich aufs Bett. Wir kuscheln in allen möglichen Positionen, die meistens verhindern, dass wir Will Ferrell und Zooey Deschanel aufmerksam zuschauen können. Als Adam aufsteht, um nach Hause zu fahren, küsst er mich so, als würde es noch tausend solcher Küsse geben. Ich unterdrücke das Verlangen, das sich in meinem Bauch ausbreitet, und schließe die Tür hinter ihm.

Zwei Stunden später piept mein Handy.

17:03 ADAM:

Ich vermisse dich jetzt schon.

Mein Herz wird warm bei dieser Nachricht von meinem neuen Lieblingsmenschen, und ich beginne mich zu fragen, ob Adam und ich jemals einfach nur *Freunde* waren.

- KAPITEL 21 -

Die einzige Erklärung, abgesehen von Lobotomie

Jetzt, da ich Sex mit Adam hatte, kann ich mich bei der Arbeit überhaupt nicht mehr konzentrieren.

Dieses Wochenende hat mein Leben auf den Kopf gestellt, und trotzdem wird von mir erwartet, dass ich Mails beantworte und an laufenden Projekten weiterarbeite. Am Montag begegne ich Daniella in der Mittagspause und biete ihr an, wenn nötig öfter nach Duluth zu fahren. Sie beißt nicht an, sondern fragt stattdessen, ob ich mich entschieden habe, die neue Position anzunehmen. Ich antworte mit einer unverbindlichen Mischung aus einem Nicken und einem Kopfschütteln, bis ich gerettet werde, weil der Aufzug eintrudelt, in den sie marschiert. Am Dienstag summe ich bei der Lobbymusik mit wie eine liebeskranke Irre.

Am Mittwoch schwelge ich in der Fantasie, mir einen Wohnwagen zu kaufen, nachdem ich einen Artikel über die lebensverändernden Erfahrungen gelesen habe, die eine Krebsüberlebende auf ihrer Van-Reise durch Amerika gesammelt hat. Doch als ich ihren Blog-Post über eine fäkale Klempnerpanne finde, höre ich auf, auf Winnebago herumzustöbern, und starre nervös und ungeduldig auf mein stummes Handy.

»Warum machst du so ein Gesicht? Bist du krank?«, fragt Patty vom Schreibtisch neben mir. Ich starre schon seit drei Tagen ständig auf mein Handy, wobei ich abwechselnd über eine

Nachricht grinse oder die Stirn runzle, weil Adam nicht sofort geantwortet hat, und mich bestimmt hasst, weil ich das falsche *Schitts-Creek*-GIF benutzt habe. Zu Pattys Verteidigung muss ich sagen, dass mein Gesicht wahrscheinlich aussieht, als hätte ich eine Lebensmittelvergiftung.

»Es ist ihr Freund«, erklärt Josh stellvertretend für mich.

»Nein, Joshua. Ihr Freund ist …« Ihr Mund könnte glatt ein Stück Klebeband sein, auf das mit schwarzem Edding das Wort *tot* gekritzelt wurde.

»Nein. Der neue.« Josh sieht an mir vorbei, als wäre mein Tisch nicht in der Mitte unserer hufeisenförmigen Sitzanordnung. »Sie checkt wie besessen ihr Handy. Sie hat Kyle bei unserem Team-Meeting die letzte Flasche Mineralwasser gegeben. Sie hat sogar ihre Signatur zu ›*Danke*‹ – mit einem Ausrufezeichen! – geändert. Dafür gibt es, mal abgesehen von einer Lobotomie, nur eine einzige Erklärung.«

»Oh! Das ist ja wundervoll. Wie lange schon?«, erkundigt sich Patty bei Josh – ich könnte genauso gut gar nicht da sein.

»Es muss irgendwann letztes Wochenende angefangen haben. Definitiv vor dem Meeting am Montag. Aber es bahnt sich schon seit einer ganzen Weile an.«

»Ich habe keinen neuen Freund«, protestiere ich, weil Adam und ich unsere Beziehung nicht wirklich definiert haben.

Patty, die Gerüchte gern als Vorwand benutzt, um Pause zu machen, öffnet eine Tüte Nussmischung aus dem Automaten. »Hast du deshalb noch keine Entscheidung wegen des Jobs getroffen? Du machst dir Sorgen, wie sich das auf deine neue Beziehung auswirken könnte?«

»Was? Das ist nicht …« Exakt in diesem Moment fängt mein Handy an, heftig zu vibrieren – ganz schlechtes Timing.

Patty strahlt. »Oh, das ist er!«

Josh wirft ihr ein selbstgefälliges Grinsen zu.

»Es ist meine Mom«, erwidere ich wahrheitsgemäß und halte die »Happy Thanksgiving!«-Nachricht auf meinem Display in die Höhe.

»Heute ist Mittwoch. Thanksgiving ist erst morgen.« Joshs Stimme trieft vor Argwohn, als würde selbst der Kalender seine Hypothese unterstützen.

Ich schicke Mom ein Smiley zurück und bemerke dabei eine verpasste Nachricht von Adam.

Josh hört auf zu tippen, um auf meine hochroten Wangen zu deuten. »Siehst du? Diesen Ausdruck erkenne ich.«

»Ich hab einen gratis Cookie von Panera gewonnen, Josh. Nichts weiter.«

Josh verzieht das Gesicht. »Wenn du dich so sehr über einen Gratis-Cookie freust, tust du mir echt leid.«

Patty macht ein tadelndes Geräusch. »Lass ihr doch ihren Cookie, Joshua.«

15:47 ADAM:

Wo bist du gerade?

15:52 ALISON:

Bei der Arbeit.

15:54 ADAM:

Bin vor deiner Wohnung.

15:55 ADAM:

Hab früher Feierabend gemacht.

15:56 ADAM:

Muss dich sehen. Kann nicht mehr warten.

Nachdem ich mich mit einer offensichtlichen Ausrede aus dem Staub gemacht habe, sprinte ich nach Hause und finde Adams Truck neben meinem reparierten Subaru auf dem Parkplatz vor dem Haus.

»Kannst du mir die Tür aufmachen?« Er steigt mit zwei Einkaufstüten in den Händen aus. »Wann ist Onkel Ricky denn mit deinem Auto fertig geworden?«

»Er hat es am Montag vorbeigebracht«, antworte ich und ignoriere eine Benachrichtigung auf meinem Handy, die mich zu Boden sinken lassen würden, wenn ich dafür inzwischen nicht zu abgestumpft wäre. Ich schlucke den dicken Kloß in meinem Hals hinunter.

Er grinst. »Eine Arbeitsmail? Kriegst du Ärger?«

»Nein, eine Erinnerung an die Reise nach Patagonien. Von Sam. Eine seiner ›Nachrichten aus der Zukunft‹. Die sollte ich wirklich löschen«, erkläre ich so gelassen wie möglich, doch Adams Gesicht ist bereits erstarrt.

Ich schüttle den Moment ab, ziehe die schwere Sicherheitstür auf und werfe einen Blick in Adams Einkaufstaschen. »Dein Höhlenmensch-Nachrichtenstil ist viel weniger frustrierend, wenn das Ergebnis so aussieht.« Ich erspähe ein Baguette, eine Flasche Wein, einen Bund Petersilie und eine Packung Thin Mints, bevor mein Blick auf einen Tontopf mit zarten kleinen Blumen fällt. »Ist das eine Orchidee? Hast du mir Lebensmittel und Blumen mitgebracht?« Verwundert mustere ich Adams Aufmachung. Unter seiner Wendejacke – mit der Khakiseite nach oben – trägt er einen schwarzen Pullover mit Rundhalsausschnitt und eine marineblaue Stoffhose. »Hast du etwa eine schicke Hose angezogen?« Ich zupfe an seinen Klamotten herum, um sie mir besser anschauen zu können.

Er stöhnt – offenbar ist ihm meine Aufmerksamkeit peinlich. »Ich hab mich um- und meine Arbeitsklamotten ausgezogen.

Das ist doch keine große Sache. Kannst du mich jetzt bitte reinlassen, damit ich das ganze Zeug nicht doch noch fallen lasse?«

Ich nehme die Orchidee vorsichtig aus der Tüte und führe Adam die Treppe hinauf.

»Wofür sind die Lebensmittel?«, frage ich, als wir meine Wohnung betreten und sofort auf die kleine Küche zusteuern.

Er räumt den Inhalt der Einkaufstüten in den Kühlschrank. »Der Kuchen ist für Thanksgiving, der Rest fürs Abendessen. Mir ist aufgefallen, dass du außer Cookies nichts zu essen hast.«

»Wie lange kannst du bleiben?«, frage ich und ignoriere den versteckten Vorwurf.

»So lange du willst. Oder bis ich am Montag zur Arbeit muss. Was auch immer zuerst eintritt.«

»Hast du keine Pläne für Thanksgiving?«

»Doch, aber du kommst mit«, erklärt er meinem Küchenschrank.

»Zu Thanksgiving bei deinen Eltern?«

Er hält meinen größten Topf unter den Wasserhahn. »Als ich dich gefragt hab, ob du schon was vorhast, und du mir ein GIF von einem Mädchen geschickt hast, das auf dem Klo sitzt und isst, war mir nicht klar, dass das ein *fester* Plan sein könnte.«

Ich spiele mit dem Gedanken, ihm die Szene aus *Mean Girls* zu erklären, entscheide mich jedoch, lieber beim Thema zu bleiben. »Lädst du mich zum Thanksgiving der Familie Berg ein?«

»Es ist nur die Familie meiner Schwester. Meine Eltern sind unterwegs und machen eine Kreuzfahrt.«

Es ist schwer vorstellbar, dass irgendjemand mit denselben Genen wie Adam eine Kreuzfahrt macht, aber darüber sehe ich großzügig hinweg. »Wissen sie eigentlich, wer ich bin?«

Sobald die Worte aus meinem Mund sind, will ich sie wieder einsaugen wie eine abtrünnige Spaghetti-Nudel. Meine Schultern verspannen sich in der Erwartung, dass Adam sich bei der indirekten Erwähnung von Sam, der Familie Lewis und dem Plan, in dem ich feststecke, zurückziehen wird.

Stattdessen zieht er mich an sich, und seine Brust bebt vor unterdrücktem Lachen. Ich entspanne mich. »Du bist Alison.« Er hebt mein Kinn an, durchbohrt mich mit seinen mahagonibraunen Augen. Seine Stimme ist süß und beruhigend. »Ich möchte unbedingt, dass du sie irgendwann kennenlernst.«

»Dann kann ich es kaum erwarten.« Ich drücke ihm einen Kuss auf die Wange. »Was kochst du für mich?«

Er stellt den Topf auf die größte der drei Kochplatten. »Spaghetti Carbonara. Nichts Edles.«

Aber es sieht edel aus, er hat an nichts gespart. Der Speck ist vom Metzger, und er hat zwei Sorten teuren italienischen Käse mitgebracht. Und den Pinot Grigio erkenne ich als einen Wein, der zwei Regalbretter über dem steht, was ich für eine vernünftige Wein-Ausgabe halte.

Als er sich zum Kühlschrank vorbeugt, bemerke ich die feinsäuberlich geschnittenen Haare in seinem Nacken. Und als er sich mir wieder zuwendet, fällt mir auf, dass sein Bart genauso tadellos gepflegt ist.

Ich kneife die Augen zusammen, und eine unfassbar hübsche Röte erscheint auf seinen Wangen. »Was ist denn?«

Unmöglich, mein Amüsement für mich zu behalten, ich fange an zu grinsen wie ein Honigkuchenpferd. »Hast du dir heute etwa die Haare schneiden lassen?«

Er reibt sich den Nacken, aber die Beweise sprechen für sich.

Ich ziehe seinen Arm herunter und lege meine Hand in seine. »Nein, warte. Ich will dich nicht necken. Es ist nur … das ist sehr romantisch.«

»Warum klingst du so schockiert? Ich kann romantisch sein.« Seine Finger verflechten sich mit meinen.

»Ich bin nicht schockiert, dass du romantisch bist. Ich bin schockiert, dass ich jemand bin, der Romantik inspiriert.«

»Das ist lächerlich.«

»Aber ich meine es ernst! Ich bin völlig außer mir«, erkläre ich und schwinge unsere ineinander verschränkten Hände vor und zurück, um ihm meine Ratlosigkeit zu demonstrieren.

»Du inspirierst mich.« Adam drückt meine Hand und zieht mich, mit dem Rücken an die Küchentheke gelehnt, zu sich.

Noch nie habe ich eine solche beidseitige Anziehungskraft erlebt, aber das ist so viel mehr als Sex. Egal, was ich mache – wenn ich höre, wie sich jemand über den immer früher losgehenden Weihnachtswahnsinn beschwert, oder wenn ich es gerade noch in die Bahn schaffe, oder wenn ich einen kleinen Erfolg bei der Arbeit habe, will ich Adam sofort davon erzählen. Ich will mir sein tiefes, polterndes Lachen verdienen. Er gibt mir das Gefühl, begehrt zu werden, erwünscht zu sein – samt allem, was an mir vielleicht seltsam und langweilig sein könnte.

»Was machen die Empfänger deiner Romantik normalerweise?« Meine Stimme ist leichter als Luft.

Er beugt sich vor und legt mir eine Hand auf den unteren Rücken. »Du könntest damit anfangen, mich zu küssen.«

»Warum ist mir das nicht selbst eingefallen?«

Ich hebe das Kinn, und er antwortet mit einem gemächlichen, genießerischen Kuss. Sofort lodert das Feuer zwischen uns auf. Vier Wochenenden erzwungener Nähe hat es gedauert, bis die Hitze zu viel wurde. Jetzt können wir uns nur noch eine Minute küssen, bevor wir die Kochplatten abstellen und aus der Küche taumeln, um einander fieberhaft die Klamotten vom Leib zu reißen.

Das ist zu schön, um wahr zu sein, sorgt sich mein Hirn.

Doch mit Adam fühlt sich nichts übertrieben an. Sondern genau richtig.

- KAPITEL 22 -

Ein Pikachu-Ballon

»June? Wo möchtest du die Kuchen haben?«, ruft Adam, kaum dass die Tür sich öffnet. Der Rosmarinkranz schlägt gegen den Türklopfer und verströmt in der kalten Novemberluft einen würzig-herben Duft.

So treten wir in die sonnengelbe Diele des Zwanzigerjahre-Bungalows seiner Schwester. Adam zieht auf dem Flurläufer seine Stiefel aus und balanciert die Kuchenschachteln in der anderen Hand, ich folge seinem Beispiel.

»Du hast Kuchen mitgebracht?«, erklingt eine angenehm weiche Frauenstimme.

Das Haus ist wundervoll. Durch das hellgrüne Wohnzimmer mit orangefarbenen, korallenroten und blauen Akzenten gelangen wir in eine fröhlich pfirsichfarbene Küche.

Eine große braunhaarige Frau in einem rosa Strickpullover steht vor der Spülmaschine und lächelt uns entgegen.

»Das hab ich dir doch versprochen, oder nicht?« Adam begrüßt seine Schwester mit einem Kuss auf die Wange und stellt die Schachteln auf die Küchentheke, auf der sich bereits drei Schüsseln Chips, ein Schneidebrett mit Gemüse und sechs Schongarer unterschiedlicher Größe befinden – Letzteres sicher eine harte Probe für das Stromnetz von Minneapolis.

»Aber es gab mal ein Jahr …«

»Wirst du mir den Stromausfall ewig ankreiden? Daran war der Schneesturm schuld. Der hat ganz Two Harbors lahmgelegt.«

»Man sollte nie seinen Werkzeugen die Schuld geben, wenn man selbst versagt«, sagt sie, während Adam die Kuchen auspackt und die Schachteln in den Papiermüll wirft.

»Wenn du mich schon wieder ärgerst, kriegst du nichts von dem Karamell-Apfel-Pecan-Kuchen ab, und wir anderen kriegen dafür umso mehr. Hörst du das, Dev?«, ruft Adam durchs ganze Haus.

»Nein! Ist ja gut. Du bist perfekt, und nichts ist jemals deine Schuld«, sagte seine Schwester lachend.

»Genau. Happy Thanksgiving übrigens.«

Adam nimmt sich eine Karotte vom Schneidebrett und kaut lautstark darauf herum. »Wo ist eigentlich Otis? Ich möchte ihm Alison vorstellen.«

Ich lächle, bleibe aber im Türrahmen stehen wie ein Vampir, den man erst hereinbitten muss.

»Herrgott, Adam. Bist du in einer Scheune aufgewachsen? Nimm dir gefälligst einen Teller.« Seine Schwester holt genug Teller für fünf Personen aus der Spülmaschine. Adam stupst sie an, woraufhin sie ihm Platz an der Maschine macht, so dass er den Rest des Geschirrs ausräumen kann. Es sieht aus, als hätten sie den Vorgang eine Million Mal so durchgeführt.

Jane wischt sich die Hände an einem Handtuch mit Zitronenmuster ab und kommt über den schachbrettartig gefliesten Fußboden auf mich zu. Ich mache einen Schritt auf sie zu, und als sie mich herzlich umarmt, merke ich, wie meine Nervosität ein wenig nachlässt.

»Du bist also die berühmte Alison, von der ich schon so viel gehört habe. Ich bin June, Adams Schwester.«

»Freut mich, dich kennenzulernen«, sage ich, erwidere die Umarmung, klopfe June dabei aber ein bisschen unbeholfen auf den Rücken. Mein Wunsch, dass June mich mag, ist so übermächtig, dass ich sozial noch inkompetenter werde als gewöhnlich.

»Ich mag keinen Truthahn mehr«, verkündet in diesem Moment eine piepsige Stimme, und ein Junge, der mir höchstens bis zur Taille reicht, saust tornadogleich zur Tür herein. Geschickt springen die beiden Berg-Geschwister ihm aus dem Weg.

»Aber Truthahn isst du doch sonst auch immer«, wendet seine Mutter ein.

»Aber jetzt nicht mehr. Truthahn ist eklig.«

»Dieser Truthahn ist überhaupt nicht eklig, sondern richtig gut. Du wirst ihn mögen.« Adam lässt dem etwa Siebenjährigen keine Möglichkeit, zu widersprechen.

»Wer ist das?«, fragt Otis und zeigt mir auf die ungenierte Art, mit der sich Kinder in seinem Alter durch die Welt bewegen, mit dem Finger mitten ins Gesicht.

June drückt den Arm ihres Sohnes nach unten und schiebt ihn in Richtung Spüle. »Begrüßen wir so neue Freunde? Wasch dir erst mal die Hände.«

»Hi, ich bin Otis«, sagt er und steigt auf den Hocker vor der Spüle. Er hat die gleichen großen, braunen Augen wie June und Adam, dunkelbraune Haare, eine gesunde Gesichtsfarbe und wirkt genauso sympathisch und offen wie seine Mutter.

»Hi, Otis. Ich bin Alison.«

Er sieht zwischen seinem Onkel und mir hin und her. »Bist du Onkel Adams Freundin?«

Ich kann nur staunen.

»Was weißt du denn von Freundinnen?«, fragt Adam, mit einem überraschten Husten. Er räumt gerade Gläser in den Schrank, und ich muss dem Impuls widerstehen, seinen Gesichtsausdruck zu analysieren.

»Natürlich weiß ich, was Freundinnen sind, ich hab ja zwei davon«, verkündet Otis stolz.

»Otis, kannst du bitte deinem Dad sagen, dass Adam und Alison hier sind?« June lenkt das Gespräch von realen und imaginären Freundinnen ab, Otis steigt vom Hocker und hüpft aus dem Zimmer.

June wendet sich an mich. »Also seid ihr zwei …«

Als Adam die Hand in mein Kreuz legt, lehne ich mich an ihn, als wäre es das Normalste der Welt.

»Natürlich sind wir das«, antwortet er, und seine Stimme klingt so warm und sicher, dass etwas in meinem Inneren aufleuchtet. »Aber ich wollte sein altkluges Verhalten nicht mit einer direkten Antwort belohnen.«

June nimmt zwei handgemachte Keramiktassen aus einem Regal über ihrem Kopf, löffelt etwas Warmes, Würziges in die blaue und reicht sie mir.

»Er ist nicht halb so schlimm wie manche der Kinder in seiner Klasse. Arabella hat mich vor einem Indoorspielplatz beim Vaping ertappt und meinte, mein Inneres würde sich in Popcorn verwandeln.«

Mit der rechten Hand nimmt Adam ihr die gelbe Tasse ab, mit der linken malt er langsam kleine Kreise auf meinem unteren Rücken.

Als ich in meine dampfende Tasse puste, steigt mir der Geruch von Äpfeln in die Nase.

»Wie hast du reagiert?«, frage ich mit einem Lächeln in der Stimme. Ich mag June. Ich mag es, wie entspannt Adam hier ist – wie wohl er sich fühlt.

Ich mag Adam. Punkt.

June löffelt sich ein bisschen von der Flüssigkeit aus dem Schongarer direkt in den Mund. »Ich hab gesagt: ›Vielen Dank für das schonungslose Feedback. Ich versuche aufzuhören.‹ Und dass ihre Mami bei Spieltreffen Wein in ihren Starbucks-Becher kippt und Arabella ihre Adleraugen lieber auf das richten sollte, was bei ihr zu Hause abgeht.«

Um ein Haar verschlucke ich mich an meinem heißen Grog,

aber June gibt ganz gelassen noch ein wenig Zimt in die Mischung und sieht dann zu mir auf. »Ich mache nur Witze, ehrlich. Nie im Leben würde ich so was zu einem Kind sagen. Und Hallie trinkt gar nicht so viel. Ehrenwort.«

Adam verdreht die Augen, und ich erhasche einen Blick auf ihn als kleinen Bruder. »Sie weiß, dass du Witze machst. Und sie wird dich auch bestimmt nicht bei Hallie verpetzen.«

»Sorry. Adam hat noch nie jemanden mit nach Hause gebracht, da denke ich mir alles Mögliche aus.«

Adam stöhnt. »June ...«

»Hallie klingt toll«, unterbreche ich ihn. »Und jetzt weiß ich, dass ich nach Müttern mit Starbucks-Bechern Ausschau halten muss, wenn ich Spaß haben will.«

Jetzt grinst June und wirft Adam einen verstohlenen Geschwister-Blick zu, den ich nicht deuten kann.

»Aber der Teil mit dem Popcorn stimmt wirklich. Arabella urteilt ungewöhnlich gern für eine Sechsjährige.«

»Du musst endlich mit dem Vaping aufhören, June«, ermahnt Adam sie. Mir kommt es vor, als wäre es eine Auseinandersetzung, die sie jedes Mal führen, wenn er vorbeikommt. Noch ein Geschwistertanz, den sie einstudiert haben. Auf einmal habe ich Heimweh.

Sie wirft den Kopf zurück. »Ich weiß, Dad.« Dann wendet sie sich wieder an mich, eine potenzielle Sympathisantin. »Das ist ein Überbleibsel aus der Schule. Aus dem Rauchen hinter der Töpferwerkstatt wurde Vaping auf der Terrasse hinter dem Haus. Ich hab es geschafft, eine Weile aufzuhören, aber dann ...«

»Pikachu!«, schreit Otis.

»Nicht so laut«, rufen June, Adam und eine Männerstimme, die ich noch nicht zuordnen kann, gleichzeitig.

»Ein Pikachu-Ballon!«, schreit Otis unbeirrt weiter.

»Sieht aus, als hätte die Parade angefangen.« Junes Augen werden groß. »Ich muss meine kleine Bestie bändigen. Fühl dich wie zu Hause, Alison. Adam, kannst du bitte den Tisch decken?« Damit marschiert sie aus der Küche.

Als ich auf den Schrank zusteure, hält Adam mich an der Gürtelschlaufe meiner Jeans fest, zieht mich zu sich, und die Tatsache, dass er aus seinen Gefühlen für mich auch hier – sozusagen halb öffentlich – kein Hehl macht, jagt mir ein Kribbeln über den Rücken.

Sein Mund verheddert sich in meinen Haaren. »Ich habe gehört, wie meine Schwester dir befohlen hat, dich hier wie zu Hause zu fühlen«, murmelt er.

»Zu Hause decke ich den Tisch.«

Er dreht mich zu sich um. »Nicht im Haus der Bergs. Hier bist du zu Gast. Tu so, als würdest du in deiner Wohnung chillen.«

Um einen besseren Blick auf das Grübchen in seinem Kinn zu haben, lege ich den Kopf in den Nacken. »Hier gibt es viel zu viel Platz – wie könnte ich mich zu Hause fühlen?«

»Wie wäre es denn mit deinem ursprünglichen Zuhause? Was machen die Mullallys an Thanksgiving?«, fragt er und flicht seine Finger mit meinen.

»Emma ist wahrscheinlich bei der Familie ihrer Frau. Meine Mom hat uns allen vor zwanzig Jahren mit einem halb garen Truthahn eine Lebensmittelvergiftung beschert, deshalb macht sie für gewöhnlich eine Fertiglasagne, während sich mein Dad in seinem Arbeitszimmer verkriecht und über die Detroit Lions jammert.«

»Mit der Lasagne kann ich nicht helfen, aber ich bin mir ziemlich sicher, dass Dev im Nebenzimmer auf seinem Handy Football schaut. Vielleicht schnappst du sogar das ein oder andere frustrierte Murmeln auf.«

Ich spiele mit seinen Fingern und genieße das Gefühl, dass ich die erste Frau bin, die Adam Berg mit zu seiner Familie gebracht hat.

»Schick mich nicht weg«, sage ich und schiebe meine Lippen vor, »ich möchte zu gern sehen, was du hier anstellst.«

Sein Blick ist brennend.

Doch dann unterbricht ein dunkelhaariger Mann mit einer hellen Plastikbrille unser Geplänkel. Schwungvoll betritt er die Küche, den laut kichernden Otis – der ihm extrem ähnlich sieht – quer über der Schulter. »Lasst euch bloß nicht stören!«, ruft er, »ich muss nur nach meinem Vogel sehen!« Damit setzt er seinen Sohn neben sich ab und geht vor dem Ofen in die Hocke. »Sollte nur noch etwa eine Stunde dauern. Vielleicht auch zwei. Ich bin übrigens Dev. Und du musst Alison sein.«

Adam neigt den Kopf in Richtung seines Schwagers. »Dev ist für den Truthahn zuständig, und man sollte wahrscheinlich drei Stunden zu seiner Schätzung hinzufügen.«

Dev studiert den glänzenden Vogel im Bräter. »Dieses Jahr nicht. Ich hab die ganze Woche die *Barefoot-Contessa*-Kochshow geschaut. Ich hab das jetzt drauf.«

»Ich bin am Verhungern«, jammert Otis.

Adam nimmt noch eine Karotte von der Servierplatte. »Hier, bitte schön.«

Otis verzieht das Gesicht. »Darauf hab ich keine Lust.«

»Dann bist du nicht am Verhungern, oder?«

Jetzt kommt Otis ein anderer Gedanke, und er stupst seinen Onkel an. »Heute Morgen hab ich noch Decken dazugelegt. Kannst du mitkommen und sie dir ansehen?«

Adam macht eine Kopfbewegung in Richtung Esszimmer. »Deine Mom hat mich zum Arbeiten eingeteilt, aber du kannst Alison zeigen, was du gemacht hast. Ich komme dann zu euch, wenn ich fertig bin.«

»Wir bauen für Onkel Adam eine Wohnung in meinem Zimmer«, erklärt mir Otis.

»Klingt gemütlich«, antworte ich lächelnd.

»Es ist eine Etagenbettburg, aber ich hab eine Decke zum Schaukelstuhl gespannt, dann hat man mehr Platz zum Lesen.«

Sein Dad sieht ihn über den Rand seiner Brille an. »Aber sorgt bitte dafür, dass ich durchkomme.«

»Ich bin echt gut im Burgenbauen«, verkündet Otis. »Aber Onkel Adam ist noch besser.«

»Nicht mehr lange, Kumpel, dann hast du mich überholt.« Adam legt ihm liebevoll die Hand auf den Kopf.

Mir wird warm ums Herz.

Otis greift nach meiner Hand und zieht mich die Treppe hinauf in sein Zimmer. »Die Burg ist nicht so groß wie beim letzten Mal, aber Mom will mich die Sofapolster nicht mehr benutzen lassen.«

»Das ist doch gut. Regeln bringen die Kreativität erst richtig auf Trab.«

Otis wirft mir einen Blick zu, der sagt, dass ihn meine Philosophie absolut nicht überzeugt. Offensichtlich ist er genau wie seine Mom ein Maximalist im Kleinen.

Die Tür ist offen, und ich werfe einen Blick in Otis' Zimmer. Die Anweisungen seines Vaters hat er eindeutig nicht befolgt, denn es gibt keinen Platz zum Herumlaufen. Dennoch hat das Chaos aus aufeinandergestapelten Kissen und an den Bettpfosten festgebundenen Decken eine gewisse architektonische Methodik. Die Decken, die am anderen Ende unter einem Bücherregal und einem Schaukelstuhl befestigt sind, bilden einen zeltartigen Anbau am Bettgestell.

Unfähig, mich zurückzuhalten, gehe ich zu dem Schaukelstuhl, um ihn zu bewundern. »Hat dein Onkel den gemacht?«

»Ja, schon bevor ich geboren bin. Jetzt möchte ich, dass er

mir ein Hochbett macht, wie es mein Freund Phoenix in seinem Zimmer hat. Aber Mom sagt, dass er so was nicht mehr baut.«

Ich streiche mit der Hand über die glatte Oberfläche der Stuhllehne. Der Stuhl ist zweckgemäß mit klaren Linien, aber es ist noch mehr als das – er ist ein Kunstwerk. Organische Kurven und das simple Design unterstreichen den warmen Goldton des Holzes. Der Stuhl ist gleichzeitig robust und leicht – massiv und filigran. An den Streben ist ein himmelblaues Kissen befestigt, damit Otis sich beim Lesen anlehnen kann. In diesem Stuhl steckt so viel Leben. Ich kann mir gar nicht recht vorstellen, dass etwas dermaßen Selbstsicheres aus dem chaotischen Durcheinander der Werkstatt kommt, die Adam mir in Duluth gezeigt hat.

»Hast du etwa schon etwas Neues angebaut?«, ertönt in diesem Moment Adams Stimme, und er erscheint in der Tür, die Schulter an die smaragdgrüne Wand hinter Otis' Etagenbett gelehnt.

Beim Anblick seines Onkels leuchten Otis' Augen auf. »Ich wollte noch zwei Wände um das Bett herum machen, aber Dad meinte, dann würden wir nichts mehr sehen.«

»Wir können die blaue Decke wegnehmen, dann haben wir ein Oberlicht, und die anderen mit Kabelbindern zusammenbinden. Die sind in meinem Truck, im Handschuhfach.«

Otis' Augen werden groß. »Du hast sie mitgebracht? Mom! Onkel Adam hat die Kabelbinder mitgebracht!«, ruft er seiner Mom auf dem Weg die Treppe hinunter zur Einfahrt zu.

Mit einem leisen Lachen steigt Adam über ein paar Decken hinweg und kommt zu mir. »Otis ist leicht zu beeindrucken.«

»Dieser Stuhl ist großartig. Ganz im Ernst, Adam.«

»Ich bin zufrieden mit der Qualität. Das Teakholz hat den Strapazen gut standgehalten.« Er schnaubt, und ich vermute, dass er an die Stresstests denkt, die Otis dem Stuhl zugemutet hat.

»Er ist einfach wunderschön.«

Adam wird rot und deutet auf den Haufen Kissen und Decken hinter uns. »Ist es okay für dich, wenn ich Otis damit helfe? June füllt gerade Limo in den Wasserkühler auf der Terrasse und kann bestimmt Hilfe brauchen.«

»Perfekt. Ich hab viele Fragen an sie.«

»Ich bereue es jetzt schon, dass ich dich hergebracht habe«, seufzt er kopfschüttelnd.

»Zu spät«, erwidere ich und gebe ihm einen Kuss auf die Wange.

Während Adam seinem Neffen hilft, mit Kabelbindern und einem regenbogenfarbenen Überwurf eine Lichtluke in seine Burg zu machen, und Dev über irgendetwas stöhnt, was die Detroit Lions getan oder vielleicht auch nicht getan haben, sitze ich in der Hocke mit June auf der Terrasse. Sie reicht mir einen Zwölferpack Cola, während sie eine Tüte Eis über die Spotted-Cow-Flaschen kippt – ein Kultbier, das es nur in Wisconsin gibt und das sie extra für diesen Anlass an einer Grenz-Tankstelle gekauft hat.

»Die letzten paar Wochen war mein Bruder ganz anders als sonst. Er muss dich wirklich mögen.« Junes Ton ist genauso fröhlich wie bisher, aber sie mustert mich durchdringend.

»Es ist schön, euch kennenzulernen – trotz der Umstände.«

»Also, du bist doch Sams – oder warst Sams …« Sie stockt.

Die eisig kalte Luft findet jedes Loch in meinem orangenen Pulli. Ich wippe auf den Ballen auf und ab, um mich warmzuhalten. »Ja, wir waren eine Weile zusammen. Vorher.«

Junes große braune Augen sind voller Mitgefühl. »Es tut mir sehr leid. Sam war ein guter Kerl, und ich weiß, dass sein Verlust Adam schwer getroffen hat.«

Verlegen schaue ich auf die Coladosen, die ich gerade auspacke.

Ich schäme mich zuzugeben, dass wir die letzte Woche in einer trauerfreien Blase gelebt haben. Seit wir Sams Schlüssel zurückgegeben haben, war ich so beschäftigt mit meinen immer stärker werdenden Gefühlen für Adam, dass ich kaum noch etwas anderes wahrgenommen habe.

Da mir nichts zu sagen einfällt, wechsle ich das Thema. »Ich kann es gar nicht fassen, dass Adam die ganze Zeit in diesem winzigen Etagenbett geschlafen hat.«

June lacht in die Coladose, die sie gerade geöffnet hat. »Dieses absurde Etagenbett!«, ruft sie und trinkt einen Schluck. »Jedes Mal, wenn ich sage, dass ich etwas Schöneres kaufen möchte, schwört Adam, dass er genau das bauen wird, was Otis möchte. Inzwischen würde ich alles nehmen, was nicht schaukelt, wenn ich mich daraufsetze.«

Bei der Vorstellung, dass Adam jede Nacht in den Schlaf gewiegt wird, muss ich grinsen.

June lehnt sich mit dem Rücken an die Hauswand, und ich folge ihrem Beispiel. Schulter an Schulter sitzen wir da, schlürfen Cola und schauen auf ihren kleinen schneebedeckten Garten hinaus. Der Hühnerstall, eine Art Puppenhaus auf Stelzen, steht in der hinteren Ecke, darum herum gibt es ein Tornetz, orangefarbene Gartenstühle und Tiki-Fackeln. Wie jetzt alles unter einer weißen Schneedecke hervorlugt, wirkt die ganze Szene vage postapokalyptisch – als hätte die Natur die Stadt zurückerobert.

»Ich wette, es ist eine Herausforderung, ein großes Möbelstück aus Duluth hierher zu befördern. Wenn er seine Werkstatt hier aufmacht, wird es leichter, etwas für Otis zu bauen.«

Junes Lachen klingt resigniert. »Ja. Ich zähle die Tage.« Als sie meine Verwirrung bemerkt, sieht sie mich erschrocken an. »Ich hab nicht gemeint … Eigentlich *sollte* Adam ja hierher zurück ziehen, aber damit rechnen wir inzwischen nicht mehr.«

Vermutlich sind das die Folgen seiner siebenjährigen Stagnation.

»Vielleicht ändert es sich jetzt. Wie gesagt, ist er anders geworden.« Sie trinkt noch einen Schluck Cola, und die zuerst angenehme Stille wird unnatürlich und schließlich angespannt.

»Hat sie das ganze Erpressungsmaterial inzwischen rausgerückt?«, ertönt plötzlich Adams Stimme durch die offene Schiebetür.

Ich springe auf, als hätte er uns bei einem Drogendeal erwischt, dabei trinken wir nur Cola.

»Nein, ich hab ihr nicht erzählt, wie besessen du als Kind von *The New Yankee Workshop* warst, wenn du das meinst.«

June reicht ihrem Bruder ein Bier, und mit dem bei Collegeparty-Boys so verbreiteten Trick öffnet er die Flasche, indem er den Kronkorken leicht gegen die Kante des Geländers schlägt. Offenbar bin ich wirklich rettungslos verliebt, denn ich finde alles an diesem Manöver – das entspannte Selbstbewusstsein, das er dabei an den Tag legt, das Spiel seiner Muskeln und wie er zum Schluss den Kronkorken in der Luft auffängt – unglaublich sexy.

»Aber sie muss einfach wissen, dass du nach der Norm-Abram-Tischlerei-Show geweint und seinen Namen gerufen hast, wenn unsere Eltern den Fernseher ausgeschaltet haben.«

»Norm?«, flüstere ich Adam grinsend zu, und er wird rot.

June komplimentiert uns mit einem frechen Große-Schwester-Lächeln zurück nach ins Haus. »Sein erstes Wort war *Klapptisch.*«

Ich schnaub-lache vor Vergnügen, doch Adam wird mit jeder Sekunde röter. »Das ist eine Übertreibung.«

»Hat er dir erzählt, wie er sich jedes Jahr eine Radialkreissäge zu Weihnachten gewünscht hat, selbst noch, nachdem ihn der Weihnachtsmann über altersgerechte Geschenke und Sicherheitsvorsorge aufgeklärt hatte?«, ruft Dev aus dem Wohnzimmer.

»Ich war ungefähr sechs!«

Sein Protest bringt mich nur noch mehr zum Lachen. »Dadurch klingt es nicht normaler!«

Aus dem Nichts taucht Otis auf. »Cleos Schwester hat gesagt, dass Shopping-Mall-Weihnachtsmänner keine richtigen Weihnachtsmänner sind und man von ihnen keins der Geschenke bekommt, die man sich wünscht.«

Dev und June wechseln einen telepathischen Elternblick.

»Ich würde in dieser Sache nicht auf Cleos Schwester hören, Kumpel.« Adam schwingt sich seinen Neffen auf den Rücken. »Bestimmt versteht sie die komplizierte Bürokratie am Nordpol nicht. Also los, wir könnten Alison vor dem Essen doch noch das neue Dachfenster zeigen. Es dauert bestimmt noch ungefähr …«

Dev steht auf und wirft einen Blick auf seine Smartwatch. »Zwei Stunden. Definitiv nicht mehr als drei.«

»Siehst du, Adam? Du machst dich über Schongarer-Thanksgiving lustig, aber jetzt erlebst du die Bedingungen, unter denen ich arbeiten muss«, kommt June auf das offensichtlich umstrittene Thema zurück, ehe sie die Anweisung gibt, uns nicht wie letztes Jahr mit Chips vollzufressen.

Dann scheucht sie uns Kinder bis zum Essen nach oben.

Dreieinhalb Stunden später stehen ein fertiger Truthahn und sechs Schongarer mit allen erdenklichen Beilagen für ein klassisches Midwest-Thanksgiving auf der Küchentheke. Da ich Junes Anweisung befolgt und mich nicht mit Chips vollgefressen habe, belade ich meinen Teller mit Kartoffelbrei, Bratensoße, Grüne-Bohnen-Auflauf, Bratenfüllung, Süßkartoffeln mit Marshmallow-Topping und zu guter Letzt einem kleinen Stück Truthahn.

Trotz Devs wechselhafter Kochzeit ist der Truthahn perfekt, und als jeder Bissen mit optimaler Temperatur auf meiner Zunge zergeht, erkenne ich die Weisheit eines Schongarer-Thanksgivings.

»Dieses Essen ist absolut köstlich. Ich kann euch gar nicht genug dafür danken, dass ihr mich euer Thanksgiving habt crashen lassen.«

»Es ist kein Crashen, wenn du eingeladen bist.« Adam stößt mich leicht mit der Schulter an.

Ich tue mein Bestes, mir ein dümmliches Grinsen zu verkneifen. »Wie dem auch sei – ich bin sehr dankbar, hier sein zu dürfen. Es ist eine Weile her, dass ich ein richtiges Familien-Thanksgiving hatte.«

Ein herzliches, mütterliches Lächeln erscheint auf Junes Gesicht. »Du bist hier immer willkommen, Alison«, sagt sie und holt dann tief Luft, als bräuchte sie zusätzliche Energie, um die Gefühle zu unterdrücken, die in ihr aufsteigen. »Sieht aus, als wären wir schon zum Dankbarkeitsteil des Abends übergegangen.«

Otis setzt sich auf, offenbar ist er zu jung, um sich für diesen Ausdruck familiärer Liebe zu schämen. »Ich will zuerst.«

»Versuch das noch mal«, berichtigt ihn Dev routinemäßig.

»Kann ich bitte anfangen?«, fragt Otis, und wir nicken alle. »Ich bin dankbar für meine Deckenburg. Für Mommy, Daddy, Nana, Nance und Grandpa Tom, Onkel Adam, Al…« Er sieht mich an – anscheinend listet er jetzt einfach Leute auf, die er vor sich sieht.

»Alison«, hilft Adam nach.

»Und den Pikachu-Ballon …« Er hält so nachdenklich inne, als wollte er vielleicht noch mehr aufzählen, aber da er nach kurzer Pause einfach weiterisst, ist das offensichtlich nicht der Fall.

»Okay«, macht June weiter, »ich bin dankbar dafür, meine glückliche, gesunde Familie heute hier zu haben. Ich weiß, die Umstände waren nicht die besten, und die letzten Wochen waren nicht leicht, aber ich fand es sehr schön, meinen Bruder öfter zu sehen.« Sie wischt sich mit ihrem rosa Ärmel über die Augen. »Und dass du auf den Fotos, die ich Mom vom heutigen Tag schicke, nicht wie Bigfoot aussiehst. Also bin ich hauptsächlich dankbar für Alison, denn sie tut dir offensichtlich gut.«

»O ja. Du siehst gut aus, Mann.« Dev fährt mit den Fingern durch seinen eigenen Bart. »Erholt. Und warst du beim Friseur?«

»Er versucht, Alison zu beeindrucken«, erklärt June. »Deshalb können wir uns jetzt alle an seinem süßen Gesicht erfreuen.«

»Ich hab mir nur den Bart schneiden lassen, Leute.« Adams Wangen sind schon wieder hochrot.

»Also, ich bin dankbar für die Familie, unsere Gesundheit und …« Dev ringt nach Worten. »Du hast schon alles Wichtige genannt, Schatz.«

June nickt zufrieden.

»Dann bin ich jetzt dran«, beginnt Adam. »Ich bin dankbar, dass wir heute alle hier sein können. Familie, Gesundheit …« Er wedelt mit der Hand – eine *Blabla*-Geste. »Ich bin dankbar für Freundschaft, selbst wenn sie …« Seine Augen füllen sich mit Tränen, er hüstelt und versucht, sie wegzublinzeln. »Aber ich bin dankbar, dass ich diese Zeit mit dir verbringen konnte, Alison. Als ich dich letzten Monat zum ersten Mal gesehen habe, wusste ein Teil von mir bereits, dass wir heute zusammen hier sein würden.«

Ich gebe ein Geräusch von mir, das ich noch nie aus meinem Mund gehört habe. Es klingt wie ein unterdrücktes Lachen. Oder ein Wiehern.

»Was?«, fragt Adam und stolpert über sein eigenes Lachen.

»Das ist ein echt bedenklicher Geschichtsrevisionismus.«

Er schüttelt den Kopf und zeigt mir ein neues Lächeln: sein nervöses, aber freudiges Lächeln. »Nein, ist es nicht. Ich wusste es. Ich wusste es schon in dem Moment, in dem ich dich zum ersten Mal gesehen habe.«

»Woher wusstest du es denn?« Mein Ton ist ungläubig, aber mein Gesicht ist ein einziges glückliches Grinsen.

»Weil ich geschlafen habe – ich war wie in Trance, im Wachkoma. Aber jetzt bin ich hellwach. Und du hast mich aufgeweckt.«

Etwas Warmes, Wundervolles breitet sich in meiner Brust aus, und ich will ihn küssen, ihn in den Armen halten und mich an seiner Schulter ausweinen. Doch wir sitzen noch mit seiner Familie am Thanksgiving-Tisch, also gebe ich mich damit zufrieden, ihm den Rücken zu reiben, während mir Freudentränen in die Augen steigen.

Als wir mit dem Essen fertig sind und den Tisch abgeräumt haben, verschwindet Dev zwischen den geblümten Kissen auf dem Sofa und sieht sich die Football-Berichterstattung an. Adam liest Otis vor, während June mich eine Blindverkostung aus dem Wine-of-the-Month-Club-Abo machen lässt, das Arabellas Mom ihr geschenkt hat. Ich lerne, dass ich keine Ahnung habe, wie teurer Wein schmeckt, aber danach bin ich angenehm angeheitert.

Als Otis ins Bett gegangen ist, brechen auch wir auf, und June gibt mir eine Menge Essen mit, die garantiert nicht in meinen Kühlschrank passt, und stellt sich taub, als Adam gegen den zweiten Behälter Truthahnfleisch Protest erhebt. Die ganze Familie winkt uns zum Abschied, als Adam meine Hand nimmt und mich die Treppe vor der Tür hinunterführt.

Die bunten Lichter der Weihnachtsdeko tanzen über sein Gesicht, und ich habe das Gefühl, dass noch nie in meinem Leben etwas so richtig war. *So wird es sein*, denke ich. *So ist es, wenn man Adam Berg liebt.*

- KAPITEL 23 -

Denise Richards war Wissenschaftlerin

In den zwei Wochen nach Thanksgiving schafft Adam es nur ein einziges Mal, bei mir zu übernachten. Ich habe angeboten, nach Duluth zu fahren, aber weil er vor der Winterflaute noch einiges zu erledigen hat und ich Pattys Aufgaben übernehmen muss, bis Daniella einen Ersatz für sie einstellt (oder vielleicht einen Ersatz für mich, da ich ihr immer noch eine Antwort bezüglich der neuen Stelle schulde), finden wir bis zur Cookie-Party der Lewises keine gemeinsame Zeit mehr.

Wir kommen getrennt voneinander an und halten unsere Beziehung heute aus Respekt – oder vielleicht auch aus Feigheit – unter Verschluss. Ich beschließe, meine Motivation nicht genauer zu untersuchen.

Ich weiß nicht, was ich mir unter einer Cookie-Party eigentlich vorgestellt habe, aber ganz sicher nicht so etwas. Es gibt keine Kinder, die an kleinen Tischen Plätzchen mit Zuckerguss bepinseln, und auch keine Eltern, die Plastikdosen mit verstümmelten Lebkuchenmännern herumreichen. Wir sind auf einer eleganten Feier mit Catering-Service, feiner Charcuterie, zwei verschiedenen Feigenpasten und Weihnachtswhiskeypunsch mit einem wortspielerischen Namen auf einem Buchstabenbrett. Die namengebenden Cookies sind von einer edlen Bäckerei und sehen so toll aus, dass es mir unangenehm ist, sie zu essen.

Im Gegensatz zu Adams gemütlichem Thanksgiving ist der Dresscode bei den Lewises anscheinend »Minnesota Cocktail

Casual«, was bedeutet, dass die Frauen ihre feinsten Wollpullover und die Männer ihre golfigsten Golf-Shirts tragen. Da Adam kein großer Golfer ist, trägt er einen cremefarbenen Fischerpullover und ruft damit eine neue – und entschieden sexuelle – rauer Naturbursche-Fantasie in mir wach. Wenn die knisternde Energie zwischen uns der geringste Anhaltspunkt ist, hat mein dunkelrotes Sweaterkleid eine ähnliche Wirkung auf ihn. Ich bin schockiert, dass den Leuten, die an uns vorbeikommen, nicht vor knisternder Elektrizität die Haare zu Berge stehen.

Die Einrichtung der Lewises ist die beste Annäherung an *Farmhouse America*, die man mit Möbeln und Deko von *Pottery Barn* überhaupt erreichen kann. Das ganze Haus ist in den Farben verschiedener Geschmacksrichtungen von Milchkaffee gestrichen. Die vanillefarbene Eingangshalle geht in den haselnussfarbenen, förmlichen Wohnbereich über. In jedem Zimmer steht ein unbeleuchteter Weihnachtsbaum. Ich bin mir nicht sicher, ob das eine ästhetische Wahl ist, oder ob sie dieses Jahr nicht in Dekorierstimmung waren. Alles hier nähert sich dem Konzept der Festlichkeit an, ohne je die Ziellinie zu überqueren.

Der Vibe erinnert allerdings eher an eine Cocktail-Party als an eine gediegene Feier, und zu meiner Erleichterung fragen nur sehr wenige, worin meine Beziehung zur Familie besteht. Sam existiert in Geschichten, aber alle vermeiden es tunlichst, ihn direkt zu erwähnen. Je weniger ein Gast mit dem engsten Familienkreis zu tun hat, desto höher scheint der Druck zu sein, das Gespräch möglichst locker und flockig zu halten. In manchen Gruppen sind Adam oder ich diese Person, doch im Wintergarten, der den Lake Minnetonka überblickt, hält eine Nachbarin im Alleingang das Gespräch am Laufen. Vor einer Chai-Latte-Wand mit deckenhohen Fenstern fragt sie alle nach ihrem Lieblings-James-Bond-Film und weigert sich, irgendjemanden vom Haken zu lassen, bevor er die Gründe dafür aufgezählt hat.

»Ich hab nur einen einzigen mit Pierce Brosnan gesehen«, antworte ich, als ich an der Reihe bin, und umklammere meinen Appetizer wie eine Schmusedecke. »Ich kann mich aber nicht erinnern, welchen.« In unserem Quiz-Team ist Patrick der Experte für das Männer-im-Anzug-retten-die-Welt-Genre (sowohl im Smoking als auch in Latex).

Diese Antwort scheint die Dame jedoch nicht zufriedenzustellen. Aufgebracht streicht sie sich die platinblonden Haare hinter die Ohren. »In welchem Land war er? Wie hieß der Bösewicht? Welches Bond-Girl hat mitgespielt?«

»Ich hatte den Eindruck, Denise Richards war eine Wissenschaftlerin darin?«

Das scheint nicht die Antwort, die sie hören will, und ich bin endlich entlassen.

»Hättest du nicht einfach *Casino Royal* sagen können?« flüstert Adam mir grinsend ins Ohr. Instinktiv vergewissere ich mich, dass niemand in unserer Nähe ist, und sehe nur eine schwangere Cousine, Lucy, mit offenen Augen schlafen, während ihr Mann, der nichts davon mitbekommt, sich in der Ecke mit Geschichten über Mini-Quiche wie ein Stand-up-Comedian aus den Neunzigern profiliert.

»Hättest du nicht einspringen und mich retten können?«, erwidere ich und beiße mir auf die Unterlippe.

»Und verpassen, dass der Quiz-Expertin der Name des Bond-Films nicht einfällt, in dem Denise Richards eine Kernphysikerin spielt? Du grübelst immer noch darüber nach, oder?«

»*Die Welt ist nicht genug*«, platze ich heraus. »Wahrscheinlich sollte ich noch mal zu ihr gehen.«

Er hält mich am Arm zurück. »Lass sie doch jemanden finden, der genauso begeistert von britischen Agentenfilmen ist wie sie.« Sein Daumen streicht über die empfindsame Stelle an meinem Handgelenk und setzt mein Inneres in Brand.

»Adam, Kumpel!«, erschallt eine donnernde Stimme hinter mir. »Lange nicht gesehen!«

Adam tritt einen Schritt zurück, und sein linkes Auge zuckt, als er den großen Mann um die vierzig in einer Fleeceweste sieht. »Paul. Wie läuft es mit dem Haus?«, fragt er steif.

»Hör bloß auf mit diesem Fass ohne Boden.« Pauls Grinsen sagt mir, dass er nichts lieber tun würde, als jede Einzelheit, die schiefgegangen ist, genauestens zu schildern. »Es ist so schade, dass es mit der Business-Partnerschaft nicht geklappt hat. Arbeitest du noch als Tischler? Ich habe eine Million Projekte, für die ich dich gebrauchen könnte. Die Terrassengeländer sind total hinüber, und nächsten Sommer hätten wir gern eins dieser schicken pinken Mädchen-Gartenhäuser für die Kinder.«

»Meine Arbeit oben im Norden hält mich ziemlich auf Trab.« Adam bemerkt wohl meine Verwirrung, denn er sieht kurz zu mir, bevor er sich wieder an Paul wendet. »Sorry, dass ich nicht mehr helfen konnte. Wenn du mich jetzt entschuldigen würdest …«

Ohne ein weiteres Wort geht er davon, doch Paul folgt ihm, beginnt ein geradezu karikaturhaftes Gespräch und erklärt ihm die Schäden an der Terrasse in allen Details. Adam geht immer schneller, ohne sich auf eine Diskussion einzulassen, und ich laufe ihm nach wie ein verirrter Welpe. Als wir im matchafarbenen Vorraum ankommen, erkennt Paul anscheinend, dass Adam das Haus ohne Schuhe verlassen wird, um diesem Gespräch zu entfliehen, und zieht sich mit eingezogenem Schwanz in die Küche zurück.

»Warum nimmst du den Job nicht an?«, frage ich, sobald Paul außer Hörweite ist.

»Ich kann nicht an einem Wochenende eine ganze Terrasse reparieren. Oder ein Gartenhaus für seine Töchter bauen. Warum heißen diese Dinger überhaupt *Mädchen-Gartenhäuser?* Gartenhäuser sind doch für alle da.«

»Ich glaube, das ist so ein Pinterest-Ding.« Ich zupfe an einer Strähne herum, die sich aus meiner Half-Up-Half-Down-Frisur gelöst hat. »Wenn du hier wohnen würdest, wäre das kein Problem. Außerdem hättest du mehr Zeit für deine Möbel. Er will dich für diese Arbeit.«

»Er weiß überhaupt nicht, was er will.«

»Was für eine Partnerschaft meinte er denn?« Adam antwortet nicht, sondern kramt mit der fieberhaften Intensität eines Trüffelschweins in seinen Jacken- und Hosentaschen. »Wonach suchst du?«

»Sams Wohnungsschlüssel. Ich hab vergessen, den zweiten Satz hierher mitzubringen.«

Endlich zieht er den Schlüsselbund aus der Tasche, und als er Sams Schlüssel ans Brett hängt, klimpert der Anhänger wie ein disharmonisches Windspiel – oder ein Abschiedsgeschenk aus dem Jenseits. Er baumelt zwischen den Schlüsseln von Sams Eltern, als wäre Sam nicht tot, sondern könnte jeden Moment durch die Seitentür hereinspazieren und ihn vom Haken nehmen.

Das ist das unbefriedigendste Ende, das man sich vorstellen kann.

»Tut mir leid. Ich glaube, ich bin heute nicht ganz bei der Sache. Wegen Sams Geburtstag und so.«

»Ist heute etwa Sams Geburtstag?«, frage ich viel zu laut. Hastig blicke ich mich um, ob uns irgendjemand gehört hat. »Heute?«, frage ich erneut, diesmal im Flüsterton.

»Die Party war immer in der Zeit um seinen Geburtstag, aber diesmal findet sie genau am gleichen Tag statt. Für Sam war sie immer ein Highlight. Deshalb hat sein Dad sie auch nicht abgesagt. Wie kann es sein, dass du seinen Geburtstag nicht kennst?«

»Ich wusste nur, dass er Schütze ist.« Diese Information hat

Chelsea bei einem ihrer zweiminütigen seelenentblößenden Gespräche ausgegraben.

Wieder einmal werde ich daran erinnert, dass Adam und ich um zwei sehr verschiedene Verluste trauern. Obwohl meiner nicht unbedeutend ist, habe ich mit Sam als Freund lediglich eine Zukunft verloren, in der er mich aus meiner Komfortzone herausholt. Aber Adam hat viel mehr verloren, eine gemeinsame Geschichte und Vergangenheit.

Er sieht mich fragend an, als warte er darauf, dass auf meiner Stirn übersetzte Untertitel erscheinen. »Wir haben gar nicht so lange gedatet, das weißt du doch.«

Sein Blick schweift über meinen Kopf hinüber zu den Gästen, die sich im Nebenzimmer drängen, und zum ersten Mal, seit ich ihm die Wahrheit über mich und Sam gestanden habe, wirkt er erschöpft. Resigniert.

In meiner Magengrube brodelt Angst und Unbehagen. »Du wirst doch nach Minneapolis ziehen, oder nicht?« Die Worte kommen unelegant heraus. Ich klinge panisch und bedürftig, und das Einzige, was ich tun kann, um mich davon abzuhalten, noch mehr Gefühle herauszuwürgen, ist, mir eine Karotte vom Horsd'œuvre-Teller in den Mund zu stopfen, die ich seit unserer Flucht vor Paul fest umklammere.

»Natürlich«, antwortet er schlicht. »Wenn ich dazu bereit bin.«

Meine Anspannung mutiert zu blankem Grauen und nimmt Fahrt auf wie ein Tornado. »Es ist okay, wenn du nicht … Duluth ist nicht so weit … ich will nur wissen, was mich erwartet.«

Aufgebracht fährt er sich durch die Haare. »Ich werde umziehen, wenn ich umziehen will, Alison.«

Genau das wollte ich nicht hören. Ich möchte, dass er es von sich aus zurücknimmt – dass er mir sagt, dass er es nicht so gemeint hat –, aber er rührt sich nicht. Mein Blick fällt auf den

Teller in meiner Hand. Ich dippe eine Karotte in den gebackenen Brie, als wäre das eine wichtige Aufgabe, die meine gesamte Konzentration erfordert, und folge Adam zurück in den überfüllten Wintergarten, wo wir nichts Ernstes besprechen können. Meine einzige Hoffnung ist, dass die Bond-Liebhaberin zurückkommt und mir noch ein paar Fragen stellt, aber stattdessen passiert etwas richtig Schlimmes.

»Meine beiden Lieblingsmenschen sind hier!«, ruft Russell, der am anderen Ende des Raums Hof hält.

Adams Gesicht verkrampft sich. »Scheiße«, murmle ich leise. Da erlaube ich es mir zehn Minuten lang zu vergessen, dass ich nur hier bin, um eine Rolle zu spielen, und das Universum schickt Adam und mir die Person, die alles auffliegen lassen könnte.

Ich stopfe mir einen dick belegten Cracker in den Mund und bringe stammelnd heraus: »Russell. Was für eine Überraschung.«

»Na ja, ich bin ihr Makler.« Er sagt Makler, als wäre das eine ebenso wichtige Rolle wie die eines Paten oder eines Sektenführers.

Ein Krümel sticht mir in den Hals und bringt mich zum Husten, aber er tut mir nicht den Gefallen, mir die Luft abzuschnüren. Adam nimmt mir den Teller ab und klopft mir auf den Rücken. Ich huste heftig, bis sich der Krümel endlich löst, womit ein kleiner Teil dieses Alptraums endet.

Russell fragt mit seinem selbstgefälligsten Grinsen: »Seid ihr beide endlich offiziell ein Paar?«

Die Frage schallt durch den Raum wie ein Warnschuss. Kommt es mir nur so vor oder ist die ganze Party gerade zum Stillstand gekommen? Ich reibe mir die Kehle, als würde ich mich immer noch von meiner Nahtoderfahrung erholen.

»Wir sind für Sams Familie hier«, antwortet Adam für uns beide.

Russell kneift die Augen zusammen. »Zwei Dinge können gleichzeitig wahr sein.« Er wendet sich an mich, und diesmal ist sein Lächeln ernster. »Freust du dich auf Chile?«

Ich nicke schnell und beiße mir auf die Lippen. Adam umfasst meinen Teller so fest, dass seine Knöchel weiß werden.

»Sam dachte, dass wäre nicht ihr Ding«, fährt Russell erklärend an Adam gewandt fort. »Aber jeder sollte wenigstens einmal in seinem Leben den Regen auf einem Wanderweg in den Anden erlebt haben. Stimmt's, Alison? Das ist ein Initiationsritus.«

»Oh, gut. Das Wetter wird schlecht sein. Sonst hätte es schon fast nach zu viel Spaß geklungen«, sagt Adam, und seine Stimme ist trockener als Sandpapier. Er klingt nicht wie mein Adam, sondern wie der Nordküstengriesgram.

»Ja, oder?«, lacht Russell – offenbar ist ihm Adams Ton völlig entgangen.

»Sam meinte, das sei nicht mein Ding?« Meine Gedanken hängen immer noch an Russells Beschwörung von Sam fest. Das fühlt sich an, als würde ich an einem kaum verheilten Schorf herumknibbeln und die frische Wunde darunter freilegen.

»Er meinte nur, dass du ziemlich feste Gewohnheiten hast. Genau wie Adam.«

Bevor Adam etwas unnötig Bissiges erwidern kann, lenke ich den Fokus zurück auf meine Selbstoptimierung. »Seltsam, ich kann es nämlich kaum erwarten, nach Chile zu fahren.« Um tatkräftig zu wirken, nehme ich Adam den Teller wieder ab. »Ich liebe es nämlich, im Regen zu wandern, draußen bei den Insekten zu schlafen und schwere Sachen mit mir herumzuschleppen. Das wird toll. Also, wenn ihr mich jetzt beide bitte entschuldigen würdet, ich hab jemanden mit Datteln im Speckmantel vorbeikommen sehen, und die würde ich sehr gern probieren.« Ich zerbeiße eine Yambohne und folge mit Höchstgeschwindigkeit dem

Duft fleischiger Appetizer, bis ich neben meiner alten Freundin, der Bond-Liebhaberin, vor einem reichlich mit Essen beladenen Tisch stehe.

Ich erfahre, dass sie Elin heißt und wir beide genug Marvel-Filme gesehen haben, um zu einer Einigung über Comicverfilmungen zu kommen. Wir schauen sie beide sehr gern, können aber die Handlung keiner einzigen davon wiedergeben. Nicht einmal, wenn man uns eine Pistole an den Kopf hielte. Ich klammere mich am Small Talk mit Elin fest wie an einem Rettungsring, während die Stimmung der Party um uns herum immer angespannter wird.

Erstens weiß niemand, wo Mrs. Lewis ist, niemand hat sie gesehen. Dr. Lewis rauscht von einem Gespräch zum nächsten, um alle zu beruhigen, aber seinem Gestammel ist deutlich anzumerken, dass er nicht weiß, was er als Entschuldigung vorbringen soll. Nach allem, was ich mitbekomme, hat sie eine Lebensmittelvergiftung oder vielleicht doch eher eine Erkältung – aber bestimmt nichts Ansteckendes, für den Fall, dass sie irgendwann aus ihrem Zimmer kommt. Uns erzählt Dr. Lewis, sie hätte nur Kopfschmerzen.

Dr. Lewis redet nicht *mit* Elin und mir, sondern hält lediglich seine einstudierte Rede und peilt dabei über unsere Köpfe hinweg den besten Fluchtweg an.

Ich fühle, wie Adam auf uns zukommt und in respektvoller Distanz hinter mir stehen bleibt, aber ich drehe mich nicht zu ihm um und rede auch nicht mit ihm. Ich habe den heutigen Tag gründlich satt. Ich habe genug von der Angst und den Schuldgefühlen und den Blätterteigpasteten mit Spinat, der mir zwischen den Zähnen hängen bleibt.

Der Streichquartett-Weihnachts-Cover-Soundtrack kommt nicht gegen das besorgte Geflüster der Partygäste an. *Hat vielleicht doch irgendjemand Mrs. Lewis gesehen? Sollte sich nicht je-*

mand um sie kümmern? Wusstest du, dass heute Sams Geburtstag ist?

Ich spüre Adam hinter mir, unterbreche aber mein Gespräch mit meinem James-Bond-Superfan lieber nicht – hauptsächlich, weil ich Angst habe, dass Adam mir ohnehin nichts zu sagen hat.

»Was ist mit Netflix? Zähl jede Serie auf, die du bei Netflix gesehen hast. Es muss doch ein paar Überschneidungen geben.« Elin und ich verzweifeln allmählich.

Dr. Lewis reicht Cookies herum. Er denkt offenbar, dass alles auf dem grünen Tablett vegan ist, aber als Elin nachhakt, ist er sich nicht mehr so sicher. »Normalerweise kümmert sich Judy um so etwas«, erklärt er uns.

Inzwischen möchte ich nur noch die Flucht ergreifen und wandere auf der Suche nach meiner Jacke ziellos von Zimmer zu Zimmer, bis Adam mich in einem kleinen Raum aufspürt, der vom Boden bis zur Decke mokkafarben gestrichen ist.

»Du fährst also tatsächlich mit Russell nach Patagonien?«, fragt er in einem Ton, als würde ihn meine Antwort nicht im Geringsten interessieren.

»Ja, es war schon die ganze Zeit so geplant. Und ich freue mich darauf.«

»Du freust dich darauf.«

»Ich freue mich darauf, eine lebensverändernde Erfahrung zu machen.« Ich kann sehen, wie es in seinem Kopf rattert. »Was ist los?«

Er wippt unruhig auf den Fersen. »Ich hab mich nur gefragt, ob ich dich zum Flughafen fahren darf oder ob du einfach zu deinem großen Abenteuer davonfliegst, ohne mir Bescheid zu sagen.«

»Da du nicht weißt, ob oder wann du herziehen wirst, wäre es wahrscheinlich unpraktisch für dich, mich zu fahren«, erwidere ich so gelassen wie möglich.

Für jeden, der dieses Gespräch mitbekommt, hört es sich an wie ein ganz normaler Austausch, aber mir tut das Herz weh.

»Ich wusste ja, dass du immer noch darüber nachdenkst«, schnaubt er. Ich antworte nicht, sondern verschiebe nur mit dem Fuß das Muster des Perserteppichs. Doch denn höre ich plötzlich leise Schritte hinter uns.

In Lammfellpantoffeln und Morgenrock kommt Mrs. Lewis herein. Sie sieht zerzaust aus – und todmüde. Wenn ich den wahren Grund für ihr Erscheinen nicht kennen würde, würde ich davon ausgehen, dass sie gerade eben erst aus einer Narkose erwacht wäre.

Als sie uns sieht, lächelt sie eine wundervolle Sekunde lang, doch ihr Gesicht wird im Handumdrehen wieder freudlos und leer. Wir sehen zu, wie ihr zum wiederholten Male die Realität bewusst wird. Der gebrochene, hoffnungslose Ausdruck in ihrem Gesicht brennt sich mitten in mein Herz.

»Mom«, erklingt da eine Stimme aus dem Flur.

»Wir sind im Arbeitszimmer, Rachel«, antwortet Mrs. Lewis, und sie kehrt mühsam zurück ins Hier und Jetzt.

»Wir? Mom, du solltest dich lieber wieder ins Bett legen.« An der Tür erscheint Sams Schwester Rachel, und mein Blick richtet sich auf meine ursprüngliche Mitverschwörerin. »Alison?« Noch nie hatte mein Name so viel Ähnlichkeit mit einem Schimpfwort.

»Rachel!« Meine Stimme ist zu fröhlich, um aufrichtig zu sein. »Schön, dich wiederzusehen, ich wollte gerade gehen«, sage ich. Mich juckt es in den Fingern, die Tür zu öffnen. In diesem Haus kann ich keine Sekunde länger bleiben.

Mrs. Lewis legt mir die Hand auf den Arm. Die Berührung schnürt mir die Brust zusammen und vereitelt meine Flucht. »Ich habe ein Geschenk für Sie. Richard, kannst du bitte das

Kästchen von der Anrichte holen?«, ruft sie ihrem Mann zu, der ihrer Stimme folgt.

»Judy, bist du etwa im Morgenmantel hier unten?« Dr. Lewis' Frage beinhaltet keinen Vorwurf oder Scham, nur Sorge. »Ich schicke die Gäste nach Hause. Ich dachte, eine Party würde uns guttun. Ich dachte …«

»Du dachtest, wir könnten am Geburtstag meines Bruders feine Schinken essen und Wein trinken und so tun, als wäre er nicht gestorben?«

Bei Rachels direktem Angriff zucken alle zusammen.

Mrs. Lewis reibt sich die Nasenwurzel. »Bitte, Rachel. Nicht jetzt.«

»Warum gehst du jetzt ausgerechnet auf mich los? Ich bin den ganzen Weg hergeflogen, obwohl ich wusste, dass diese Party keine gute Idee ist.«

»Richard, hol bitte das Kästchen von der Anrichte im Flur, damit ich Sams Geschenke übergeben und mich wieder hinlegen kann.«

»Geschenke? Mom, du musst nicht …«

Mrs. Lewis unterbricht ihre Tochter mit einer wegwerfenden Handbewegung. Sie zittert am ganzen Körper. Adam schluckt schwer, und ich weiß, dass er sieht, wie zerbrechlich sie aussieht.

Endlich kommt ihr Mann ihrer Bitte nach und kehrt mit einem Umschlag und einer winzigen Schachtel zurück. Der kleine Raum ist mit Leuten überfüllt, die uns plötzlich wie ein schaulustiges Publikum umringen. Dr. Lewis reicht seiner Frau das Kästchen, aber alle Blicke richten sich auf mich.

Der Raum fühlt sich elastisch an, als würde er sich um mich herum ausdehnen und mit voller Wucht zurückschnappen können. Ich setze ein gezwungenes Lächeln auf, mein Gesicht wird heiß.

Mrs. Lewis bindet ihren Frottegürtel fester. »Es tut mir leid, dass Sie mich so sehen müssen. Es ist, äh, ein harter Tag.« Das Wort *hart* erscheint mir unzureichend.

Dr. Lewis putzt seine Brille mit seinem Pulli. »Russell hat uns erzählt, dass ihr mit Sams Wohnung sehr gute Arbeit geleistet habt. Ich weiß, ihr wartet bestimmt schon ein bisschen ungeduldig darauf, dass seine kostbaren persönlichen Sachen verteilt werden.«

»Nein«, entgegnet Adam beschwichtigend. »Bitte kümmern Sie sich nicht darum.«

»Es ist ein bisschen komplizierter, als ich erwartet hatte. Solche Dinge brauchen einfach Zeit.«

»Aber diese Dinge können wir Ihnen jetzt geben. Sie sind von Sam.« Mrs. Lewis ineinander verschränkte Hände zittern, während sie spricht. Ich glaube, ich zittere auch.

Rachel wirkt verwirrt, was meine Besorgnis nur noch steigert.

Doch nun überreicht Mrs. Lewis Adam einen Umschlag. »Das ist dein Weihnachtsgeschenk von Sam. Sein Handy hat heute Morgen eine Kalendererinnerung angezeigt. Er wollte, dass Rachel Vorkehrungen trifft, wenn sie hier ist.«

»Eine Kalendererinnerung?«, frage ich im selben Moment, in dem Adam fragt: »Was für Vorkehrungen?«

Er öffnet den Umschlag vorsichtig, ehrfürchtig, sich allzu bewusst, dass das eine Botschaft aus dem Jenseits ist – etwas, wonach sich alle im Raum verzweifelt sehnen. Er entfaltet ein Blatt bedrucktes Papier. »Ein Flugticket?«

»Nach Chile«, erklärt Rachel. »Eine Woche bevor er … Wir haben es auf dich übertragen lassen, weil …« Sie hält einen Moment inne. »… er nicht mehr fahren kann. Er wollte dich einladen. Er meinte, er wolle ›frischen Wind in dein Leben bringen‹.«

Mrs. Lewis klatscht in die Hände und lächelt unter Tränen. Der Gedanke an ihren Sohn, sein Geschenk und die Reise, die er nicht mehr antreten kann, lösen widerstreitende Gefühle in ihr aus. Adam starrt das Ticket noch immer ungläubig an.

»Alison.« Mrs. Lewis wendet sich mir zu. »Ich weiß nicht, was Sam an Weihnachten für Sie geplant hatte, aber ich habe etwas, das ich Ihnen in seinem Namen geben kann. Genau genommen gehört es mir. Es ist ein Familienerbstück …«

Rachel packt ihre Mutter am Arm. »Mom, du solltest nicht …«

»Sie müssen mir nichts …«, setze ich an. Keiner von uns weiß, wie man diesen herandonnernden Zug aufhalten könnte.

Mrs. Lewis macht sich los. »Rachel, bitte. Das sollte Sam der Frau geben, die er liebt, wenn er sich häuslich niederlässt und sein Leben endlich ernst nimmt.«

»Er hat sein Leben ernst genommen! Er hat es *gelebt*«, ruft Rachel, und ihre Stimme bricht.

Als spüre er das nahende Unheil, nimmt Adam meine Hand. Ich glaube, ich ergreife auch seine, bin mir jedoch nicht ganz sicher, denn meine Gliedmaßen sind viel zu schwer, um mich zu bewegen, ich bin wie gelähmt.

Ich spüre nur, wie das Blut durch meine Adern kreist, während ich wie unter Schock zusehe, was Mrs. Lewis tut: Sie öffnet die Schatulle, und zum Vorschein kommt der silberne Anhänger, den sie selbst auf der Beerdigung getragen hat. Ich erinnere mich noch ganz genau an ihn.

»Das hier hat meiner Großmutter gehört«, sagt sie leise. »Ich wusste immer, dass Sam die Kette eines Tages der Frau geben würde, mit der er vorhatte, sein Leben zu verbringen. Ich wünschte, er könnte ihn Ihnen selbst …«

Unter Tränen versucht Mrs. Lewis zu lächeln, während sie die Kette aus der Schachtel nimmt und sie mir an den Hals hält, aber vor Aufregung kann ich nicht klar sehen, alles pulsiert.

Dr. Lewis wirkt verwirrt.

Das Licht in Adams Augen flackert.

Rachel versucht, ihrer Mutter die Kette zu entreißen.

Ich nehme jede Bewegung ebenso im Augenblick als auch seltsam verzögert wahr, doch die Auseinandersetzung wird überdeckt vom Hämmern meines Herzschlags.

Meine Gliedmaßen sind stocksteif, meine Hände zittern. Ein Panzer liegt um meine Rippen, ein Knoten aus Schuldgefühlen drückt auf meine Lunge, ich kann kaum atmen. Es ist einfach zu schwer.

»Das sollte sich eigentlich nicht so lange hinziehen. Ihr hättet sie einfach vergessen sollen«, schreit Rachel und fährt sich mit einer Hand durch ihre perfekt zerzausten blonden Locken.

»Aber das haben sie nicht«, höre ich mich gequält hervorstoßen.

Adam drückt meine Hand. »Atme, Ali. Bitte atme.«

»Ich wollte euch nur helfen. Und ihm. Ich wollte, dass ihr stolz auf ihn seid. Das hat er verdient«, schluchzt Rachel.

Inzwischen weine ich ebenfalls.

»Wovon redet sie denn da?«, will Dr. Lewis wissen.

Alle sehen mich an. Mein Hals ist wie zugeschnürt. »Tut mir leid. Ich kann das nicht annehmen.« Doch meine zitternden Hände wollen sich nicht bewegen. Ich spüre eine vertraute Berührung, die mich hält, als ich zu Boden sinke.

»Atme!«, ruft Adam, aber er ist weit weg, abgetaucht, unter Wasser.

Immer heftiger schüttelt mich das Schluchzen, immer schneller. Ich schnappe nach Luft, aber es hat keinen Zweck.

Von fern ertönt Mrs. Lewis' Stimme. »Richard, du bist Arzt! Tu doch was!«

»Ich bin Podologe!«

Das ist das Letzte, was ich höre, dann versinke auch ich im Wasser.

- KAPITEL 24 -

Ein Abschied auf Minnesota-Art

Dr. Lewis' Diagnose lautet, dass ich eine »ziemlich typische« Panikattacke habe. Ich bräuchte seine Live-Berichterstattung nicht unbedingt, aber ich kann es ihm nicht verübeln. Obwohl er auf Füße spezialisiert ist, erinnert er sich offenbar wenigstens so weit an die medizinische Grundausbildung, um angemessen beruhigend auf mich einzureden. Bis die Panik endlich nachlässt.

Im Büro der Lewises, wo wir ungestört sind, kommt dann alles auf einmal heraus.

»Sam hat mir sehr viel bedeutet«, beginne ich, denn trotz all der Lügen fühlt sich das an wie der wichtigste Teil der Wahrheit. »Aber das mit uns war nie etwas Ernstes. Ich wusste nicht, dass er Ihnen nichts von der Trennung erzählt hat, das habe ich erst bei seiner Beerdigung erfahren.«

Die Lewis-Familie redet durcheinander, und ich höre alles gleichzeitig.

»Sie sind nicht seine Freundin?«

»Ich dachte, Sam wollte es so.«

»Was für ein Mensch tut denn so was?«

Adam beendet die Kakophonie, indem er die Hand hebt. »Alison hat schon eine ganze Weile vorher mit Sam Schluss gemacht, aber auf der Beerdigung hat Rachel sie gebeten, so zu tun, als wäre sie noch mit ihm zusammen gewesen und die trauernde Freundin zu spielen.«

»Eigentlich hat Sam mit mir Schluss gemacht«, stelle ich richtig. »Kurz vor dem Labor Day.«

Ich wende mich Adam zu, um sein Gesicht zu sehen, wenn er erkennt, dass ich einfach nicht gut genug für Sam war, doch er starrt mit abwesendem Blick zur Tür.

»Du wusstest davon?«, fragt Mrs. Lewis ihn. Adam nickt, ohne den Blick von der Tür abzuwenden.

Da fällt ihr auf, dass er immer noch meine Hand hält. Er hat sie genommen, als ich in Panik geraten bin, und seitdem nicht mehr losgelassen. Mrs. Lewis umklammert krampfhaft ihren silbernen Kettenanhänger.

»Ihr beiden seid zusammen«, stellt sie sachlich fest. Es hört sich nicht an, als fühle sie sich betrogen, es klingt auch nicht wütend. Lediglich erschöpft. Ausgelaugt von all dem, was passiert ist. Von diesem ganzen Tag. Davon, um ihren Sohn zu trauern, der nie zurückkommen wird, ganz gleich, wie viele Ketten sie weggibt.

Adam lässt meine Hand los.

Rachel gesteht ihre Rolle bei der Flunkerei und erklärt, sie habe sich einfach nie vorstellen können, dass ich derart in ihrer aller Leben verstrickt werden würde. Dass sie ihrer Familie nur helfen wollte, über den schrecklichen Verlust hinwegzukommen.

Ich will ihnen sagen, dass Sam und ich gerade dabei waren, uns wieder anzufreunden, und dass ich immer noch nicht richtig begreifen kann, dass wir ihn für immer verloren haben. Ich möchte mich entschuldigen und sie um Verzeihung bitten. Doch stattdessen sage ich: »Ich wollte nur helfen.«

Mit leeren Gesichtern erwidern die Lewises meinen Blick.

Adam verlässt den Raum. Ich murmle noch ein paar nutzlose Entschuldigungen, dann folge ich ihm. Zwar sind seine Beine länger als meine, aber meine kann ich schneller anziehen als er seine Schnürschuhe, so dass ich es schaffe, ihn einzuholen, bevor er die Veranda verlässt.

»Adam. Adam! Wohin gehst du?« Ich will nach seiner Hand greifen, halte mich aber zurück.

»Ich brauche frische Luft.« Er klingt weit weg.

»Was ist denn los?«

»Das ist nicht der richtige Zeitpunkt dafür, Alison. Du hattest gerade …« Er unterbricht sich und wendet sich endlich zu mir um. »Alles okay?«, erkundigt er sich besorgt. Sofort habe ich wieder Hoffnung. »Passiert das oft? Die Panikattacken?«, fragt er.

»Nein, aber es ist schon mal passiert.« Als der Krebs bei meiner Mom diagnostiziert wurde, mein BRCA-Gentest positiv ausfiel, und unser Inneres plötzlich auf der Lauer zu liegen schien, um uns zu attackieren. Seither gehe ich zur Therapie.

Adam schweigt. Stille füllt den Raum zwischen uns auf der schneebedeckten Veranda, und der Druck dessen, was er nicht sagt, erstickt jedes Gespräch im Keim. Hin und wieder holt er Luft, als wolle er etwas sagen, aber nichts kommt heraus. Sein Mund bewegt sich nicht.

Mein Herz wird schwer. Ich wäre so gern wie Adam – fähig, schweigend dazusitzen, bis die andere Person gezwungen ist, sich zu offenbaren –, aber so war ich noch nie. Ich posaune jeden meiner Gedanken heraus und versorge die Adams dieser Welt mit emotionaler Munition.

»Was ist denn los?«, frage ich erneut. »Bitte rede mit mir. Geht es darum, dass Sam mit mir Schluss gemacht hat und nicht ich mit ihm?« Meine Stimme ist leise, als wäre es die Lautstärke und nicht der Inhalt, der ihn stören könnte. »Zweifelst du deshalb …«

»Was? Nein. Es kümmert mich nicht, dass er mit dir Schluss gemacht hat. Es kümmert mich, dass deine Beziehung zu ihm eindeutig nicht abgeschlossen ist.«

»Was redest du da? Ich habe damit abgeschlossen.«

»So wirkt es aber nicht«, entgegnet er mit gepresster, heiserer Stimme. »Ich habe Stunden damit verbracht, zu lügen und so zu tun, als würde ich dich kaum kennen, und dann musste ich zusehen, wie seine Eltern dir ein verdammtes Familienerbstück überreichen, als wärst du ihre Schwiegertochter. Und ich stand daneben.«

»Bist du deshalb wütend auf mich?«

»Ich bin wütend auf mich selbst, weil ich mir Hoffnungen gemacht und gedacht habe, das hier wäre möglich.«

Meine Kehle ist wie ausgetrocknet. »Das hier? Du meinst, das mit uns? Natürlich ist das möglich.«

»Nein, ist es nicht. Du und Sam? Darüber werden wir nie wegkommen. Beziehungen sollten nicht so kompliziert sein.«

»Aber jetzt kennen alle die Wahrheit. Wir müssen niemandem mehr etwas vormachen.«

Ein kalter Windstoß fährt zwischen uns, und als ich Adam frösteln sehe, ziehe ich den Reißverschluss an seiner Jacke bis unter sein Kinn hoch – so, wie er es unzählige Male für mich getan hat.

Seine Augen schließen sich. »Warum hast du eigentlich eingewilligt, bei Rachels Plan mitzumachen?«

Ich lasse die Hände auf seine Brust sinken. »Ich wollte es ein bisschen leichter für sie machen. Was hätte ich denn sonst tun sollen?«

»Und was ist mit Patagonien?«, fragt er, schüttelt mich ab und legt die Hand auf den Brief von Rachel in seiner Tasche. »Warum hast du dieser Reise zugestimmt? Warum spielst du selbst jetzt noch mit der Idee, obwohl dich Sam praktisch ausgeladen hat? Warum hast du mir nie etwas davon erzählt?«

Ich stopfe die Hände in die Jackentaschen. »Warum hätte ich

dir erzählen sollen, dass Sam mich abserviert und mein Ticket eingetauscht hat, weil ich nicht genug für ihn war?«

»Weil ich von Anfang an der Meinung war, dass du genug bist. Weil ich fand, dass du mehr als genug bist.« Seine Stimme zittert, und mein Herz wird schwer, als ich erkenne, dass wir für ihn schon der Vergangenheit angehören. »Und aus irgendeinem Grund tust du das nicht. Aber ich wollte dich schon seit dem Moment, als ich dich auf dieser verdammten Beerdigung gesehen habe. Das habe ich gedacht, als ich dich zum ersten Mal gesehen habe, Alison. Ich war so gemein zu Sam, weil ich davon ausgegangen bin, dass ich es wiedergutmachen könnte. Aber dann war er fort, und ich war nicht sicher, ob ich je wieder etwas fühlen würde, bis ich vor dieser Kirche stand. Bis ich dich gesehen habe.«

Er reibt sich das Gesicht und redet weiter, legt kaum eine Pause ein, um Luft zu holen. »So etwas hatte ich noch nie gefühlt. Dann, eine Sekunde später, habe ich dich erkannt und dachte: *Das ist Sams Freundin. Ich bin so ein Arsch.* Mein bester Freund war *gestorben*, und ich hab mich auf der Stelle an seine Freundin rangemacht. Was für ein Mensch tut denn so etwas? Was für ein *bester Freund* tut so etwas? Gott, hast du den Gesichtsausdruck seiner Mutter gesehen?« Schuldgefühle und Herzschmerz zerfurchen sein Gesicht. »Und jetzt kann ich nicht mal an ihn denken, ohne mich wie der letzte Dreck zu fühlen, weil ich nicht aufhören konnte, an dich zu denken.«

Seine Worte sind wie ein Schlag in meine Magengrube. Ich will das wieder in Ordnung bringen, aber eine toxische Kombination aus Frust und Resignation durchflutet mich. Denn trotz seiner Worte hier auf dieser Veranda ist unsere Beziehung nicht heute Abend zerbrochen. Nein – er hat uns nie wirklich eine Chance gegeben.

Als die Gäste aus dem Haus strömen, gehen wir auf Distanz zueinander, als wären wir Fremde. Ich versuche, mich möglichst normal zu verhalten, bis endlich alle in ihr Auto gestiegen und weggefahren sind.

Wenigstens kann ich jetzt wieder atmen. »Du suchst schon den ganzen Abend nach einem Grund, wegzulaufen – eigentlich schon seit unserer ersten Begegnung. Wenn es das nicht gewesen wäre, hättest du eine andere Ausrede dafür gefunden, aufzugeben. Das tust du schon die ganze Zeit. Einen Schritt vorwärts, zwei Schritte zurück.«

»Du denkst also, ich bin das Problem?«, erwidert er fassungslos.

»Wirst du je deinen Bau-Job kündigen? Nach Minneapolis ziehen? Dein eigenes Geschäft starten? Dich für ein Tischbein entscheiden? Mein verdammtes Regal fertigbauen?« Tränen strömen mir über die Wangen. Als sich unsere Blicke endlich begegnen, sind seine Augen ebenfalls gerötet.

»Willst du, dass ich dein Regal fertigbaue, damit du deine Kletterausrüstung, deine Wanderstöcke und den ganzen anderen Scheiß anstarren kannst, den du überhaupt nicht benutzen willst? Du verbringst so viel Zeit damit, Dinge zu tun, die du hasst, und alles, was dir wirklich gefällt, unter deinem Bett zu verstecken. Und du denkst, *ich* hätte nach einem Grund gesucht, aufzugeben? Wie sollte ich mit dir zusammen sein, wenn du dauernd versuchst, jemand anderes zu sein?«

Ich wische mir mit dem Handrücken übers Gesicht und verschmiere mein Make-up. »Ich versuche nur, ein besserer Mensch zu werden.«

Sein Lachen ist vollkommen freudlos. »Inwiefern besser? Was soll das denn bedeuten? Es ist mir egal, was in diesen dämlichen Ratgebern steht. Wenn du auf irgendwelchen Gebirgspfaden rumrennst, macht dich das nicht zu einem besseren Menschen. Aber weißt du, womit du ganz gute Chancen hättest? Wenn du es endlich schaffen würdest, mit dir selbst ehrlich zu sein.«

Seine Worte gehen mir durch Mark und Bein. Er fährt sich durch die Haare, und ich kann nichts anderes denken, als dass ich sie berühren will. Ich hatte doch noch kaum Gelegenheit dazu.

»Tut mir leid. Ich will mich nicht mit dir streiten«, versucht er einzulenken. »Es ist nur … wusstest du, dass ich es mir kaum je erlaube, an Sam zu denken? Ich hab mich so schuldig gefühlt wegen meiner Gefühle für dich, dass ich keine Trauer oder Wut über seinen Tod zugelassen habe.«

Zum ersten Mal seit Langem – vielleicht zum ersten Mal überhaupt – fehlen mir die Worte. Ich weiß nicht, was ich sagen soll, oder wie ich die Situation wieder in Ordnung bringen könnte.

Minuten vergehen, dann verlässt Adam die Veranda. Auf der letzten Stufe dreht er sich noch einmal zu mir um und streckt die Hand nach mir aus.

»Es ist eisig kalt. Hast du gute Stiefel an?«

Mein Herz krampft sich zusammen. Ich ergreife seine Hand und steige in meinen Stiefeln die Treppe hinunter. Als ich unten ankomme, sind unsere Gesichter nur noch wenige Zentimeter voneinander entfernt, und einen Moment frage ich mich, ob wir uns küssen werden. Aber natürlich tun wir das nicht. Stattdessen lässt Adam meine Hand los und deutet auf meine Hüfte.

»Jemand ruft an«, sagt er zu meiner vibrierenden Jackentasche. Das habe ich gar nicht gemerkt. Ich bin praktisch ein Zombie gerade.

»Es ist meine Mom. Gib mir eine Minute … Geh nicht weg. Bitte.« Er nickt, und ich entferne mich zwei Schritte von ihm, bevor ich rangehe.

»Alison, Schatz!«, brüllt meine Mutter fröhlich in den Hörer. »Hast du schon deinen Flug für Weihnachten gebucht? Ich habe über deine Oophorektomie nachgedacht.« Wie immer legt sie gleich wieder mit dem stets präsenten BRCA-Thema los, macht genau da weiter, wo wir bei unserem letzten Gespräch aufgehört haben.

Bitterkeit steigt mir in die Kehle. »Mom, ich kann jetzt nicht über meine Eierstöcke reden, es ist kein guter Zeitpunkt.«

Sie macht ein tadelndes Geräusch. »Es dauert nur eine Sekunde, Alison. Es wird eng, aber meine Ärztin hat gesagt, dass sie dich für die erste Januarwoche einschieben …«

»Mom!« Ich explodiere wie ein zu straff aufgeblasener Ballon. Niemand kann mich zwingen, im Vorgarten meines Exfreunds lebenswichtige Entscheidungen zu treffen, während der Ursprung meines gebrochenen Herzens wenige Meter von mir entfernt steht. Und ich müsste doch in der Lage sein, mit meiner Mutter ein Gespräch über ein anderes Thema zu führen, als immer nur über meine genetische Unfähigkeit, die Entstehung von Tumoren zu verhindern. »Es ist mir egal, ob Dr. Logan einen Termin für mich finden kann. Du hast mich nicht mal gefragt oder auch nur in Betracht gezogen, was ich will! Ich kann einen Plan mit *meiner* Ärztin machen, und der beinhaltet keine Oophorektomie im Januar, weil ich da in Patagonien sein werde …«

»Alison!«

»Hab dich lieb. Bye.« Ich drücke auf das Symbol zum Auflegen und denke sehnsüchtig an die erleichternde Katharsis, das Klapphandy, das ich in der Highschool hatte, zuschnappen zu lassen.

Ich lehne mich ans Terrassengeländer. Adam starrt auf den Boden neben mir.

»Dann wirst du also wirklich nach Chile fahren«, sagt er, hörbar erledigt. Ich hasse es, dass mein Körper darauf sofort mit Funken elektrischer Spannung reagiert. »Das bist nicht du.«

»Aber ich will es sein.« Mein Ton ist ebenso resigniert.

»Ich hab dich gern, Alison. Manchmal denke ich, ich …« Er hält inne. »Ich kann das nicht, was immer es ist.« Er seufzt schwer. Ich wende mich ihm zu und erschrecke, wie fix und fertig er aussieht.

»Dann war's das also? Du willst es nicht mal mehr versuchen?« Ich greife nach seiner Hand, besinne mich jedoch eines Besseren.

Er sieht so verletzt aus, und ich möchte mir gar nicht vorstellen, was er in meinem Gesicht sieht. Er reibt sich den Bart, und sein Blick wandert zu einem mit Schneematsch bedeckten Gartenzwerg. »Es sollte nicht so kompliziert sein.«

»Aber ich will das hier. Dich. Uns.« Ich wische die Tränen mit meinem Handschuh weg. »So. Jetzt hab ich die Sache unkompliziert für dich gemacht.«

»Ich kann nicht mit dir zusammen sein, wenn du so wild entschlossen bist, jemand anderes zu sein.«

Diese schlichte Aussage trifft mich tief.

»Aber wenn ich bei dir bin, dann bin ich immer ich.« Mehr als mit diesen Worten bin ich den ganzen Abend nicht zu ihm durchgedrungen, aber in letzter Sekunde zieht er die Mauer wieder hoch.

»Ich brauche Zeit zum Nachdenken.«

»Wie viel Zeit?«, frage ich, und meine Stimme klingt jämmerlich.

»Ich weiß es nicht. Aber ich werde dir Bescheid sagen, sobald ich es herausgefunden habe.«

– KAPITEL 25 –
Im »INTO-THE-WILD«-Modus

»Ich brauche wahrscheinlich ein Zelt, oder? Am besten ein wasserdichtes?«, überlege ich laut.

Nach der Party habe ich Zuflucht bei Chelsea gesucht und gefunden. Ich konnte es nicht ertragen, zurück in meine Wohnung zu gehen und dort überall Adam zu sehen. Dann habe ich ihr die tragische Geschichte von der Lewis-Cookie-Party erzählt und bin prompt eingeschlafen.

Jetzt habe ich Chelsea in die Mall of America gelockt. Zum einen Teil ein Erlebnispark, zum anderen ein kapitalistischer Alptraum, ist die Mall of America womöglich der schlimmste Ort, an dem man sich an einem Sonntag Mitte Dezember aufhalten kann. Ich rutsche fast auf einem Yeti-Autoaufkleber aus, als ich Chelsea durch den Eingang vom Outdoorladen zerre.

Fieberhaft huscht mein Blick durch das Geschäft, bis ich ein Stück weiter hinten das Wurfzelt-Angebot entdecke. Sofort eile ich dorthin und vergleiche, auf der Unterlippe kauend, die einzelnen Angebote. Ich habe keine Ahnung, wonach ich eigentlich suche, also nehme ich das kleinste Modell. Kompakt ist immer am besten, oder?

»Musst du dir wirklich *jetzt sofort* eine komplette Camping-Ausrüstung zulegen?«, fragt Chelsea, aber ich nehme die Sorge in ihrer Stimme kaum wahr.

Ich kann nicht mit dir zusammen sein, wenn du so wild entschlossen bist, jemand anderes zu sein.

Adams Worte gehen mir pausenlos durch den Kopf, wenn ich mir auch nur einen Moment zum Nachdenken gestatte. Also denke ich lieber gar nicht nach. Ich tue einfach. Heute Morgen bin ich voller Tatendrang und mit dem verzweifelten Verlangen aufgewacht, die Frau zu sein, die ich sein sollte. Adam irrt sich. Ich versuche nicht, jemand anderes zu sein. Dieser bessere Mensch, der mehr wert ist, *bin* ich.

»Die brauche ich für nächstes Wochenende«, erkläre ich und reiße meinen Einkaufswagen in einer jähen 180-Grad-Drehung herum. Sichtlich erschüttert trottet Chelsea hinter mir her.

»Willst du irgendwohin?«

»Zur Boundary Waters Canoe Area. Oder vielleicht Ely? Das entscheide ich einfach spontan.« Ich erwähne die Wildnis im Superior National Forest nahe der kanadischen Grenze ganz beiläufig, als wäre sie ein Bagel-Shop, bei dem ich auf dem Heimweg vorbeischauen will.

»An einem warmen Tag sind es dort ungefähr fünf Grad.« Chelsea folgt mir zwischen den Kleiderständern hindurch, nimmt eine Hängematte aus meinem Wagen und legt sie zurück ins Regal. Ein Mann mit einem aschblondem Männerdutt schnappt sie weg, noch bevor sie die Hand zurückziehen kann. Unterschätze nie die Unbarmherzigkeit eines Midwestlers, vor allem nicht in der Nähe von heruntergesetztem Outdoor-Equipment.

»Wenn ich nicht ein bisschen Übung im Campen kriege, schaffe ich Patagonien im Januar nie.«

»Warum musst du im Januar nach Patagonien?«, fragt sie mit ihrer geduldigsten Lehrerinnenstimme. Als ich in den Tiefen des Thermowäsche-Regals verschwinde, versucht sie es mit einer anderen Taktik. »Patagonien ist auf der Südhalbkugel, richtig? Ist es dort im Januar überhaupt besonders kalt? So kalt wie in den Wäldern von Nord-Minnesota?«

»Es ist in den Bergen.« Die Wetterverhältnisse habe ich noch nicht recherchiert. »Sollte ich mein Essen selbst dörren, oder kann ich das fertige Zeug kaufen?« Ich stürme mit drei langen Wollunterhosen davon.

»Ich glaube, Trekkingnahrung selbst herzustellen, birgt unnötige Risiken.« Chelseas beschwichtigende Worte passen nicht zu der Bestürzung in ihrer Stimme. Ihr Blick huscht immer wieder zum Eingang, während ich die Temperaturempfehlungen der winddichten Hosen vergleiche.

Aus dem Augenwinkel sehe ich Chelsea erleichtert aufatmen. »Mara! Gott sei Dank bist du hier. Sie ist voll im *Into-the-Wild*-Modus. Hast du den Film gesehen, Alison? Ich glaube, den gibt's auf Netflix.«

»Mit Reese Witherspoon? Natürlich.« Ich bin mit den Gedanken meilenweit entfernt – brauche ich neue Wanderstiefel oder sollte ich mich mit warmen Socken eindecken?

Mara reißt mir die Thermohose aus der Hand. »Nein. *Into the Wild* ist nicht mit Reese Witherspoon, sondern mit Emile Hirsch. Eine wahre Geschichte über einen jungen Mann, der allein durch die Wildnis reist und in einem Bus verhungert. In einem Bus, Alison!«

Ich verdrehe die Augen. »Ich werde nicht in einem Bus sterben. Aber wenn doch, wüsste ich wenigstens, dass ich wirklich gelebt habe.«

Mein Mantra klingt selbst in meinen eigenen Ohren theatralisch und gestört.

»Weißt du, wie du auch wirklich leben könntest? Indem du lebst. Jetzt komm, wir essen Waffeln. Du wirst nicht mit diesem Unsinn deine Kreditkarte überziehen. Ich fasse es nicht, dass du mich in der Vorweihnachtszeit in die Mall of America geschleift hast. Eine hochschwangere Frau hat mich vor dem Pandora Store weggeschubst, und das, nachdem ich schon mitansehen musste, wie ihr Kind in die Wildwasserbahn kotzt.« Mara packt mich an der Schulter. »Ich liebe dich, aber noch mehr Trauma kann ich sonntagmorgens vor dem Mittagessen nicht verkraften.«

»Aber mein Einkaufswagen«, jammere ich verzweifelt. In diesem Moment erblicke ich etwas, das mich innerlich zerreißt. Neben einem runden Kleiderständer mit Sportwesten breche ich zusammen und drücke den Ursprung meiner Verzweiflung im Fallen an mich: eine verdammte Wendejacke, Jeans und Khaki.

»Jetzt komm schon, Süße. Wir können später noch mal herkommen, wenn wir uns besser informiert haben.« Chelsea tätschelt mich tröstend am Kopf.

»Ja, ich bin mir sicher, beim New York Times Wirecutter gibt es einen Ratgeber für Anfänger, wie man Erfrierungen überlebt«, stimmt Mara zu.

Ich heule auf dem Boden eines Outdoor-Geschäfts wegen einer Männerjacke. Ich fühle mich wie in einem manipulativen Aufmacher in den Fünf-Uhr-Nachrichten: *Inflation wirkt sich vernichtend auf Feiertags-Shopperin aus (mehr um elf!).* Und meine Freundinnen sind kaum überrascht. Ich bin schlicht und einfach erbärmlich.

Ich lasse die Jacke fallen, und Mara und Chelsea führen mich an den ausgestellten Kanus vorbei aus dem Laden.

*

Ich habe vier Bissen von meiner Waffel gegessen, als es losgeht.

»Also zuerst …« Chelsea faltet die Hände auf dem lackierten Tisch unserer Sitznische in dem entschieden trendigen Restaurant. »Wir möchten, dass du weißt, dass wir dich lieben. Es ist nur …«

»Das ist eine Intervention«, bricht es aus Mara hervor.

»Sehr subtil«, murmelt Chelsea und lässt ihren Kopf auf die

schwarze Sitzlehne sinken. »Was ist los, Al? Geht es wirklich nur um Adam?«

»Nein.« Meine Stimme bricht. »Ja. Wahrscheinlich nicht.«

»Hat es mit der Mastektomie zu tun?«, fragt Chelsea behutsam.

Ich denke über ihre Frage nach und streiche mir die Haare aus meinem tränennassen Gesicht. Die frische Wunde in meinem Herzen tut weh, aber etwas Älteres, Dorniges windet sich direkt darüber um mein Brustbein. »Ich hätte Krebs kriegen sollen«, stoße ich mühsam hervor.

»Das stand nicht zu hundert Prozent fest«, sagt Chelsea sanft und reicht mir ein Taschentuch, als die Tränen erneut zu fließen beginnen.

Ich putze mir kläglich die Nase. »Meine Mom hatte Krebs, und ich sollte höchstwahrscheinlich eines Tages welchen kriegen. Aber das werde ich jetzt wahrscheinlich doch nicht. Ich werde einfach das Gefühl nicht los, dass ich geschummelt habe.«

Chelsea schüttelt den Kopf, und auch ihr kommen die Tränen. »Du hast nicht geschummelt, Al.«

»Vielleicht. Meine Mom hat den Krebs besiegt, aber meinetwegen verfolgt er sie immer noch. Wir reden über nichts anderes. Wie ich vermeiden kann, dass ich eine Chemo durchmachen muss. Wie ich das Risiko so weit minimieren kann, dass ich mir um nichts mehr Sorgen machen muss. Aber ich will jemand sein, der es verdient hat. Wie Sam. Sam hatte sein Leben verdient.«

Mara greift über den Tisch und nimmt meine Hand in ihre. »Was mit Sam passiert ist, war ein schrecklicher Unfall – und es hatte nichts mit dir zu tun –, aber ›die Risiken minimieren‹? Mal im Ernst – wollen wir eine verdammte Mastektomie wirklich so bezeichnen, Al? Du hast eine beängstigende Diagnose bekommen und die Entscheidung getroffen, zu einem ziemlich hohen Preis die Kontrolle über dein Leben zu übernehmen. Du willst darüber reden, sich etwas zu verdienen? Dann sag dir, dass du etwas sehr Schwieriges, sehr Mutiges getan und dein Leben mehr als verdient hast.«

Ich mochte es nie, wenn mich die Leute mutig nennen, weil ich eine vorsichtige medizinische Entscheidung getroffen habe. Aber von meiner immer sehr direkten Freundin klingt es nicht wie eine Mitleidskarte aus der Hallmark-Sparte für erblichen Krebs, sondern wie ein Ehrenabzeichen.

»Du musst deine Therapeutin anrufen. Heute. Wir lassen ein Nein nicht als Antwort gelten«, erklärt Chelsea.

Ich lehne den Kopf an ihre Schulter. Mara kommt zu uns herüber und setzt sich auf meine andere Seite. Ich schließe die Augen. Zum ersten Mal heute fühle ich mich sicher und ruhig.

»Habt ihr manchmal auch das Gefühl, ein komplett falsches Leben zu führen?«, frage ich mit zittriger Stimme.

Chelseas Schultern ruckeln meinen Kopf, als sie heftig losprustet – halb ist es ein Lachen, halb ein Schluchzen. »Ja. Ständig.«

»Ich habe immer eine Menge Meinungen darüber, wie andere Leute ihr Leben leben, aber mein eigenes?« Mara schüttelt lächelnd den Kopf. »Tut mir leid, wenn ich es schlimmer gemacht habe, indem ich alles zu kontrollieren versuche. Ich weiß, wie ich manchmal bin – in den meisten Bereichen meines Lebens ist das sehr hilfreich, aber ich habe nicht gemerkt, dass ich es mit dir genauso gemacht habe. Es tut mir wirklich leid, aber du musst mir sagen, wenn ich zu weit gehe. Du musst aufhören, ständig Dinge zu tun, von denen du glaubst, du solltest sie tun, und im Stillen eine Liste mit Bewertungen deiner Lebens-Errungenschaften zu führen.«

Zur Abwechslung lehne ich den Kopf jetzt an Maras Schulter. »Ja, ich glaube, das muss aufhören.«

Wir essen zu viele Waffeln, und mich überkommt dieses herrlich sprudelige, wahnwitzige Gefühl, das ich nur in Gesellschaft meiner besten Freundinnen habe – diese berauschende Unbesiegbarkeit, als die schönste, brillanteste Idiotin der Welt erkannt, verstanden und geliebt zu werden. Niemand sonst, nicht einmal Adam, gibt mir das Gefühl, so liebenswert lächerlich zu sein, wie diese beiden verrückten Hühner.

– KAPITEL 26 –

EAT PRAY LOVE dir deinen Weg durch Minnesota

»Worüber wollen Sie heute reden?«

So beginnt meine Therapeutin Denise jede Therapiestunde, obwohl wir kaum je bei dem harmlosen Thema bleiben, das ich vorschlage. Dieser Donnerstagstermin, nur zwei Wochen nach der Intervention meiner Freundinnen, ist keine Ausnahme. In den letzten zwei Wochen haben wir uns fünfmal getroffen, über die BRCA-Mutation, Sam und alles geredet, was zu meinem *Into-the-Wild*-Anfall in der Mall of America geführt hat. Da ich in ein paar Tagen über Weihnachten nach Hause fahre, haben wir auch meine Beziehung zu meiner Mom gründlich analysiert.

Natürlich war Adam ebenfalls ein Thema, aber der Schmerz geht mir zu nah, als dass ich ihn wirklich klar sehen könnte. Wenn Therapie ein Fernglas ist, ist meine Trennung von Adam ein Baumstamm direkt vor meiner Nase.

Doch heute möchte ich nicht über ihn reden, also schneide ich ein besser verdauliches Thema an. »Ich soll nächsten Monat Urlaub in Patagonien machen und in den Anden wandern gehen.«

»Sie *sollen* Urlaub machen?«, wiederholt sie lächelnd von ihrem Stuhl mit Zebramuster. Denises Büroausstattung ist purer Mental-Health-Frohsinn, als hätten Wes Anderson und Esther Perel zusammen eine Anthropologie-Ausstellung gemacht. »Was meinen Sie damit?«

»Es sollte eine unglaubliche Erfahrung sein. Eine solche Abenteuerreise würde jeder machen wollen.« Meine Lippen verziehen sich zu einem wahrscheinlich wenig überzeugenden Lächeln. Adam hätte es aus einer Meile Entfernung durchschaut.

»Wollen *Sie* eine solche Abenteuerreise machen?«

»Ich sollte es wollen. Ich weiß, ich sollte nichts machen, nur weil ich es wollen sollte, aber ich habe Angst, dass ich es mein Leben lang bereuen werde, wenn ich nicht fahre.«

Denise will auf etwas ganz Bestimmtes hinaus, doch ihr Pokerface verrät nichts. »Warum das?«

Um Zeit zu schinden, trinke ich einen Schluck Wasser. »Ich sehe ja ein, dass diese Reise nicht mein Ding ist, aber ich *will* solche Sachen mehr mögen. Ich will mich nicht schuldig fühlen, dass ich diese Gelegenheit vertan habe, nur weil mir die Reise als solche keinen Spaß machen würde.«

Das Wort schuldig klingelt in meinem Kopf wie eine Alarmglocke, und ich weiß, dass wir uns nun auch meinen zahlreichen anderen Problemen zuwenden werden.

Denise hört es auch, doch ihr Gesicht bleibt gelassen. »Und wofür fühlen Sie sich jetzt in diesem Moment schuldig?«, fragt sie.

Mein Blick senkt sich auf die Fusseln auf meinem Pullover. »Dasselbe wie immer, schätze ich. Dafür, dass ich ich bin. Dass ich ständig zu Hause rumsitze, obwohl ich Aufregung und Spontaneität wollen sollte.«

»Und Aufregung und Spontanität sind mehr wert als Zufriedenheit?«

»Etwa nicht?«, frage ich.

Sie runzelt die Stirn. »Ich ordne Gefühlen normalerweise keinen Rang zu.«

»Es gibt keine empowernden Memoiren über Frauen, die nach einer Tragödie *Zufriedenheit* gefunden haben.«

»Ich würde sagen, dass es in den meisten genau darum geht.«

Der braune Ledersessel ächzt, als ich mein Gewicht verlagere. »Nein. Es ist doch so: Etwas Schreckliches passiert, und anstatt sich in der lähmenden Trauer und Angst zu suhlen, fliegt man um die Welt oder wandert auf dem Pacific Crest Trail oder geht segeln in der Karibik. Auf dieser Reise findet man zu sich selbst und erkennt, dass man Glück und Erfolg verdient hat.«

»Und Zufriedenheit?«

»Nein. Das ist …« Ich verstumme.

»Was passiert mit der Trauer und der Angst? Lösen sie sich einfach in Luft auf?« Sie lächelt freundlich. »Vor Ihrer Mastektomie haben Sie viel über Trauer und Angst gesprochen. Sie hatten Angst vor der Operation. Sie hatten Angst, dass dabei Krebsgewebe gefunden wird. Sie waren traurig über den Verlust Ihrer Brüste. Wo sind diese Gefühle jetzt?«

»Es wurde kein Krebsgewebe gefunden, die OP ist gut verlaufen, also waren meine Ängste unbegründet. Meine Mom muss immer noch regelmäßig eine Mammographie machen lassen, und ich muss nicht mal mehr an so etwas denken. Ich hätte nicht meine Zeit damit verschwenden sollen, mich um mich selbst zu sorgen.«

»Also haben Sie sich schuldig gefühlt, weil Sie diese Angst nicht mehr haben mussten?«

Ich zucke die Achseln. »Vielleicht. Und ich war immer noch traurig, weil ich meine Brüste verloren hatte, aber ich hatte so viel Glück. Traurig zu sein, hat sich undankbar angefühlt.«

»Und Sie wollten sich nicht ›in der lähmenden Traurigkeit suhlen‹, wie Sie es ausgedrückt haben?«

»Nein. Ich wollte nicht länger nur fühlen. Ich wollte etwas unternehmen. Das erschien mir … leichter.« Ich rutsche unruhig hin und her und zupfe an meinem Pullover herum. »Aber bei dieser Reise geht es nicht um Schuldgefühle. Vielleicht mag ich Outdoor-Aktivitäten nur deshalb nicht, weil man dabei so oft allein ist. Von einer Gruppe begeisterter Abenteurer umgeben zu sein, könnte den entscheidenden Unterschied machen.«

»Könnten Sie das testen?«, fordert sie mich heraus, denn Denise ist die Art Therapeutin, die Hausaufgaben aufgibt. »Warum gehen Sie nicht mit Freunden wandern, die die freie Natur lieben, um zu sehen, ob es Ihnen gefällt? Es könnte einen Versuch wert sein, bevor Sie nach Südamerika fliegen.«

*

»Aber es war nicht die offene Beziehung, die uns auseinandergebracht hat. Es waren die ganzen Lügen«, lamentiert Russell, und Zweige knacken unter seinen Stiefeln an diesem ungewöhnlich warmen Dezembermorgen, zwei Tage bevor ich über Weihnachten nach Hause fliege. Auf der Wanderung, die Russell für unseren Patagonien-Testlauf ausgesucht hat, haben wir kaum den Parkplatz verlassen, und schon schüttet er Chelsea sein Herz aus.

»Nicht-Monogamie erfordert sehr viel Vertrauen«, versichert ihm Chelsea. »Aber Russell, eine Grenze, die man nicht verteidigt, ist überhaupt keine Grenze.« Russell blinzelt sie an, als hätte dieses Gespräch ein neues Level der persönlichen Entwicklung freigeschaltet.

Das Morgenlicht schimmert auf dem Mississippi River wie glühende Asche, und wir erklimmen die steilen Klippen auf der Suche nach den atemberaubenden Ausblicken, die mir versprochen wurden, als ich noch vor Sonnenaufgang zwei Stunden fahren musste. Das Teufelchen auf meiner Schulter argumentiert, dass wir den perfekten Ausblick hatten, als wir geparkt haben, und alles, was wir seitdem gesehen haben, nur mehr vom Gleichen war – mit dem Unterschied, dass mir jetzt mein rechtes

Knie wehtut, mein Gesicht vom Wind brennt, und ich meinen kleinen Zeh nicht mehr spüre. Dennoch bin ich fest entschlossen, das Positive daran zu sehen.

»Oh! Ein Goldzeisig.« Begeistert deutet Chelsea auf einen Vogel, der genauso aussieht wie alle anderen Vögel, die wir heute gesehen haben. Da Denises Voraussetzung für diesen Testlauf enthusiastische Teilnehmer waren, habe ich Mara sofort ausgeschlossen, aber Chelsea und Russell haben sich als sehr engagierte Wanderpartner erwiesen.

»Hier habe ich meine Probetapes für *Survivor* aufgenommen. Und *Naked and Afraid*. Und *Dating Naked*. Nein, Moment, *Dating Naked* habe ich … da drüben gefilmt.« Russell wirbelt herum und deutet auf eine nichtssagende Felsgruppe. »Wo wir gerade von heißen Dates reden, wie läuft es zwischen dir und meinem Kumpel Adam? Ich hab ihn dem Patagonien-Gruppenchat hinzugefügt, aber er ist sofort ausgestiegen. Ein neuer Rekord, selbst für ihn.«

Die Kanne Kaffee, die ich heute früh in mich hineingeschüttet habe, schwappt in meinem Bauch herum. »Ich weiß es nicht. Wir haben schon seit ein paar Wochen nicht mehr wirklich miteinander geredet.«

»Nein! Ihr beide wärt doch absolut fantastisch zusammen!«

»Russell, erzähl mir doch mal von deinen derzeitigen Diätvorschriften«, geht Chelsea dazwischen, weil wir nie einen muskulösen, gut gebauten Mann getroffen haben, der nicht liebend gern darüber redete, was er seinem Körper alles vorenthält, um so muskulös und gut gebaut zu bleiben. Bei all dem Small Talk und der Vogelbeobachtung passt sie gleichzeitig auch noch auf mich auf.

Nachdem er seine ketogene Ernährung in allen Einzelheiten beschrieben hat – eine Mischung aus gebratenem Hähnchen, Kokosöl und Hungern, die gegen die Genfer Konventionen verstoßen würde –, verschwindet Russell hinter einem Vorhang aus Bäumen.

»Kaum zu glauben, dass so was hier existiert.« Chelsea lehnt sich an einen bernsteinfarbenen Felsen. »Das wurde bei einer Gletscherschmelze aus der letzten Eiszeit hinterlassen. Das ist schon Tausende Jahre hier und wird noch Tausende Jahre hier sein. In dieser Landschaft reist man gleichzeitig in uralte Vergangenheit und in die Zukunft. Unglaublich.« Chelseas Begeisterung hallt von den Felswänden wider. In meiner Magengrube ziept mich der Neid, dass sie so mühelos Gefallen daran findet.

Ich drehe die Wasserflasche auf, die an meinem Rucksack hängt, und biete sie ihr an, bevor ich selbst einen großen Schluck trinke. »Warum willst du nicht, dass ich das mache?«, frage ich und spüre, wie das kalte Wasser meine Kehle hinabrinnt. »Du scheinst es doch zu lieben, hier draußen zu sein.«

»Ja, das tue ich. Aber du nicht, und es macht keinen Spaß, zuzusehen, wie du dich quälst. Das Schlimmste ist, dass ich glaube, wenn du nicht so verbissen darauf aus wärst, dich in eine Abenteurerin zu verwandeln, könnten dir kleine Abenteuer richtig gut gefallen – als Weg, dich hin und wieder aus deiner Komfortzone herauszuwagen. Es könnte ein schöner Tag mit deiner besten Freundin und dem heißesten Mann sein, den ich je gesehen habe – ich meine, er hält sich gerade irgendwo hinter uns beim Scheißen an einem Ast fest, und ich habe ihn trotzdem noch nicht als Sexualpartner ausgeschlossen –, und du hast überhaupt keinen Spaß dabei. Du hängst dich daran auf, was du alles nicht magst, und kritisierst dich dafür, dass dir diese Dinge auffallen. Hör auf zu versuchen, eine lebensverändernde Erleuchtung im Wald zu haben, und hab einfach eine nette Zeit mit mir.« Sie schubst mich ein bisschen mit der Schulter an.

Ich lächle und stelle mir vor, wie schön es wäre, meine Gefühle einfach zuzulassen, ohne mich dafür zu verurteilen. Dann holt mich ihre Bemerkung von vorhin ein. »Moment, du meinst, er kackt gerade?«

Im nächsten Moment kommt Russell an seinen Klamotten herumzupfend zu uns zurückgejoggt. Zwinkernd nimmt er das Fläschchen Händedesinfektionsgel entgegen, das Chelsea ihm hinhält, bevor wir uns wieder auf den Weg machen. Etwa eine Stunde stapfen wir steile, schneebedeckte Pfade empor. Unsere Eisstollen knirschen bei jedem Schritt. Je weiter wir laufen, desto mehr Kalkstein lugt unter dem Schnee hervor – es sieht aus wie ein Mund mit zu vielen Zähnen. Als wir uns an den Abstieg machen, landet ein Tropfen auf meiner Nase. Anfangs nieselt es nur, doch schon bald öffnen sich die Himmelsschleusen, und kalter Regen prasselt auf meine Wangen.

»Sollten wir uns nicht irgendwo unterstellen?«, frage ich. Heute Morgen haben sich die etwas wärmeren Temperaturen noch wie ein Geschenk angefühlt, aber jetzt würde ich für ein bisschen Schnee töten.

Russell schüttelt den Kopf. »Bis zum Auto ist es nicht mehr weit. Wir sollten weitergehen.« Also wandern wir weiter, doch der rutschige, felsige Untergrund verlangsamt uns deutlich. Ich trete in eine überschwemmte Felsspalte, und Wasser läuft mir in die Schuhe.

Der Kaffee rebelliert in meinem Innern. »Können wir eine Abkürzung direkt nach unten nehmen?«, frage ich mit mehr Dringlichkeit als beabsichtigt.

»Auf keinen Fall, Mullally«, schreit Russell, um den Regen zu übertönen. »Zu gefährlich!«

»Können wir dann vielleicht ein bisschen schneller laufen?«

Chelsea blinzelt die Tränen weg, die sich auf ihren Wimpern sammeln. »Al, wir laufen, so schnell wir können.«

»Ich muss …« Ich trete von einem Fuß auf den anderen. »Ich muss mal.«

Wir bleiben im strömenden Regen stehen. Russell neigt den Kopf in Richtung eines kahlen, dürren Baums.

Mir bleibt der Mund offen stehen. »Das kann nicht dein Ernst sein.«

»Ich hab's doch auch gemacht«, entgegnet er.

»Und das war komisch!«

»Auf unserer Reise wird es keine Toiletten geben, und es wird regnen. Die ganze Zeit.«

Ich senke den Blick zu Boden, meine durchnässte Mütze plötzlich schwer auf meinem Kopf. Ich wische mir die Stirn ab, doch sie wird sofort wieder nass. Der Regen durchdringt meine wasserfesten Klamotten und bringt meine kalten Knochen zum Klappern. »Warum denken die Leute, das würde Spaß machen? Bin ich verrückt oder sind es alle anderen?«

Chelsea beugt sich zu mir, um mir auf die Schulter zu klopfen, doch dabei rutscht ihr Fuß unter ihr weg. Ich packe ihre Jacke, sie greift nach meinen Armen, meinem Pulli, meinem Gürtel, irgendetwas, woran sie sich festhalten kann, und zusammen stürzen wir in den eisigen Schlamm. Meine Hüfte schlägt hart auf dem Stein auf, und ein Ast, der genauso gut ein Eispickel sein könnte, schrammt über meine Wange.

In dem wilden Durcheinander reißt meine Tasche auf, und der Inhalt ergießt sich auf den regennassen Boden. Meine Kehle ist wie zugeschnürt, als mein Blick auf eine kleine weiße Scheibe fällt. Mein Casino-Chip – das Gegenstück des Mystic-Lake-Chips aus Sams Bücherregal.

Vor Schreck schnaube ich das Regenwasser aus der Nase – diese schöne Erinnerung könnte nicht weiter von meinem derzeitigen Leben entfernt sein. Zum einen waren wir im Trockenen. Mit dem Duft von schalem Zigarettenrauch in der Nase schlugen wir uns am Büfett die Bäuche voll, kippten an der Bar Drinks mit einem zankenden achtzigjährigen Paar und schlichen uns zum Soundcheck von Boy George und Culture Club ins Amphitheater ein.

Für Sam war dieser Tag weder neu noch besonders. Alles war so … unspektakulär. Ganz anders, als mit einem Mountainbike oben auf einem Gipfel zu stehen und so tun zu müssen, als wäre mir nicht kotzübel. Oder Selbstbewusstsein zu heucheln, wenn ich eine Felswand hinunterkletterte. Hier war ich den ganzen Tag nur ich selbst – mein gutes altes, langweiliges Ich – und mit jemandem zusammen, den ich mochte. Das machte diesen Tag perfekt.

Trauer und Freude steigen in mir auf, denn Sam hat diesen Chip nicht aufgehoben, weil das auf Insta gut ankommen und zu seiner »Nomaden-Ästhetik« passen würde. Er hat ihn behalten, weil er einen realen, tollen Tag mit einer guten Freundin in Erinnerung behalten wollte. Er war ein Sammler toller Tage, und das könnte ich auch sein, wenn ich lernen würde, mir einzugestehen, dass meine glücklichsten Tage nie die besonders aufregenden waren.

Ein glücklicher Tag war auch dieser erste warme Tag im Mai, als Mara, Chelsea und ich um den Lake Harriet herumschlenderten und uns die winzigen Strände dort anschauten. Mara und ich fuhren Tretboot, und abends schauten wir uns alle zusammen zu Hause bei Chelsea bis spät in die Nacht RomCom-Filme an.

Es konnte auch ein Tag sein, der eher unangenehm anfing – beispielsweise damit, Sams Bücherregale ausräumen zu müssen oder einen Arzttermin zu haben, vor dem mir graute – und in Adams Armen endete. Für mich war ein perfekter Tag ein Tag, den ich als ich selbst mit Adam verbrachte, und zwar ohne die geringste Gefahr von übelkeiterregendem Nervenkitzel.

Warum zwinge ich mich zu diesen großen Abenteuern, als hätte ich »*Eat, Pray, Love* dir deinen Weg durch Minnesota« gegoogelt? An meinen besten Tagen bin ich doch zufrieden!

Tja, Denise, du hast es wieder mal geschafft.

Der vertraute Stein auf meinem Herzen fängt überhaupt nicht an zu pulsieren bei der Vorstellung, Patagonien sausen zu lassen. Genau genommen ist da nicht mal mehr ein Stein – wann ist er verschwunden? Jetzt ist da eher eine verhedderte Lichterkette. Wenn man sie ganz unten in einer Kiste findet, stöhnt man genervt, weil man weiß, dass man sie *möglicherweise* entwirren könnte. Man kann es einfach nicht vor sich selbst rechtfertigen, zwanzig Dollar in eine neue zu investieren, denn man weiß, dass man diese Lichterkette retten könnte, wenn man es nur versuchen würde.

Ich muss anfangen, mir klarzumachen, was mich wirklich glücklich macht, und wenn ich ehrlich bin, weiß ich schon seit einer Weile, dass es nicht der richtige Weg ist, mich zu zwingen, jemand anderes zu sein.

Schnee knirscht unter meiner behandschuhten Hand, und ich wische mir meine nassen Haare aus den Augen. »Ich würde eher sterben als draußen zu kacken«, platze ich heraus, weil ich es keine Sekunde länger aushalte, so zu tun, als ob.

»Was?«, fragt Russell, und seine Stimme ist noch lauter als bisher. Er mustert mich argwöhnisch wie ein tollwütiges Tier. Zum Glück hat sich der Regen zu einem leichten Nieseln abgeschwächt.

»Außerdem hasse ich Parkplätze und werde meine Arbeitstage nicht damit verbringen, mir zu überlegen, wo die Leute parken können, damit ich, wenn ich Urlaub habe, in den Bergen kacken kann.« Mein Puls rast. Ich versuche schon so lange, mich zu der Person zu formen, die von außen betrachtet vielleicht richtig aussieht: die Überlebende. Aber ich kann nur ich selbst sein. »Ich kann mich nicht mehr zwingen, ich werde dadurch kein besserer oder wertvollerer Mensch. Es führt nur dazu, dass ich mich scheiße fühle – geradezu voll davon.«

»Und du willst nicht draußen scheißen«, wiederholt Chelsea. Auf ihrem schlammbespritzten Gesicht erscheint ein breites Lächeln, ihr blonder Zopf sieht aus wie ein nasser, schmuddeliger Strick.

Ich grinse in den Himmel hinauf und lehne mich an die eiskalte Felswand. »Stimmt genau.«

Wir steigen den Rest des Hügels hinunter, und obwohl der Schlamm in meinen Stiefeln schmatzt, meine Hüfte schmerzt und ich mir ziemlich sicher bin, dass meine Lippe blutet, schaffe ich es, den Abstieg zu genießen. Ohne den Druck, diese Wanderung zum Schlüssel meiner Erleuchtung zu machen, werden die Klippen zu dem, was sie schon immer waren: ein schöner, kalter Ort, an dem ich einen Tag mit meiner besten Freundin verbringe. Und mit Russell.

Wir finden unsere Autos vor dem menschenleeren Einkaufszentrum, wo wir sie zurückgelassen haben, und mein Herz wird leichter bei dem Gedanken, dass ich in nächster Zeit nicht den Verkehrsfluss auf Supermarkt-Parkplätzen planen muss. Da es kälter geworden ist, hat der Regen die Autos mit einer dünnen Eisschicht bedeckt. Russell kratzt die Windschutzscheiben ab, während Chelsea und ich uns in dem einzigen geöffneten Geschäft erleichtern: einem Escape Room mit Zombie-Ästhetik.

»Der Typ an der Rezeption hat nicht mal mit der Wimper gezuckt«, lacht Chelsea.

Ich ziehe mir einen Zweig aus den Haaren. »Er denkt wahrscheinlich, wir gehören zur Ausstattung.« Wir sehen tatsächlich ein bisschen untot aus.

Als wir wieder draußen sind, bedanke ich mich bei Russell für die Rolle, die er bei meiner emotionalen Erleuchtung gespielt hat. Er umarmt mich fest.

»Ohne dich wird es nicht das Gleiche sein, Babe«, sagt er, und ich glaube, er meint es aufrichtig.

Wir winken ihm zu, und berauscht von meiner eigenen Kraft schicke ich eine Nachricht ab.

11:11 ALISON:

Ich werde nicht nach Patagonien fahren. Und auch diesen Job nicht annehmen. Du hattest mit allem recht.

Das ist nicht genug, aber die Dinge, die ich ihm sagen muss, lassen sich nicht mit einer Textnachricht übermitteln. Es ist ein Friedensangebot. Tanzende Pünktchen erscheinen. Verschwinden und tauchen wieder auf. Mein Herz pocht wild, während ich auf seine Antwort warte. Wir können alles wieder in Ordnung bringen – da bin ich mir sicher –, wenn er einfach nur zurückschreibt.

11:14 ADAM:

Nein.

11:14 ADAM:

Hatte ich nicht.

Ich warte auf eine weitere Nachricht, aber mehr kommt nicht. Mein Herz flackert wie eine Kerze, die verlischt.

*

Als ich in den Hausflur trete und anfange, mir den getrockneten Schlamm von der Jacke zu knibbeln, entdecke ich vor meiner Tür ein vertrautes Gesicht.

»Rachel?«

»Sorry, dass ich einfach so aufkreuze. Ich habe einen sechzehnstündigen Zwischenstopp und wollte persönlich mit dir reden. Ich hab mir Sorgen gemacht, dass du nicht rangehst, wenn ich anrufe. Nicht, dass ich dir das verübeln würde.«

»Woher weißt du, wo ich wohne?«

»Adam hat mir deine Adresse gegeben.«

Mein Körper verkrampft sich. »Du hast mit Adam geredet?«

»Nicht wirklich«, antwortet sie. »Seine Nachricht war alles andere als gesprächig.«

Mein Herz ist schwer, als ich die Tür aufschließe. »Nimm es nicht persönlich. Möchtest du reinkommen?«

Rachel nickt und folgt mir. Ihr Blick schweift über meine wenigen Sitzgelegenheiten, bevor sie sich auf einem Stuhl in der Küchennische niederlässt. Ich ziehe die Jacke aus und setze mich ihr gegenüber.

Sie beäugt das getrocknete Blut an meiner Wange. »Alles okay mit dir?« Ich bin mir nicht sicher, ob sie nach meinem derzeitigen oder allgemeinen Befinden fragt, doch das spielt auch keine Rolle, denn sie redet einfach weiter. »Ich hätte dich nicht bitten sollen, zu lügen. Ich hab nicht darüber nachgedacht, wie das für dich sein würde.« Ihr Kinn zittert, sie hat Tränen in den Augen. »Es war die schlimmste Zeit meines Lebens – für meine Eltern natürlich auch –, aber vor Thanksgiving habe ich mich so … so allein damit gefühlt.«

Ich greife über den Tisch hinweg nach ihrer Hand und halte sie fest. »Hättest du gern einen Kaffee? Ich glaube, dieses Gespräch könnte Kaffee gebrauchen.«

Für einen Moment schaut sie mich verwirrt an – bis ich die andere Hand zu meiner Küchentheke ausstrecke und unverzüglich eine Kapsel in die Kaffeemaschine stecke. Die Freuden einer winzigen Wohnung.

Rachels Lachen ist wie eine warme Sommerbrise. »Ja, sehr gern. Ich hab die ganze Nacht nicht geschlafen. Kaffee klingt echt gut.«

Ich reiche ihr die volle Tasse und stelle die nächste in den Kaffeeautomaten, während sie mir davon erzählt, wie es war, mit Sam aufzuwachsen. Dass sie füreinander die engsten Vertrauten waren. Dass ihre Eltern immer neidisch auf ihre unerschöpfliche Reiselust waren. Sie erzählt Geschichten, wie man sie auf der Beerdigung eines sehr alten Menschen hören würde, wo die Gäste das lange, erfüllte Leben eines geliebten Menschen feiern, statt wie betäubt über die Ungerechtigkeit einer grausam kurzen Existenz nachzugrübeln. Es ist genauso schön für mich, wie es für sie befreiend ist.

»Unsere Eltern haben uns geliebt, aber überhaupt nicht verstanden. Ich wusste, dass ich sie nie zufriedenstellen können würde, also dachte ich mir, dann kann ich genauso gut das Studium hinschmeißen und Stewardess werden – so viel wie möglich in der Welt herumreisen. Aber Sam hat es nicht fertiggebracht, Mom und Dad derart zu enttäuschen. Er ist nicht mit mir zusammen ausgezogen, obwohl wir ständig darüber geredet haben, er hat weiter bei ihnen gewohnt und versucht, eine Art Doppelleben zu führen. Er hat sich so schuldig gefühlt, weil er überhaupt keine Lust auf das sesshafte Leben hatte, das sie sich für ihn wünschten. Deshalb wollte ich, dass du so tust, als wärt ihr noch zusammen gewesen – ich dachte, dann könnte er beide Identitäten behalten. Mir war nicht klar, dass es sich für mich anfühlen würde, als wäre ich die Einzige, die um den echten Sam trauert. Unsere Eltern waren so auf den Sohn fixiert, den sie in ihm sehen wollten, dass sie mit dem tollen Menschen, der er in Wirklichkeit war, nichts zu tun haben wollten.«

»Du musst dich schrecklich einsam gefühlt haben. Es tut mir sehr leid, dass ich die Flucht ergriffen habe, sobald die Wahrheit ans Licht gekommen ist.«

»Nein, nein, dieser Teil war letztlich gut für uns. Die Gäste sind im Handumdrehen verschwunden, und wir konnten endlich richtig miteinander reden. Es war … schön, sogar heilsam. Jetzt machen wir online eine Familientherapie und arbeiten gemeinsam alles auf. Ich bin mir nicht sicher, ob wir ohne diesen ganzen Unsinn jemals so weit gekommen wären.«

Ein trauriges Lachen steigt in mir auf. »Ich bin froh, dass der Schlamassel, den ich angerichtet habe, wenigstens etwas Gutes bewirkt hat.«

»Meine Eltern wissen, dass ich dich darum gebeten habe. Sie machen dir überhaupt keine Vorwürfe.«

Ich vergrabe das Gesicht in den Händen und fühle, wie meine Energie versickert. »Ich bin nicht sicher, dass das so selbstlos von mir war. Sam hat mit mir Schluss gemacht, weil er erkannt hat, dass ich nicht die Person bin, von der ich wollte, dass er sie in mir sieht. Durch das Ganze konnte ein Teil von mir länger so tun, als ob. Jetzt bin ich einfach wieder ich. Und das ist vielleicht gar nicht so schlecht, aber dieses Ich ist … traurig, glaube ich.«

Mit einem schwachen Lächeln hebt sie ihre Tasse. »Willkommen im Club. Freut mich, dich dabeizuhaben.«

Ich trinke einen stärkenden Schluck und bin – gegen alle Wahrscheinlichkeit – eigentlich ganz glücklich, einfach nur ich zu sein. »Freut mich, dass ich mitmachen darf.«

- KAPITEL 27 -

Eine midwest-toskanische Weihnachtsästhetik

Als ich am Heiligabend in Michigan lande, esse ich meine erste Mahlzeit von Buddy's Pizza. Normalerweise gehe ich zu Zingerman's Deli – ein Markenzeichen von Ann Arbor –, aber heute will ich eine knusprige Kruste und Käse, der Fäden zieht. Es ist ein exemplarischer Wintertag im Südosten von Michigan, was bedeutet, am Himmel hängen trübgraue Wolken, und der Schnee auf dem Shopping-Mall-Parkplatz ist eher ein dreckig-beiger Matsch als ein Winterwunderland.

»In Minnesota muss es doch auch Pizza geben.« Mom fährt vom Parkplatz, und der Duft, der von den auf meinem Schoß gestapelten Pizzakartons emporsteigt, erfüllt ihren alten Chevy Malibu.

»Nein. Da drüben müssen die noch viel lernen.«

»Tja, dann musst du wohl zurückkommen. Oder zumindest nach Florida ziehen.«

»Ach ja, Florida – der Bundesstaat, der für seine Pizza bekannt ist«, erwidere ich trocken.

»Dein Vater und ich waren letztes Frühjahr in Clearwater, dort gab es sehr gutes Essen.«

»Habt ihr euch mit L. Ron Hubbard auf ein Stück Pizza getroffen?«

»Elron wie? Ich verstehe nie, worüber ihr redet, du und deine Schwester.«

»Ach, nur ein Scientology-Witz. Ihre Hauptzentrale ist in Clearwater, Florida.«

»Ach? Ich hab mich von Scientology schon vor einer Ewigkeit verabschiedet. Damals, als sie nicht mehr waren als ein Haufen Boote.« Sie zuckt die Achseln, während sie in unsere Nachbarschaft einbiegt, als sei die Flucht aus Scientology tragisch banal und nicht Stoff für eine HBO-Serie. Gelangweilt wechselt sie das Thema. »Emma ist übrigens schwanger.«

Ich weiß, dass meine Schwester Emma schon immer Kinder wollte, aber ich hatte keine Ahnung, dass sie versucht, schwanger zu werden. »Sie freut sich bestimmt sehr. Können wir beim Buchladen haltmachen, damit ich ein Babygeschenk besorgen kann?«

»Sie wird dir nichts davon erzählen. Sie verrät es noch niemandem, aber sie ist sichtbar schwanger, also dachte ich, du musst Bescheid wissen, damit du sie nicht darauf ansprichst. Und biete ihr keinen Wein an oder so.«

»Warum sollte ich einer schwangeren Frau Wein anbieten?«

»Weil du nicht weißt, dass sie schwanger ist.«

Ich gestikuliere zwischen uns hin und her. »Hierbei mache ich nicht mit, also verhalte ich mich einfach normal mit ihr. Noch irgendwas, das ich wissen sollte?«

Sie schüttelt den Kopf. »Ich habe ein paar Artikel über das erhöhte Risiko, mit der BRCA-Mutation Hautkrebs zu bekommen, für dich ausgedruckt«, sagt sie. »Die können wir uns nach dem Abendessen ansehen.«

Am liebsten möchte ich in meiner Pizza versinken, aber ich lehne nur in solch hilfloser Melancholie den Kopf ans Fenster, dass meine innere Teenagerin – die mit pastellfarbenen Gelstiften traurige, seltsame Gedichte geschrieben hat – wahrscheinlich neidisch wäre. Jedes Mal, wenn ich nach Michigan fliege, sage ich mir, dass ich mich bei diesem Besuch nicht in mein siebzehnjähriges Ich zurückverwandeln werde. Dieses Jahr hat dieser Vorsatz nicht einmal die Fahrt vom Flughafen überstanden.

*

Mein Dad kommt nicht aus seinem Zimmer, bis Mom und ich mit dem Essen fertig sind, gemütlich auf der Couch sitzen und dabei sind, einen Weihnachtsfilm auszusuchen.

»Arbeit oder Studium?«, frage ich ihn, als er auftaucht.

Mitten in einem ausgiebigen Gähnen zuckt er erschrocken zusammen – mich auf dem Sofa sitzen zu sehen, bringt ihn offenbar aus dem Konzept – und rückt seine dicke, schwarze Brille zurecht. »Oh, hallo, Alison. Studium. Nächste Woche geht es wieder los.«

Ich zeige zur Küche. »Pizza ist im Ofen.« Solange ich zurückdenken kann, haben meine Eltern Pizza immer samt Karton bei zweihundert Grad in den Ofen gesteckt. Das habe ich nie als Gefahr angesehen, bis ich meine eigene Wohnung hatte und die bewusste Entscheidung traf, das niemals zu tun, weil ich nicht die Bude abfackeln wollte. Aber wenn ich zu Besuch bin, schiebe ich immer noch instinktiv den Pizzakarton in den Ofen, als würden für Häuser der Kindheit keine Brandschutzvorschriften gelten.

Mein Dad nimmt sich einen Teller und zieht sich wieder in sein Arbeitszimmer zurück. Seit Moms Krebsdiagnose arbeitet er nur noch Teilzeit in seinem Job als Mechaniker. Da sich die beiden Sorgen machten, dass der Krebs zurückkommen könnte, blieb er dabei. Nachdem die Scans jahrelang nichts ergeben hatten, hat er dann beschlossen, in seiner Freizeit den Master in mittelalterlicher Literatur zu machen. Zum Spaß. Die Entscheidung finde ich immer noch etwas rätselhaft, aber ich schätze, die Frauen in seiner Familie geben ihm auch eine ganze Menge Rätsel auf.

Mein extrem introvertierter und intellektueller Vater stand

immer in scharfem Kontrast zu meiner extrovertierten, kontaktfreudigen Mutter. Ich erinnere mich an Road Trips zu den Sleeping Bear Dunes, auf denen meine Mom stundenlang redete, ohne dass mein Dad auch nur ein einziges Wort beisteuerte. Einmal bin ich ihm in die Tankstelle gefolgt und fand ihn mit geschlossenen Augen am Gatorade-Regal. Als ich ihn fragte, ob er krank sei, antwortete er: »Nein, es ist nur … deine Mom redet viel, um Dinge zu verarbeiten. Das ist alles.«

Zwar habe ich nie gedacht, meine Eltern würden eine schlechte Ehe führen, aber ich habe sie auch nie verstanden. Früher dachte ich, er würde sich in sein Zimmer zurückziehen, um seiner geschwätzigen Frau und seinen lauten Töchtern zu entfliehen, aber jetzt, da wir Jungvögel das Nest verlassen haben, kann ich sehen, dass er einfach so ist. Dad hat sich in der stillen Zuflucht eines Buchs immer wohlgefühlt, während Mom nur gerade genug las, um wieder zu ihren zahlreichen Buchclubs eingeladen zu werden.

»Wie ist die Ultraschalluntersuchung gelaufen?«, fragt sie jetzt.

»Gut«, antworte ich.

»Ist die Zyste weg?«

Ich lege den Kopf ans Rückenpolster der schokobraunen Couch. Meine Eltern haben zuletzt 2005 in neue Möbel investiert, daher ist ihr Haus im midwest-toskanischen Stil eingerichtet, der sich vor allem durch überdimensionale Möbel und rote Farbakzente auszeichnet. Mein Blick ruht auf den verblassenden farbgetünchten Wänden, die meine Eltern ermutigt von einer Heimwerkersendung im Fernsehen mit goldgelber Farbe und feuchten Lappen selbst gestrichen haben.

»Ich bereue es wirklich, dir je von dieser Zyste erzählt zu haben.«

»Und, ist sie weg?«

»Ja. Meine Eierstöcke sehen ganz normal aus«, erwidere ich, werde jedoch immer wütender.

»Warum stört dich meine Liebe und Fürsorge eigentlich so sehr?«

Ich umklammere das ziegelrote Kissen auf meinem Schoß. »Weil die BRCA-Mutation das Einzige ist, worüber wir reden.«

Sie verdreht die Augen. »So schlimm ist es doch gar nicht. Ich glaube, dir ist nicht klar, wie sehr ich mich um dich sorge. Ich habe dir diese Mutation vererbt. Ich will einfach, dass dir deshalb nicht etwas Schlimmes zustößt.«

Ich sehe zu, wie sie die Fransen an der Decke zusammenflicht, die über unseren Beinen liegt. So oft habe ich mir vorgestellt, wie es mich von meinen Schuldgefühlen befreit hätte, wenn ich negativ auf die BRCA-Mutation getestet worden wäre, aber ich habe mir nie klargemacht, wie schuldig sich meine Mutter gefühlt haben muss. Sie versucht genauso verzweifelt, deplatzierte Gefühle loszuwerden wie ich, aber statt sich zu Wanderungen und schlecht durchdachten Camping-Touren zu zwingen, sorgt sie dafür, dass ich zu meinen Terminen gehe und die entsprechenden Untersuchungen durchführen lasse. Meine Mom, Adam, Rachel, Sam, wir alle sind machtlos gegen das schlechte Gewissen.

»Bei meinem letzten Termin habe ich meine Frauenärztin nach dem Artikel gefragt, den du mir geschickt hast – über die Eileiterentfernung. Sie hat zugestimmt, dass das eine gute Option für mich ist, aber ich kann diesen Weg nur in einem mir angemessenen Tempo gehen. Ich verspreche dir, dass ich für mich sorge, aber ich brauche dich auch als meine Mom, nicht nur als Genetikberaterin.«

Als sie nickt, wird ihr Gesicht seltsam starr, als versuche sie, ihre Gefühle vor mir zu verbergen. »Mir war wirklich nicht bewusst, dass wir so oft darüber reden. Ich will nur wissen, was du denkst. Manchmal muss man dir das aus der Nase ziehen.«

»Ja, es fällt mir schwer, ausgerechnet mit dir darüber zu reden, wie man Krebs vermeidet.«

»Warum ›ausgerechnet‹ mit mir?«

»Weil du den Krebs überleben musstest, damit ich mich vor ihm drücken kann.«

»Du meinst, du hast dich vor dem Krebs *gedrückt*? Als hättest du eine Klassenarbeit absichtlich verschlafen und …« Sie wedelt mit der Hand, als würde sie ein Insekt verscheuchen. »Oder so?«

»Nein, so war das nicht gemeint.«

»Dann erklär es mir.«

Ich setze mich schräg auf die Couch, um ihr ins Gesicht schauen zu können. »Ich habe diese Mutation, und deshalb hätte ich eigentlich Krebs kriegen sollen. In einer anderen Timeline wissen wir noch nicht, ob ich das Gen habe, und …«

»Einer anderen Timeline? Ist das so ein Marvel-Ding? Du weißt, dass ich nichts mit diesen Filmen anfangen kann.«

»Nein, aber ohne medizinisches Eingreifen hätten unsere Körper Krebs bekommen sollen. Deiner hat es getan, und du musstest um eine zweite Chance kämpfen. Du musstest die Chemo überstehen. Ich habe nichts getan. Ich habe nichts verloren. Warum konnte ich den Krebs austricksen, aber du nicht?«

»Du hast nichts verloren? Schätzchen, du hast deine Brüste verloren. Du wirst deine Eierstöcke verlieren. In einer alternativen Timeline hätten wir eine Möglichkeit gehabt, dass du gesund bleibst, ohne dafür Körperteile entfernen zu müssen.« Sie nimmt meine Hand, ihre mir so vertrauten Goldringe sind kalt an meinen Knöcheln.

»Ich arbeite mit Denise daran, aber das Gefühl, dass ich dieses Glück nicht verdient habe, überwältigt mich immer wieder. Als wäre mein Leben nicht gut genug, um dieses Geschenk zu rechtfertigen. Ich kann es noch nicht richtig erklären.«

Sie versucht, eine meiner unbändigen Locken zu bändigen –

sie kann einfach nicht anders. »Nein, ich glaube, ich weiß, was du meinst. Erinnerst du dich an die Brustkrebs-Selbsthilfegruppe, in der ich war? Ich hatte die beste Prognose von allen. Ich fühlte mich jedes Mal so schuldig, wenn ich über meine Ängste oder die Untersuchungen redete, während die Frauen im vierten Stadium keine Ahnung hatten, was als Nächstes passieren könnte. Eine von ihnen war sogar noch ein bisschen jünger als du. Kurz nach der Geburt ihres ersten Kindes hat sie die Diagnose bekommen. Ich weiß noch, wie ich dachte, dass sie wirklich um ihr Leben kämpft, während ich nur … ich erinnere mich nicht mal mehr, was genau ich dachte. Ich weiß nur noch, dass ich mich so schuldig fühlte, dass ich weiterleben würde, aber so viele dieser Frauen nicht.«

Sie setzt sich anders und macht es sich wieder gemütlich. »Dein Dad war nicht der Erste, der wieder studieren wollte. Ich wollte meinen Master machen und den nächsten großen amerikanischen Roman schreiben, wie ich es nach meinem Lehrerdiplom verkündet habe.«

»Ich wusste gar nicht, dass du schreiben wolltest.«

»Na ja. Ich lese nicht mal besonders gern – dabei ist man zu viel allein –, aber mir spukt schon so lange dieser Gedanke im Kopf herum. *Was, wenn der Krebs zurückkommt? Was, wenn das meine einzige Chance ist? Was, wenn er zurückkommt, weil ich es nicht getan habe?* Aber weißt du, was noch viel beängstigender ist, als dem Universum etwas schuldig zu sein? Zu erkennen, dass alles wirklich willkürlich ist. Und das ist die Wahrheit: Es gibt nichts zu bezahlen und nichts zu beweisen. Wir alle leben einfach nur.«

Ich fühle, wie ein Stück meines Schuldgefühls von mir abfällt. Diese Überzeugung, an die ich mich geklammert habe – dass es einen objektiven und belegbaren Maßstab dafür gibt, was es bedeutet, das Leben voll auszukosten – hat keinen Platz mehr in meinem Herzen. Meine Mom wendet sich mir mit der Ruhe und Gewissheit zu, die ausschließlich Müttern vorbehalten ist. »Du musst niemandem beweisen, dass du dieses Leben verdient hast. Du hast es verdient, weil jeder Mensch es verdient. Wenn Menschen sterben oder krank werden oder eine Mastektomie brauchen, dann passiert das nicht, weil sie es verdient haben. Es ist nicht fair, und es ist vollkommen willkürlich. Und es gibt nichts, was wir tun können, außer so zu leben, wie wir leben wollen.«

Ich merke gar nicht, dass ich weine, bis ich mir über die Augen wische und feststelle, dass sie nass sind.

»Ich hasse Wandern«, platze ich heraus. »Ich würde es gern mögen, aber es gibt zu viele Insekten.« Offenbar klingt meine Stimme so weinerlich, dass meine Mom sich das Lachen nicht verkneifen kann.

»Ich weiß, Schätzchen.« Sie streicht mir die Haare zurück und küsst mich auf den Kopf, wie früher, als ich klein war, und ich fühle mich auf dieselbe Art geborgen wie damals.

»Ich will *Meet Me in St. Louis* gucken«, sagt sie und greift sich die Fernbedienung.

»Ich liebe den Film.«

»Ich weiß.«

Ich kuschle mich an meine Mom, während das schwarzweiße Bild des wohlvertrauten Hauses in St. Louis sich in einen zauberhaften Farbfilm aus den 1940ern verwandelt, und wir zuschauen, wie Judy Garland in ihrer ganzen Glorie für den Jungen von nebenan schwärmt.

*

Emma watschelt in ihrem Umstandskleid aus rotem Samt über den Travertinfliesenboden und hält sich recht auffällig ihren Bauch. Ihre Frau Theresa folgt ihr, eine Glasplatte mit den

Cuccidati ihrer Mutter balancierend, und begrüßt uns alle mit einem fröhlichen »Frohe Weihnachten«.

Emma knurrt.

Ich nehme meiner Schwägerin die sizilianischen Feigenplätzchen ab und stelle sie auf die Theke, so dass Theresa ihrer Frau auf einen Stuhl am Küchentisch helfen kann.

»Wie ist das Leben, Em?« Leider bin ich so verlegen, dass ich gar nicht weiß, wohin mit den Händen.

Sie bläht die Nasenflügel. »Mom hat dir verraten, dass ich schwanger bin.«

»Sie hat mir gesagt, dass du mir nicht verraten würdest, dass du schwanger bist. Also ja? Nein? Das ist nicht ganz klar.«

Emma nimmt sich eine Karotte von der Gemüseplatte und beißt sie in der Mitte durch. »Unsere Mom konnte noch nie ein Geheimnis für sich behalten.«

»Ich glaube, das da ist ein deutlicher Hinweis«, erwidere ich und zeige auf ihren Babybauch. Theresa spuckt vor Lachen beinahe ihren Cracker aus.

Emma hebt ihre sandblonden Locken vom Nacken, und Schweißtropfen kommen zum Vorschein. »Alison, man sagt einer schwangeren Person nicht, dass sie schwanger aussieht. Weißt du denn gar nichts?«

»Du bist die erste Schwangere in meinem Bekanntenkreis. Ich kenne die Regeln nicht.«

»Du solltest sagen, dass du nie gedacht hättest, dass ich schwanger bin, wenn ich es dir nicht gesagt hätte, und dass ich strahle, obwohl das eindeutig vom Schwitzen kommt.«

Ich fülle die Schüssel mit den grünen und roten M&Ms, die ich zum Frühstück gegessen habe, wieder auf und stelle die XXL-Tüte zurück in den Schrank. »Also … soll ich lügen?«

»Hör nicht auf sie, Babe.« Theresa wirft ihre langen dunklen Haare zurück. »Du siehst aus wie eine berühmte schwangere

Diva, die so zierlich ist, dass sie ruhig weiter vor der Kamera stehen kann – jedenfalls solange sie sich eine übergroße Tasche oder eine Topfpflanze vor den Bauch hält.«

Emma beugt sich über den Tisch und knufft mich in die Schulter. »Ihr beide seid wirklich das Letzte.«

Ich schlage ihre Hand weg. »Warum hast du es denn ausgerechnet auf mich abgesehen?«

»Weil du die Schlimmste hier bist. Und die, die mir am nächsten ist. Und ein schlechter Einfluss für Tree«, fügt sie hinzu.

»Ich bin nicht mal die schlimmste Mullally-Tochter in diesem Haus.«

Ich liebe Emma für ihre Unverfrorenheit, aber niemand hält sie für die Süße. Der Running Gag in unserer Familie ist, dass dreißig Prozent ihrer Sätze mit »Weißt du, was ich daran nicht mag« anfangen.

»Ich überlasse euch eurem Gezanke.« Theresa küsst Emma auf die Schläfe und verschwindet, um mit unserem Dad fernzusehen.

»Also, wie läuft die Schwangerschaft?«, frage ich meine Schwester.

»Gut. Ungefähr achtzehn Wochen war mir jeden Morgen kotzübel – dabei ist das zweite Trimester doch angeblich so leicht. Von wegen! Aber jetzt, in der einundzwanzigsten Woche, beginnen die Erinnerungen an Linda Blair im *Exorzist* langsam zu verblassen.«

Ich nehme mir eine Selleriestange vom Tablett. »Und warum wolltest du es mir nicht verraten?«

Sie steckt sich eine Handvoll M&Ms in den Mund. »Es ging nicht nur um dich. Ich hab Trees Familie auch noch nichts davon gesagt.«

»Versteckst du dich beim Sonntagsessen hinter großen Möbelstücken?« Theresa hat eine weitläufige italienische Familie, die sich im Haus ihrer Tante zu obligatorischen wöchentlichen Essen trifft. Weder Krankheit noch Unwetter gelten als Entschuldigung für ein Fernbleiben, nicht einmal ein leichtes Koma.

Emma macht ein grimmiges Gesicht. »Ich bin erst vor Kurzem dicker geworden.«

»Klar, für eine schwangere Person siehst du nicht *besonders* schwanger aus, aber für eine nicht schwangere Person siehst du *ziemlich* schwanger aus. Ich glaube, sie werden Verdacht geschöpft haben.«

»Die künstliche Befruchtung war eine große Sache« – sie wedelt mit der Hand im Versuch, etwas zu vereinfachen, das zu nervenaufreibend war, um es bei einer Gemüseplatte aus dem Supermarkt zu besprechen – »und bei allem, was du durchmachen musstest, wollte ich dich nicht mit meinem Fruchtbarkeitstrara belästigen.«

Ich starre sie an, öffne die Coladose vor mir und warte, dass sie die Lücken füllt.

»Du lässt dir die Eierstöcke entfernen. Du willst doch bestimmt nicht, dass ich dir wegen der Entnahme meiner Eizellen die Ohren vollheule.« Sie klaubt ein loses Haar von meinem Pullover und sieht es stirnrunzelnd an. Ich kenne meine Schwester gut genug, um dieses Ablenkungsmanöver als solches zu erkennen – es handelt sich um den Versuch zu vertuschen, dass Emma Mullally gerade zugegeben hat, geweint zu haben.

Klinge ich auch so, wenn ich Moms Belastung mit meiner vergleiche?

»Ich liebe dich und Theresa, Em. Du musst nichts vor mir verbergen, nur weil dein Test negativ ausgefallen ist. Ich will bei all dem für dich da sein. Und für dieses Baby.«

Doch sie presst die Lippen aufeinander und hält zurück, was immer unter der Oberfläche brodelt. Emma hat schon immer lieber ausgeteilt als Gefühle gezeigt. Jetzt sehe ich zu, wie sie gegen den Drang ankämpft, mich zu kneifen, anstatt auf dem Weg schwesterlicher Verletzlichkeit weiterzugehen.

»Wie ist es eigentlich dazu gekommen?«, frage ich.

»Also, wenn zwei Frauen sich sehr lieben, dann …«

»Nicht *das*, du Idiotin. Woher wusstest du, dass die Zeit gekommen ist, diesen Schritt zu gehen? Woher wusstest du, dass du es jetzt willst?«

»Ich hab es nicht gewusst«, antwortet Emma.

»Was?«

»Woher soll man denn wissen, ob irgendwann eine gute Zeit für irgendwas ist? Kann das überhaupt jemand? Es bleibt einem doch gar nichts anderes übrig, als die Entscheidungen zu treffen, die sich für das Leben, das man will, richtig anfühlen – und dann hoffen, dass alles gut geht.«

»Das Leben, das ich will, ist zurzeit ziemlich schwer fassbar.«

»Ja, dein Social-Media-Account ist das reinste Chaos. Warst du nicht irgendwann mal in einem Heißluftballon?«

»Ja. War ich.« Der Pilot des Heißluftballons hat die Fotos für mich gemacht, während ich mit angezogenen Beinen unten im Korb kauerte und zur Beruhigung Atemübungen machte.

»Das ist ja wie damals, als wir klein waren und du unbedingt Leichtathletik versuchen wolltest, obwohl du grottenschlecht im Laufen bist, dir aber die *Idee* besser gefiel als das ganze nerdige Zeug, das du mit Dad gemacht hast. Nur an Weihnachten hast du wie eine Besessene mit dem ganzen Eisenbahnzeug gespielt. Theresa denkt, dass du deshalb so ein unerträgliches Weihnachtsmonster bist.«

»Ich dachte, das wäre meine ganz spezielle lustige Eigenart.«

»Alison«, schnaubt Emma. »Das ist echt das Schlimmste an dir. Du guckst das ganze Jahr über *Liebe braucht keine Ferien*. Das ist doch völlig verrückt.« Die zukünftige Mutter, die mich wahrscheinlich immer noch so gern in den Schwitzkasten nehmen würde wie früher, versetzt mir einen kräftigen Tritt ans Schienbein, um ihrer Aussage Nachdruck zu verleihen.

»Schluss mit der Gewalt«, verlange ich und widerstehe dem Drang, ein »sonst sage ich es Mom« anzufügen. »Nancy Meyers geht weit über die Weihnachtssaison hinaus, und Cameron Diaz wird als Komödiantin schändlich unterbewertet.«

Emma runzelt die Stirn. »Weißt du, was ich an Cameron Diaz nicht mag?«

Ich werfe ein rotes M&M nach ihr, und als sie es mit dem Mund auffängt, sind wir beide so beeindruckt, dass wir vergessen, worüber wir uns gestritten haben.

Das Abendessen – Kartoffelbrei, Grüne-Bohnen-Auflauf und Honigschinken – vergeht wie im Flug, und ich kann einfach nicht anders, als mich zu fragen, welche Schongarer-Kreationen June wohl heute für die Familie Berg gezaubert hat.

Zum Nachtisch reicht Mom die Plätzchendose herum, während sie ihre kultigen Lieblingsgeschichten erzählt.

»Was noch seltsamer ist« – sie beißt in ihren Keks – »dass ich mit dieser Mitbewohnerin nach Rajneeshpuram fahren sollte, aber Emmas und Alisons Vater hat die Grippe gekriegt. Sie meinte, es wäre ein Yoga Retreat, und war auch tatsächlich in der Sekten-Doku zu sehen.«

»Ms. Mullally, Sie müssen unbedingt ein Enthüllungsbuch schreiben«, bestürmt sie Theresa.

Mein Dad streicht Mom in sanften Kreisen über den Rücken. »Ich sage ihr schon immer, dass sie interessante Dinge zu erzählen hat«, stimmt er zu. Mom wirft mir einen wissenden Blick zu.

Emma steht auf, auf jede noch so kleine Regung in ihrem Bauch bedacht. »Ich liebe euch alle. Das war wundervoll, aber ich bin zu schwanger, um so spät noch auf den Beinen zu sein.«

Mom schnappt nach Luft und drückt die Hand aufs Herz. »Du bist schwanger?!«

– KAPITEL 28 –

Das Überlebenden-Syndrom wird weiter Thema sein

Als der Film – einer der zahlreichen Hallmark-Weihnachtsfilme, die die unbeantwortbare Frage aufwerfen: *Was, wenn der Sohn des Weihnachtsmanns flachgelegt werden würde?* – vorbei ist, gähnt Mom strategisch, um das offizielle Ende der Weihnachtssaison zu verkünden. Auf dem Weg ins Bett erspähe ich einen Lichtschein unter der Tür des Arbeitszimmers – dem Raum, der früher bekannt war als EMMAS ZIMMER – *BETRETEN UNTER ANDROHUNG VON TODESSTRAFE VERBOTEN.* Ich klopfe leise, und mein Dad ruft mich herein.

»Ich dachte, du schläfst schon«, flüstere ich und schließe die Tür hinter mir.

Dad lacht leise. »Ich schlafe nicht mehr. Aber ich bin froh, dass du geklopft hast.« Er öffnet die unterste Schublade seines massiven Holzschreibtischs. »Ich hab das für den Weihnachtszug gefunden. Tut mir leid, dass ich dieses Jahr mit meinem Studium so beschäftigt war.«

Ich setze mich im Schneidersitz auf den Boden zu seinen Füßen und schüttle lächelnd den Kopf. »Ist schon gut, Dad. Weihnachten kommt jedes Jahr wieder. Und ich war sowieso nicht lange hier.«

Er präsentiert mir einen Miniatur-Eisenbahntunnel. Darauf steht in abblätternder aufgemalter Schrift *Cascade Tunnel.* »Den habe ich auf dem Flohmarkt in Ohio entdeckt, den deine Mom so mag. Das ist der Tunnel, durch den wir auf unserem Road Trip nach Washington gefahren sind, weißt du noch?«

Ich nehme das kleine Plastikstück in die Hand. »Natürlich. Ich hab Emma im Auto gezwungen, mein Buch über den Tunnelbau zu lesen, und sie hat sich genau in dem Moment übergeben, als wir reingefahren sind.«

Er lacht, in Erinnerungen versunken. »Ich dachte, dieser Tunnel würde nie enden.«

Ich greife nach oben und stelle den kleinen Tunnel auf den Schreibtisch zurück. »Es ist der längste Eisenbahntunnel in den Staaten. Vielleicht könnten wir ihn im Sommer bemalen, wenn du Semesterferien hast.«

»Das wäre toll, Süße.«

»Mir ist aufgefallen, dass ich dieses Jahr keinen Eisenbahnwaggon bekommen habe.« Ich stupse die Armlehne seines Drehstuhls an.

»Ja. Es war das Weihnachten der Target-Gutscheine«, seufzt er und fängt an, mit dem Saum seines Hemds die Brille zu putzen. »Ich dachte, du magst sicher keine alten Waggons mehr geschenkt bekommen.«

Ich kaue auf der Unterlippe. »Eigentlich ist das Gegenteil der Fall – ich habe beschlossen, meine Begeisterung für Züge voll auszuleben. Das ganze Jahr über. Von jetzt an werde ich damit nicht mehr hinter dem Berg halten.«

Adam hatte recht. Ich bin es leid, die Dinge, die mich glücklich machen, unter meinem Bett zu verstecken.

Nachdem mein Vater und ich uns gute Nacht gesagt haben, schließe ich die Tür und gehe den Flur hinunter zu meinem alten Zimmer. Der Raum dient als Gästezimmer, seit meine Mom mein Einzelbett mit einem Doppelbett ausgetauscht hat, aber die Wände sind immer noch lavendelblau, mit denselben durchsichtig schwarzen Schmetterlingsvorhängen, die auf eine Art in der warmen Heizungsluft flattern, die das Herz meines Teenie-Ichs erfreut haben.

Der Schreibtisch, an dem ich Hausaufgaben gemacht habe, ist nicht mehr da, aber ein knittriges Robert-Pattinson-Plakat markiert noch die Stelle, wo er stand. Was soll ich sagen? Teenie-Alison-Mullally hatte eine Schwäche für starke, ruhige Typen.

Als ich mich ins Bett lege, leuchtet mein Handydisplay auf.

Adam ruft mich an.

Zum ersten Mal seit Wochen will Adam mit mir reden. Was hat das zu bedeuten? Mindestens ein höfliches: *Guten Abend, Alison. Mach dich darauf gefasst, dass ich im neuen Jahr deine Nummer blockieren werde. Schöne Feiertage!*

Aus Angst, dass der Anruf direkt an die Mailbox weitergeleitet wird und ich diese Gelegenheit verpasse, wische ich fieberhaft über das Display, aber das Handy rutscht mir aus der Hand, und obwohl ich zweimal versuche, es zu fangen, landet es mit einem Bums auf dem Bett.

»Hallo?«, schreie ich das Telefon auf der Decke an und melde mich sicherheitshalber noch einmal mit einem »Hallo?«, als ich es ans Ohr halte. Aber ich höre nichts als Stille.

Eine Hand am Telefon, die andere auf die Stressfalte gepresst, die sich in meiner Stirn gebildet hat, setze ich mich im Bett auf. »Wenn du dich verwählt hast, bringe ich dich um.«

»Plötzlich weiß ich gar nicht mehr, warum ich so nervös war, dich anzurufen.« Seine vertraute Stimme ist Musik in meinen Ohren, warm und rau und genauso schön, wie ich sie in Erinnerung habe. Bei ihrem Klang könnte ich dahinschmelzen.

»Du hast keinen Grund, nervös zu sein.« Ich versuche, nett und auch ein bisschen sinnlich zu klingen, aber ich glaube nicht, dass ich das wirklich schaffe.

Einen kurzen Moment herrscht unbehagliches Schweigen, dann sagt Adam. »Fröhliche Weihnachten, Ali.«

Der Kosename trifft mich direkt ins Herz. Ich greife nach meinen Kopfhörern und lege mein Kissen auf meinen Schoß, weil ich mir Sorgen mache, dass ich das Ganze irgendwie vermasseln könnte, indem ich mich hinlege. »Wo bist du?«

»Bei June. Ich bin schon seit ein paar Tagen hier.«

»Wie war Weihnachten für Otis?«

»Perfekt. Er ist in dem Alter, in dem er noch an den Weihnachtsmann glauben will, aber die Logik des Ganzen schon hinterfragt. Wir mussten uns dieses Jahr ein bisschen mehr Mühe geben, um ihn zu überzeugen. Nachdem er letzte Nacht eingeschlafen war, bin ich aufs Garagendach geklettert, damit wir ihm heute früh die Stiefelabdrücke zeigen konnten.«

»Adam! Das ist dumm und gefährlich!«

»Auf keinen Fall. Es war schlau.« In seiner Stimme funkelt ein Lachen.

»Du glaubst, es war schlau, den Tod des Vaters in *Gremlins* nachzuspielen?«

»Ich bin überrascht, dass du *Gremlins* kennst. Der Film ist doch beinahe gruslig.«

»Also erstens, wie kannst du es wagen? Und zweitens, *Gremlins* ist total gruslig. Ich kann nicht mal mehr *Schneewittchen* anschauen, ohne mir dabei vorzustellen, wie diese kleinen Goblin-Viecher mitsingen.«

»Es sind Gremlins, Mullally. Wie der Name schon sagt«, erwidert er etwas gedehnt – wie immer, wenn er so tut, als würde er sich kein bisschen über mich amüsieren. »Und wie war dein Weihnachten?«

»Gut. Richtig gut. Das Beste seit Langem.«

»Freut mich zu hören.«

Schweigen. Schließlich kann ich nicht mehr anders, als es zu durchbrechen. »Hast du nur angerufen, um mir fröhliche Weihnachten zu wünschen?«

»Nein. Ich wollte mit dir reden. Ich brauchte nur ein bisschen Privatsphäre.«

Ich höre, wie am anderen Ende der Leitung eine Autotür zuschlägt, und stelle mir vor, wie er in seinem Truck in der Einfahrt seiner Schwester sitzt, und wie er mich auf dem Beifahrersitz angesehen hat, als ich das letzte Mal neben ihm saß – als könne er nicht genug von mir kriegen.

»Okay.« Ich arrangiere meine Kissen neu und lege mich hin. Ich habe schon mit ein paar Jungs telefoniert, während ich an diese Decke gestarrt habe, aber noch nie war ich so nervös wie jetzt mit Adam.

»Wo bist du gerade?«, fragt er.

»In meinem Kinderzimmer. Es ist seltsam, wieder hier zu sein. Das ganze Haus ist wie eine Zeitschleife zurück in die Nullerjahre. Heute Morgen bin ich auf eine Schmetterlingshaarspange getreten, die hier seit der Grundschule in meinem Teppich gesteckt haben muss.«

»Ich hasse Schmetterlinge«, sagt er ganz locker, als würde er Montage oder Sardellen hassen und nicht etwa ein majestätisches Wesen aus der Welt der Natur.

Gleichzeitig amüsiert es mich, was man mir sicher anhört, als ich erwidere: »Wie kann man denn Schmetterlinge hassen?«

»Okay, ich hasse Schmetterlinge nicht wirklich. Aber ich verstehe nicht, warum die Leute sie anders behandeln als andere Insekten, nur weil sie bunt sind.« Ich lach-schnaube.

»Was ist?«, fragt er.

»Ach, nichts. Es ist so typisch für dich ist, eine solche Meinung zu vertreten. Und ich liebe es.«

»Weil es so wundervoll misanthropisch ist?«

»Es ist nur grummelig«, korrigiere ich ihn. »Und ich stimme dir zu, würde es aber niemals zugeben.« Ich kann ihn denken hören. Vielleicht sogar lächeln.

»Ich mache eine Therapie.« Das Geständnis platzt aus ihm heraus, einfach so. »Vielleicht sollte ich damit anfangen.« Er lacht nervös. Genau das tiefe Rumpelgeräusch, das ich in Erinnerung hatte.

»Ich gehe schon seit Jahren in unregelmäßigen Abständen zur Therapie, aber in letzter Zeit wieder öfter.«

»Für mich ist das neuer als für dich. June hat mich gedrängt, mir jemanden zu suchen, weil es mir nach Sams Geburtstag so schlecht ging.«

»Das tut mir echt leid, Adam.« Die Stille hält an, und ich zähle seine Atemzüge. »Ich hab deine Nachricht bekommen.« Das Wort *Nein* leuchtet vor meinem inneren Auge auf.

»Deshalb rufe ich an.« Er atmet langsam aus. »Ich wusste nicht, wie ich dir das per Textnachricht sagen sollte. Du hast geschrieben, dass ich recht hatte, aber das stimmt nicht. Ich habe angeboten, mit Sams Wohnung zu helfen, weil ich dann wenigstens etwas zu tun hatte und die Gefühle ignorieren konnte, die Sams Tod in mir ausgelöst haben. Wir haben uns nicht auseinandergelebt. Ich habe ihn weggestoßen.

Es war Sam, mit dem ich mir all diese Lebensziele gesetzt habe – für die Ausbildung in den Norden zu ziehen, dann zurück in die Twin Cities, und meinen eigenen Weg zu gehen. Bei ihm klang das so leicht. Und anfangs war es auch leicht. Als ich mit der Ausbildung fertig war und Investoren suchte, hat er mich Freunden seiner Eltern empfohlen. Paul, dieser Typ mit dem Mädchen-Gartenhaus, hat fast ein Jahr hin und her überlegt, ob er in meine Geschäftsidee investieren soll. Ich sollte für ihn dieselbe Esszimmergarnitur unzählige Male neu designen, weil er etwas ›besser Vermarktbares‹ wollte. Letzten Endes hatte ich eine Garage voller Möbel, die ich scheußlich fand, und er hatte eine Firma, die besser zu seinen *Die-Höhle-der-Löwen*-Fantasien passte.« Er lacht bitter.

»Darüber bin ich nie richtig weggekommen – es hat sich angefühlt wie eine Ablehnung von allem, wofür ich so hart gekämpft hatte. Ich habe mich selbst völlig aus den Augen verloren und mich angepasst, um Sachen herzustellen, die andere womöglich für investitionswürdig halten würden. Jahrelang habe ich mich … na ja, ich habe mich versteckt. So festgefahren und voller Angst, noch einmal zu scheitern. Sam hat mich immer ermutigt, das Risiko einzugehen, und ich habe ihn weggestoßen, anstatt mich auch nur einen einzigen Schritt vorwärts zu wagen.«

Er schluckt hörbar. »Als er gestorben ist«, fährt er fort, »habe ich mir nicht erlaubt, um ihn zu trauern. Stattdessen habe ich mich schuldig gefühlt, weil ich ihn weggestoßen und nicht auf ihn gehört habe. Ich war traurig, aber ich habe das Gefühl nicht zugelassen. Ich dachte, ich hätte es gar nicht verdient, den Verlust zu fühlen und um Sam zu trauern – als würde es nur eine bestimmte Menge von Erinnerungen an ihn geben und ich hätte nicht das Recht, daran teilzuhaben.«

Ich führe seinen Gedankengang zu Ende. »Und ich habe alles noch schlimmer gemacht.«

»Nein, das ist es ja gerade. Ich habe dich für diese Schuldgefühle verantwortlich gemacht, aber die hatte ich schon, bevor Mrs. Lewis uns einander vorgestellt hat. Versteh mich nicht falsch, der Gedanke, dass ich in seine Freundin verliebt war, hat nicht geholfen, aber was ich fühlte, war nicht deine Schuld.«

Einen Moment lasse ich seine Worte – *dass ich in seine Freundin verliebt war* – wohlig in meinem Innern flattern, bevor ich mich zwinge, die Vergangenheitsform zu hören.

»Aber du hast mir auch das Gefühl gegeben, dass es besser werden könnte, dass ich mich nicht immer so einsam fühlen würde«, sagt er, und seine Stimme bricht. Ich wünschte, ich könnte seine Hand halten. »Es tut mir leid, dass ich meine Wut und Scham an dir ausgelassen habe. Das war nicht fair.«

»Und mir tut es leid, dass ich deine Gefühle noch komplizierter gemacht habe. Schuldgefühle sind mir nicht fremd. Es ist mein Lieblingsgefühl.«

»Inwiefern?«

Ich lasse mich noch tiefer in meine Kissen sinken – mache es mir gemütlich. »Nicht, weil ich es am meisten genieße, sondern weil ich es anscheinend allen anderen Gefühlen vorziehe. Ich weiß auch nicht. Vielleicht genieße ich es schon ein bisschen. So viele Gefühle wollen einfach nur, dass man sie eine Weile spürt, bevor sie weggehen. Schuld verlangt nach Taten. Man muss sie wiedergutmachen, man muss dafür büßen. Sie sagt dir genau, was sie von dir will. Das tut Trauer nicht. Jedenfalls nicht für mich.«

»Du klingst wie meine Therapeutin.« Er lacht leise, und bei dem Geräusch kribbelt es in meinem Inneren.

»Ich klinge wie *meine* Therapeutin. Überlebensschuld ist weiterhin ein Thema für mich. Nach meiner Mastektomie war ich … depressiv. Mara und Chelsea haben mich wunderbar unterstützt, aber der Heilungsprozess war schwerer, als ich gedacht hatte. Und ich habe mir nicht erlaubt, traurig zu sein, denn was für ein Arsch muss man sein, um zu trauern, weil man dem Krebs entkommen ist? Gute Menschen sind einfach dankbar. Gute Menschen überleben und klettern danach auf Berge und kosten ihr Leben voll aus. Letzteres habe ich ja versucht, auf Teufel komm raus.«

Ich halte inne und räuspere mich. »Statt herauszufinden, wie mein neuer Körper zu der Person passt, die ich vor der Operation war, habe ich eine neue Persönlichkeit erschaffen: eine Person, die eine zweite Chance verdient hat. Denn dass eine introvertierte Stubenhockerin sie verdient, ist komplett unmöglich. Als ich Sam kennengelernt habe, dachte ich, er würde genau das richtige Leben führen. Er war eine so vielfältige, reichhaltige Persönlichkeit, so lebensfroh. Ich dachte, dass er etwas mit mir zu tun haben wollte, würde zeigen, dass ich auch so war. Und als er mich dann abserviert hat, fühlte sich das an wie der Beweis, dass ich es nicht war. Jetzt freunde ich mich langsam mit dem Gedanken an, dass ich nicht das Zeug dazu habe, das Leben bis auf den letzten Tropfen auszukosten, und dass es okay ist, einfach nur ich selbst zu sein.«

»Es gibt niemanden wie dich«, antwortet er, seine Stimme ein Flüstern. »Ich will mich nicht länger quälen. Und ich will nicht traurig sein, aber das bin ich. Ob es mir gefällt oder nicht.«

Ich möchte ihn fragen, ob er meinen Schatten in seinem Leben spürt wie ich den seinen – aber ich bin nicht mutig genug, die Antwort zu hören. »Schläfst du heute in dem Doppelstockbett oder fährst du nach Hause?«

»Ich schlafe auf einer Luftmatratze. Ich habe Otis zu Weihnachten das Hochbett gebaut, das er sich so sehr gewünscht hat. In den letzten Wochen hab ich oft hier gelegen und mir Gedanken gemacht. Über vieles.«

»Wow. Kein Doppelstockbett mehr. Das Ende einer Ära.« Ich höre sein Lachen, das in ein Gähnen übergeht. »Sollen wir schlafen gehen?«

»Wahrscheinlich. Ich sollte wieder rein und ins Bett.«

»Es war schön, von dir zu hören«, sage ich und zwinge mich, eine förmliche Distanz in meine Stimme zu legen. »Viel Glück, Adam.«

»Viel Glück?« Ich kann sein leises Lachen beinahe auf der Wange spüren. »Ist das besser oder schlechter, als mir alles Gute zu wünschen?«

»Besser, glaube ich.«

»Okay. Dann wünsche ich dir auch viel Glück. Gute Nacht, Ali.« Er setzt an, noch etwas zu sagen, unterbricht sich aber. »Gute Nacht.«

»Gute Nacht«, sage ich und lege auf. Schon jetzt kann ich den nächsten spätabendlichen Anruf kaum erwarten.

- KAPITEL 29 -

Ruth Bader Winsburg, Night Cheese und Risky Quizness

Nach unserem spätabendlichen Weihnachtstelefonat höre ich nichts mehr von Adam. Ich habe überlegt, ihn an Silvester um Mitternacht anzurufen, weil ich hoffte, das wäre vielleicht unser neues Ding – emotionale nächtliche Anrufe an gesetzlichen Feiertagen, und bis Memorial Day würden wir uns dann gegenseitig unsere Liebe gestehen –, aber ich bin um neun Uhr eingeschlafen.

An Neujahr habe ich keine verpassten Anrufe auf meinem Handy, und es ist Zeit, weiterzumachen. Heute Morgen habe ich meinen Kleiderschrank von den Relikten meines Fake-Lebens befreit. Jetzt bin ich vor unserem anstehenden Quiz-Turnier in Chelseas Apartment und kann der Versuchung nicht widerstehen, vor ihr und Mara mit meinem persönlichen Wachstum anzugeben.

Chelseas Wohnung befindet sich im dritten Stock eines Kolonialbaus aus den 1920ern in Como Park in Saint Paul. Die Architektur passt perfekt zu ihrer blumigen Einrichtung im Stil englischer Landhäuser.

Ich stelle einen Wäschekorb auf ihrer flauschigen blauen Bettdecke ab. Die eintönigen Stoffe meiner Outdoor-Sucht-Verkleidungen – Grau, Olivgrün, Khaki – hängen über den Rand und fallen auf das fröhliche Blumenmuster.

»Die Überbleibsel deiner Cheryl-Strayed-Phase«, sagt Chelsea ehrfürchtig und hält sich meine dunkelgrüne North-Face-Jacke an die Brust.

»Sich auf den Weg in die Wildnis zu machen, ist immer ein Hilfeschrei«, ruft Mara aus dem Flur.

Ich lehne mich ans Kopfteil. »Aber in Filmen ist es immer etwas Gutes.«

»Nein, in Filmen ist es ein Weckruf, endlich eine Therapie anzufangen. Und in Filmen bleiben die Leute auch nie ewig in der Wildnis. Dort gibt es nichts zu holen, für niemanden. Irgendwann muss man immer zurück in die Zivilisation.« Mara geht um das Bett herum und setzt sich, eine Teetasse auf den Knien balancierend, auf die gepolsterte Bank am Fußende.

»Dein Leben war nie ein ›Ab in die Wildnis‹-Film. Es war ein ›Kauf ein Haus in einer malerischen kleinen Weihnachtsstadt und lerne, dich selbst zu lieben mit der Hilfe skurriler Unbekannter‹-Film«, erklärt Chelsea.

Ich runzle die Stirn. »Und was sind eure Filme?«

»Meiner ist ›Charmanter Mann bringt mir bei, was Liebe ist‹ und Maras ist der Klassiker »Mädchen zieht in die Stadt und bekommt den tollen Job«, sagt sie, als wäre die Antwort offensichtlich.

Ich reiche Mara meinen Hydrations-Rucksack. »Ich wollte, dass ihr die erste Wahl habt, bevor ich alles spende, um das Ende dieser Phase zu markieren. Und den Beginn von etwas Neuem.«

»Ein paar Sachen solltest du behalten – Basisschichten sind nicht nur fürs Campen gut –, aber wozu Cargo-Shorts mit UV-Schutz nützlich sein könnten, erschließt sich mir nicht unbedingt.« Mit spitzen Fingern wirft Chelsea die Khaki-Shorts weg, als wären sie radioaktiv.

»Damals dachte ich, sie wären notwendig.«

»Ach ja, Al? Wirklich?«, hakt Chelsea nach.

Ich zucke nur die Achseln.

»Konntest du Patrick überreden, doch zum Turnier heute zu erscheinen?«, fragt Mara und nippt an ihrem Tee. »Er kann ruhig ein bisschen später kommen, wenn er noch was zu erledigen hat.«

Chelsea schüttelt den Kopf. »Er macht mit Josie Urlaub in einem edlen Paar-Resort in Wisconsin, er wird bestimmt nicht kommen. Sorry, Mar. Gibt es denn sonst niemanden, der qualifiziert wäre, sich unserem Team anzuschließen?«

Mara zieht indiskret die Augenbrauen hoch. »Na ja, da wäre …«

Ich stöhne, ignoriere die Leere in meiner Brust und schlucke den dicken Kloß in meinem Hals hinunter. »Schon gut, du kannst seinen Namen ruhig aussprechen. Adam und ich … das mit uns hätte doch nie geklappt.«

Ich stehe auf, bereit, die Abenteuerfalle ebenso wie das Reden über Adam hinter mir zu lassen. »Jetzt kommt endlich, wir haben ein Turnier zu gewinnen.«

»Ja!«, ruft Mara begeistert. »Lass uns ein paar arme, zartbesaitete Nerds plattmachen.«

*

An Neujahr um zwei Uhr nachmittags veranstaltet jedes Jahr ein anderes Lokal in der Metropolregion Minneapolis-Saint Paul das Twin Cities Trivia Tournament. Dieses Jahr sind wir im Union Depot, einer historischen Bahnstation in Saint Paul, die immer noch als Verkehrsknotenpunkt, Gemeindezentrum und – dank der atemberaubenden neoklassizistischen Architektur – als Event-Location dient.

Natürlich liebe ich es hier. Es ist einer der wenigen Orte in der Stadt, wo es passieren kann, dass eine Braut im Vera-Wang-Designerkleid auf einen verkaterten Studenten trifft, der auf den

Bus nach Milwaukee wartet, während daneben ein Senior auf einer Yogamatte den Herabschauenden Hund übt. Dachfenster in der hohen Gewölbedecke tauchen die runden Tische auf dem Marmorboden in warmes natürliches Licht. Alle Tische sind leer, abgesehen von ein paar Stiften, Schmierpapier und einem Korb für Handys und Smartwatches. An beiden Seiten des Raums sind Bars und Essstände aufgebaut, um die Pub-Quiz-Ästhetik zu bewahren, sowie eine kleine Bühne, Lichter und ein Sound-System. Die Würde und Feierlichkeit des Gebäudes fühlen sich für unseren feuchtfröhlichen Quiz-Showdown, der uns bevorsteht, gleichzeitig fehl am Platz und sehr passend an.

Als wir hereinkommen, packt Mara mich und Chelsea am Ellbogen und erzählt, was ihre Nachforschungen ergeben haben. »Meinen Informationen nach müssen wir vor allem drei Teams besiegen: Ruth Bader Winsburg, Night Cheese und Risky Quizness.«

»Die Quizly Bears sind auch wieder dabei«, warne ich sie. Trotz des süßen Namens haben sie uns letztes Jahr im Halbfinale bei einer fiesen Stichfrage rausgeworfen.

Mara schüttelt den Kopf, ihr Raubtierblick auf ihren Erzfeind zwei Tische weiter gerichtet. »Keine Bedrohung. Man Bun ist für den Erfolg des Teams verantwortlich, und er ist in Elternzeit mit Pixie Haircut.«

Chelsea macht ein entzücktes Geräusch. »Aww. Schön für die beiden. Ich wusste gar nicht, dass sie zusammen sind.«

»Waren sie auch nicht. Sie hat ihren langjährigen Partner Faux-Hawk mit Man Bun betrogen«, erklärt Mara, als wäre sie eine Spionin, die uns an überlebenswichtigen Kriegsinformationen teilhaben lässt. »Als Faux-Hawk davon erfahren hat, ist er zu Ruth Bader Winsburg übergelaufen. Jetzt ist Ruth stärker als je zuvor, und die Quizly Bears sind nur noch ein erbärmlicher Schatten dessen, was sie einst waren.«

»Können wir Tische tauschen, damit wir näher bei ihnen sitzen?«, fragt Chelsea kichernd. »Ich will mehr darüber wissen.«

Mara wirft ihr einen strengen Blick zu. »Wir sind nicht hier, um neue Freunde zu finden, Chels. Wir sind hier, um Träume zu zerstören.«

»Wie auch immer. Ich bestelle Bier und Pommes, bevor es zu voll wird.« Chelsea eilt in Richtung Bar davon.

»Kein Alkohol, Olsen. Ich meine es ernst!«, ruft Mara ihr nach.

Ich setze mich an den Tisch, der für mit einem Schild unseres Teamnamens *Marquizka Hargitay* für uns reserviert ist. »Entspann dich, Mar. Es ist für einen guten Zweck.«

Mara blickt sich um wie ein bedrohtes Tier, lässt sich dann aber nieder. »Lass deinen Killer-Instinkt nicht davon beeinflussen. Das Tierheim kriegt unser Geld, egal, wer gewinnt.«

»Mara, ich verspreche dir, wir werden alles in unserer Macht Stehende tun, um die Konkurrenz auszuschalten.«

Das Turnier besteht aus acht Runden, bei denen jeweils das Team mit der niedrigsten Punktezahl ausscheidet, bis die letzten fünf gegeneinander antreten. Nach der dritten Runde sind alle Gelegenheitsspieler raus und es sind nur noch Teams mit mindestens einem kompetitiven Wahnsinnigen von Maras Kaliber übrig. Als unser Team ins Halbfinale einzieht, kann Mara sich nur mit Mühe einen Freudenschrei verkneifen.

Mein Stift harrt auf die nächste Frage, doch Darren unterbricht die Runde, um zu verkünden: »Da kommt jemand zu spät zu *Marquizka Hargitay*.«

Mara legt die Hände trichterförmig um den Mund. »Schickt ihn rein!«

Als ich hinter den Kulissen Schritte höre, habe ich das Gefühl, ich sitze in einer Achterbahn vor dem ersten steilen Absturz hinunter in die Tiefe. Mit vor Nervosität kribbelnden Händen warte ich darauf, dass eine große Gestalt in einer khakifarbenen Jacke endlich in Sicht kommt. Jemand tritt aus dem Schatten, und mein Herz sinkt zu Boden. Ich dachte, es wäre Adam.

»Patrick?« Chelsea Stimme schallt von der Gewölbedecke wider. Ich sehe seine roten Haare, die im Scheinwerferlicht leuchten, seine makellosen Lederstiefel, seine nicht wendbare braune Steppjacke.

»Ich dachte, du verbringst dieses Wochenende mit Josie.«

»Wir haben uns getrennt«, verkündet er von der Bühne herab, vor den ganzen Quiz-Nerds. Das Mikro verstärkt seine tiefe Stimme und trägt sie bis in den hintersten Winkel des Raums. »Der Urlaub war nur ein Trick, damit ich mich schuldig fühle und meine Katze weggebe.«

Mehrere Unbekannte reagieren ebenso entsetzt wie Chelsea, die ein schockiertes Japsen ausstößt, die Hand vor den Mund schlägt, sie aber schnell wieder wegzieht und ruft: »Doch nicht Colonel Corduroy!«

Doch Patrick nickt feierlich. »Sie hat gesagt, ich soll mich zwischen ihr und der Katze entscheiden, und das ging endgültig zu weit. Sie hasst meine Familie. Sie hasst meine Freunde. Und jetzt hasst sie auch noch meine Katze? Das halte ich nicht mehr aus.«

Einige Leute klatschen – ob aus Sarkasmus oder Solidarität, lässt sich nicht sagen.

Mara zieht die Augenbrauen hoch. »Also war es okay für dich, dass sie deine Familie und Freunde hasst? Bei Katzen ziehst du die Grenze?«

Chelsea ist nicht die Einzige, die ein empörtes Gesicht macht. »Das sind doch nur Menschen, Mara. Colonel Corduroy ist auf einem Auge blind!«

Darren, der Quizmoderator, übertönt das kollektive Gemurmel und sagt zu Patrick: »Du kannst dich dem Team anschließen, aber den Regeln zufolge muss ich einen Grund für die Verspätung angeben.«

»Ich wäre schon früher gekommen, aber wir haben uns *während* der Paarmassage getrennt, und dann mussten wir zusammen nach Hause fahren …«

Darren schiebt das Mikro beiseite. »Sag doch einfach ›Stau‹, Mann.«

»Natürlich. Stau. Sorry.« Patrick hüpft die Treppe zwei Stufen auf einmal nehmend hinunter und setzt sich zu Chelsea.

Wir warten auf die nächste Frage, doch der sichtlich verstörte Co-Moderator Stu konferiert noch mit Darren, der schließlich wieder ans Mikro tritt. »Das Halbfinale fängt gleich an, versprochen, aber wir haben ein Problem in der Lobby. Draußen ist ein Mann, der verlangt, mit jemandem aus einem unregistrierten Team zu sprechen …« Er wirft einen Blick auf den Klebezettel, den Stu ihm reicht. »*Otrivia Benson: SVU.* Weiß irgendjemand, wovon er redet?«

Mir bleibt fast das Herz stehen.

Stu verschränkt vor dem Mikrofonständer dramatisch die Arme vor der Brust. »Er weigert sich zu gehen. Und wir wissen alle, dass *Otrivia Benson* disqualifiziert wurde, also ist er nicht für irgendein *zugelassenes* Team hier.«

»Scheiße, Mann. Das ist ein Pub-Quiz. Lass den Typen doch mit einer von den *Marquizka Hargitays* reden.«

Überrascht schaue ich nach rechts zu meinem Verteidiger – niemand anderes als Brille von *Risky Quizness.*

Empört springt Mara auf. »Ernsthaft, *Risky*? Du willst dafür sorgen, dass wir aus dem Turnier geworfen werden?«

Brille legt entnervt den Kopf in den Nacken. »Alle wissen doch, dass ihr *Otrivia Benson* seid! Das war die unsubtilste Namensänderung aller Zeiten.«

Andere Teams bringen ihre Meinung zum Ausdruck, bis

Darren schließlich für Ruhe sorgt. »Wenn ein Team sich qualifiziert, können wir es nicht daran hindern teilzunehmen. Stu, lass den Typen rein und frag ihn, was er will. Dann können wir weitermachen.«

Zuerst erkenne ich die Jacke, doch als ich sein Gesicht sehe, verschlägt es mir den Atem.

»Adam, was … was machst du hier?«, stammle ich, und die Sehnsucht schnürt mir fast die Kehle zu. Er trägt wieder diese lächerliche Jacke – Jeansseite nach außen – und darunter ein rotes Flanellhemd. Bei seinem Anblick registriert mein Körper einen Schmerz, ungefähr so, wie ein angenehm warmes Bad auf der Haut brennt, wenn man fast erfriert. Mein Herz will ihn so sehr, dass es wehtut.

Stu winkt ihn zum Mikrofonständer. »Du bist nicht ans Telefon gegangen«, sagt Adam ins Mikro.

Ich deute auf den Korb mit unseren Handys, bevor ich die erste der Tausenden Fragen stelle, die mir im Kopf herumschwirren. »Woher wusstest du, dass ich hier bin?«

Adam hält sein Handy hoch. »Sam hat mich eingeladen.«

Ich runzle verwirrt die Stirn, und jemand von Agatha Quiztie ruft: »Wer ist Sam?«

»Wie ist das möglich?«, fragt Chelsea.

Adam sinkt in sich zusammen, als er all die Blicke auf sich spürt. »Äh, könnte ich vielleicht unter vier Augen mit Alison reden?«, fragt er. Mein Mund öffnet sich, doch kein Ton kommt heraus.

Blunt Bob von den Quizly Bears schüttelt trotzig den Kopf. »Er darf das Team nicht manipulieren – wenn er nicht hierbleibt, muss er das, was er zu sagen hat, vor uns allen sagen.«

»Manipulieren? Ernsthaft?« Mara schlägt die Hände über dem Kopf zusammen. »Na schön. Adam, sag, was du zu sagen hast, damit wir das Turnier beenden können.«

»Mara!«, ruft Chelsea tadelnd.

»Sam hat dich eingeladen? Was meinst du damit?«, frage ich.

Adam nimmt das Mikro in die Hand. »Soll ich einfach … vor allen?«

»Redet er von dem Sam, der …« Patrick formt das Wort *tot* mit den Lippen.

Darren tritt unruhig von einem Fuß auf den anderen. »Du kannst dich ihrem Team anschließen. Wir müssen nur einen Grund angeben.«

Ich stehe auf, um Adam über die Menge ansehen zu können. »Was meinst du damit, dass Sam …?«

»Die Kalender-Erinnerungen.« Er deutet auf das Telefon in seiner Hand. »›Neunundzwanzigster Dezember – Lass dir die Haare schneiden. Nach deinem Date mit dem Schicksal wirst du froh darüber sein, und nach einem Friseurtermin sehen deine Haare immer ein paar Tage komisch aus.‹ ›Dreißigster Dezember – Drück dich nicht vor Sams Neujahrsfeier, wie du es sonst immer tust.‹« Adams Stimme bricht, und mein Herz krampft sich zusammen. »›Das ist der Anfang vom ALLEM!‹ Und die letzte ist mit ungefähr zehn Ausrufezeichen versehen: ›Erster Januar, zwei Uhr nachmittags: Quiz-Turnier mit der perfekten Frau für dich.‹«

In mir steigt die Erinnerung an das Quiz mit Sam nach unserer Trennung auf. *Das sollten wir mal wieder machen. Ich bringe einen Profi mit.*

Wie oft habe ich diese Nachricht nach seinem Tod gelesen und mich nie gefragt, was er damit meint – oder wen?

Adam liest weiter von seinem Display vor. »Er hat auch eine Notiz hinterlassen, dass ich kein Flanellhemd tragen soll, aber die habe ich erst gesehen, als ich schon unterwegs war.«

»Sam hat dich eingeladen«, wiederhole ich und fange endlich an zu verstehen. Mit einem zittrigen Lachen – oder ist es ein erleichterter Seufzer? Oder ein schockiertes Keuchen? Vielleicht alles drei, schließlich muss mein Körper die Erkenntnis verarbeiten, dass Sam das alles eingefädelt hat. Zwischen Adam und mir pulsiert etwas, das sich wie Magie anfühlt.

Darren tritt zu Adam. »Du kannst mir einfach sagen, dass du im Stau standst, Kumpel. Ich brauche nur …«

Adam umfasst das Mikro fester. Sein Blick bohrt sich in mich hinein, und einen Moment vergesse ich, dass wir nicht allein sind. Er ist es – er ist *hier* – und vielleicht werde ich gleich alles bekommen, was ich mir je gewünscht habe.

»Dich hat er gemeint in der Nacht damals. Ich sollte an diesem Wochenende zu seiner Party kommen, damit er mich herbringen konnte. Heute. Es ging immer um dich!« Adam leckt sich über die Lippen und wartet auf meine Antwort.

Sam hatte immer recht, was mich betrifft. Ich war fest entschlossen, es als etwas Negatives zu werten, aber er hat einfach gesehen, wie viel besser ich zu einem anderen Menschen passen würde, den er liebte.

Ich will etwas sagen – irgendetwas. Unsere Probleme liegen nicht hinter uns. Ich setze mich endlich mit den Folgen meiner Diagnose und meiner Mastektomie auseinander. Wir kämpfen beide mit unserer Trauer über den Verlust unseres Freundes. Ich habe erst kürzlich angefangen, mich so zu akzeptieren, wie ich bin – eine nippellose Stubenhockerin, die ein gutes Leben ebenso verdient wie jeder andere Mensch. Und Adam schleppt allem Anschein nach auch ziemlich viel Ballast mit sich herum.

»Und ich habe ein Haus gekauft. Hier. Also natürlich nicht hier in dieser Bahnstation, aber ganz in der Nähe. Ich bin es leid, Ausreden zu erfinden, warum ich die Dinge, die ich will, nicht haben kann, denn ich weiß genau, was ich will.« Adam schaut sich im Saal und der Menschenmenge um, die ihm gespannt zuhört. Er macht ein Gesicht, das sagt: *Ach, scheiß drauf*, und das ist unglaublich sexy. »Ich liebe dich. Ich liebe es, dass du Züge liebst und meine Musik hasst. Ich liebe es, dass du dir viel zu früh Weihnachtsmusik anhörst. Ich liebe es, dass du schnaublachst, wenn du etwas richtig lustig findest.«

Bei diesen Worten schnaube ich leise, und das Geräusch bestärkt ihn.

»Ich liebe es, dass du es liebst, dass ich Schmetterlinge hasse, und dass du Angst vor Gremlins hast. Ich liebe es, dass du nicht anders kannst, als mir zu sagen, wenn ich mich idiotisch verhalte oder zu unnachgiebig bin. Dass du willst, dass ich in meinem Leben weitergehe, aber vor allem, dass du willst, dass ich es für mich selbst will. Ich liebe alles an dir, Alison. Ich will nur mit dir zusammen sein. Genau so, wie du bist.«

Mir bleibt das Herz stehen. Adam sieht mich an, als wäre ich die Einzige, die sein Geständnis gehört hat. Keiner unserer Zuhörer bricht das Schweigen, alle warten darauf, dass einer von uns etwas sagt, doch wir sind beide sprachlos. Ich kenne keine Wörter mehr.

Stu schiebt Adam vom Mikro weg, wobei er auf den Widerstand von Adams unnachgiebigem Körper stößt. »Ich unterbreche euch nur ungern, aber das fühlt sich ziemlich persönlich an … also, wenn du nicht hier bist, um an diesem Event teilzunehmen, musst du bis zum Ende des Turniers bitte in der Lobby warten.«

»Moment mal!«, rufe ich. Chelsea kreischt mir direkt ins Ohr, bevor sie mich zur Bühne schiebt. Ich renne die Treppe hinauf, unfähig, auch nur eine Sekunde mehr zu vergeuden, denn ich liebe ihn auch. Das Gefühl trifft mich nicht wie ein herandonnernder Zug. Es hat sich schon vor einiger Zeit mehr oder weniger unbemerkt in mein Herz geschlichen. Als ich noch nicht glauben wollte, dass ich es verdient habe.

Ich lache und weine gleichzeitig. Als ich endlich auf der Bühne ankomme, leuchten mir die heißen Scheinwerfer von der

Seite ins Gesicht und blenden mich so, dass ich mehr oder weniger blind nach Adam greife und ihn zu mir ziehe. Er schlingt einen Arm um meine Schultern, und mit einem wunderbar dumpfen Geräusch stoße ich gegen seine Brust.

Er drückt seine Stirn an meine, und ich atme ihn ein, wobei ich mir nur noch sehr vage bewusst bin, dass wir ein Publikum haben. Er riecht so vertraut. Wie ein warmes Getränk an einem kalten Tag, ein Lagerfeuer am Strand und eine Werkstatt in Duluth. Wie Adam – überall, wo ich sein will, zu jeder Jahreszeit.

Er hebt mein Kinn an, so dass ich seinem Blick begegne, und macht mich wieder mit jedem einzelnen goldenen Fleck in seinen schokobraunen Augen bekannt.

»Das war eine gute Rede«, flüstere ich.

»Ich hab mir den Film mit Billy Crystal angesehen. Genau genommen habe ich mir drei Filme angesehen, bevor ich dahintergekommen bin, welches der richtige ist. Aber ich wollte für dich einen weiteren Billy-Crystal-Moment erschaffen. Diesmal absichtlich.«

»Ich liebe dich.« Die Worte strömen nur so aus mir heraus. Sie konnten nicht darauf warten, dass ich zu Atem komme.

Er beugt sich zu mir herunter und küsst mich. Mein ganzer Körper entspannt sich, als ich seine Lippen auf meinen spüre, und er nimmt mich mit kleinen, warmen Schlucken begierig in sich auf. Ich will nie aufhören, aber ein rapide schrumpfender Teil von mir weiß, dass wir vor einer Menge ungeduldiger Quiz-Fanatiker stehen. Jemand räuspert sich verärgert, und wir lösen uns widerwillig voneinander. Sein erhitzter Blick lässt meinen keine Sekunde los.

»Ich habe dich die ganze Zeit geliebt«, flüstere ich. »Selbst als ich noch Sams Freundin war. Beim zweiten Mal, meine ich, nach seiner Beerdigung.« Der letzte Teil wird vom Mikro verstärkt, und wir verlieren allmählich das Wohlwollen der Menge.

»Im Kontext ist es nicht so komisch, wie es klingt, Leute«, verteidigt mich Mara. »Darren, trag für ihn auch ›Stau‹ ein. Er gehört zu unserem Team.«

Adam und Patrick schließen sich uns für den Rest des Turniers an. Im Halbfinale kommt uns die Gedankenverschmelzung von Chelsea und Patrick in Form von prähistorischen literarischen Wortwitzen zugute.

»Anne Brontosaurus.« Patrick zeigt entschieden auf den Antwortbogen.

»Nicht Charlotte oder Emily?« Ich beiße auf meinen Daumennagel. So nahe am Ziel überkommt mich doch eine gewisse Nervosität.

Patrick schüttelt den Kopf. »Nein, es ist Anne. Stu hat behauptet, es sei ein Briefroman.«

Adam wippt noch heftiger mit dem Bein als üblich, die Luft erfüllt von kompetitiver Spannung. »Ich dachte, der Brontosaurier war gar keine echte Dinosaurierspezies.«

Chelsea schreibt fieberhaft. »Jetzt schon. Das ist wie mit Pluto. Wir ändern ständig unsere Meinung darüber.«

Adam und ich sind nur ein Hindernis im Dino-Literatur-Dream-Team, also nutze ich die Gelegenheit, um näher zu ihm zu rutschen und ihm zuzuflüstern: »Du hast also tatsächlich ein Haus gekauft?«

»Ja, aber die Entscheidung ist schon länger gereift. Schon seit einer Weile wollte ich näher bei meiner Familie sein. Eigentlich hatte ich vor, dir davon zu erzählen, als ich angerufen habe, aber ich wollte dich auch nicht unter Druck setzen. Ich wollte dich für etwas sehr Romantisches zu mir einladen, das ich ehrlich gesagt immer noch nicht fertiggeplant habe. Ich wollte dir zeigen, dass ich es ernst damit meine, die nächsten Schritte in meinem Lebensplan anzugehen, auch für mich selbst. Aber dann …«

»… hast du die Kalender-Benachrichtigung bekommen.«

»Und ich konnte keine Sekunde länger damit verbringen, die Tage zu zählen, bis alles irgendwann so weit war. Ich war bereit, und es sah Sam so ähnlich, mir den entscheidenden Schubs zu geben. Unser Lieblingsmakler-Bindestrich-Unternehmer Russell hat mir ein paar Häuser gezeigt, und ein paar waren echt total übertrieben – eins hatte einen Pool! Warum sollte man in diesem Klima hier seinen ganzen Garten für einen Pool opfern?«

Ich mache eine ungeduldige Handbewegung, damit er endlich zum Punkt kommt.

»Aber eins war perfekt. Zwei Schlafzimmer. Eine Werkstatt. Schöne Nachbarschaft. Ein Hof für einen Hund. Aber wir brauchen nicht unbedingt einen Hund, wenn du …«

Mara schnalzt mit den Fingern. »Hey, Leute, ich freue mich ja für euch und all die Hunde, die ihr adoptieren werdet, aber könnten wir uns jetzt bitte auf die anstehende Aufgabe konzentrieren?«

In der letzten Runde stellt Adam schon früh seinen Wert unter Beweis, indem er alle gemeinsamen Projekte von Kurt Russell und John Carpenter für die Rubrik »Berühmte Kurts« (zu der außerdem Browning, Vonnegut, Gödel und Cobain gehören) benennen kann.

»Snake Plissken war so ein guter Action-Held-Name, dass er noch einmal …«

Mara hebt ihre linke Hand, um Adams Geplapper zu unterbrechen, während sie mit der rechten *Die Klapperschlange* aufschreibt. »Demonstriere Al ein andermal, was du drauf hast.«

»Sorry, ich war nur so aufgeregt, dass ich die Antwort weiß.« Adam drückt unter dem Tisch meinen Oberschenkel, und ich erröte am ganzen Körper.

»Wir müssen herausfinden, wie es weitergeht«, sage ich.

Er runzelt die Stirn. »Ich glaube, Stu hat Mara gerade die Fragen zur Bilderrunde gegeben.«

»Nein, ich meinte mit uns«, erkläre ich, während ich die Bilder irgendwelcher Männer betrachte, die mir Mara vor die Nase hält. »Du wohnst jetzt also hier?«

»In drei Wochen.«

»Und wir daten ...«

»Natürlich daten wir, Alison.«

»Exklusiv?«

»Ich schon.«

»Ist es ernst?«, frage ich scherzhaft.

»Ich glaube schon«, antwortet er grinsend.

»Ich werde euch beide ermorden, zerstückeln und die Leichenteile auf Ebay verticken«, sagt Mara schlicht und bereitet dem übelkeitserregenden Turteln damit erfolgreich ein Ende.

Zum allerersten Mal kommt *Marquizka Hargitay* unter die drei besten Teams. Zur Entscheidungsrunde schicken wir unsere furchtlose Anführerin gegen Brille von *Risky Quizness* und einen Mann von *Night Cheese*, den ich nicht kenne, ins Feld. Chelsea, Patrick und ich stöhnen, als Darren die Kategorie verkündet.

»Was ist so schlimm an Geschwindigkeitsrekorden von Landtieren?«, flüstert Adam.

Patrick seufzt resigniert. »Chels hätte in dieser Kategorie triumphiert.«

Chelsea – unsere Naturwissenschaftslehrerin und Tierliebhaberin – hält sich die Augen zu, unfähig, dieses Massaker mitanzusehen. Mara wird blass, als Stu die Frage verliest. Ich reibe mir nervös den Arm. Zuzusehen, wie Mara verliert, ist mir unangenehm. Als würde ich einen verkleideten Bären in einer Zirkusnummer auftreten sehen: herzzerreißend und unnatürlich.

Natürlich ist Maras Rateversuch völlig falsch, und wir landen auf dem dritten Platz hinter Night Cheese und Risky Quizness.

»Dritter zu werden ist gut, oder?«, fragt Adam.

Mara tätschelt ihm die Wange. »Oh, Adam, du süßer, wunderschöner Dummkopf. Es gibt nur Gewinnen und Verlieren.« Sie leert ihr Gratisbier, das den Verlierern ausgegeben wurde. »Nächstes Jahr werden wir dieses Turnier ernst nehmen.«

»Haben wir es dieses Jahr etwa nicht ernst genommen?«, jammert Chelsea.

Adam hebt meine Hand an die Lippen, und wir können uns gar nicht schnell genug verabschieden und verdrücken. Der Wind rauscht in meinen Ohren, als wir durch die Drehtür in die bitterkalte Januarluft hinaustreten. Sofort drängt Adam mich gegen eine Säule und erobert meinen Mund mit einem stürmischen, hungrigen Kuss. Dieser Kuss ist nicht süß. Er ist wild und heiß. Adam vergräbt die Hand in meinen Haaren und hält sich fest, fasst nach mehr von mir, verankert sich an mir.

»Gott, ich liebe dich so sehr«, murmelt er, als er den Kuss unterbricht, um mir in die Augen zu sehen. »Bitte sag mir, wenn das zu schnell zu viel ist.«

»Es ist genau die richtige Menge.« Ich unterstreiche jedes Wort mit einem Kuss auf seine Nase, seine Wange, sein Kinn und alles von ihm, was ich erreichen kann.

»Oh, Moment.« Er hält inne, und ich sehe Besorgnis in seinem Gesicht. Meine Gedanken überschlagen sich – was ist jetzt los? »Ich hab dein Wandregal in der Werkstatt vergessen.«

»Du hast es tatsächlich gebaut? Ich hab mein ganzes Camping-Zeug gerade weggegeben.«

»Nicht das, um das du mich gebeten hast. Ich hab einen Schaukasten für deine Modelleisenbahnen gebaut.«

»Ich liebe dich so sehr, dass es wehtut«, platze ich heraus, bevor ich zu viel darüber nachdenken kann. Selbst als ich versucht habe, jemand anders zu sein, hat er immer nur mich gesehen. Und er hat mich dafür geliebt. »Das ist das schönste, unglaublichste Geschenk, das mir jemals jemand gemacht hat. Ich kann es kaum erwarten, es zu sehen.«

»Soll ich zurückfahren und es holen?«

Ich lehne den Kopf an seinen Arm. »Lass uns einfach nach Hause fahren, Adam.«

Mit derselben Präzision wie zuvor wickelt er mir meinen Schal um den Hals. Dann nimmt er meine Hand und führt mich die Steinstufen hinunter in Richtung Fluss.

»Ich wüsste liebend gern, welche anderen Billy-Crystal-Filme du dir angeschaut hast, während du dich darauf vorbereitet hast, mein Herz im Sturm zu erobern.«

»Ich hab mit *Die Braut des Prinzen* angefangen.«

Ich nicke. »Gute Wahl.«

»Mit *City Slickers* bin ich etwas vom Kurs abgekommen – aber der war hauptsächlich für mich.« Er drückt meine Hand. »Dann habe ich den Richtigen gefunden.«

»Und wenn ich Nein gesagt hätte, wärst du dann trotzdem in ein Haus fünfzehn Minuten von mir entfernt gezogen?«

Wir trennen uns einen kurzen Moment, damit Adam einer Mom, die mit einer Einkaufstüte und einem Kindersitz jongliert, die Haustür aufhalten kann.

»Ich hätte dir respektvoll den Hof gemacht. Langsam. Über einen längeren Zeitraum hinweg«, erklärt er, als die Tür hinter der Frau und ihren Kindern zuschwingt.

Ich verkneife mir ein Schnauben. »Jetzt tut es mir leid, dass ich mich nicht für diesen Weg entschieden habe.«

Er seufzt, und es hört sich an, als wäre ich die anstrengendste Frau, ohne die er nicht leben kann – ein wunderschönes Geräusch. »Mir nicht.«

Während wir an den Ladenbesitzern vorbeischlendern, die ihre Weihnachtslichter wegpacken, zieht er mich wieder an sich und drückt einen Kuss auf mein Haar.

Den ganzen Weg bis nach Hause gehen wir Hand in Hand, und ich möchte niemand anderes sein als die, die ich bin.

EPILOG

Drei Monate später

»Konzentrier dich aufs Spiel, Mullally!«, ruft Mara, mein Handy an die Stirn gedrückt.

Auf Adams Sofa ausgestreckt, die Beine auf seinem Schoß, bin ich kaum zum Spielen bereit, aber während ich mich von meiner OP erhole, ist *Heads Up!* bei Adam zu Hause unser Ersatz für die Quizabende.

Gestern habe ich mir laparoskopisch die Eileiter entfernen lassen, um mein Risiko, dass ich Eierstockkrebs bekomme, zu minimieren, bis ich mich entschieden habe, wann ich eine Oophorektomie und eine Hysterektomie durchführen lasse. Die Entscheidung habe ich nicht für meine Mom, sondern ganz allein für mich getroffen. Wenn Adam und ich je beschließen, Kinder zu bekommen, wird es in einer Arztpraxis geschehen, aber ich will nicht, dass unser Leben von Angst bestimmt wird.

Letzten November hätte ich die Vorstellung von Familienplanung mit Adam Berg lächerlich gefunden. Jetzt weiß ich nicht mehr, wie es hätte anders kommen können. Er ist mein Lieblingsmensch, und er sagt mir ständig, dass ich auch seiner bin.

»*Cheers*!«, rufe ich.

»*Cheers* war eine Ensemble-Show!« Der Buzzer unterbricht Mara. Ihr Mund wird eine schmale Linie, als sie den Celebrity-Namen auf dem Display liest. »Danny DeVito hat in *Taxi Driver* nicht mal mitgespielt«, stößt sie hervor.

»Du meintest *Taxi.*« Adam streicht mir in kreisenden Bewegungen übers Knie und verkneift sich ein Lächeln.

Ich zucke zusammen. »Oh, ja, sorry, Mar. Ich glaube, ich bin noch etwas benebelt.«

»Warum braucht Chelsea so lange mit dem Essen?«, fragt Patrick. »Adam, hast du irgendwelche Snacks?«

»Thin Mints in der Tiefkühltruhe«, antwortet Adam. Trotz seiner Schimpftiraden über das Pfadfinderinnen-Geschäftsmodell – *Was für ein Betrieb erfordert es, dass Erwachsene auf Parkplätzen Geldgeschäfte mit Kindern tätigen, Alison?* –, hat er immer welche für mich vorrätig.

»Sorry, dass das so lange gedauert hat.« Chelsea rauscht beladen mit thailändischem Essen herein. »Rileys Nachbar hat Beschwerde gegen die Hühner in seinem Hof eingelegt, und das hat seinen Sinn für die Gemeinschaft stark erschüttert.«

»Wer ist Riley?«, fragt Patrick aus der Küche.

»Der DoorDash-Lieferant«, antwortet Chelsea und lädt die Tüten auf dem Couchtisch vor mir ab. Patrick, der am Verhungern ist, bedient sich an den Appetizern.

»Ich hoffe, es war okay, dass ich ihm eine der Visitenkarten aus deiner Werkstatt gegeben habe. Er will, dass du ihm einen besseren Hühnerstall für Thelma und Louise baust«, sagt Chelsea.

Adams Hand auf meinem Oberschenkel erstarrt. »Du warst in der Garage?«

Chelsea nickt, ohne etwas von der Anspannung in Adams Haltung mitzubekommen. »Ja, der Schaukelstuhl sieht toll aus. Für wen ist der?«

»Jemand hat einen Schaukelstuhl bestellt? Den will ich auch sehen.« Ich mache Anstalten, aufzustehen, doch Adam hält meine Beine fest.

»Bleib sitzen. Du bist unglaublich schlecht darin, dich von einer OP zu erholen«, beschwert er sich.

Ich rümpfe die Nase. »Ich bin fantastisch darin, mich zu erholen. Du bist ein grummeliger Betreuer. Und das konnte man kaum als Operation bezeichnen. Sie haben mir nicht mal die richtig guten Schmerzmittel gegeben.«

»Ja«, stöhnt er. »Darüber hast du dich bei mehreren Krankenschwestern beschwert. Ich glaube, sie haben dich auf die schwarze Liste gesetzt.«

Aus der Küche ist das Klappern von Besteck zu hören, untermalt von Chelseas und Patricks Stimmen, die sich über das Essen streiten, doch Mara und ich lassen Adam nicht so leicht vom Haken.

»Er ist für dich«, gesteht er endlich. »Es ist ein Schaukelstuhl, wie ich ihn für Otis gebaut habe. Ich dachte, wir könnten ihn neben dein Bücherregal stellen.«

Patrick bringt mir eine Schüssel mit Grünem Thai-Curry. »Ich hoffe, es ist eher ein Hocker als ein Stuhl. Hast du Alisons Wohnung gesehen?«

»Er ist für dieses Haus. Ich hab das Bücherregal in dem Zimmer, das noch leer steht, für dich gebaut. Ich dachte, das könnte dein Arbeitszimmer werden. Ich wollte es dir zum Geschenk machen und dich fragen, ob du bei mir einziehen willst, wenn im Mai dein Mietvertrag ausläuft, aber jetzt weißt du es, und die Überraschung ist dahin.« Sein jungenhaftes Schmollen ist unbeschreiblich süß, und ich kann nicht verhindern, dass ich übers ganze Gesicht strahle. Selbst mein Herz strahlt.

»Ist das dein Ernst?«, frage ich. Chelsea kreischt irgendwo hinter mir, aber es ist, als wäre die Welt an den Rändern verwischt. Ich höre nur noch Adam.

Er nimmt meine Hand. »Natürlich. Ich liebe dich, und ich will dich immer hier haben. Ich kann es kaum erwarten, den nächsten Schritt mit dir zu machen.«

Wie ein Schwall kaltes Wasser überfällt mich ein unliebsamer Gedanke. »Ich hab einen neuen Vertrag unterschrieben.«

Er erstarrt. »Du hast gesagt, dein Vertrag läuft im Mai aus. Ende Mai.«

»Jeder weiß, dass das heißt, der neue Vertrag fängt am ersten Mai an. Und selbst wenn Ende Mai gemeint wäre, wolltest du mich *im* Mai fragen. Hast du je einen Mietvertrag gelesen?«

Mara marschiert mit meinem Handy am Ohr an der Couch vorbei. »Ich rufe deine Vermieterin an. Wo hat sie ihre Schwachstelle?«

»Sie hat Probleme mit ihrer Familie und fühlt sich von ihr überhaupt nicht gesehen«, antwortet Chelsea wie aus der Pistole geschossen. »Ich bin ihr mal bei den Mülltonnen begegnet.«

»Also ist das ein Ja?«, fragt Adam inmitten der Hektik um uns herum, als gebe es für ihn nur einen einzigen Menschen auf der Welt – nämlich mich.

»Natürlich ist das ein Ja.« Ich lache leise. »Dieses Haus ist zauberhaft, und ich bin verrückt nach dir. Klar ziehe ich bei dir ein. Ich hab sogar schon ein Logistikteam.« Mit einer Kopfbewegung deute ich auf meine Freundinnen, die, in schwindendes Abendlicht getaucht, vor dem großen Fenster konferieren.

Er zieht mich näher und drückt seine Stirn an meine. Verlangen durchschauert mich, und ich wünschte, wir wären allein und nicht mitten im Game-Night-Chaos. »Wir werden zusammen wohnen«, sagt er, seine Stimme ein tiefes Brummen, das mir ein Prickeln der Erregung über den ganzen Rücken jagt. »Ich werde jeden Morgen neben dir aufwachen.«

Ich ziehe ihn an seinem Hemd noch einen Millimeter näher. »Du wirst jeden Morgen meine zerzausten Haare nach dem Aufstehen sehen, nicht nur an den Wochenenden. Kommst du damit klar?«

Er gibt mir einen Kuss auf die Wange und flüstert mir ins

Ohr: »Selbstverständlich. Ich will dich nicht nur an den Wochenenden.«

Funken sprühen in meinem Herzen. »Jetzt, da du eine romantische Geste in Form eines Schaukelstuhls gemacht hast, entsprichst du offiziell dem Klischee des sexy Schreiners …«

Er unterbricht mich mit einem Kuss, und alle störenden Gedanken lösen sich in Luft auf.

Viel zu bald gibt er meinen Mund frei und zieht sich ein Stück zurück, um mir in die Augen zu sehen, streicht mir eine verirrte Strähne hinters Ohr, und sein strahlendes Gesicht ist voller Freude. »Alison, ich war noch nie so bereit dafür, dass sich alles ändert.«

DANK

Ich habe die Danksagungen am Ende eines Buchs schon immer geliebt. Lange bevor ich selbst auf die Idee kam, dass ich möglicherweise ein Buch schreiben könnte, habe ich die persönlichen Dankeslisten von Autorinnen und Autoren gelesen und über die bloße Vielzahl der Menschen gestaunt, die nötig sind, um ein Buch auf meinem Bücherregal erscheinen zu lassen. Die Gemeinschaft der Menschen, die sich um die Schreibenden schart und die doch recht einsame Arbeit ein bisschen weniger einsam macht. Ganz gleich, welchen Inhalt ein Buch haben mag, ist der Dank doch immer ernst und warmherzig, und genau das liebe ich daran. Beim Schreiben dieses Buchs habe ich entdeckt, dass wirklich ein ganzes Dorf notwendig ist, um ein Buch in die Welt zu bringen. Nie hätte ich mir träumen lassen, dass ich ein Dankeskapitel schreiben würde, aber nun ist genau das der Fall. Also macht euch darauf gefasst, dass es im Folgenden ein bisschen ernst und warmherzig wird. Und sicher auch ziemlich kitschig.

Einen unendlichen Dank an meine phänomenale Literaturagentin und Text-Verfechterin Laura Bradford, die buchstäblich meine Träume hat wahr werden lassen, und an meine Agentin für Auslandsrechte, Taryn Fagerness, deren Sachkompetenz meine Worte um den Globus getragen hat.

Ebenso danke ich meiner Lektorin Kate Dresser: Du hast diese Geschichte und ihre Charaktere vom ersten Tag an verstanden. Dein unglaubliches Einfühlungsvermögen und deine unfassbare Kompetenz haben aus diesem Buch mehr gemacht, als ich es je für möglich gehalten hätte. Mit dir zu arbeiten, war ein Geschenk, und ich kann es kaum erwarten, es wieder zu tun.

Danke an Tarini Sipahimalani, die auf meine Fragen stets die richtige Antwort weiß, und an das ganze Team von G. P. Putnam's Sons, vor allem an Sally Kim, Ashley McClay, Alexis Welby, Aja Pollock, Janice Barral, Tiffany Estreicher, Emily Mileham, Maija Baldauf, Christopher Lin, Meg Drislane, Chandra Wohleber, Molly Pieper, Nicole Biton und alle anderen, die mir geholfen haben, dieses Buch in die Hände der Leserinnen und Leser zu bringen.

An meine Mentorin Meredith Schorr: ein herzliches Dankeschön dafür, dass du Alison und Adam aus dem Stapel der eingereichten Manuskripte gefischt und mein Leben in eine wilde und wunderbare neue Richtung katapultiert hast. Dein unerschütterlicher Glaube an mich hat es mir erlaubt, auch an mich selbst zu glauben.

An alle Autorinnen und Autoren, die ich bewundere und die sich die Zeit genommen haben, mein Buch zu lesen und freundliche Dinge über es zu veröffentlichen – ich kann euch nicht genug danken für eure Großzügigkeit. Die Schreib-Community versetzt mich immer wieder in Erstaunen. Ihr seid wahrlich die Besten.

Großen Dank an die Freund:innen und kreativen Partner:innen, die ich unterwegs gefunden habe, allen voran Naina Kumar, Ava Watson, Scarlette Tame, Amanda Wilson, Elizabeth Armstrong, Kjersten Piper Gresk, Karsyn Zetah. Jenny Lane, Sarah T. Dubb, Kate Robb, Jessica Joyce, Livy Hart, Cara Stout, Vienna Veltman, Bella Lucas, Amy Buchanan, Ingrid Pierce, C. B. London, Danica Nava, Myah Ariel, Laura Piper Lee, Jill Tew, Maggie North und Alexandra Vasti, die frühe Versionen gelesen, liebevolle und positive Kritik an bestimmten Szenen geübt oder mir geholfen haben, ein paar Pointen aufzupolieren. Danken möchte ich außerdem der SF 2.0 Community, 2024 Debut Slack, AMM R9Slack, dem Kitchen Party Gruppenchat, dem Bad Bitch Writers Club und der ganzen lesewütigen Community, die mir Lachen, Unterstützung und wahre Freundschaft entgegengebracht haben. Ihr wart die wundervollste Überraschung auf dieser Reise.

Dank an meine ewigen Gefährt:innen, Natalie, Devon, Beth-Ann, Katie (KTB), Katie (KSG), Kelly und Lilia: Ihr alle seid genauso lustig und nett wie hinreißend (und ihr seid allesamt Granaten). Danke, dass ihr für mich der Grund seid, dass ich über Freundschaft schreibe.

Sehr dankbar bin ich für meine Schwiegereltern Al und Susan, die nicht nur meinen wunderbaren Ehemann großgezogen, sondern auch dieses verrückte neue Abenteuer von Anfang an unterstützt haben. Ich danke euch für jeden Ausflug zum Zoo und jeden Tag bei Papa und Cici, der meinen Sohn so glücklich gemacht und so gut unterhalten hat, als ich dieses Buch über die Ziellinie gebracht habe.

Dank meiner Mom, die sich sowohl ihrer Krebskrankheit gestellt hat als auch mir im Teenageralter, und das immer mit Charme und Humor (sag mir lieber nicht, welches von beidem schlimmer war), danke, dass du mir Mut gemacht hast zu träumen, und dass du mich gelehrt hast, den beängstigenden, schweren Dingen die Stirn zu bieten. Danke an meine Schwester Meg, die bei Familienausflügen im Auto meine ersten Geschichten über sich hat ergehen lassen und mir so großherzig das Selbstvertrauen gab, mit dem Erzählen weiterzumachen.

John, ich hoffe, du wirst dieses Buch nicht lesen, aber ich hoffe auch, du bist wenigstens ein bisschen stolz darauf, dass ich es geschrieben habe (ich will ja nicht angeben, aber Dr. Seuss und ich haben denselben Verlag). Du gibst mir Mut, und ich hoffe, es ist umgekehrt genauso.

Chris, ich wünschte, ich könnte in Worte fassen, wie du mich ermutigt und dazu gebracht hast, an mich selbst zu glauben. Danke, dass du jede Version dieses Buches gelesen und mich angefleht hast, weiterzumachen. Danke, dass du der großherzigste Partner, der geduldigste und aufmerksamste Vater und der großartigste Mensch bist, den ich je kennenlernen werde. Ich liebe alles an dir. Du bist großartiger als alle, die ich jemals beim Schreiben erfinden könnte.

Und euch, liebe Leserinnen und Leser, für die eure Zeit ein wertvolles Gut ist, danke ich, dass ihr ein bisschen davon mit mir verbringt.

ÜBER DIE AUTORIN

Ellie Palmer liebt Liebesgeschichten schon ihr Leben lang. Sie ist Trägerin der BRCA1-Genmutation und eine prototypische Midwestlerin, die sich gewohnheitsmäßig bei unbelebten Gegenständen entschuldigt, wenn sie sich an ihnen stößt. Wenn sie gerade nicht damit beschäftigt ist, romantische Komödien mit herrlich chaotischen Charakteren zu schreiben, ist Ellie zu Hause in Minnesota, ernährt sich mit Frühstückskost und schreibt ihrem Ehemann Dreifachnachrichten über ihren gemeinsamen Sohn.

ellipalmerwrites.com
insta: ElliePalmerWrites